GUDRUN GRÄGEL

Caffè Latte mit Schuss

VERRAT AM MONTE BALDO Doro Ritter, Gourmetköchin aus München, weilt gerade in ihrem wohlverdienten Urlaub am Gardasee, als ein entsetzlicher Fund am Hang des Monte Baldo den idyllischen Ort Malcesine in Unruhe versetzt und die dortige Polizei zwingt, einen alten Fall neu aufzurollen. Was ist passiert, damals vor 20 Jahren – hier, am malerischen Gardasee? Und was hat es mit den merkwürdigen Botschaften auf sich, die ein geheimnisvoller Unbekannter in schwarzen Lettern an die Kirchentür mitten im Ort heftet? Doro spürt die Angst, die sich unter den Einheimischen ausbreitet wie ein aufziehendes Gewitter. Was verschweigt die Polizei den Leuten? Lebt ein Mörder unter ihnen? Doro will helfen und das alte wie das neue Rätsel lösen. Zusammen mit ihrem Freund Vinc stemmt sie sich gegen das Böse und gerät dabei selbst in den Fokus des Täters.

© Martin Grägel

Geboren und aufgewachsen in Augsburg, hat Gudrun Grägel ihr Abitur mit Fachrichtung Pädagogik/Psychologie und anschließend eine pharmazeutische Ausbildung absolviert. Aus ihrem erworbenen Wissen zieht sie mörderische Ideen für spannende Kriminalromane. Ihr Ziel ist es, ihre Leser mitzunehmen, auf kriminelle Lesereisen an idyllische Orte. Und so schickt sie ihre Protagonistin Doro Ritter, die als Gourmetköchin in München arbeitet, regelmäßig und mit Erfolg zum Ermitteln an den Gardasee. Dolce Vita und Spannung für ihre Leser – und für die Autorin selbst ein schöner Grund, immer wieder auf Recherchereise zu gehen.

Für euch da auf Instagram und Facebook.
Facebook: GudrunGraegel
Instagram: gudrungraegel

GUDRUN GRÄGEL

Caffè Latte mit Schuss

GARDASEE-KRIMI

GMEINER

Personen und Handlung sind frei erfunden.
Ähnlichkeiten mit lebenden oder toten Personen
sind rein zufällig und nicht beabsichtigt.

Bei Fragen zur Produktsicherheit gemäß der Verordnung über die allgemeine Produktsicherheit (GPSR) wenden Sie sich bitte an den Verlag.

Immer informiert

Spannung pur – mit unserem Newsletter informieren wir Sie regelmäßig über Wissenswertes aus unserer Bücherwelt.

Gefällt mir!

Facebook: @Gmeiner.Verlag
Instagram: @gmeinerverlag

Besuchen Sie uns im Internet:
www.gmeiner-verlag.de

Im Ehnried 5, 88605 Meßkirch
Telefon 07575/2095-0
info@gmeiner-verlag.de

1. Auflage 2025

Lektorat: Susanne Tachlinski
Satz: Mirjam Hecht
Kartengestaltung: Julia Franze und Martin Grägel
Umschlaggestaltung: U.O.R.G. Lutz Eberle, Stuttgart
unter Verwendung eines Fotos von: © Daniel Jędzura / stock.adobe.com
Druck: GGP Media GmbH, Pößneck
Printed in Germany
ISBN 978-3-8392-0756-7

Für meine Familie
Für Sammy – meinen persönlichen Rambo

»[...] Wie ich mir vorgenommen hatte, ging ich morgens beizeiten in das alte Schloß, welches ohne Tor, ohne Verwahrung und Bewachung jedermann zugänglich ist. Im Schloßhof setzte ich mich dem alten und in den Felsen gebauten Turm gegenüber; hier hatte ich zum Zeichnen ein sehr bequemes Plätzchen gefunden [...]«

(Goethe: »Italienische Reise«, September 1786)

PERSONEN

Doro Ritter, 29 Jahre, Spitzenköchin aus München, ermittelt dieses Mal in Malcesine am Gardasee und streckt ihre kriminalistischen Fühler tief in die Vergangenheit

Vincent Wolkenberg, genannt Vinc, ist genauso an der Lösung des Rätsels interessiert wie seine Freundin Doro

Danilo Benedini, Studienfreund von Vinc, baut das Haus seiner *nonna* Rosa um und lädt Doro und Vinc ein, gegen Kost und Logis bei den Renovierungsarbeiten zu helfen

Rosa Benedini, Danilos *nonna* (Oma)

Luca Marinelli, Polizist, Surfer und Freund von Danilo, darf seinen ersten Fall lösen

Commissario Dantes, Chef von Luca, stellt ihm die junge Kollegin **Claudia Ferri** zur Seite, was Luca mit gemischten Gefühlen sieht

Antonella Cavaletto-Bianchi, sie vermisst ihren Zwillingsbruder Marco und liebt ihren Sohn Fabio

Fabio Bianchi, 15 Jahre alt, Sohn von Antonella Cavaletto-Bianchi, Surf-Schüler von Danilo Benedini, darf bei der Renovierung seines alten Hauses mithelfen, da Danilo weiß, dass Fabios *bisnonna* (Uroma), Valentina Cavaletto, göttlich kocht und es sich nicht nehmen lassen wird, ihren Fabio und damit die ganze Mannschaft zu bekochen

Carlo Bianchi, Ex-Mann von Antonella und Vater von Fabio

Valentina Cavaletto, *nonna* der Zwillinge **Antonella** und **Marco Cavaletto,** sie ist eine alte Freundin von Rosa

*

Azienda Agricola Passamonte:

Salvatore Passamonte, Witwer, Vater von Maurizio, er hat die Leitung der Azienda Agricola Passamonte in die Hände seines Sohnes gelegt

Maurizio Passamonte, Salvatores Sohn, 50 Jahre alt, betreibt mit seiner Frau Emilia die Azienda Agricola Passamonte am Hang des Monte Baldo

Emilia Passamonte, 40 Jahre alt, Ehefrau von Maurizio und Mutter von Laura und Elia

Monsignore Altoni, der alte Pfarrer von Malcesine, der seit mehr als 20 Jahren hier seinen Beruf oder seine Berufung ausübt – fiktiv und nur für seine Gemeinde in diesem Fall, die aber dringend geistigen Beistand braucht …

Leonardo, der Esel, der mit dem Spruch »stur wie ein Esel« nichts anfangen kann – Mutter Theresa scheint eher sein Vorbild zu sein

Unicorno, kein Einhorn, sondern eine Ziege, im Gegensatz zu Leonardo sehr stur – was sie auch gar nicht zu verbergen sucht

Rambo, Doros stattlicher Kater, glänzt wie immer mit Abwesenheit, muss in München die Wohnung, den Viktualienmarkt und die Belegschaft des »Macis« unter Kontrolle halten

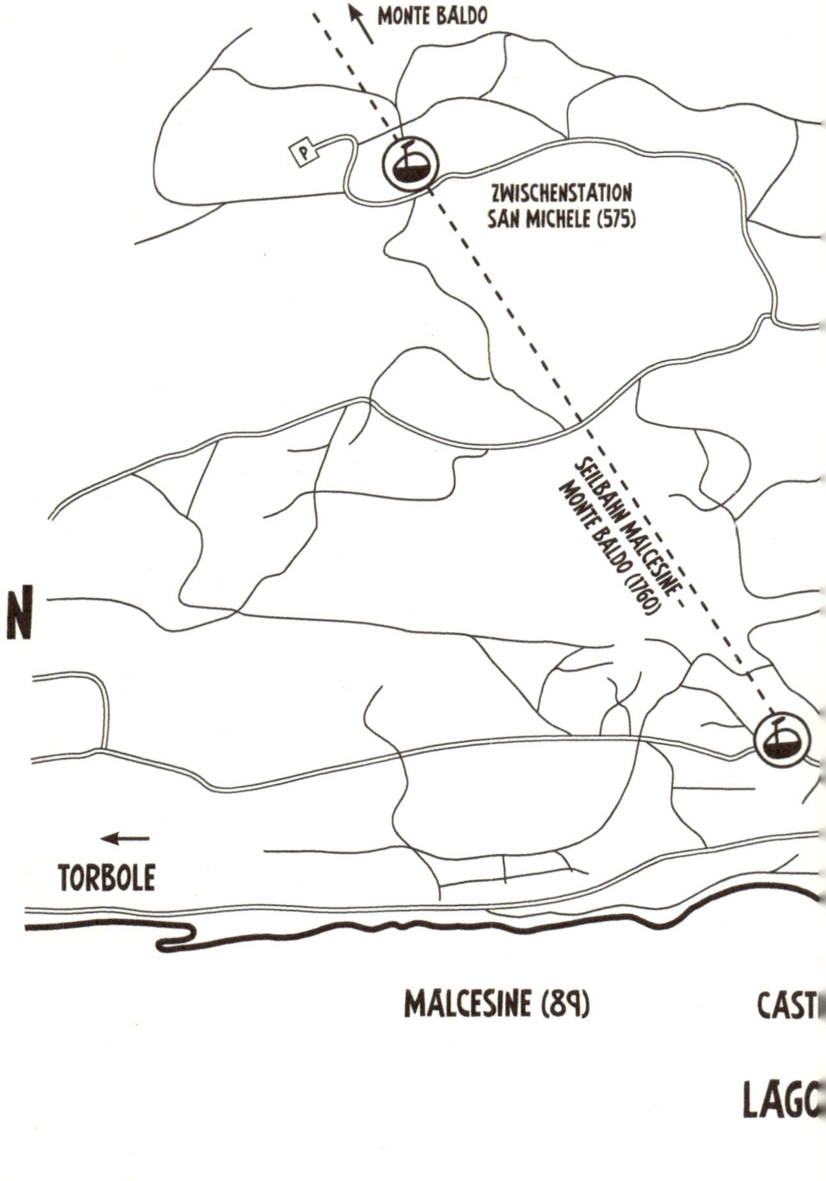
MONTE BALDO
ZWISCHENSTATION
SAN MICHELE (575)
SEILBAHN MALCESINE
MONTE BALDO (1760)
N
TORBOLE
MALCESINE (89)
CAST
LAGO

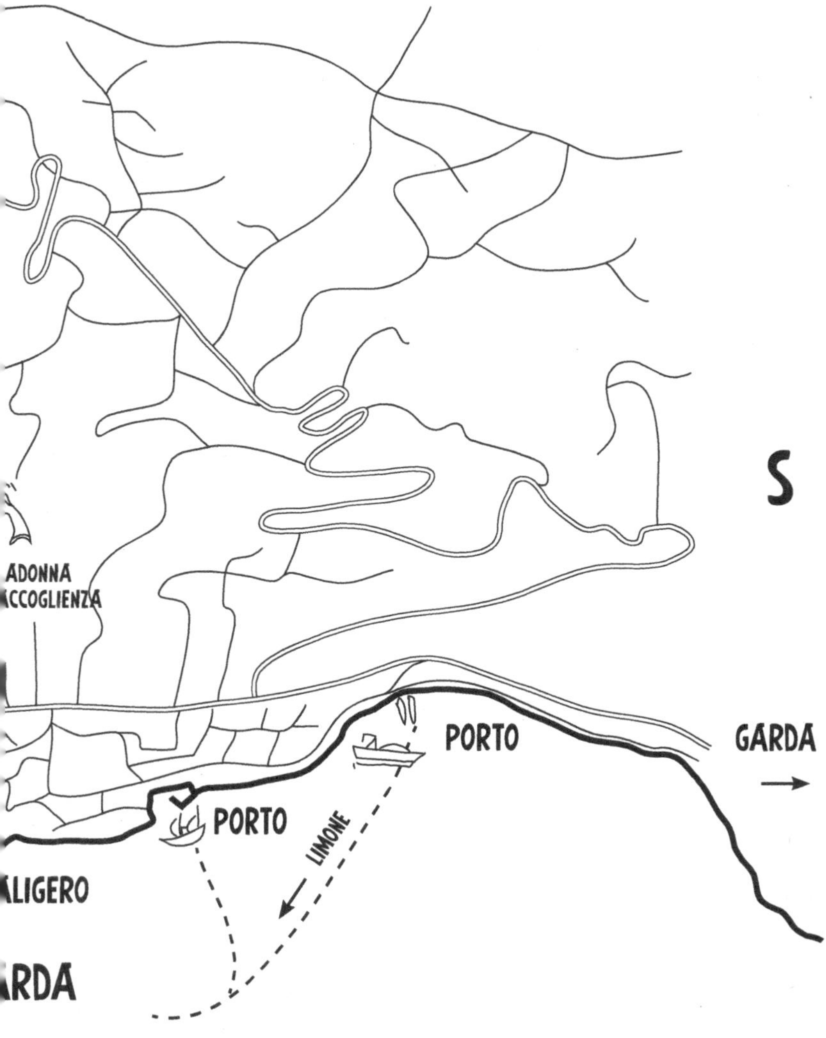
S
ADONNA
CCOGLIENZA
PORTO
GARDA
PORTO
LIMONE
LIGERO
RDA

PROLOG

Das trübe Licht der Küchenlampe wirft einen verschwommenen Kreis auf die Tischplatte. Eine Hand greift zur Feder, taucht die Spitze in die schwarze Tinte, tupft kurz ab und führt sie dann übers Papier. Ruhig und gleichmäßig reiht sich Buchstabe an Buchstabe, Wörter entstehen. Sätze. Die Feder kratzt leise und stetig über die raue Unterlage, bleibt kurz hängen. Der Augenblick genügt, damit sich das Papier mit einem stecknadelkopfgroßen schwarzen Fleck vollsaugt, bevor die Feder weiterzieht.

Non uccidere. Non uccidere. Non uccidere!

Du sollst nicht töten. Drei Mal. Das letzte Mal mit Ausrufezeichen. Die Hand führt die Feder zum Tintenfass, benetzt sie, streicht sie an dem kleinen Lederlappen ab, der seine hellbraune Farbe längst verloren hat und schwarz, an manchen Stellen hart von der Tinte, neben dem Fässchen liegt.

Nach einer Weile verharrt die Hand, legt die Feder ab, und leiser Singsang begleitet das Rascheln der Buchseiten, die Lampe flackert, als wollte sie protestieren, Einhalt gebieten. Das Rascheln verstummt, der Gesang geht in ein leises Murmeln über. Die Stelle im Buch der Bücher, der Heiligen Schrift, der *Sacra Bibbia*, ist gefunden. Der zornige Gott richtet über die Menschen, die er einst geschaffen hat. Seine Anweisungen sind klar und konsequent.

Die Stuhlbeine schrappen über den speckigen Terrakottaboden, die Lampe kommt ins Trudeln. Nicht nur Gott ist zornig. Die Buchstaben verzerren sich zu bösen Grimassen, lang gezogen und bedrohlich scheinen sie aus dem Papier zu wachsen, um ihrer Bedeutung Nachdruck zu verleihen.

KAPITEL 1

SOLE - SONNE

Giugno (Juni) – Lunedì (Montag) – Tag 1 in Malcesine

Ein wenig mürrisch schlürfe ich den Milchschaum von meinem Cappuccino. Hinter mir schiebt sich die Sonne über dem Monte-Baldo-Massiv in die Höhe. Was hier, in Malcesine am östlichen Ufer des Gardasees, bedeutet, dass wir noch bis Mittag den Schatten genießen können, während am gegenüberliegenden Ufer das malerische Limone bereits unter der prallen Sonne stöhnt. Selbst jetzt im Juni erreichen die Temperaturen knapp unter 30 Grad. Ich fläze auf einem der bunten Sitzsäcke, die Danilo vor seiner Surf- und Kiteschule drapiert hat. Danilo hat zwei Semester in München studiert und sich dabei mit Vinc, meinem persönlichen Traumprinzen, angefreundet, bevor er in seine Heimat Malcesine zurückgekehrt ist. Seine *capanna*, wie er seine Sportschule am Lungolago von Malcesine liebevoll nennt, ist wirklich nur eine Hütte und keine wirkliche Konkurrenz für die »Großen«. Aber das will Danilo auch gar nicht, stattdessen schart er zahlende und nicht zahlende Menschen um sich und vermittelt gerne die volle Breitseite an Dolce Vita. Idealistisch oder blauäugig? Ich mag ihn jedenfalls. Er hat Vinc und mich eingeladen, ein paar Wochen bei ihm zu wohnen, zu surfen – und ihm beim Umbau seines Hauses im Ort zu helfen. Wir sind seit ein paar Tagen hier und nutzen morgens erst mal den frühen Wind am See. Draußen auf dem Wasser tummeln sich die Surfer und Kiter mit ihren farbenprächtigen Segeln. Wingsurfer pflügen auf einer schmalen Unterwassertragfläche, dem Holm, wie ich gelernt habe, durch die Fluten. Vinc, Danilo und Luca sind mitten unter den Windvernarrten auf dem See. Nur ich sitze hier am Ufer. Ich kneife meine Augen zusammen, um das neonorange Segel von Vinc auszumachen. Er kurvt relativ nah am Ufer, sein Board liegt noch vollständig auf der Wasseroberfläche, jetzt dreht er eine Schleife und winkt mir zu. Mit meiner gesunden rechten Hand winke ich zurück. Und genau da liegt der Hund begraben: Meine linke Hand ist momentan *out of order*. Dick verpackt unter einigen Lagen Mull, hängt sie nutzlos herum. Das passiert den besten Profis, hat Paps mich getröstet und mir diverse mehr oder weniger noch sichtbare Beweise an seinen eigenen Fingern gezeigt. Kenne ich alle zur Genüge, ich durfte die jeweilige Leidensphase hautnah miterleben – was fast mehr Kraft gekostet hat, als die eigene Schnittwunde zu ertragen. Der Schmerz an sich ist mit Tabletten gut in den Griff zu bekommen, nicht dagegen die Untätigkeit, zu der ich dank meines Missgeschicks verdonnert bin. Statt draußen auf dem See mit Vinc um die Wette zu düsen, muss ich hier den Sitzsack hüten und meine innere Unruhe im Zaum halten. Vinc hat längst Fahrt aufgenommen und reitet, nur durch die schmale Tragfläche mit dem Wasser verbunden, über die Wellen des Gardasees. Meine Gedanken schweifen zurück zu dem unseligen Moment vor vier Wochen, der mich seitdem zum Nichtstun zwingt. Zu ebenjenem

Moment, als mich mein Ehrgeiz dazu getrieben hat, unseren Souschef beim Zucchinischneiden übertrumpfen zu wollen. Er ist der ungekrönte König in dieser Disziplin, und mein persönliches Ziel war es, ihn darin zu schlagen. Vermessen und ziemlich bescheuert, wenn man – wie ich – dabei auch noch einen Seitenblick zum Konkurrenten riskiert. Was eine schwerwiegende Kausalkette zur Folge hatte, an deren Ende nun ebendieser Sitzsack steht. Die Glieder dazwischen bilden eine versaute Zucchini, eine fast durchtrennte Fingersehne, eine leider nicht zufriedenstellende Wundheilung und noch dazu die Wut über meinen eigenen Sturkopf. Der hat mich dazu bewogen, trotz der ärztlicherseits streng verordneten Schonung der verletzten Hand die Kiste mit den knackigen Salatköpfen vom Sprinter zu heben. Paps war echt sauer. Vinc auch. Und ich erst – zumindest hinterher. Dazu fällt mir nur eins ein: selber Schuld!

In der hellgrau gestrichenen Holzhütte, Danilos »Büro«, bimmelt unentwegt Lucas Handy. Herztöne. In meinem Sitzsack eingesunken, komme ich mir bei diesen Klängen vor wie ein Embryo in Steißlage, der sich drehen müsste, aber nicht kann. Der soll nächstes Mal auf stumm schalten, denke ich grantig. Und runzle die Stirn. Nicht über Lucas Handy, sondern über mich. Grantig, missmutig – das bin nicht ich, verdammt noch mal! Ein Lächeln stiehlt sich auf mein Gesicht, und meine Laune hebt sich. Zumindest ein bisschen. »*Pazienza, cara Doro, pazienza.* Alles hat einen Sinn im Leben«, hat Rosa Benedini gestern Abend zu mir gesagt. Mein Lächeln vertieft sich. Geduld … Wie eine verrostete, weil selten genutzte Saite einer Gitarre, hat Danilos *nonna* einen wenig ausgeprägten Zug meines Charakters angeschlagen. Hat sie mich so schnell durchschaut? Ich reibe meine Nasenspitze. Das Familienrezept für ihr gefülltes Kaninchen müsse ich mir erst verdienen, wollte sie mir damit wohl zu verstehen geben, und wenn es um die Geheimhaltung spezieller Rezepte geht, hat sie mein vollstes Verständnis. Ist ja mein täglich Brot, mit Gewürzen, Garzeiten und dergleichen zu jonglieren und eben nicht jedes i-Tüpfelchen preiszugeben, das zur Perfektion des Gerichtes geführt hat. Bilder eines gefüllten Kaninchens vor meinem geistigen Auge und den Duft von frischen Kräutern gedanklich in der Nase, lehne ich mich im Sitzsack zurück. Die Cappuccinotasse immer noch auf dem Schoß, taste ich mit meiner rechten Hand unter mir nach dem Zuckertütchen, das mir vom Unterteller gerutscht ist. Ah, ich hab's. Shit, selbst das Aufreißen des Tütchens stellt eine Herausforderung dar. Bin echt gespannt, was die in der Klinik in Rovereto übermorgen sagen werden, wenn sie die Wunde neu versorgen. Dottor Fellini wird dann entscheiden, ob der Verband endlich wegkann. Zwei Tage noch. Ich seufze. Lucas Handy bimmelt schon wieder. Mir fallen ein paar böse Kommentare dazu ein. Kein Wunder, dass meine dunkle Seite heute übernimmt, was soll ich sonst tun, während ich hier rumhänge und andere sich auf dem See vergnügen? Okay, mein Bücherstapel ist hoch, und eigentlich habe ich mich gefreut, endlich mal Zeit und Muße zum Lesen zu haben, aber zwangsverordnet habe ich auf einmal keine Lust mehr dazu. Es drängt mich zu anderen Taten.

Die Jungs kommen zurück. Schon? Bin ich meinen Tagträumen erlegen und eingenickt? Nee, nicht wirklich, aber in Gedanken war ich woanders, und die Zeit ist unbemerkt an mir vorbeigerauscht.

Vinc zieht mich mit nasskalter Hand und Schwung aus meinem Sitz, direkt in seine Arme. Der Neoprenanzug durchnässt sofort mein dünnes T-Shirt, was bei diesen Temperaturen selbst im Schatten eine willkommene Abkühlung darstellt.

Neben mir schüttelt Danilo das Wasser aus seinen schulterlangen dunkelbraunen Haaren, die in nassem Zustand fast schwarz glänzen. Luca setzt noch eins drauf, zieht mit spitzen Fingern eine glitschige Wasserpflanze von seiner Wade und legt sie mir auf den Arm.

»Danke für die Blumen!«, protestiere ich und werfe sie ihm an die Brust.

Luca verzieht sich lachend, um sein Board zu holen und ordentlich neben der Hütte abzulegen.

»Kümmere dich mal um dein Handy, das bimmelt sich einen Ast ab«, rufe ich ihm hinterher.

»*Scusa*, habe vergessen, es auf stumm zu schalten. Berufskrankheit, ich möchte halt immer und überall erreichbar sein«, witzelt er.

»Lass dich bloß nicht zu sehr vereinnahmen«, warne ich ihn, denn tatsächlich erwartet sein Chef, dass er so etwas wie Dauerbereitschaft an den Tag legt, wie er uns erzählt hat.

»So schlimm ist es nicht«, winkt Luca ab. »Mein Chef ist ein Hund, der nicht beißt. Er findet eben, dass unser Beruf wie der eines Arztes ist, immer den Bürgern verpflichtet, und dass das Verbrechen nicht nach Uhrzeit oder Wochenende fragt.«

Ich zwinkere ihm zu. »Ich weiß schon, dein Chef ist dein großes Vorbild und du willst es mal genauso weit bringen wie er. Commissario bei der staatlichen *Polizia*, Abteilung Verbrechen und Tötungsdelikte.« Ich kann mir schwer vorstellen, wie der gutmütige Luca mit seinem menschenfreundlichen Dauerlächeln Schwerverbrechern Handschellen anlegt.

»Daran mangelt es in Malcesine leider. Und mein Chef sitzt in der Questura in Verona«, seufzt er. »Die spektakulären Fälle, zu denen Commissario Dantes gerufen wird, behandelt er sehr diskret, und mitnehmen tut er mich dazu schon gar nicht. Ich darf mich mit illegalem Straßenhandel, Diebstahl und Schlägereien herumärgern. Und selbst das übernehmen meistens die Carabinieri und mir bleiben die Verkehrsdelikte.« Er zuckt mit den Schultern. »Andererseits mischt er sich nicht in meine Angelegenheiten ein. Das ist auch nicht schlecht. Und er will mich fördern, mich weiterzubilden.«

Er holt sein Handy und checkt die Nummer. »Wenn man vom Teufel spricht«, sagt er und lächelt gespannt. *»Il commissario.«* Er drückt auf den Kontakt.

Neugierig lauschen wir dem Gespräch und können so viel heraushören beziehungsweise hineininterpretieren, dass Luca zum Einsatz muss. Und zwar *subito*.

»Und?«, frage ich wenig diskret, als er aufgelegt hat.

»Hm …« Luca versucht sichtlich, seine Aufregung zu verbergen. Dann sprudelt es aus ihm heraus. »Ein Wanderer hat einen Toten gefunden. Oben am Berg, in der Nähe der Mittelstation bei San Michele. Ich muss los.«

»Einen Toten? Und du freust dich?« Danilo schüttelt den Kopf. Dieses Mal nicht, um seine Haare zu trocknen, sondern eher aus Unverständnis über das Verhalten seines Freundes.

»*Scusa*, natürlich nicht darüber, dass ein Mensch tot ist. Aber, hey, Leute, endlich mal ein Fall!« Eilig schlüpft Luca in seine Shorts.

»Vielleicht ist dieser Fall nur ein *Un*fall?«, dämpft Vinc seine Vorfreude.

»Dann würde Dantes mich nicht so dringend anfordern und wäre auch nicht selbst extra angereist«, hält Luca dagegen.

»Willst du etwa so gehen? Was ist mit deiner Uniform?«, fragt Danilo und beäugt Lucas Badeshorts mit hochgezogenen Augenbrauen.

»Ich habe heute frei, da wird nicht erwartet, dass ich meine Uniform bei mir habe. Wichtig ist nur, dass ich sofort komme, hat Dantes gesagt.«

»Ich habe eine lange Hose in der *capanna*. Zieh wenigstens die an«, schlägt Danilo vor.

»Ein wahrer Freund«, nimmt Luca das Angebot an.

Danilo nickt und verschwindet in der Hütte.

»Wie kommst du hin?«, erkundige ich mich und reiche ihm nebenbei einen Kamm, damit er seinen feuchten Locken den Anschein von Ordnung verleihen kann.

»Mit dem Roller. Äh ... Mist! Ich bin ja heute zu Fuß gekommen. Das Benzin war alle, und ich dachte mir, ich tanke erst morgen früh.«

»Aber Hauptsache, das Handy dabei, was?«, ärgere ich ihn ein bisschen, fummle aber schon den Schlüssel für unseren Roller aus der Hosentasche. »Hier, zisch ab. Vinc und ich brauchen den Roller heute nicht. Gegenleistung: maximale Information, *d'accordo*?«

Erleichterung und Verlegenheit spiegeln sich auf Lucas Gesicht.

»Ich weiß, nur soweit es die Ermittlungen zulassen«, beruhige ich ihn. »Vielleicht ein klitzekleines bisschen mehr.«

»Grazie mille!« Luca schnappt sich den Schlüssel, ohne etwas zu versprechen, und rennt los. Unser Roller steht oben am Haus, bei dem Tempo keine zwei Minuten von hier entfernt.

»Die Hose!«, schreit Danilo ihm hinterher. Luca stoppt, kommt zurück und zieht sich das Teil mehr oder weniger im Laufen an.

»Der hat's gut«, jammere ich, als Luca weg ist.

Danilo schaut zu Vinc. »Alles in Ordnung mit deiner Freundin?«, fragt er skeptisch.

Vinc winkt ab. »Du wirst dich noch wundern.«

»Muss ich das jetzt verstehen?«

»Ihr braucht gar nicht so zu tun, als wäre ich nicht anwesend«, beschwere ich mich. »Außerdem hat Luca sich ja auch gerade gefreut, wenn ich mich nicht irre.«

»Schatz, schau nicht so verzückt. Du bist im Krankenstand und außerdem von Beruf Köchin und nicht bei der Polizei.«

»Könnt ihr mich bitte mal aufklären?«, fordert Danilo. Was wir allerdings vertagen müssen, da ein Kunde sich nach den Konditionen für einen Kurs zum Wingsurfen erkundigt.

»Am besten sofort«, fordert der Junge, und seine Eltern zücken den Geldbeutel. Sie wollen sich für die nächsten zwei Stunden ins Städtchen verziehen und später an der Strandbar auf ihren Sohn warten.

Danilo kümmert sich um seinen neuen Schüler, und nachdem Vinc sein Board verräumt hat, beschließen wir, loszuziehen.

»Was hältst du davon, wenn wir mit der Seilbahn hoch zum Plateau fahren, um den Gleitschirmfliegern beim Start zuzuschauen und die Murmeltiere pfeifen zu hören?«, fragt Vinc.

»Schatz, du rettest meinen Tag. Das schaffe ich sogar einarmig«, bin ich sofort begeistert dabei. Jede Abwechslung ist mir willkommen.

Wir laufen vom Lungolago zur Kirche, die Hauptstraße entlang zur Station, insgesamt kaum fünf Minuten. Die Warteschlange hält sich in akzeptablen Grenzen, und in den paar Minuten, die wir anstehen müssen, diskutieren wir die Frage, ob unsere Trekkingsandalen für die Bergregion geeignet sind. Die Antwort lautet Nein, aber wir wollen ja auch nicht wandern. »Zum Glück haben wir Windjacken dabei, die Bergstation der Seilbahn liegt auf 1.760 Metern, da oben wird es kühl sein«, bemerke ich und rücke ein Stück vorwärts. Vor uns schleppen eine Frau und ein Mann, beide in unserem Alter, ihre Gleitschirme in riesigen Rucksäcken zur Bahn und hoffen auf eine optimale Thermik. Interessiert lauschen wir dem Gespräch, denn ursprünglich war Gleitschirmfliegen ein Teil unseres geplanten Sportprogramms.

»Das musst du unbedingt machen«, sage ich zu Vinc. Mich frustriert es zwar total, dass ich selbst momentan ausfalle, das heißt aber nicht, dass Vinc meinetwegen auf das Abenteuer verzichten soll. »Vielleicht springt für mich ein Tandemsprung raus, das passt schon.«

»Wenn ihr eine Adresse braucht …« Die junge Frau vor uns dreht sich um und streckt uns eine Visitenkarte entgegen. »Ich gebe Stunden und biete auch Tandemflüge an.«

»Giulia ist die Beste«, verspricht ihr Begleiter. »Sie hat es geschafft, dass selbst ich mittlerweile alleine und, ich möchte behaupten, sicher nach unten gelange.«

»Danke für das Kompliment, Patrick. Du hast dich auch gut angestellt«, lächelt die Frau.

»Danke für das Angebot, aber mein Kumpel hat einen Ausbilderschein«, lehnt Vinc höflich ab. »Meine Freundin und ich wollten eigentlich zusammen springen, aber sie musste sich ja unbedingt den Finger absäbeln.« Er deutet auf meinen Verband an der linken Hand.

»Was ist passiert?«, fragt Giulia mitleidig.

»Berufsunfall«, knurre ich. »Schnittverletzung am Finger.«

»Oh, bist du Friseurin? Und hast statt der Haare deinen Finger zwischen die Schere bekommen?« Sie lacht mitleidig und verwendet ohne viel Umstände das unkomplizierte Du.

»Knapp daneben. Es war ein Messer. Ich bin Köchin.«

»Ah, dann machen wir einen Deal«, ruft Giulia begeistert, »Tandemflug gegen Luxus-Gänge-Menü.«

»Ist das nicht ein bisschen riskant? Du weißt nicht, wie ich koche«, warne ich, und Vinc blickt vielsagend Richtung Verband.

»Da ist was dran, vielleicht lassen wir das doch lieber bleiben«, rudert Giulia lachend zurück. »Ich habe es gerne medium, nicht blutig.«

Die Schlange bewegt sich weiter, und die beiden nehmen den günstigen Ein-Weg-Tarif für Sportler, während wir die teurere Kröte der Berg- und Talfahrt schlucken.

»Ich schwör es dir, sobald der Verband ab ist, will ich wenigstens den Berg runterwandern«, maule ich an Vinc gewandt.

Nach ein paar weiteren Minuten des Wartens nähert sich langsam von oben die Gondel. Die beiden Angestellten der *Funivia*, der Seilbahngesellschaft, unterbrechen ihr Gespräch, winken uns nach vorne zur Absperrung, damit die Leute nachrücken können, dann unterhalten sie sich weiter. Einige Gesprächsfetzen erwecken meine Aufmerksamkeit: »Polizeiaufgebot«, »San Michele« …

Auch mehrere Gäste um uns herum haben das Thema der Bahnangestellten aufgegriffen und spekulieren, was da oben los sein könnte. Vinc und ich mischen uns nicht ein und geben erst recht nicht preis, dass wir etwas mehr darüber wissen.

Wir fahren schweigend mit der Gondel zur Mittelstation und machen uns Gedanken um das eben Gehörte.

Die Bahn wird langsamer, die Menschen drängen zum Ausgang, die meisten wollen weiter hoch zum Monte-Baldo-Plateau. Sie eilen zur 360-Grad-Panoramagondel, die sie nach oben transportiert und sich dabei einmal um die eigene Achse dreht, um den Fahrgästen einen fantastischen Rundumblick zu bieten.

Vinc stupst mich an, und wir brechen aus dem Pulk aus. Er muss nicht viel schieben, ich bin sofort dabei. 562 Höhenmeter anstatt 1.760 oben an der Bergstation.

»Vielleicht treffen wir ja Luca«, raune ich ihm ins Ohr.

»Mein Gedanke, und mir war klar, dass ich dir die Tour nicht erst schmackhaft machen muss.«

»Na ja, laufen kann ich ja zumindest, und Lucas dringender Einsatz interessiert mich sowieso.«

»Eben. Aber mach dir nicht allzu große Hoffnungen, die haben die Fundstelle bestimmt abgeschirmt, außerdem wissen wir gar nicht, wo genau sie ist.«

»Schauen wir uns um, dann unken wir weiter«, bestimme ich und habe meine gute Laune definitiv wiedergefunden. Langsam wird das ein Tag nach meinem Geschmack. Trotzdem liegt ein Schatten über aller Freude. Ein Flattern in meinem Bauch mahnt mich, dass da oben ein Mensch gestorben ist. Ob durch einen Unfall oder sonst wie. Das Flattern flüstert mir aber auch zu, dass es seltsam ist, dass sofort ein Commissario gerufen wurde, der dann auch noch seinen Assistenten an dessen freiem Tag an den Unfallort zitiert. Er hat von einem Toten gesprochen, und es muss zumindest etwas unklar an der Situation sein. Außerdem war da noch das Gespräch der Seilbahnangestellten. Die Neugier brennt mir auf den Nägeln. Trotzdem …

»Meinst du, dass es unpassend ist, wenn wir dort auftauchen?«, frage ich Vinc.

»Was jetzt, willst du hin oder nicht? Natürlich ist es unpassend, aber das stört dich doch sonst auch nicht.«

»Na ja, es ist etwas anderes, wenn ich einer Ungerechtigkeit oder einem kriminellen Delikt auf der Spur bin, dann sind mir solche Dinge egal.«

Vinc zuckt mit den Schultern. »Normalerweise bin *ich* derjenige, der diesbezüglich Skrupel äußert, aber jetzt sind wir schon mal da. Je nach Situation können wir immer noch unauffällig verschwinden.«

»Okay, dann los«, schiebe ich meine Bedenken beiseite. »Wo geht's lang?«

Wir stehen vor dem Schilderbaum und studieren die Wegweiser. Sie helfen uns nicht weiter – wie auch, *Unfall* oder *Polizeieinsatz* steht leider auf keiner der Tafeln.

»War eine Schnapsidee«, seufze ich. »Egal, Luca muss später alles erzählen.«

Ich bleibe vor dem Mäuerchen eines Grundstücks stehen, auf dem sich ein alter Wanderschuh an den anderen reiht. »Schau mal! Das ist ja witzig, die Schuhe sind bepflanzt.« Tatsächlich stecken Kakteen und Sukkulenten in den merkwürdigen Gefäßen.

»Wanderschuhe, die am Monte Baldo ihren Geist aufgegeben haben, weil deren Sohle sich abgelöst hat. Ist zumindest originell«, äußert sich Vinc ein wenig skeptisch.

Wir schlendern weiter und entdecken diese eigenwillige Deko rund ums ganze Haus. Auf jedem Fensterbrett, auf jeder Stufe, in jeder Nische.

»Ich weiß nicht, ob ich die alten Latschen überall ums Haus herum haben wollte. Aber gut, immerhin werden sie so nachhaltig verwertet.«

Vinc schaut mich entsetzt von der Seite an. »Komm bloß nicht auf die Idee, unsere Dachterrasse mit solchen floralen Kunstwerken zu verschönern!« Dann lacht er. »Zum Glück finden sich im Umfeld von Marienplatz und Viktualienmarkt wenige Wanderschuhe ohne Sohle.«

»Och, an Kunstobjekten mangelt es trotzdem nicht. Wie wär's mit leeren Bierflaschen? Oder benutzten Kondomen?«

»Doro, du bist echt …«, er schüttelt den Kopf.

»Unappetitlich? Versaut? Ich weiß«, ergänze ich gut gelaunt.

»Milde ausgedrückt«, bewertet Vinc lapidar.

»Okay, Themenwechsel. Wenn der Verband ab ist, will ich unbedingt mit der Bahn hoch und nach unten wandern. Von der Mittelstation aus, nicht von ganz oben. Muss ein wunderschöner Weg sein, hab ich gelesen, nur teilweise ein bisschen steil.«

»Zwei Tage musst du noch aushalten, dann planen wir weiter.«

»Jaja, ich weiß. *Pazienza.*«

Vinc lächelt und drückt liebevoll meine gesunde Hand. »Genau.«

Wir schlendern ein Stück Richtung Chiesa di San Michele. Die Dauer der Strecke ist auf dem Schild mit zehn Minuten angegeben. Erscheint mir machbar, und da wir keinen Anhaltspunkt für unser eigentliches Ziel haben und die Angestellten der Seilbahngesellschaft nicht fragen wollen, nehmen wir zumindest diese kleine Kirche mit. Der Ort San Michele liegt auf 552 Metern Höhe, informiert ein weiteres Schild, die anderen ausgewiesenen Orte kenne ich nicht. »Mir war gar nicht bewusst, dass es am Hang des Berges so viele Häuser gibt. Von unten sieht alles eher bewaldet und grün aus«, wundere ich mich.

»Von der Gondel aus hat man beide Seiten des Hangs gesehen, die eine mehr Natur, die andere relativ viel bebaut. Wir könnten nachher noch ganz hochfahren, die Karten haben wir ja. Dann sehen wir die Gegebenheiten aus der Vogelperspektive. Vielleicht treffen wir sogar Giulia und ihren Schüler, bevor sie abfliegen.«

»Jep«, sage ich und laufe weiter Richtung Chiesa di San Michele.

Ist wirklich nicht weit zu der kleinen Steinkirche. Sie liegt eingebettet zwischen mediterranen Nadelbäumen und Wiesenstreifen mit bunten Frühlingsblumen, die Wege sind durch abgeworfene Nadeln weich gepolstert und gespickt mit kleinen und großen Pinienzapfen. Ich bleibe stehen und sauge den Duft aromatischer Öle ein, der sanft in der Luft hängt. Pinien, Rosmarin, das unnachahmliche Flair des Südens. Margeriten, zartes fliederfarbenes Seifenkraut, gelbes Fingerkraut und unverwüstlicher Löwenzahn teilen sich friedlich die Wiese rund um das Kirchlein. Sogar ein einsamer tiefblauer Enzian hat sich hierherverirrt, obwohl der normalerweise deutlich weiter oben blüht.

Wir umrunden den Bau. Leider ist die Kirche geschlossen. Nach Westen, Richtung See, breiten sich satte grüne Wiesen aus, auch hier stehen Fingerkraut und gelber Löwenzahn, rosafarbener Klee, verstreute Häuser und Olivenbäume – und weit unten ist der Lago Benaco, der Gardasee, zu sehen. Wir lehnen uns an ein hölzernes Geländer und genießen die Aussicht.

»Schau mal«, rufe ich aufgeregt und zeige nach unten.

»Da sind sie«, sagt Vinc im selben Moment.

Ein Stück abwärts steht ein Polizeiwagen. Und weitere Fahrzeuge. »Wie schaffen die das bloß, mit den Autos die engen, steilen Gassen nach oben zu gelangen?«, wundere ich mich.

»Die sind das gewohnt, für die sind das ganz normale Straßen. Die Frage ist eher, wie wir am schnellsten zu Fuß da runterkommen«, stellt Vinc fest und taxiert die Strecke mit Blicken. »Weit ist es nicht, zumindest Luftlinie. Mal sehen, welcher Weg dorthin führt.«

Wir eilen zurück zur Straße. Gleich neben der Seilbahnstation verläuft ein Hohlweg zwischen den Wiesen, die wir von oben gesehen haben. Links und rechts des Weges säumen circa ein Meter hohe Trockenmauern den Weg, am Boden drücken sich die faustgroßen runden Pflastersteine durch die Sohlen meiner Trekkingsandalen. Nicht so rund und glatt poliert wie die im Ort, aber rutschig genug, um besser an der Seite zu laufen, wo größere, flachere Steine den Untergrund trittsicherer machen. Würde mir gerade noch fehlen, wenn ich jetzt auch noch auf die verletzte Hand stürzte. Aus den Mauerritzen wuchern Pflanzen. »Das ist ja süß. Meinst du, dass ich mir einen Ableger …«

»Doro! Wenn das jeder machen würde!«

»Jaja, ich weiß, aber vielleicht finde ich ein entwurzeltes Teilchen, das ich vor dem Vertrocknen retten kann«, tröste ich mich.

»Ein anderes Mal, aber jetzt *avanti*«, treibt Vinc mich lachend an, nimmt mich bei der Hand und hastet gemeinsam mit mir den Weg weiter abwärts. »Du und deine Sammelleidenschaft. Denk dran, unser Pflanzenasyl in der Wohnung und auf dem Balkon ist überbelegt, das hast du selbst erst kürzlich gesagt.«

»Stimmt«, gebe ich zu und suche in Gedanken ein passendes Plätzchen in unserer grünen Oase am Marienplatz. »Aber so einen Winzling kriege ich immer unter.«

»Musst natürlich wieder mal das letzte Wort haben.«

»Eh klar … ups!« Ich rutsche auf einem glatten Stein aus, Vinc kann mich gerade noch vor einem harten Aufprall bewahren.

»Shit, das wäre beinahe schiefgegangen«, japse ich erschrocken. Mir reicht mein lädierter Finger.

»Wir müssen ja nicht so rennen«, stellt Vinc vollkommen richtig fest. Etwas langsamer laufen wir weiter.

»Kürzlich kam ein Bericht über fremde Arten, die die heimischen Pflanzen überwuchern«, fällt mir mit schlechtem Gewissen ein. »Ist schon krass. Nur weil jeder überall alles mitnehmen muss. Oder denk mal an die Kaninchen in Australien«, komme ich nahtlos zu einem meiner Lieblingsthemen.

»Ja, ich weiß, und die Kröten«, beendet Vinc meinen Vortrag, den er nicht das erste Mal hört.

Ich belasse es dabei und halte lieber Ausschau nach Lucas Einsatzort. Der interessiert mich im Augenblick mehr als artfremde Eindringlinge in heimische Flora und Fauna. Linker Hand lassen wir vereinzelte, oft leer stehende Häuser hinter uns, rechts Feigenbäume, Palmen, Olivenbäume, oben am Mauerrand wuchert alles Mögliche an Gestrüpp. Fast schon idyllisch – wenn man davon absieht, dass hier ein Toter gefunden wurde.

Vinc wechselt auf meine Seite des Weges und nimmt wieder meine Hand.

»Da vorne ist es.« Er deutet auf eine Abzweigung ein Stück voraus, aus der das Heck des Polizeiwagens ragt, die anderen beiden Autos parken daneben. Als wir direkt davor stehen, sehen wir, dass es keine Seitenstraße ist, sondern die Einfahrt zu einem Haus. Das metallene Flügeltor steht offen. *Proprietà privata*, prangt in schwarzer Schrift auf einem gelben Schild. »Privatbesitz, das hat jemand wohl nicht ernst genommen. Hat Luca nicht gesagt, ein Wanderer habe den Toten gefunden?«, fragt Vinc.

»Tja, das war's mit *proprietà privata*, jetzt hat die *Polizia* hier die Regie übernommen.« Ein Kribbeln im Bauch kündigt mein Jagdfieber an. Ich pirsche los, Vinc hinterher, wie ich am Knirschen seiner Sohlen auf dem Kiesweg registriere.

Erst mal ist außer den Autos nichts zu sehen. Auch unser Roller, den sich Luca ausgeliehen hat, steht nicht in der Einfahrt. Ist Luca etwa gar nicht hier? Das schmucklose hellgraue Steinhaus sieht verlassen aus. Geschlossene Holzläden, keine Blumenkästen, Gras drängt sich in Büscheln zwischen den Steinen der Zufahrt hervor, der Rasen rund ums Haus wurde zumindest dieses Jahr nicht gemäht. Wohnt hier überhaupt jemand? Wir nehmen einen schmalen Durchgang zwischen Haus und Garage. Bewohnt oder nicht, ein bisschen fühle ich mich wie ein Eindringling. Hinter dem Haus erstreckt sich eine weite grüne Fläche, abgegrenzt durch an krummen Holzstangen angebrachten Stacheldrahtschnüren zu dem hangabwärts liegenden Olivenhain. Am Ende des Grundstücks neigt sich die Wiese nach hinten und verschwindet wie das Meer am Horizont. Niedergetrampelte Halme weisen den Weg, und hinter dem Hügel eröffnet sich uns eine bizarre Szenerie: Als wären die Menschen in dem kleinen Wäldchen dem Erdboden entstiegen, tummeln sich mindestens 20 Zuschauer um ein mit rot-weißem Plastikband abgesperrtes Areal und bemühen sich, einen Blick an den Schutzwänden vorbei zu erhaschen, die gerade von ein paar Beamten aufgestellt werden. Einer der Helfer ist Luca. Vinc und ich schieben uns zwischen die Katastrophengaffer und versuchen, uns durch Winken bei ihm bemerkbar zu machen.

Begeisterung sieht anders aus, interpretiere ich – Luca schaut eher entgeistert, als er uns unter den Zuschauern entdeckt. Er wirft einen peinlich berührten Blick über die Schulter zurück, wie um sich zu vergewissern, dass keiner seiner Kollegen unser Winken bemerkt hat, dann kommt er notgedrungen zu uns rüber. »Was wollt ihr denn hier?«, zischt er und bedeutet uns, möglichst unauffällig ein wenig zur Seite zu rücken. »Mein Chef reißt mir den Kopf ab, wenn er mitbekommt, dass ich Freunde zu einer Ermittlung mitbringe«, ranzt er uns in unterdrückter Lautstärke an.

»Du hast uns nicht mitgebracht, wir haben von den Seilbahnangestellten gehört, dass hier was los ist. Wir dachten, es schadet nicht, uns einen Überblick zu verschaffen«, erkläre ich besänftigend.

Aber Luca ist aufgebracht. »Das geht nicht!«

»Keine Panik, wir wollen eh mit der Bahn nach oben«, beruhige ich ihn, um gleich noch nachzulegen. »Was ist denn eigentlich passiert? So ein großes Polizeiaufgebot wegen eines Unfalls? Das ist doch komisch. Oder steckt mehr dahinter?«

»Sei nicht so neugierig. Ich muss wieder zurück. Nur so viel: Es war kein Unfall, und wir müssen uns selbst erst einen Überblick verschaffen.«

»Kein Unfall?«, frage ich.

»Vielleicht erfahrt ihr heute Abend ein klein wenig mehr.« Sagt's, dreht sich um und eilt zurück zum Ort des Geschehens, der für uns Außenstehende mittlerweile völlig abgeschirmt ist.

Die Neugierigen – darunter auch Vinc und ich – treten den Rückzug an.

»Mich würde brennend interessieren, was genau der Wanderer gefunden hat«, grüble ich.

»Spar dir die Energie, Schatz, sind doch nur aus der Luft gegriffene Vermutungen. Gedulden wir uns bis heute Abend und gönnen uns vorher Gipfelluft und schöne Aussichten.«

»Mit Gipfelluft und Aussichten bin ich einverstanden. Aber wenn heute noch einmal jemand zu mir sagt, ich solle mich gedulden, dann schreie ich.«

Vinc lacht laut auf und läuft weiter.

Eine halbe Stunde später reihen wir uns in die Warteschlange an der Mittelstation ein und drängen dann mit den anderen in die Gondel. Ich finde einen Platz am Fenster, Vinc stellt sich dicht hinter mich. Ich bin immer noch verschnupft wegen unseres erfolglosen Detektiveinsatzes, doch dann genieße ich die 360-Grad-Panoramasicht, als sich die Kabine auf dem Weg nach oben um die eigene Achse dreht. Ich verrenke mich, um einen Blick auf die abgesperrte Zone zu erhaschen. Leider ist die Perspektive ungünstig. Seufzend hake ich das Thema vorläufig ab.

Vinc legt seine Hände auf meine Schultern. »Wenn wir Glück haben, tummeln sich ein paar Murmeltiere außerhalb ihrer Erdhöhlen auf der Wiese«, tröstet er mich.

Ich lehne mich dankbar gegen ihn. »Wenn ich dich nicht hätte«, murmle ich und lasse mir genüsslich den Nacken kraulen.

Oben am Plateau verlaufen sich die Leute schnell. Wir ziehen unsere Jacken über, es bläst eine kühle Brise. Hand in Hand laufen wir los und halten Ausschau nach den süßen Fellknäueln der Berge. Bald werden wir belohnt. Mit der Handykamera können wir sie so weit heranzoomen, dass man sogar die Struktur ihres Fells erkennt. Super, was diese Smartphones alles können! Ein Tier der Gruppe hält Wache, verharrt regungslos auf einem Felsen gleich neben dem Eingang zum Bau, um der Gruppe etwaige Feinde am Boden und aus der Luft rechtzeitig mit schrillen Pfiffen anzukündigen. Die anderen tummeln sich weiter entfernt, balgen, rennen, lauschen und fressen die frischen Bergkräuter. In ihrer Nähe hackt eine Bergdohle an einem Tierkadaver herum. Ich denke an Luca und den Toten, lasse mich dann aber von den Gleitschirmfliegern ablenken. Die Piloten breiten ihre Schirme aus und haben den Windsack im Blick, um den richtigen Zeitpunkt zum Start nicht zu verpassen. Giulia und Patrick sehen wir nicht mehr, anscheinend war die Thermik so gut, dass sie schnell starten konnten.

»Wie viel Uhr ist es?«, frage ich. »Und wann geht die letzte Gondel nach Malcesine?«

»Wir haben 17 Uhr, und die letzte Fahrt ist um 18.45 Uhr«, antwortet Vinc.

»Setzen wir uns auf die Panoramaterrasse? Wäre doch schade, jetzt schon runterzufahren. Oder hast du noch was vor?« Ich schaue ihn an.

Er legt den Arm um meine Schultern. »Nur noch mit dir auf der Aussichtsterrasse zu sitzen. Liegestuhl oder Sitzsack?«, lässt er mir die Wahl.

»Liegestuhl.«

Vinc organisiert einen kleinen runden Tisch, den er zwischen unseren Sitzliegen platziert. »Kaffee? Kuchen? Prosecco?«, fragt er.

»Prosecco und eine Flasche Wasser«, habe ich mich schnell entschieden, und Vinc schließt sich an.

»Ist das Leben nicht schön?«, frage ich genießerisch.

»Sehr schön, mein Schatz, besonders mit dir. Wenn auch manchmal ein bisschen anstrengend«, kann er es nicht lassen zu sticheln und weicht geschickt meiner Hand aus, um dem Klaps auf die Schulter zu entgehen.

Später, es ist schon 22 Uhr, sitzen wir in Danilos Garten. Oma Rosa hat gekocht, ihre Pasta mit Sardellen, Kapern und schwarzen Oliven, die »zum Sterben gut« ist. O-Ton Danilo. Vinc und ich übernehmen den Abwasch, Danilos *nonna* Rosa ist müde und hat sich zurückgezogen. Vinc, Danilo und ich halten immer noch die Stellung, als Luca endlich angedüst kommt.

»Wir dachten schon, du hättest uns vergessen«, begrüße ich ihn und springe auf, um ein Glas für ihn zu holen. »Hast du Hunger?«

»Wie ein Wolf. *Scusate*, dass ich den Roller erst so spät bringe, ich hoffe, ihr habt ihn nicht gebraucht?« Er hängt den Helm an die Stuhllehne und lässt sich auf die Sitzfläche fallen.

Ich winke ab. »Kein Problem, es geht mir gar nicht um den Roller, ich will wissen, was los war. Erzähl schon.«

Luca verschränkt die Arme vor der Brust und meint augenzwinkernd Richtung Vinc: »Aha. Das hast du also heute Vormittag damit gemeint, dass ich mich noch wundern werde.«

Vinc bestätigt mit einer amüsierten Geste.

»Hey, mein Finger ist lädiert, nicht mein Hirn!«, protestiere ich.

»Jetzt lass Luca erst mal in Ruhe essen«, schlägt Vinc vor und geht in die Küche. Kurz darauf kommt er mit einem aufgehäuften Teller Pasta und Besteck zurück.

»Grazie mille«, bedankt sich Luca und dreht mit Heißhunger Bigoli auf die Gabel.

»Ah … Das habe ich jetzt gebraucht«, sagt er, als er fertig ist, und wischt sich die Ölreste aus den Mundwinkeln.

Er nimmt einen Schluck Rotwein. »*Allora*, es wurden menschliche Überreste gefunden.« Es folgt eine bedeutungsschwangere Pause. »Und es war kein Unfall.«

KAPITEL 2

L'OSCURITÀ - DUNKELHEIT

Lunedì (Montag) – Tag 1

Plötzlich fröstelt es mich. Vinc und Danilo hat es wie mir die Sprache verschlagen.

Luca erzählt weiter, ohne dass wir nachfragen müssen. »Ein Wanderer hat einen Knochen gefunden, oder besser gesagt sein Hund. Er stammt eindeutig nicht von einem Tier, was der Mann zweifelsfrei erkannt hat, da er früher eine Metzgerei geführt hat. Er hat sofort die 112 gewählt, und wir haben dann weitere sterbliche Überreste geborgen – die Knochen lagen in einem Hohlraum im Boden eines Felsenkellers, der vor langer Zeit als natürlicher Kühlraum verwendet wurde. Er wurde in einen Felsvorsprung hineingebaut und erinnert fast an eine natürliche Höhle. Wer auch immer die beiden Leichen dort abgelegt hat, muss gewusst haben, dass der Felsenkeller samt dem Hohlraum unter den Holzbohlen nicht mehr genutzt wird. Ein ideales Versteck.«

»Zwei Leichen?«, rufe ich erschrocken.

»Also menschliche Knochen? Sicher?«, fragt Vinc zeitgleich.

»Ja, zwei. Und menschlich. Hundertprozentig. Der Wanderer hat sich trotz Verbotsschild auf dem Privatgrundstück aufgehalten. Dabei ist er auf diesen Felsenkeller gestoßen, und sein Hund hat aus dem Spalt einer morschen Bohle besagten Knochen gezerrt.«

Wieso schaut Vinc mich so vielsagend an? Habe *ich* etwa die Überreste gefunden oder mich verbotenerweise auf einem Privatgrundstück herumgetrieben? Ich runzle die Stirn ob dieser Unterstellung – bin aber nicht beleidigt, denn selbstverständlich hätte ich mich dort herumgetrieben, wenn ich eine Ahnung gehabt hätte …

Bevor ich Luft holen kann, bohrt Vinc weiter. »Moment mal, Luca, warum seid ihr sicher, dass jemand die Leichen dort vorsätzlich versteckt hat? Geht ihr von Mord aus?«

»Das wird noch untersucht. Die Knochen werden in einem Labor in Verona genauestens unter die Lupe genommen. Dantes wird dabei sein. Fest steht: Es handelt sich um die Skelette zweier Erwachsener, einer Frau und eines Mannes, da sind sich mein Chef und der Amtsarzt einig. Beckenstand und Schädelknochen seien markante Merkmale, sagt Dantes. Auch die Überreste der Kleidung sprechen für diese These. Eine bronzefarbene Gürtelschnalle eines Herrengürtels, zwei Haarspangen, Plastik, rote Schmetterlinge. In einem der Schädel war ein Loch, was auf eine Schussverletzung hindeutet, bei dem anderen ist das nicht so eindeutig, aber vermutlich handelt es sich um eine ähnliche Verletzung. Das wird aber wie gesagt alles im Labor analysiert, Dantes glaubt, dass die Knochen mindestens 20 Jahre alt sind.«

Ich höre gar nicht mehr richtig zu. Zwei Skelette? Einschusslöcher, wahrscheinlich in beiden Schädeln? In meinem Hirn rattert es. Mord? »Wurden die Opfer denn direkt in diesem Felsenloch getötet?«, frage ich.

»Auch das werden wir klären, vor allem aber müssen wir die Identität der Opfer herausfinden. Dazu hat Dantes bereits eine Vermutung.«

»Vermutung? Ein alter Fall? Selbstmord? Oder vielleicht …«

»Es wurde keine Waffe entdeckt«, unterbricht mich Luca.

»Dann ist ein Selbstmord schon mal unwahrscheinlich«, zieht Danilo den logischen Schluss.

Luca nickt. »Sieht so aus.«

»Der Hund eines Wanderers findet also einen Knochen, und der Mann untersucht daraufhin diesen ominösen Raum oder die Höhle, in der zwei Skelette liegen. Gibt es denn eine Tür zu dem Hohlraum oder handelt es sich um ein offenes Felsloch? Dann wären doch aber längst andere Wildtiere dort gewesen und hätten sich an den Leichen gütlich getan, oder? Und wieso hat der Hund ausgerechnet jetzt die Knochen aufgespürt? Geruch ist ja nach so langer Zeit keiner mehr vorhanden, oder?«

Luca macht eine vage Handbewegung. »Der Mann sagt, er habe sich eine Blase an der Ferse gelaufen. Er sei ein wenig vom Weg abgewichen, weil es zwischen den Bäumen des kleinen Föhrenwäldchens schattiger gewesen sei. Dort habe er die Schuhe ausgezogen und seine Füße erst trocknen lassen wollen, um danach ein Pflaster anlegen zu können. Das geschah zufällig neben dem Felsenkeller. Der ist mit Efeu überwuchert und wird kaum wahrgenommen, wenn man daran vorbeiläuft. Sitzt man allerdings direkt davor und muss sich die Zeit vertreiben, bis die schwitzigen Füße trocken sind, und hat noch dazu einen neugierigen Hund dabei, dann fällt so etwas eben auf. Der

Eingang war durch eine Art Schiebetür aus Holzlatten geschützt, ein Stück Holz in der unteren Ecke war weggefault, dadurch konnte der Hund sich durch die Lücke quetschen. Im Innenraum hat er an den Bodenbrettern gescharrt, die anscheinend mal von einer Schnur zusammengehalten wurden, die sich aber im Laufe der Zeit aufgelöst hat, weshalb die Bretter nur noch lose über der Grube lagen. Auch wenn die Knochen blitzblank waren – dank Ameisen, wie mein Chef vermutet –, hat der Hund vermutlich etwas gewittert. Jedenfalls hat er die Bohlen so lange bearbeitet, bis er eines der Bretter zur Seite geschoben hatte und eine Öffnung entstanden ist. Die Grube ist relativ tief, fast einen Meter – wie er es trotzdem geschafft hat, einen der Knochen zu fassen zu bekommen, müssen wir noch genau untersuchen. Er war aber nicht in der Grube, denn dann wären die Knochen in Unordnung gewesen oder gebrochen.«

Gruselige Vorstellung. Von Ameisen kahl gefressene Knochen, die nach 20 Jahren zufällig von einem Hund gefunden werden. Ich denke an die Bergdohle, dann zwinge ich mich, die grausigen Bilder in den Hintergrund zu verbannen. »Führt ein öffentlicher Weg an dem Felskeller vorbei?«, versuche ich stattdessen, mir den Fundort vorzustellen. Natürlich hätte ich am liebsten alles live gesehen. Wäre ich nicht Köchin geworden, wäre ich vielleicht bei der Kripo gelandet, denke ich manchmal, und dann wäre ich in solchen Situationen ganz legitim an erster Stelle.

Luca hebt die Hände. »Nein, kein öffentlicher. Neben dem Zaun verläuft ein Weg entlang der Steinmauer, der als Zufahrt zu den Olivenbäumen dient. Weiter hinten hört der Zaun auf, das nehmen manche als Freibrief, um über das Mäuerchen zu klettern.«

»In diesem Fall ein Glück, sonst wären die Toten vielleicht nie gefunden worden«, gebe ich zu bedenken.

»Das stimmt. Der Mörder hat meiner Meinung nach Ortskenntnis besessen. Das glaubt Dantes auch.« Luca macht eine dramatische Pause. »Deshalb hat er *mir* den Fall übertragen. Als erste richtige Bewährungsprobe. Er hat mir eine Kollegin zur Seite gestellt. Sie hat den gleichen Dienstgrad wie ich. Claudia Ferri kommt aus Verona und hat die letzten Monate eng mit Dantes zusammengearbeitet. Der Chef selbst hängt noch in einer üblen Betrugsgeschichte inklusive Mord in Bari fest, zu der er hinzugezogen wurde, weil er aus dem Süden stammt. Eigentlich arbeitet er in der Questura in Verona, leitet aber zusätzlich hier in Malcesine eine kleine Nebenstelle der *Polizia di Stato* und war zufällig vor Ort, um eine Amtsangelegenheit persönlich zu klären, als die Leichen gefunden wurden, aber er musste wieder zurück nach Bari. Ich soll von Claudia lernen, sagt Dantes, und ich soll mich anstrengen, diesen Fall schnell zu lösen.« Er stockt.

»Hey, Kumpel, was ist los?«, fragt Danilo. »Es ist dein erster Fall, den du selbstständig bearbeiten darfst! Warum schaust du so unglücklich?«

Das würde mich auch interessieren.

Luca atmet tief durch. »Meine Kollegin und ich teilen uns den Fall. Sollen ein Team bilden. Sie kommt aus Verona, ist Teil von Dantes Team bei der *Polizia di Stato* und assistiert Dantes immer mal wieder, wenn der zu einem speziellen Fall wie diesem hier abberufen wird. Ihr Spezialgebiet, auf dem sie einmal eine Kapazität zu werden hofft, ist die Forensik, im Besonderen alte Fälle. Deshalb hat der Chef sie heute mit an den Tatort beordert.«

»Und? Wie ist sie?«, bohrt Danilo.

»Ganz okay.« Luca malt mit der Schuhspitze Muster auf den Boden.

»Aber? Jetzt sag schon, wo ist der Haken?« Danilo lässt nicht locker.

Luca windet sich, dann rückt er mit der Sprache raus: »Für den Fall, dass wir uns uneinig sind, hat *sie* das Sagen. Einer muss entscheiden, hat der Chef bestimmt. Wie wir grundsätzlich vorgehen, soll aber ich festlegen.«

»Na ja, das hört sich doch gar nicht so schlecht an«, tröstet Danilo und klopft Luca auf die Schulter.

»Ferri – ist der Name Programm?«, versuche ich ihn aufzumuntern.

»Wieso? Was meinst du?«, fragt Luca.

»Na, *ferri* – ist sie hart wie Eisen?«

Luca sagt nichts dazu, grinst aber von einem Ohr zum anderen. Na also, geht doch.

Dann werden wir wieder ernst.

»Die Knochen der Toten und was sonst noch übrig ist, kommen, wie gesagt, zur forensischen Untersuchung nach Verona. Claudia Ferri soll ein Auge darauf haben. Der Chef glaubt zu wissen, um wen es sich bei den beiden Toten handelt.« Luca macht eine Pause.

Nein, keine Pause, er scheint fertig zu sein mit seinem Bericht.

»Hey, so kannst du uns jetzt nicht im Regen der Unwissenheit stehen lassen«, protestiere ich und die anderen sehen das genauso.

»Ich habe schon mehr gesagt, als ich dürfte«, wehrt Luca ab. »Und außerdem weiß ich selbst nichts Konkretes. Dantes hat eine Ahnung, sagt er, aber er müsse erst noch ein paar Punkte überprüfen und die Ergebnisse aus Verona abwarten. Claudia Ferri soll meine Ortskenntnis nutzen und kann vielleicht die eine oder andere Spur an den Skeletten besser interpretieren als ich.«

»Sehr kryptisch«, bemerke ich. »Da bin ich gespannt.«

»Nicht nur du«, antwortet Luca. *»Buona notte«*, verabschiedet er sich dann, »es war ein langer Tag.«

»Buona notte«, erwidern wir nacheinander. Auch für uns wird es Zeit, den Abend zu beenden.

KAPITEL 3

UN COLD CASE – EIN UNGEKLÄRTER KRIMINALFALL

Martedì (Dienstag) – Tag 2

Am nächsten Morgen brodelt die Gerüchteküche in Malcesine. Als Rosa Benedini, Danilos *nonna*, vom Bäcker zurückkommt, hat sie eine Menge Informationen für uns.

»Bei Erminia und Bruno im *panificio* war die Hölle los«, erzählt sie, während sie die Brioches für unser Frühstück auspackt. »Und *pane* stand dabei nicht ganz oben auf der Gesprächsliste der Leute. Thema war eine tragische Geschichte, die vor 20 Jahren hier passiert ist.«

Wir setzen uns mit *caffè* und frischen Brioches an den Küchentisch.

»*Allora*, damals war halb Malcesine in heller Aufregung und ist es jetzt wieder. Man kennt sich, und man leidet mit den betroffenen Familien mit. Einst sind zwei junge Leute verschwunden, und jetzt glauben alle, dass es sich bei den sterblichen Überresten, die gestern oben bei San Michele gefunden wurden, um diese beiden handelt. Maria Francini und Marco Cavaletto. Man hat sie nie gefunden, nie mehr etwas von ihnen gehört. Es gab weder einen Abschiedsbrief noch jemanden, der sie mit Gepäck oder dergleichen gesehen hätte, aber es gab auch keine Leichen.«

Nonna Rosa hat ihren Rosenkranz aus der Rocktasche gezogen und lässt nachdenklich die einzelnen Perlen durch die Finger gleiten.

»Das heißt, die Hoffnung, dass die beiden noch leben, ist nie gestorben?«, frage ich vorsichtig und beiße mir fast auf die Zunge ob dieser unglücklichen Formulierung.

Rosa nickt. »So ist es wohl. Die Polizei hat den Fall zu den Akten gelegt. Unter den Leuten gab es zwei Lager: Die einen haben gesagt, die beiden seien zusammen geflohen, weil ihre Familien mit der Verbindung nicht einverstanden waren, die anderen haben geglaubt, sie seien verunglückt. Oder hätten sich das Leben genommen, aus verzweifelter Liebe – wie Romeo und Julia. Mich würde es nicht wundern, sie waren damals einem richtigen Spießrutenlauf ausgeliefert.« Die Perlen des Rosenkranzes gleiten langsam durch ihre Finger.

Danilo, Vinc und ich werfen uns kurze Blicke zu. »Spießrutenlauf? Das klingt übel. Was ist passiert?«, frage ich, denn das interessiert uns natürlich, obwohl wir etwas wissen, was Rosa noch nicht weiß: In einem der Schädel war ein Einschussloch, das ist sicher, und in dem zweiten sehr wahrscheinlich auch, aber es lag keine Waffe in dem Felsenkeller. Ergo war es kein Selbstmord, sondern Mord. Wir halten uns an Lucas Bitte, keine Informationen weiterzugeben, diesbezüglich habe ich auch Danilo ernsthaft ermahnt, schließlich will ich nicht, dass unsere Informationsquelle versiegt, nur weil wir herumgetratscht haben.

»Das ist eine hässliche Geschichte«, sagt Rosa, den Blick auf den Rosenkranz geheftet.

»Welchem Lager hast du damals angehört?«

Sie schaut mich nachdenklich an. Oder eher durch mich hindurch, so als würde sie 20 Jahre zurückblicken. Dann strafft sie die Schultern. »Valentina war eine Freundin von mir, und ich war ihr und ihrer Familie sehr verbunden. Als ihr Enkel verschwand, habe ich versucht, sie zu unterstützen und sie von dem ganzen Gerede abzuschirmen. Was natürlich nicht möglich war. Ich habe immer befürchtet, dass die beiden tot sind, wollte aber Valentinas Hoffnung nicht zerstören. Außerdem hat ihre Enkelin Antonella sehr unter dem Verschwinden ihres Zwillingsbruders gelitten.« Rosa seufzt. »Und jetzt …«

»Warten wir erst einmal die Ergebnisse der Polizei ab«, rät Danilo, der seine *nonna* beruhigen will. »Auch mit Rücksicht auf die Angehörigen. Für die wird es schlimm genug, wenn die alten Wunden wieder aufgerissen werden. Und wenn es *nicht* die beiden sind, wird es noch schlimmer, weil sie dann wieder nicht mit diesem Unglück abschließen können.«

Nonna Rosa tätschelt ihrem Enkel die Hand. »Junge, du hast recht. Das, was wir hier bereden, bleibt in diesen vier Wänden.«

»*Grazie, nonna.* Und denkt bitte daran, dass Fabio oft hier ist. Er war zwar vor 20 Jahren noch gar nicht auf der Welt, aber wenn unsere Vermutungen zutreffen, wäre es sein Onkel, der da im Felsenkeller gefunden wurde.«

»*Dio*, du hast recht. Wir werden daran denken«, verspricht Rosa.

»Sein Onkel?« Ich blicke gerade nicht durch.

»Fabios Mutter Antonella ist die Zwillingsschwester von Marco Cavaletto, der vor ungefähr 20 Jahren gemeinsam mit seiner Freundin Maria spurlos verschwunden ist«, erklärt Rosa.

Ich kenne weder die potenziellen Opfer noch deren Familien, aber Fabio kenne ich sehr wohl. Fabio Bianchi ist ein Jugendlicher aus dem Ort, der Danilo beim Umbau hilft und im Gegenzug umsonst kiten, wind- und wingsurfen darf. Danilo hat ja auch Vinc und mich unter dem Motto »Urlaub gegen Renovierungshilfe« eingeladen, kostenfrei bei ihm zu wohnen. Mein Finger macht mir zwar in Sachen Renovierung einen Strich durch die Rechnung, aber das sieht Danilo locker. Er genießt unsere Gesellschaft, und seine Oma liebt die Kochsessions mit mir.

»Arme Valentina. Und arme Antonella.« *Nonna* Rosa seufzt und fängt an, das Geschirr abzutragen.

Vinc steht auf und übernimmt das Abspülen, ich drücke ihm einen Kuss auf die Wange und schnappe mir ein Geschirrtuch. Abgesehen von meinem Verband am Finger hasse ich Abspülen, und Vinc weiß das. »Danke, Schatz«, flüstere ich ihm ins Ohr.

»Gerne.« Er lächelt und zwinkert mir zu.

»Was geht da drüben bei euch vor? Was tuschelt ihr?«, fragt Danilo, winkt aber gleich ab und meint, er sei unten am See, wenn wir ihn bräuchten.

»Wir nehmen uns nachher die Türen und Türstöcke vor«, ruft Vinc ihm hinterher.

Wir ist gut, denke ich und schaue säuerlich auf meine bandagierte Hand.

Nach getaner Küchenarbeit steigen wir die knarrende Holztreppe hinauf in den ersten Stock. Die Türstöcke sind alt, aber das Holz ist so weit okay, genauso die Türblätter. Wäre schade drum. Die müssten nur ein wenig aufgemöbelt werden, hat Rosa beschlossen, zum Leidwesen ihres Enkels, der lieber alles neu gemacht hätte. Von unten hören wir Klopfgeräusche. Das ist bestimmt Fabio. Danilo hat ihn mit Verputzarbeiten beauftragt, das heißt, er soll anfangen, den alten Putz außen an der Fassade abzuklopfen, der ist nicht mehr zu retten. Das sei Sträflingsarbeit, findet Vinc, schnappt sich Hammer und Meißel und will ihm helfen. »Ist das in Ordnung für dich, Schatz?«, fragt er.

»Wenn du mir sagst, was *ich* machen kann«, jammere ich über meine Nutzlosigkeit.

Vinc lacht. »Übertreib nicht so. Jeder Handgriff ist hilfreich. Schnapp dir den Schwingschleifer und fang an, die Türblätter abzuschleifen. Die Ecken und Feinarbeiten übernehme ich dann später.«

Unglaublich, wie mühsam sich allein das Einschalten der Schleifmaschine mit einer Hand gestaltet. Das Schleifen an sich ist gar nicht so schlimm, allerdings sehr anstrengend, wenn man nicht mal die Seite wechseln kann. Während ich die Maschine einhändig in kreisförmigen Bewegungen über das Türblatt führe, denke ich nach. Fabio Bianchi. Er ist erst 15 und kennt Danilo durch die Bekanntschaft seiner eigenen *bisnonna* Valentina mit Danilos *nonna* Rosa. Fabio ist begeistert von dem Arrangement, gegen seine Hilfe bei den Renovierungsarbeiten an Danilos Haus dessen Surfbretter frei nutzen zu dürfen. Seine Mutter hat nichts dagegen, und deshalb schwitzt der Junge jetzt in der Sonne. Mir ist auch heiß, allerdings nicht von der Sonne. Ich lege den Schleifer ab und drücke den Ausschaltknopf. Mit einem großen Glas Leitungswasser geselle ich mich nach draußen zu den Jungs. Normalerweise strahlt Fabio mit der Sonne um die

Wette, aber heute ist er in sich gekehrt und ernst. Hat das mit den Toten zu tun? Wenn es sich wie vermutet um die zwei jungen Menschen handelt, die damals verschwunden sind und über die gerade halb Malcesine spricht, dann wäre der Tote tatsächlich sein Onkel Marco. Seine Mutter Antonella Cavaletto-Bianchi hat mit Sicherheit von dem Gerede erfahren und mit ihrer Oma Valentina darüber gesprochen. Was hat Fabio davon mitbekommen? Bestimmt hat Antonella ihrem Sohn von ihrem Zwillingsbruder erzählt, aber hat er auch von den aktuellen Geschehnissen erfahren? Fabio ist sehr schweigsam. Ich überlege, wie ich ihn dazu kriege, mit mir über dieses Thema zu sprechen.

»Hast du eigentlich Geschwister?«, steige ich nicht sehr elegant in die Familienthematik ein.

Fabio schaut kurz hoch, klopft dann weiter den Putz von der Mauer. »Nein, ich bin zum Glück ein Einzelkind«, murmelt er, ohne mich dabei anzusehen.

»Wieso zum Glück? Geschwister sind doch was Tolles. Ich wünsche mir schon oft welche.«

»Echt? Ich nicht. Meine Mutter hatte einen Zwillingsbruder, und seit der nicht mehr da ist, ist sie nur noch eine Hälfte, wie sie immer sagt. Ist das etwa toll? Willst du so was?«

»Nee, das nicht. Aber Zwillinge sind auch ein Sonderfall. Auch wenn sie nicht eineiig sind.«

Fabio lässt die Arme hängen und seufzt. »Sie trauert immer noch um ihn. Sein Verschwinden hat ihr ganzes Leben beeinflusst.«

»Und jetzt habt ihr Angst, dass …« Ich stocke. Fabios Gesicht ist plötzlich verschlossen wie die Schale einer Auster, und ich beschließe, ihn in Ruhe zu lassen.

Am späten Nachmittag geht Vinc runter zum See, ich bleibe hier. Mit einem Buch und einem großen Glas Holunderschorle samt Zitronenscheibe, Eis und einem frischen Zweig Pfefferminze richte ich es mir im Garten an einem halbschattigen Plätzchen gemütlich ein. Die Eiswürfel klirren leise aneinander. Die Luft umgibt mich weich und warm, das Getränk ist kühl und spritzig, das Buch verspricht Spannung pur, doch ich kann mich nicht auf die Geschichte konzentrieren. Um ehrlich zu sein, könnte ich nicht einmal sagen, wie die Hauptfigur heißt. Insgeheim hoffe ich, dass Luca hier auftaucht oder Rosa Neuigkeiten bringt, wenn sie vom Einkaufen zurück ist. Ich werde aber auf ganzer Linie enttäuscht. Die Buschtrommeln im Ort verkünden nichts Neues, zumindest kommt uns nichts zu Ohren, und wie ich Rosa einschätze, war sie bestimmt sehr aufmerksam. Die andere Sache, die mich bedrückt, ist, dass ich morgen ins Krankenhaus nach Rovereto muss. Der Termin sitzt mir im Nacken, und ich bete, dass der Finger okay ist. Ich will endlich wieder … Okay, stopp, bremse ich mich selbst. Auch wenn der Verband morgen abkommt, werde ich nicht gleich wieder surfen und schwimmen dürfen. Für ein wenig Detektivarbeit dürfte es aber allemal reichen. Ich grinse in mich hinein. Ob Luca über meine Unterstützung glücklich sein wird? Mich wird es jedenfalls von meiner Misere ablenken, und da es ein alter Fall ist, kann Luca sicher ganz offiziell mit Einzelheiten herausrücken, was bei einem aktuellen Mord nicht möglich wäre. Mord. Luca muss den Täter finden, und ich habe gerade angefangen, Fabio und die Zusammenhänge kennenzulernen – was für mich bedeutet: Ein Rückzug meinerseits kommt nicht mehr infrage. Und der Täter? Wer auch immer es ist, er ist jetzt sicher aufgeschreckt. Selbst wenn er bisher von der ganzen Aufregung noch nichts mitbekommen hat, kann es nicht mehr lange dauern …

KAPITEL 4

PAZIENZA - GEDULD

Mercoledì (Mittwoch) – Tag 3

»Luca hat gestern nichts von sich hören oder sehen lassen.« Mit der Kaffeetasse in der Hand stehe ich am Küchenfenster und beobachte die Straße.

»Sei nicht so zappelig.« Vinc schiebt mich zum Tisch. »Wir frühstücken in aller Ruhe, dann fahren wir in die Klinik. Dein Termin ist um zehn, es nützt also gar nichts, wenn wir ewig früh auf der Matte stehen. Da haben wir es hier wesentlich gemütlicher. Und Luca hat vermutlich alle Hände voll zu tun. Es ist sein erster Fall, den er koordinieren muss.«

Ich murmle etwas Zustimmendes. Vinc lacht und widmet sich seinem Drei-Minuten-Ei.

»Pazienza, ragazza«, mahnt Rosa resolut.

»Ihr habt leicht reden«, beschwere ich mich über das mangelnde Verständnis der Frühstücksgesellschaft.

»Schatz, jetzt warte doch erst mal ab. Dein Finger ist mit Sicherheit wieder okay, die Wunde hat ja letztes Mal schon recht gut ausgesehen.«

»Ja? Findest du? Ich glaube auch, dass der *dottore* mit diesem Mullmonster maßlos übertrieben hat, das ist ja fast wie ein Gipsverband. Ein Pflaster hätte auch genügt!«

»So weit würde ich nicht gehen, aber er hat auf jeden Fall erkannt, dass du unter Umständen zu gewissem Leichtsinn neigst.«

»Das ist nicht witzig. Ich finde, das widerspricht eindeutig seinem hippokratischen Eid«, protestiere ich. Tatsächlich habe ich den *dottore* verdächtigt, mir mehr Ruhe verordnet zu haben, als notwendig gewesen wäre – und das hat er mit diesem überdimensionierten Verband noch forciert.

Vinc dippt unbeeindruckt ein Stück Weißbrot ins flüssige Eigelb. »Er hat das halt ganzheitlich gesehen«, setzt er obendrauf. »Auf der einen Seite zur eigentlichen Wundversorgung und auf der anderen, um deinen Tatendrang in Schach zu halten.«

»Haha, als ob ...«

»Als ob du mit einem lädierten Finger schwere Kisten schleppen würdest? Oder was wolltest du sagen?«

»Okay, jemanden mit den eigenen Waffen schlagen, so nennt man das wohl«, gebe ich nach.

»Gut erkannt«, meint Vinc.

Als ich Doktor Fellini später mehr oder weniger diplomatisch mit meiner Vermutung konfrontiere, äußert er gelassen: »Seien Sie zufrieden, *signorina*, dafür genügt jetzt ein Fingerling zum Schutz. Schwimmen bitte erst wieder, wenn die Narbe stabil ist, bis dahin gebe ich Ihnen eine Salbe mit, damit massieren Sie mehrmals täglich ohne Druck die gesamte Wundregion. Die Betonung liegt auf ›sanft, aber regelmäßig‹, *d'accordo*?«

»Habe ich verstanden, *dottore*. *Grazie tante.*«

»Ist in Ihrem eigenen Interesse«, erwidert er.

Danke fürs Mitgefühl, denke ich und hüpfe von der Behandlungsliege. Ich nehme die Situation durchaus mit Humor und es dem Arzt nicht wirklich übel, er hat halt Erfahrung mit ungeduldigen Patienten.

Einträchtig und gut gelaunt verlassen Vinc und ich kurz darauf das Klinikgelände, nebenbei trainiere ich meinen lädierten Finger. Beugen, strecken, beugen, strecken.

Zurück in Malcesine entschuldige ich mich für ein paar Minuten. »Ich habe Paps versprochen, mich zu melden, wenn ich Ergebnisse habe.« Ich nehme mein Handy mit hinaus in den Garten und telefoniere nach München.

»Hallo, Paps, ich darf dir hiermit die frohe Botschaft einer gelungenen Wundheilung verkünden.«

»Prinzessin! Bin ich erleichtert, das zu hören«, ruft mein Vater in den Äther. Er fühlt sich verantwortlich – zumindest teilweise –, weil der Unfall in seiner Küche passiert ist.

»Entspann dich, Paps, ich sag es dir noch mal: Rein von der Definition her und bezüglich der Abwicklung über die Krankenkasse ist es ein Berufsunfall, klar. Aber du kannst nichts dafür, dass ich mich so blöd angestellt habe.«

»Das weiß ich, trotzdem, du bist ja nicht nur meine Angestellte, sondern vor allem mein Mädchen, und wenn dir etwas wehtut, dann leide ich mit. Das lässt sich nicht verhindern.«

»Ich hab dich auch lieb, Paps«, antworte ich gerührt. Mein Vater kann ein sehr strenger Chef sein, was den Qualitätsanspruch angeht, bei mir sogar einen Tick mehr als bei den anderen, doch im Grunde ist er der sanfteste Mensch, den ich kenne. Neben Vinc.

»Was macht Rambo?«, erkundige ich mich nach meinem Lieblingskater.

»Der frisst uns hier die Küche leer«, sagt Paps trocken. »*Dein* Kater. Ziehe ich dir vom Lohn ab.«

»Mach das«, sage ich lachend. »Aber ich darf dich daran erinnern, dass nicht *ich* es bin, die *meinem* Kater ständig Filet anbietet.«

»Mach *piano* mit deinem Finger. Den nächsten Ausfall ziehe ich dir ebenfalls vom Lohn ab«, warnt Paps, ohne auf die Anspielung mit dem Filet einzugehen.

Ich bleibe noch im Garten sitzen, lehne mich in meinem schon etwas rostigen Metallstuhl zurück und blinzle in die sonnengefleckten Blätter des Feigenbaums. Es rührt mich immer, wenn Paps versucht, seinen sanften Kern hinter flapsigen Sprüchen zu verbergen. Gelingt ihm bei mir natürlich nicht, dafür kenne ich ihn viel zu gut.

Hey! Etwas Weiches drückt sich in meinen Nacken und bläst mir ins Genick.

»Leonardo!«, schimpfe ich erschrocken, dann verpasse ich dem grauen Mitbewohner des Hauses, oder zumindest des Gartens, ein Küsschen auf die weiche Nase. Leonardo, der Esel, der mit dem Spruch »stur wie ein Esel« nichts anfangen kann, Mutter Theresa ist eher sein Vorbild. Er hat tatsächlich ein Gespür für Stimmungen und schafft es mit diversen Liebesbezeugungen meistens, dem Objekt seiner Zuneigung ein Lächeln auf die Lippen zu zaubern. Ich kraule ihn zwischen den Ohren. »Ich weiß, du meinst es gut, aber um mich musst du dich höchstens sorgen, wenn du dich anschleichst wie eine Raubkatze.«

Aua! War ja klar. Unicorno kann es nicht vertragen, wenn Leonardo sich nicht ausschließlich um sie kümmert, denn wie der Name irrtümlich vermuten lässt, ist Unicorno kein sanftes Einhorn, sondern eine Ziege. Und zwar eine ausgesprochen eigenwillige – was sie auch gar nicht zu verbergen versucht. Und deshalb findet sie es auch vollkommen in Ordnung, mich ins Knie zu zwicken, um meine Aufmerksamkeit zu erregen. Was soll's – ich lege mein Handy auf den ebenfalls rostigen kleinen runden Tisch und kraule Unicorno. Was einige merkwürdige Verrenkungen meinerseits verlangt, zum Glück sieht mich keiner. Hinten im Garten rumoren die Kaninchen in Erwartung auf Heu und Karotten. Ja, die Kaninchen, die Armen. Sie leben im Stall, und ihr Schicksal wird irgendwann im Ofenrohr entschieden. Gefüllt mit Kastanien und Kräutern oder saftig in Rotweinsoße. Da ist *nonna* Rosa gnadenlos. Und mir läuft bei dem Gedanken daran das Wasser im Mund zusammen, wenn auch im Hintergrund mein Tierfreundgewissen anklopft und wissen will, ob ich das mit ihm vereinbaren kann. Ich gestehe: Ja, ich kann, obwohl sich mittlerweile schon viele Köche auf die vegetarische beziehungsweise sogar vegane Seite geschlagen haben. *Karotte*, schreibe ich auf die To-do-Liste meiner Pfadfinderseele. Eine gute Tat für die Kaninchen.

Am frühen Nachmittag sitzen Vinc und ich beim verspäteten Mittagessen mit Danilo und Rosa am Küchentisch, als Luca vorbeikommt. Und er ist nicht allein. Die junge Frau an seiner Seite stellt er uns als seine Kollegin vor. Claudia Ferri. Sie ist ungefähr so groß wie ich, circa 1,75 Meter, aber im Gegensatz zu meinen leichten hellbraunen Locken hat sie beneidenswert glatte lange Haare in derselben Farbe wie der rostbraune Gummi, der sie zu einem arbeitstauglichen Pferdeschwanz zusammenhält. Ich schätze sie auf unser Alter, so etwa Ende 20. Wir einigen uns gleich aufs Du, und nach ein wenig Small Talk, der leider nichts mit dem Fall zu tun hat, verabschieden sich Luca und Claudia auch schon wieder. Sie wollen hoch zum Fundort der Skelette. Anschließend findet eine Online-Konferenz mit Dantes statt, der bereits wieder in Bari ist.

Mann, da wäre ich echt gerne dabei, oben am Berg und bei der Konferenz, was ich Luca auch ins Ohr flüstere.

»Denk nicht mal dran«, sagt er kopfschüttelnd und ist sichtlich froh, dass ich den Vorschlag ganz diskret nur ihm zugeraunt habe. Muss ich mich wohl gedulden, bis der Tatort von der Polizei oder der Staatsanwaltschaft freigegeben wird.

»Wie sieht es aus, Leute, seid ihr bereit für den Innenverputz?«, fragt Danilo in die Runde. Ihn interessiert der Knochenfund wenig, er will mit der Renovierung weiterkommen und sich um seine Surfschule kümmern. Damit hat er genug zu tun, wie er betont.

Die Runde ist einverstanden, also trappen Danilo, Fabio – der gerade zu uns gestoßen ist –, Vinc und meine Wenigkeit hoch in den ersten Stock. Ich gefühlt einarmig, weil ich mir immer noch so vorkomme. Vinc hat mir strikt untersagt, beim Verputzen zu helfen. Die Türblätter und Türstöcke mit Holzlasur einzulassen, ist leichter mit rechts zu handhaben und muss ja schließlich auch gemacht werden. Ich trolle mich also mit Pinsel und Lasurkübelchen zum ersten Türrahmen, während die Jungs sich ein Zimmer nach dem anderen vornehmen. Eine Zeit lang hört man nur das schmatzende Geräusch, wenn der Verputz an die Wand geklatscht wird, und dann das gleichmäßige

Wischen mit dem breiten Spatel, wenn die Masse möglichst glatt verstrichen wird. Während ich den Pinsel über das ausgetrocknete Holz gleiten lasse, ihn immer wieder in die Flüssigkeit tauche, um dann weiterzupinseln, driften meine Gedanken ab. Der Commissario hat eine Vermutung. Vor 20 Jahren sind zwei junge Menschen verschwunden. Ein Liebespaar. Zu ihnen könnten die gefundenen Knochen gehören. Das Gerücht hat in Malcesine längst die Runde gemacht, und die Aufregung unter den Einheimischen ist groß. Wenn es sich bestätigt, sind es zwei aus ihrer Mitte, über deren Schicksal nach 20 Jahren traurige Gewissheit herrschen wird. Mit Sicherheit kam auch Dantes genau diese alte Geschichte in den Sinn, als er die Skelette sah. Ich unterdrücke ein Seufzen. Zum Glück habe ich mit Luca einen Ansprechpartner, der in diesem brisanten Fall sogar die Ermittlungen leitet. Sicher wird er mir nicht alle Ermittlungsfortschritte brühwarm erzählen, doch er ist einer aus unserer Runde und keiner, der aus seinem Herzen eine Mördergrube macht. Dass er mit uns über den Fall spricht, liegt vermutlich hauptsächlich daran, dass er noch kein wirkliches Vertrauensverhältnis zu seiner neuen Kollegin aufgebaut hat. Und darüber zu reden, hilft ihm beim Denken, sagt er, was ich gut nachempfinden kann. Dass er andererseits Verschwiegenheit von uns fordert, ist selbstverständlich. Außerdem verbindet uns mit dem Fall auch die Freundschaft der beiden Großmütter – Danilos *nonna* Rosa und Fabios *bisnonna* Valentina, seiner Urgroßmutter. Die beiden alten Frauen haben diese dramatische Geschichte damals miterlebt, Valentina musste sogar hinnehmen, dass das Verschwinden ihres Enkels Marco ungeklärt geblieben ist. Bis heute. Bringt der Fund der beiden Skelette nun Gewissheit? Die lang ersehnte Klarheit, aber damit auch das Ende aller Hoffnungen? Danilos *nonna* ist nicht direkt betroffen, aber die beiden Frauen sind befreundet. Auf jeden Fall kann Rosa aus der Vergangenheit berichten. Was sehr aufschlussreich sein könnte, denn in dieser Vergangenheit liegt wahrscheinlich die Lösung des mutmaßlichen Doppelmordes. Den Spuren nach ist auf jeden Fall von einem Gewaltverbrechen auszugehen, und ich bin gespannt, wie exakt das Labor den Zeitpunkt des Todes nach so langer Zeit bestimmen kann. Plötzlich wird mir glühend heiß bewusst, dass es hier irgendwo einen Mörder gibt, der frei herumläuft. Schlimmstenfalls direkt in Malcesine.

»Lust auf eine Pause?«, unterbricht Vinc meine Gedanken.

Ich lege den Pinsel zur Seite und dehne meine verkrampften Glieder. »Die beste Idee seit …«, ich werfe einen Blick auf meine Armbanduhr, »seit zwei Stunden. So spät schon? Lass uns raus in den Garten gehen, die Farbdämpfe machen mich sonst noch zur Schnüfflerin.«

»Also, eine Schnüfflerin bist du ja sowieso schon, aus der Nummer kommst du nicht mehr raus.« Vinc lacht und bückt sich, um den Deckel auf die Lasurdose zu drücken.

»Gibt Schlimmeres«, erwidere ich. »Zugegebenermaßen habe ich mich gerade mit einem einschlägigen Thema beschäftigt.«

»Was du nicht sagst! Ehrlicherweise – ich auch«, gesteht Vinc.

»Wer zurzeit nicht? Danilo ist die rühmliche Ausnahme. Ich bin gespannt, ob diese Claudia Ferri mehr aus den alten Spuren herauslesen wird als Luca oder die anderen Kollegen. Auf jeden Fall liegt Brisanz in der Luft. Der Chef kommt mit dem Hubschrauber aus Süditalien angeflogen, fordert seine Assistentin, eine Spezialistin für Forensik und Cold Cases an, und die eilt aus Verona an den Gardasee!«

»Okay, Dantes ist Polizeichef hier in Malcesine, und Luca hat erzählt, dass er in Bari sozusagen einen Sondereinsatz hat. Es ist also sein Gebiet hier. Und er übergibt den Fall an Luca, einen noch relativ unerfahrenen Polizisten, allerdings hat diese Claudia Ferri das Sagen. Ich sehe es genauso wie du, es ist brisant.«

Schön, dass Vinc auf meiner Seite ist. Ich spüre, wie ich in den Fall eintauche, wie die Personen aus der Vergangenheit in mir ein Bild entstehen lassen.

»Und wenn es doch nicht die beiden Vermissten von damals sind?«, gebe ich zu bedenken. Die Möglichkeit beunruhigt mich. Schließlich wissen wir noch gar nichts. »Ich möchte unbedingt zu diesem Tatort. Heute Abend frage ich Luca, ob das möglich ist.«

Vinc schüttelt den Kopf. »Dass du dich nicht ein Mal raushalten kannst. Aber meinetwegen, rede mit Luca. Nur ihm ungefragt dazwischenzufunken, das geht gar nicht.«

»Natürlich, eh klar«, verspreche ich und meine es auch so.

Vinc zieht nur vielsagend eine Augenbraue in die Höhe.

Ich bin nicht beleidigt, wir wissen beide, dass ich mich schon oft genug eingemischt habe – auch ungefragt und nicht selten unerwünscht.

Das späte Mittagessen zieht ein noch späteres Abendessen nach sich, es ist nach zehn, und wir löffeln gerade unsere

Pannacotta aus der Schale, als Luca auftaucht. Allein. Er hat bereits gegessen, sagt aber nicht Nein zur Pannacotta mit Zimt und Erdbeersoße, meisterlich zubereitet von Rosa. Die hat sich heute selbst übertroffen mit den kleinen Kalbsrouladen mit Schinken-Salbei-Füllung. Saltimbocca-Röllchen sozusagen, allerdings waren noch andere Kräuter im Spiel. Und Ricotta. Dazu diese knusprigen Kartoffelwürfel.

Vinc streicht sich über den Bauch. »Die zweite Portion war zu viel«, stöhnt er, und ich kann nicht widersprechen.

Während wir in unseren Stühlen lehnen, bringt uns Luca auf den neuesten Stand.

»Es steht fest: Bei den Toten handelt es sich um Maria Francini und Marco Cavaletto. Die DNA der beiden ist noch im Computer gespeichert. Beide wurden vor 20 Jahren erschossen.«

Die Bombe ist geplatzt.

»Ist es also so, wie dein Chef gedacht hat?«, frage ich nach einer Weile, um mir meine Vermutung bestätigen zu lassen, dass Dantes ebenfalls geglaubt hat, was seit dem Fund der Skelette als Gerücht durch Malcesine geisterte.

Luca nickt. »Er hatte sofort den Fall der beiden verschwundenen jungen Leute von damals im Kopf. Es war einer seiner ersten Fälle, so etwas vergisst man nicht. Ihn habe der Fall nie losgelassen, hat er mir anvertraut. Und die Umstände damals waren für ihn sehr unbefriedigend. Er musste den Fall früher abschließen, als er wollte. Weisung von oben.«

»Und das Ergebnis ist eindeutig? Kann man das nach so langer Zeit hundertprozentig feststellen?«, vergewissere ich mich.

Luca nickt vehement. »Kann man.« Er zückt sein Handy und sucht nach seinen Notizen. »Der Beckenstand bei Frauen ist breiter als bei Männern, damit Platz ist für den Geburtskanal. Dafür ist der Schädel sichtbar kleiner.« Luca scrollt ein Stück weiter. »Der Unterschied oberhalb der Augenhöhle, am supraorbitalen Grat, ist in diesem Fall auch sehr gut zu erkennen, sagt Dantes. Der Bogen ist beim Mann wulstiger als bei der Frau. Dantes und Claudia Ferres konnten diese Merkmale bereits am Fundort erkennen. Seine Vermutung zur Identität der Toten wurde dann im Labor durch die DNA-Vergleiche bestätigt.«

»Die beiden Skelette waren relativ unversehrt, hast du gesagt, stimmt's? Und von der Kleidung war nichts übrig außer einer Gürtelschnalle und zwei Plastikhaarspangen?«, überlege ich.

»Ja«, bestätigt Luca. »Sie lagen da, als hätten sie sich vor 20 Jahren dort schlafen gelegt.«

Ich schlucke. Diese Bilder sind schwer verdaulich. Einfach nur traurig.

»An der DNA-Übereinstimmung gibt es nichts zu rütteln, und die Gürtelschnalle und die Haarspangen untermauern zusätzlich die Geschlechtsbestimmung. Andere Kleinigkeiten werden noch untersucht, aber die Identität ist sicher, das ist das Wichtigste. Dantes musste den Fall damals zu den Akten legen, weil es keine Leichen gab und auch sonst keine Hinweise auf ein Verbrechen vorlagen. Heute stellt sich die dringende Frage: Was ist damals passiert? Was wir wissen, ist, dass es höchstwahrscheinlich kein Unfall und kein Selbstmord war, sondern Mord.«

Vinc reibt sich das Kinn. »Kein schöner Gedanke, aber immerhin kann man jetzt gezielt ermitteln. Es wird Spuren geben, und da man jetzt weiß, wer die Opfer sind, kann man auch den Tatablauf besser rekonstruieren.«

Ich schnelle hoch. »Genau, nun kann man die richtigen Fragen stellen, wie zum Beispiel: Wie könnte es passiert sein? Waren die beiden Zufallsopfer? Haben sie etwas gesehen oder den Täter beobachtet, zum Beispiel beim Wildern oder wie er die Olivenbäume angesägt hat oder etwas in der Art? Oder wurden die beiden ganz gezielt vom Täter verfolgt und ermordet? Und wenn ja, warum? Wir sollten uns im Familien- und Freundeskreis umhören.«

»Wir?« Luca klopft einen nervösen Takt mit dem Finger auf die Tischplatte.

Ich winke ab, mir fällt ein drittes Szenario ein. »Vielleicht sind die beiden erpresst worden. Oder sie haben ihrerseits jemanden erpresst?« Ich komme in Schwung. Vinc lächelt und Luca trommelt weiter auf der Tischplatte. Dann springt er über seinen Schatten, sein Mitteilungsbedürfnis überwiegt. Er reibt sich die Hände. Er will den Fall lösen, also warum sich nicht unsere Überlegungen zunutze machen – zumindest interpretiere ich seine Geste so.

»Doro, du wolltest doch an den Fundort, richtig? Ihr könnt morgen mitkommen.«

Perplex schaue ich erst zu Vinc, dann zu Luca. »Wie kommen wir zu der Ehre? Und deine Kollegin? Was wird die dazu sagen? Oder dein Chef?«

Luca richtet sich in seinem Stuhl auf. »Claudia ist morgen in Verona. Sie will ins Labor, die Skelette noch mal begutachten. Im Übrigen haben wir beschlossen, den Fundort weiterhin abgesperrt zu lassen. Wir wollen vermeiden, dass sich zu viele Gaffer dort oben herumtreiben. Wir gehen zwar davon aus, dass das Team der Spurensicherung alles gesichert hat, trotzdem, die Familien sollen in Ruhe Abschied nehmen können an dem Ort, an dem ihre Angehörigen gefunden wurden. Und vielleicht auch gestorben sind.«

»Wichtiger Gedanke.« Der mir ans Herz geht. Wir schweigen. »Ich würde mir den Ort sehr gerne ansehen«, schicke ich nach einer Weile hinterher.

Luca nickt. »Das habe ich bemerkt«, sagt er ernst. »Ich weiß zwar nicht, was mein Chef und meine Kollegin dazu sagen werden, aber da ich den Fall leite, übernehme ich dafür auch die Verantwortung. Ihr seid in Kontakt mit Fabio und mit Danilos Großmutter, die wiederum mit Fabios Urgroßmutter befreundet ist. Das könnte wertvolle Hinweise bringen, die ihr mir weitergeben könnt. Und ich sehe kein Problem darin, euch den Tatort zu zeigen. Ihr seid schließlich nicht persönlich in die Vergangenheit der Toten verstrickt.«

»Weißt du«, erkläre ich ihm, »ich will gar nicht behaupten, dass ich viel zur Lösung des alten Falles beitragen kann, ich bin weder von hier noch kenne ich die Einheimischen, aber manchmal bringt ein winziges Detail Schwung in die Ermittlung. Und dazu kann das Feeling am Ort des Geschehens sehr wichtig sein. Auch nach 20 Jahren. Hm …« Ich überlege, wo ich ansetzen könnte. »Es wurde doch damals ermittelt, zumindest wurde nach den beiden jungen Leuten gesucht. Aber nicht in Richtung Tötungsdelikt, wenn ich das richtig verstanden habe, oder?«

Luca starrt auf die Tischplatte, als würde dort die Lösung stehen. »Ich muss erst die Akten studieren«, sagt er bedächtig, »alles andere wäre Spekulation.«

Danke, das hilft nicht weiter, denke ich ungeduldig. Aber was habe ich erwartet? »Gab es Personen, die in irgendeiner Weise als verdächtig galten? Thesen, die gegen ein einfaches Verschwinden der zwei jungen Leute sprachen?«, taste ich mich vor.

Vinc rutscht auf seinem Stuhl in eine bequemere Position, schweigt aber.

Lucas Finger zuckt. Ist er nervös? Hoffentlich zieht er sein Angebot nicht zurück.

KAPITEL 5

LUOGO DEL DELITTO – TATORT

Giovedì (Donnerstag) – Tag 4

In aller Früh brechen wir auf. So bezeichnet zumindest Vinc, mein Murmeltier, die für ihn unwirtliche Zeit. Für mich ist halb acht vollkommen in Ordnung. Bis dahin habe ich locker einen Caffè Latte und zwei Brioches intus. Vinc schafft gerade noch einen *caffè*, das Brioche mit Aprikosenmarmelade schiebt er sich auf dem Weg zum Auto in den Mund. Luca holt uns mit dem wendigen Fiat Panda der *Polizia di Stato* ab, optimal für die engen, steilen Straßen und Wege, die von Malcesine nach oben Richtung San Michele führen.

Die Seilbahngondeln schlafen noch, die Morgenluft ist kühl und klar. Mein Finger verhält sich ruhig, lediglich wenn ich ihn zu stark abknicke, protestieren die malträtierten Sehnen. Luca lenkt den kleinen Flitzer geschickt um spitze Ecken und durch Engpässe, zum Glück gibt es kaum Gegenverkehr. Mit einem letzten Schwung biegt er in die Einfahrt. Den restlichen Weg gehen wir zu Fuß.

Ruhig und verlassen liegt das Grundstück da, kein früher Besucher schleicht über die ungemähten Wiesen. Da wir in Begleitung der Staatsmacht sind, dürfen wir direkt über das Grundstück und müssen nicht den Weg an dem Steinmäuerchen entlang über den Olivenhain nehmen.

Noch bevor wir am Fundort ankommen, zieht mich die Atmosphäre in ihren Bann. Das zaghafte Zirpen einer einzelnen Zikade verstummt, als hätte sie gemerkt, dass sie zu früh dran ist. Luca und Vinc laufen ein Stück voraus, ich folge langsamer. Ich lasse mir Zeit, sauge jedes Detail auf. Die Wiese hinter dem Haus wirkt so friedlich. Wie war das damals, als der Mord geschah? War es Tag oder Nacht? Das Zirpen setzt wieder ein, in meinem Kopf gibt es keine Bilder. Noch nicht. Dazu muss ich mich tiefer einfühlen, muss vor allem die Geschichte der Toten kennen und Fotos von den Betroffenen sehen. Die Familien kennenlernen. Und die Freunde. Etwas in mir verändert sich bei diesen Gedankengängen. Familie, Freunde. Allein diese Worte geben den Toten ein Gesicht. Sie wären heute 40 Jahre alt. Damals waren sie 20. Diesem Alter fühle ich mich innerlich trotz meiner 29 Jahre näher. Die Lebenssituation der beiden, zumindest das wenige, das ich bis jetzt darüber erfahren habe, ähnelt der meinen. Jung, unabhängig, verliebt. Verliebt in den Partner, mit dem man sein weiteres Leben verbringen möchte. Ich schaue von der Wiese hoch zu Vinc, der ein gutes Stück vor mir die Anhöhe hochläuft und aufgrund des angeregten Gesprächs, das er mit Luca führt, vermutlich in diesem Moment keinen Gedanken an sein Liebesleben mit mir verschwendet. Die beiden fachsimpeln über lockere Schrauben an den Boards ihrer Wassergefährte, wenn sie immer noch bei dem Thema von vorhin sind. Gerade verschwinden sie hinter dem sanften Hügel wie zwei Segelschiffe am Horizont.

Oben angelangt, sehe ich ein Stück voraus zwischen den Bäumen die rot-weißen Absperrbänder, die die Fundstelle markieren. Der Boden verändert sich. Der weiche Wiesengrund weicht einem harten, aufgesprungenen Pfad, der zwischen dem Mäuerchen entlang der Olivenplantage unterhalb und einem Föhrenwäldchen oberhalb bis zu dem verlassenen Naturkeller führt. Letztens hatten Sichtschutzwände den Tatort vor unseren Blicken geschützt, mittlerweile wurden sie abgebaut. Wir sind allein hier. Und trotzdem, die Intimität des Ortes hat Risse bekommen. Das Absperrband, einzelne nummerierte Fähnchen, die Fundstellen markieren und auf den Fotos zur räumlichen Orientierung dienen, zeugen von den aktuellen Ereignissen, deren Ursprung weit in der Vergangenheit liegt. 20 Jahre.

Luca dreht sich zu mir und zeigt auf den teils natürlichen, teils künstlich erweiterten Felsenkeller. »Hier drinnen waren die Toten beziehungsweise das, was von ihnen übrig geblieben ist, versteckt. Kommt, es wurde bereits alles gründlich untersucht, wir können keine Spuren zerstören.« Er schiebt die aus verwitterten Holzlatten bestehende Tür unter dem knarzenden Protest der rostigen Eisenführungen zur Seite und macht eine einladende Geste.

»Aha, deshalb waren die Leichen geschützt und sind die vielen Jahre über unversehrt geblieben«, überlege ich laut.

»Was heißt unversehrt, Maden und Ameisen haben ganze Arbeit geleistet, wie du erwähnt hast, Luca. Es wurden nur noch Skelette gefunden.« Vinc zieht fragend die Augenbrauen hoch.

»Stimmt, aber Doro hat schon recht, bis auf diese natürlichen Einwirkungen gab es keine Veränderungen an diesem Ort. Er war anscheinend 20 Jahre verlassen«, erwidert

Luca und deutet gleichzeitig auf die untere Ecke der Lattentür, wo ein Stück des Holzes abgesplittert ist. »Allerdings ist das Holz hier im unteren Bereich morsch geworden. Hat wahrscheinlich zu viel Nässe abbekommen. In der Schiene steht nach Regen bestimmt eine Weile Wasser. Egal, woher der Schaden kommt, jedenfalls konnte der Hund so in die Höhle gelangen.«

»Du meinst, er hat etwas gewittert?«, frage ich.

Vinc schüttelt den Kopf. »Bestimmt nicht die Leichen. Da müsste er schon darauf trainiert sein. Wohl eher eine Maus, die sich hier reingeflüchtet hat.«

»Hier könnten sich durchaus Spuren gehalten haben, oder?« Ich schaue mich um.

»*Sì, certo*, das wurde alles gecheckt, keine Sorge«, gibt Luca nochmals grünes Licht.

Vinc und er lassen mir den Vortritt. Ein bisschen fühlt es sich an, als würde ich diesen Raum, in dem zwei junge Leute für lange Zeit ihr Grab gefunden haben, beim Betreten entweihen. Meine Augen gewöhnen sich nur langsam an das schummrige Licht. Der festgestampfte Naturboden wölbt sich an manchen Stellen nach oben oder wird durchbrochen von den dicken Wurzeln der umliegenden Bäume. Die Wände sind dunkel, glatt und aus Stein, die ganze Höhle misst vielleicht drei auf drei Meter. Nach vorne ist sie auf einen schmalen Zugang hin verengt, welcher mit der Brettertür verschlossen wurde. Am meisten interessiert mich die Grube im Boden hinten an der Wand auf der rechten Seite. Es ist eine schaurige Vorstellung, dass hier bis vor ein paar Tagen zwei Tote gelegen haben. Meine Blicke wandern hierhin und dorthin, meiden das tiefe Loch und bleiben dann doch unweigerlich daran hängen. Ich habe keine Angst, Luca ist dabei, und Vinc steht dicht neben mir, aber innerlich friert es mich. Die beiden jungen Leute haben sich nicht wie Romeo und Julia wegen einer verzweifelten Liebe das Leben genommen, sondern wurden erschossen. Kaltblütig. Was ist da passiert? Wurden sie im Schlaf überrascht? Oder waren sie gefesselt und konnten sich nicht wehren?

Luca fasst meine unausgesprochenen Gedanken in Worte. »Wir wissen in etwa, *wie*, aber nicht, *warum*. Klar ist, dass die beiden ein Liebespaar waren. Wo es Liebe gibt, gibt es oft auch Hass. Oder Eifersucht. Oder beides. Da man Selbstmord ausschließen kann, bleibt nur Mord.«

Luca massiert seinen Nacken. Ich kann wieder einen inneren Widerstand bei ihm spüren, neue Erkenntnisse mit uns zu teilen. Obwohl er uns ja mit hierhergenommen hat. Er räuspert sich. »Meine Kollegin hat mich gestern am späten Abend noch angerufen. Beide Toten wurden durch einen Kopfschuss getötet. Nur war es bei der Frau nicht sofort ersichtlich, weil ein Teil des Schädels zerstört ist. Aber man konnte es rekonstruieren.«

Rekonstruieren? »Was meinst du damit?«, frage ich. »Wurden die Knochensplitter etwa eingesammelt und wie ein Puzzle wieder zusammengesetzt?«

»So ähnlich. Die meisten fehlenden Teile des Schädels lagen mit in der Grube«, konkretisiert Luca. »Außerdem wurde alles akribisch aus allen erdenklichen Perspektiven fotografiert und dokumentiert. Das Knochenmaterial ist ziemlich mürbe, und man muss mit größter Sorgfalt vorgehen. Aber damit kennen sich Dantes und Claudia Ferri hervorragend aus.«

»Und es wurde keine Waffe gefunden«, murmle ich.

»Ja genau, was ausschließt, dass einer der beiden selbst geschossen hat, aber das hatten wir ja schon.«

»Ergo Mord«, wiederhole ich trotzdem. Ich schlinge die Arme um meinen Körper, mir ist nicht nur innerlich kalt.

Vinc legt seinen Arm um meine Schultern und zieht mich an sich.

»Dann sind die beiden also hier getötet worden? Der Fundort ist der Tatort?«, versichere ich mich, ob ich alles richtig einordne.

Luca stemmt die Hände in die Hüften und seufzt. »Die Spuren sagen Ja und die Umstände sprechen dafür.«

»Welche Umstände?« Auch Vinc ist neugierig.

»Zum Beispiel die Frage, wie die Leichen sonst hierhertransportiert worden wären«, mutmaße ich. »Ist kein sehr zugänglicher Ort, oder?«

Luca runzelt nur die Stirn.

Ich gehe neben der Grube in die Knie. Alles wie glatt geschleckt, was nicht anders zu erwarten war. Schließlich war die Spurensicherung schon hier. Trotzdem bin ich ein bisschen enttäuscht, irgendwie habe ich gehofft, etwas Spektakuläres zu finden.

Luca hat inzwischen sein Handy gezückt und tippt darauf herum. Anscheinend vertraut er der Gründlichkeit seiner Kollegen, denn er schaut sich nicht weiter um. Vinc dagegen inspiziert Zentimeter für Zentimeter die Wände. Ganz offensichtlich hat es ihn gepackt.

»Was sind das für Rückstände hier?«, fragt er Luca.

»Gehören zu dem Teil der Umstände, die dafür sprechen, dass der Mord hier an diesem Ort geschehen ist«, erklärt Luca. »Das sind Blutspuren.«

»Es wurden Blutspuren gefunden?«, bohrt Vinc weiter und zeigt auf den Boden, wo an ein paar Stellen ebensolche Flecken zu sehen sind.

Luca löst sich endgültig vom Display seines Smartphones. »Ja, da sind Blutspritzer an den Wänden und auf dem Boden. Vermutlich von den beiden Toten. Die passen mit den Einschusswinkeln der Kugeln zusammen. Die Opfer standen dem Mörder direkt gegenüber. Es wurde offensichtlich vom Eingang aus geschossen. *Allora*, wir müssen dann langsam.«

»Fehlt nur noch, dass er in die Hände klatscht und uns in Zweierreihe antreten lässt«, knurre ich leise in Vinc' Ohr.

»Sei froh, dass er uns überhaupt mitgenommen hat«, raunt Vinc zurück und schiebt mich hinter Luca her Richtung Ausgang.

Draußen drehe ich mich langsam um die eigene Achse. Wie die Gondel der *Funivia* auf ihrem luftigen Weg von der Mittelstation zum Gipfel beziehungsweise Plateau. Nur dass ich hier nicht die schöne Aussicht genieße, sondern die Gegebenheiten für mich abrastere, von der kleinen, kühlen Felsenhöhle aus bis hinüber zu dem Steinmäuerchen, das diesen unzugänglichen Teil des Geländes von dem unterhalb liegenden Olivenhain abgrenzt. Auf der anderen Seite schmiegt sich der Weg von der Straße bis zum Olivenhain an das Mäuerchen, breit genug, um mit kleinen Traktoren die Ernte aufzunehmen und abzutransportieren. Die Mauer ist die einzige Abgrenzung zum Nebengrundstück. Wäre es möglich …? Ich schüttle diese Gedanken ab. Das ist vom Tisch. Luca hat gesagt, der Felsenkeller ist der Tatort, also kann ich mir die Vorstellung weiterer Szenarien sparen und mich auf die Tatsachen konzentrieren. Die Kröte, dass Luca seine Informationen wohldosiert an uns weitergibt, muss ich schlucken. Ich verstehe das auch – einerseits.

»Luca, mir ist es ernst«, sage ich deshalb, »ich will dich unterstützen oder, besser gesagt, wir wollen dich unterstützen. Ich hasse es, wenn jemandem Unrecht getan wird. Und umgebracht zu werden, ist das größte Unrecht, das einem Menschen angetan werden kann. Hier geht es sogar um zwei Menschen, also doppeltes Unrecht und doppelte Motivation!«

Luca legt mir beruhigend die Hand auf den Arm. »Schon gut, Doro. Wie gesagt, ich weiß zwar nicht, was Claudia davon halten wird, aber ich habe nichts gegen Unterstützung von euch. Es hilft mir, neue Aspekte aufzunehmen und zu beleuchten. Also keine falsche Zurückhaltung.« Bei diesen Worten zwinkert er. »Und Claudia werde ich bestimmt überzeugen können. Sie sieht die Dinge halt aus ihrer Perspektive, und ich muss sagen, sie hat mich jetzt schon sehr für die Forensik begeistert.« Sein Handy klingelt. *»Scusate«*, sagt er und geht ran.

Nach ein paar *»Sì, d'accordo«*, *»No«* und einem leicht ungeduldigen *»Ciao, Sergio«* ist er wieder bei uns und dem Mord. »Die Leute kennen sich hier. Und der oder die Täter müssen Ortskenntnis gehabt haben, sonst hätten sie nichts von dem Felsenraum gewusst«, fährt er fort und lässt uns dieses Mal an seinen Überlegungen teilhaben. »Möglicherweise waren es auch Saisonarbeiter aus dem Olivenhain. Dazu müssen wir die Familie Passamonte befragen.«

»Das ist die Familie mit der Azienda Agricola, bei der Maria aufgewachsen ist, richtig?«, vergewissere ich mich.

»Sì, giusto«, bestätigt Luca.

»Wann willst du dahin? Ich gehe davon aus, dass wir nicht mitkönnen?«

Luca lacht. *»Sì, giusto«*, sagt er noch einmal, »da vermutest du richtig. Ich fahre jetzt ins Büro, Claudia wartet dort auf mich. Mal sehen, ob die Laboruntersuchungen etwas Neues ergeben haben. Außerdem werden wir uns abstimmen, wie wir weiter vorgehen. Ich lasse euch an eurem Haus raus.«

»Quatsch, wir fahren mit dir ins Zentrum«, widerspricht Vinc. »Wie wär's mit einem kleinen Stadtbummel?«, wendet er sich an mich.

»Gute Idee«, stimme ich zu.

Ein paar Minuten später sind wir bei der Polizeistation gleich hinter dem Kreisverkehr auf der Via Garibaldi. Nach einem kurzen *»Ciao, amici«* verschwindet Luca im Gebäude der *Polizia Locale*, dem Rathaus des Ortes, in dem auch Dantes mit der *Polizia di Stato* eine Außenstelle hat. Vinc und ich laufen von dort aus los.

»Willst du lieber runter zu Danilo und surfen?«, frage ich, hoffe aber auf einen gemeinsamen relaxten Stadtbummel.

»Nee, ist kein optimaler Wind jetzt. Außerdem brauche ich was in den Magen.«

»Ja, war schon ein bisschen früh heute«, gestehe ich ihm lachend zu.

Vinc lässt sich bereits unterwegs von einer Pizzaschnitte verführen, dann ziehen uns unsere Gelüste zielstrebig in Richtung Porto Vecchio, des malerischen alten Hafens, und zur Piazza Magenta, wo wir uns in eines der *ristoranti* setzen. Die Preise sind hier deutlich höher als in unserer Lieblingspizzeria ein Stück weiter oben, aber der Ausblick kostet eben seinen Preis. Noch sind wir die einzigen Kunden, um diese Zeit sind die Kellner dabei, die Tische für die Mittagsgäste einzudecken. Das wird sich spätestens in einer halben Stunde ändern, prophezeit Vinc, und er soll recht behalten. Erst einmal schlürfen wir aber einen Caffè Latte, Vinc nimmt noch ein *panino* mit Salat, Mozzarella und Tomaten und spendiert einen Prosecco für jeden.

»So früh schon?«, frage ich verwundert, aber nicht abgeneigt.

»Tu bloß nicht so, sonst storniere ich die Bestellung.«

»Zu spät«, meine ich genüsslich, denn der Kellner stellt eben zwei beschlagene Gläser mit spritzigem Inhalt auf den Tisch.

»Cin cin.« Vinc hebt sein Glas und lässt es an meinem klingen.

»Stößchen«, lache ich, spreize geziert den kleinen Finger ab und nippe mit spitzen Lippen am Glas.

Später lassen wir uns händchenhaltend durch den Ort treiben. Überall an den Gebäuden wird mit Schwarz-Weiß-Fotos alten Zeiten gehuldigt. Sie zeigen, wie es früher in der Gegend ausgesehen hat. Stallungen an den Häusern, weniger Glamour und Touristen, mehr Einheimische bei der Arbeit. Männer auf schmalen Leitern bei der Olivenernte.

»Je nach Gelände wird heute noch so geerntet, habe ich gelesen. Adriano hat das auch erzählt. Sein Großvater war einer der Organisatoren unter den Olivenbauern in Limone«, berichte ich. Adriano Rinaldi ist der Mann meiner Freundin Greta, die mittlerweile fest im italienischen Familienverband involviert ist. Als Deutsche war sie zuerst nicht gern gesehen, aber als vor zwei Jahren ein

Mord geschehen ist und die Familie Rinaldi fast zerbrochen wäre, hat sich Greta mithilfe meiner Wenigkeit ihren Platz in der Familie und in Limone erobert.

»Diesen Sommer werde ich nie vergessen«, erinnert sich auch Vinc an die Ereignisse. »Abgesehen davon, die Olivenernte ist echt anstrengend und rechtfertigt, dass das Öl seinen Preis hat.«

»Genau. Und hier in Malcesine gibt es mehr Olivenbäume, als man vermuten würde. Rosa hat erzählt, dass die Söhne früher die wertvollen Grundstücke geerbt haben, und das waren die mit Olivenbaumbestand. Die Anzahl der Bäume war sogar wichtiger als die Quadratmeter. Die Töchter bekamen die billigen Plätze am See.«

»Die dann mit dem zunehmenden Tourismus eine explosionsartige Preissteigerung erfahren haben«, vollendet Vinc meinen Gedanken.

»Ausgleichende Gerechtigkeit«, bewerte ich die Gewinnverkehrung nicht ohne eine gewisse Schadenfreude. »Aber um auf unseren Fall zurückzukommen …«

»Ach, ist es jetzt schon *unser* Fall?«, spottet Vinc und biegt in eine enge Gasse ab, die wir nur hintereinander durchqueren können.

»Puh, da kriegt man ja Platzangst. Für Kinderwägen oder Übergröße ist die nicht geschaffen.«

»Der Vicolo Picalof ist die engste Gasse Europas, hat Luca erzählt.«

»Echt? Na ja, ob das stimmt?«, setze ich zumindest ein Fragezeichen hinter die Aussage und trete aus der dunklen Gasse ins Tageslicht. »Zum Glück ist sie nicht die längste. Ach, schau mal, Vinc, ist die süß!« Links vor dem Haus in einem Rattanstuhl liegt eine zusammengerollte Katze.

»Sieht aus wie Rambo, nur dünner.« Vinc kriegt katzenverliebte Augen.

»Stimmt. Unser XL-Gourmetkater würde wahrscheinlich im Vicolo Picalof stecken bleiben. Was wir ihn aber besser nicht hören lassen«, lästere ich trotz Rambo-Liebe und schicke ein paar innige Gedanken an unseren leicht übergewichtigen Kater, den König vom Viktualienmarkt und vom »Macis«.

Dann schneide ich erneut das Thema »Cold Case« an. »Was meinst du, wie hoch die Wahrscheinlichkeit ist, den Mörder nach 20 Jahren noch zu finden? Die Spuren sind längst kalt, und außerdem hat die Polizei schon damals nichts rausbekommen.«

»Die Ermittlungsmöglichkeiten werden immer detaillierter. Dank Computeranalysen, neuer labortechnischer Methoden und was weiß ich noch alles. Es gehen doch immer wieder uralte Fälle durch die Presse. Irgendjemand rollt einen Fall wieder auf, weil neue Ansätze aufgetaucht sind oder winzige DNA-Spuren gefunden wurden und dann mit verbesserten Methoden neu ausgewertet werden. Außerdem gab es ja damals keine Leichen.«

»Ts, ts, ts, an dir ist ein Kriminaler verloren gegangen! Powerteam Doro und Vinc. Wir lösen den Fall und knallen Luca das Ergebnis auf den Tisch.«

»Klar, du hast ja dein mobiles kriminaltechnisches Untersuchungsköfferchen dabei, oder?«

»Jetzt mach dich nicht über mich lustig. Immerhin haben wir Luca, der uns auf dem Laufenden hält, und wir können dann unsere Schlüsse ziehen.«

»Doro, ich bin dabei, aber ich befürchte, du nimmst es wie immer zu persönlich.«

Ich verschränke meine Finger in seine. »Du solltest langsam wissen, dass ich Mord immer persönlich nehme.«

»Welch wahres Wort. Ich werde ein Auge auf dich haben.«

»Und ich auf den Fall.«

Ohne auf den Weg zu achten, lasse ich mich von Vinc durch die Gassen lotsen, während meine Gedanken zu den Personen schwirren, die ich kennenlernen will. »Hoffentlich informiert uns Luca darüber, wen sie damals verdächtigt haben und warum.«

»Wohl weniger verdächtigt, eher befragt«, interveniert Vinc. »Das Pärchen wurde vermisst und gesucht, aber es wurde nicht von einem Mordfall ausgegangen.«

»Wie auch immer, es wurde ermittelt«, wische ich den Unterschied mit einer ungeduldigen Handbewegung vom Tisch. »Ich werde eine Liste mit allen Personen erstellen, die etwas mit den Toten zu tun hatten. Angefangen mit der Familie, aber auch Freunde, Arbeitskollegen – oder waren die beiden damals noch in der Schule oder auf der Uni? Hm … Wir brauchen einen Übersichtsplan, um die Fäden miteinander verknüpfen zu können.«

»Hört sich sinnvoll an, allerdings auch sehr langwierig. Wahrscheinlich haben Luca und seine Kollegin den Fall längst gelöst, bis wir mit damit fertig sind.«

»Kann gut sein«, nehme ich den Einwand gelassen hin. »Hauptsache, die Wahrheit kommt ans Licht. Und wenn es doch länger dauert, dann sind wir da.«

Vor uns tut sich ein Ausblick auf, der mich von meinen fallanalytischen Überlegungen ablenkt. Unterhalb der schroffen Felsenwände der Burg führt ein schmaler Schotterweg zu einem winzigen Strand am See. »Wow!«, entfährt mir ein Ausruf der Begeisterung. Wir bleiben kurz stehen, bevor wir hinuntersteigen und uns auf einen flachen Felsen direkt ans Wasser setzen. Die Wellen rollen sanft vor und zurück, in regelmäßigen Abständen schwappen zwei, drei größere Wellen weiter vor, und wir müssen unsere Füße zu uns herziehen, um nicht nass zu werden. Links, an einer überhängenden Felswand, hängt ein Seil mit Schlingen oberhalb des Wassers. »Das ist was für ganz Sportliche. Ich meine, runterspringen ist ja okay, aber wie kommt man wieder rauf? An dem Seil?«

Vinc schaut prüfend zu der Konstruktion. »Keine Ahnung. Ja, vielleicht springen die von dem Felsen da oben runter und hangeln sich dann an dem Seil wieder nach oben. Möglich.« Wie das wirklich funktioniert, können wir nur vermuten, momentan sind keine Wagemutigen unterwegs.

Einige Meter über uns lehnen immer wieder Touristen am Geländer des Aussichtspunkts, wo wir kurz zuvor selbst gestanden haben, die wenigsten kommen aber herunter an den Ministrand. Doch jetzt wird es lauter. Eine Familie ist im Anmarsch. Ein Junge und ein Mädchen im Grundschulalter, schätze ich, stürmen im lautstarken Wettstreit nach unten. Das war's dann mit Ruhe und Fallanalyse. Das kleine Mädchen sucht nach einem flachen Stein, aber das wird hier schwierig, die Steine sind eher kantig bis rund.

Wir weichen der Familie aus und schlendern weiter durch den Ort.

»Lass uns zum Haus zurückgehen«, schlägt Vinc nach einer Weile vor, und ich habe nichts dagegen. Mein Finger pocht leise vor sich hin, nicht schlimm, aber eine Stunde Liegestuhl im Garten erscheint mir eine erstrebenswerte Option.

*

Danilos *nonna* hat uns wieder mal kulinarisch verwöhnt. Angefangen mit zarten Tortellini in einer leichten Kräuterbrühe – die hatte sie noch im Kühlschrank –, eine ihrer Lieblingssuppen, deshalb fabriziert sie immer einige Portionen im Voraus. Weiter ging es mit Polenta mit Bergkräutern und viel Käse, dazu gab es Fleischbällchen aus Kaninchenfleisch und Kalb.

»Rosa, das war göttlich«, lobe ich begeistert und übersatt. »Kann ich dich abwerben fürs ›Macis‹?«

Sie nimmt das Lob geschmeichelt, aber auch mit einer Selbstverständlichkeit entgegen, wie es nur Menschen tun, die sich ihres Könnens bewusst sind.

»Hast du die Kräuter auf einer Bergwiese gesammelt?«, frage ich allen Ernstes.

Jetzt lacht Rosa herzlich. »Nein, Doro, ein paar Kräuter habe ich im Garten, den Rest habe ich im Laden im Ort zugekauft.«

Ich muss auch lachen. »Weißt du, wir sind heute durch den Ort gelaufen und haben dabei diese nostalgischen Bilder an den Häuserfronten gesehen. Das hat mich wahrscheinlich in die gute alte Zeit zurückgeworfen, in der man die Kräuter eben nicht im Supermarkt holte.«

Rosa nickt. »Ich bin in dieser Zeit aufgewachsen, wo wir das Brot selbst gebacken, die Pasta selbst gemacht und die Kräuter frisch aus der Natur gepflückt haben. Das hat sich irgendwann geändert. Obwohl ich die Pasta immer noch gerne selbst mache.«

»Das schmeckt man, liebe Rosa, glaub mir. Morgen kochen wir gemeinsam. Und dieses Mal bin ich aktiv dabei, nicht nur mit guten Ratschlägen.« Ich wackle mit meinen Fingern, die sich schon viel besser anfühlen als noch heute Nachmittag. »Ich bin noch nicht so schnell wie vor dem Unfall, aber auf dem besten Weg dahin. Wenn ich wieder in München bin, werde ich Daniel zeigen, wo der Hammer hängt respektive mein Messer. Daniel ist unser Küchenchef«, schiebe ich hinterher, aber Rosa runzelt ratlos die Stirn.

»Musst du nicht verstehen«, winkt Vinc ab, »Doro will anscheinend schnell wieder ihren Verband zurück.«

Ich knuffe ihn in die Seite, und Rosa steht kopfschüttelnd auf, um die Nachspeise zu holen. Vanilleeis mit Wassermelone, Honig, Walnüssen und ein paar roten Johannisbeeren.

Die nächsten fünf Minuten bin ich nicht ansprechbar, die Kombination von süß und sauer, saftig, kalt und knackig lässt alle Geschmacksnerven zum Einsatz kommen. Das muss ich mir für die Speisekarte im »Macis« notieren. So einfach und doch ein Knüller. »Ich sehe schon, ich kann viel von dir lernen, liebe Rosa«, schwärme ich und schlecke den letzten Rest vom Löffel.

»Und ich von dir, liebe Doro. Du bist ja eine echte Spitzenköchin, wie ich von deinem Freund erfahren habe.« Sie lächelt in Vinc' Richtung.

Ich zwinkere ihm zu. »Er ist vielleicht ein wenig parteiisch«, schränke ich ein, »aber ja, ein bisschen kochen kann ich.«

»Ihr jungen Leute macht mittlerweile wieder ganz viel selbst. Das Bewusstsein für gute Zutaten wächst, habe ich den Eindruck«, greift Rosa das Thema von eben noch mal auf.

»Da hast du recht, einerseits. Andererseits ist alles sehr schnelllebig und stressig geworden. Man muss aufpassen, dass man nicht überrollt wird.«

»Jaja, die Zeit rast. Oder liegt das an meinem Alter?«

»Nein, Rosa, sicher nicht. Die Welt *ist* schneller geworden. Verändert sich. Was gleich bleibt, ist, dass die Jungen Fortschritt und neues Denken fordern und die Älteren irgendwann anfangen, von der guten alten Zeit zu reden.«

»Der Lauf des Lebens.« Rosa reibt sich die Hände. »Früher wohnten die Leute oben am Berg. Unten, wo heute das Leben – auch das kommerzielle – stattfindet, waren damals die Wiesen und die Ställe für die Tiere. Esel, Ziegen, Kaninchen … und auch die Fischer lebten dort. Es war kein Zuckerschlecken. Schaut auf den Bildern zwar nostalgisch aus, war aber ein harter Überlebenskampf. Es blieb keine Zeit für Theater- und Museumsbesuche oder um ein Buch zu lesen.« Rosa blickt gedankenverloren vor sich hin.

»Buona sera«, schallt es da vom Gartentor. Es ist Luca.

»Was machst du denn um diese Zeit hier?«, fragt Danilo träge. »Willst du noch ein bisschen spachteln?«

»Nein, bestimmt nicht. Wir haben eher auf *vino* und Unterhaltung gehofft.« Er tritt ein, gefolgt von seiner Kollegin Claudia Ferri.

»So spät noch im Dienst?« Danilo streckt ihm seine Hände entgegen, als wollte er sich Handschellen anlegen lassen.

»Scherzkeks. Hört sich *vino* nach Dienst an? Wenn du allerdings etwas verbrochen hast, stellen wir den gemütlichen Teil ein Stündchen zurück und bringen dich erst in die Arrestzelle.«

»Willst du deinen Gästen nicht einen Platz anbieten?«, schimpft Rosa. »Und etwas zu trinken?«

»Was habt ihr im Glas?«, fragt Luca neugierig.

»Lasst euch überraschen«, empfehle ich.

»Siehst du, liebste *nonna*, Doro macht das schon.« Danilo lehnt sich in seinem Stuhl zurück und verschränkt die Hände im Nacken.

»Für mich bitte ohne Alkohol, ich muss noch zurück nach Verona«, bittet Claudia mit einer bedauernden Geste und setzt sich auf einen freien Stuhl.

»Du kannst bei uns im Gästezimmer schlafen«, schlägt Luca vor.

»Wenn deine Mama nichts dagegen hat, gerne.« Claudia weiß natürlich, dass Luca noch bei seiner Mutter wohnt, und redet nicht lange um den heißen Brei herum. Das finde ich sehr angenehm.

Unicorno unterbricht seine Abendruhe und stakst zu uns herüber. Er fordert Aufmerksamkeit und etwas zum Knabbern.

»Da muss ich dich enttäuschen, mein Lieber, wir haben nichts für dich«, schicke ich ihn weg. Er trollt sich Richtung Unterstand neben dem Kaninchenstall.

Ich serviere einen »Benacini« – Campari mit Prosecco, Zitrone, Rosmarin und einem Schuss Rotwein. »Eigenkreation«, erkläre ich ein bisschen stolz, »dem *Lacus Benacus* gewidmet.«

»Mag jemand Oliven, Käse oder Chips?«

Luca und seine Kollegin lehnen dankend ab, und wir sind sowieso noch gut gesättigt.

»Gibt es etwas Neues zum Fall?«, frage ich. Nicht dass die beiden sich verabschieden, bevor ich meinen Wissensdurst gestillt habe.

Luca schaut zu seiner Kollegin. Die runzelt kurz die Stirn, gibt dann aber grünes Licht.

»Ich habe Claudia erzählt, dass ich heute mit euch oben am Fundort der Skelette war.«

Ist mir sehr recht, macht den Umgang miteinander offener, ehrlicher und einfacher.

»*Sì*, und auch, dass du gerne ein bisschen Detektivin spielst.« Claudia verschränkt ihre Finger ineinander.

Wie meint sie das jetzt? Wir sind zwar per Du, aber ich kenne sie kaum und kann sie noch nicht einschätzen. Ich schaue zu Vinc. Der wirkt entspannt, zeigt keinerlei Anzeichen von Fremdschämen, was ich als positiv werte. Ich warte ab, was Claudia weiter zu sagen hat.

»Ich werde nicht alle Ermittlungsergebnisse mit euch teilen. Und Luca auch nicht«, erklärt sie mit einem Seitenblick auf ihren Kollegen, der deutlich macht, dass sie dieses Thema intern besprochen haben. »Das, was ihr von uns erfahrt und nicht in der Zeitung steht, bleibt auch unter uns, *d'accordo*? Das ist indiskutable Voraussetzung. Andersherum gilt: Alles, was ihr erfahrt, erfahren wir selbstverständlich auch.«

Ich setze eine unverfängliche Miene auf, diese Ansage höre ich nicht zum ersten Mal. *»D'accordo«*, stimme ich zu.

»Ist klar«, bestätigt auch Vinc.

»Und ihr dürft natürlich keine Leute befragen und so tun, als wärt ihr irgendwie berechtigt dazu. Unauffällig umhören, das ja, aber nicht ermitteln.« Sie schaut uns prüfend an.

»Klar«, sage ich nur.

Vinc nickt, eine glatte Lüge bringt er nicht über die Lippen.

Ich sehe das so: Ermitteln ist immer Definitionssache. Natürlich ermittle ich nicht, ich habe ja gar keine Befugnis dazu, aber private Gespräche und Besuche sind ja nicht verboten …

Luca zieht eine sorgenvolle Miene. Ich lächle ihm beruhigend zu. Vinc lächelt auch, allerdings eher maliziös.

Mich drängt eine Frage. »Es gab doch Untersuchungen zu dem Fall damals. Wer wurde verdächtigt, mit dem Verschwinden des Paares etwas zu tun zu haben, und warum? Oder, besser gesagt, wer wurde zu den Umständen befragt und was kam dabei heraus?«

»Ich habe die Akten studiert, um einen genauen Überblick zu bekommen. Und mit Kollegen gesprochen, die damals schon hier gearbeitet haben«, sagt Luca, ohne weiter ins Detail zu gehen.

»Und was haben deine Kollegen erzählt?«, lasse ich nicht locker.

»Würde mich auch interessieren«, schlägt Vinc in meine Kerbe. »Was erzählt dein Chef denn von damals? Hat er den Fall nicht bearbeitet?«

Luca streicht sich übers Kinn. »Mein Chef hält sich zurück, er sagt, wir sollen unsere eigenen Schlüsse ziehen. Er will uns nicht beeinflussen. Da sind einmal die neuen Fakten, klar, und dann die Version derer, die sich noch an den Fall erinnern oder in die Ermittlungen involviert waren. Aber es steht natürlich alles in der Akte. *Allora*, es gab keine Leichen, und die Vermutung, dass die beiden zusammen weggegangen sind, wurde durch Zeugenaussagen glaubhaft untermauert. Allerdings wurde eine Person besonders gründlich unter die Lupe genommen. Maurizio Passamonte. Der Sohn von Salvatore Passamonte, der nicht weit von hier die Azienda Agricola Passamonte führt. Mittlerweile hat Maurizio den landwirtschaftlichen Betrieb übernommen.«

»Und was hat man diesem Maurizio unterstellt?«, frage ich.

Luca überlegt kurz. »Maria Francini, die Tote, hat auf der Passamont'schen Azienda gelebt. Als eine Art Ziehtochter. Es war allgemein bekannt, dass Maurizio in Maria mehr sah als eine ›Schwester‹, er wollte sie heiraten. Ein Glücksfall für Maria, sagten die Leute, da Maria allein und relativ mittellos war, seit ihre Eltern bei einem Verkehrsunfall ums Leben gekommen waren und der damals Zehnjährigen nichts als Schulden hinterlassen hatten. Um viele Ecken waren die Francinis mit den Passamontes verwandt, und da sich sonst keiner für das Mädchen interessierte, wuchs Maria bei den Passamontes auf.«

»Und dann wollte Maria Maurizio plötzlich nicht mehr heiraten, weil sie einen anderen Mann kennengelernt hat?« Vinc stellt die Frage sehr nachdenklich.

Luca nickt. »Genau. Ein starkes Motiv. Natürlich wurde ermittelt, das ist ganz normal, wenn zwei junge Leute urplötzlich von der Bildfläche verschwinden. Aber ohne Leichen verlief alles im Sand.«

»Und jetzt sind sie aufgetaucht. Und damit gibt es eine heiße Spur in dem alten Fall«, greife ich Vinc' Überlegungen von heute Nachmittag auf.

KAPITEL 6

GEMELLI – ZWILLINGE

Venerdì (Freitag) – Tag 5

Beim Frühstück

»Der Mörder läuft frei herum und hat seit 20 Jahren ein feines Leben. Damit muss Schluss sein!« Ich lasse meine Faust auf die Tischplatte krachen, dass Vinc, der gerade nach seiner Tasse greift, der Kaffee überschwappt.

»Sag mal, geht's noch?«, ruft er empört und wischt mit der Serviette die braune Lache vom Tisch.

»Ist doch wahr«, schnaube ich, »dass so jemand ungeschoren davonkommt, ist himmelschreiend ungerecht!«

»Ganz deiner Meinung, aber deswegen brauchst du nicht die Tischplatte zu zertrümmern.«

»Doch, muss ich. Sonst kann ich nicht vernünftig denken. Wir brauchen dringend einen Plan. Was können wir überhaupt tun, was Luca nicht schon getan hat? Ich meine, die offiziellen Untersuchungen laufen, und ich hoffe, dass Luca uns nicht allzu viel verschweigt. Immerhin ist seine Kollegin nicht übermäßig begeistert von unserer Hilfe«, unke ich nicht ganz so optimistisch, wie es sonst meine Art ist.

»Plan ist gut, aber welcher? Mir fällt momentan ehrlich gesagt nur ein, mit den Leuten zu reden, die mit Maria und

Marco zu tun hatten. Vielleicht ergibt sich im Gespräch etwas, bei dem wir ansetzen können.«

»Maria und Marco, schön, dass du die beiden bei ihrem Namen nennst. Ist viel persönlicher.« Ich seufze. »Ist halt alles verdammt lange her. Der Mörder müsste uns fast ein freiwilliges Geständnis liefern.«

»Ganz so ist es nicht«, widerspricht Vinc. »Damals gab es im eigentlichen Sinne noch keinen Fall, zumindest keinen Mordfall. Dass man Passamonte überprüft hat, war klar, aber dann … Die beiden waren verschwunden, ja, aber es hat vieles darauf hingedeutet, dass sie sich aus dem Staub gemacht haben. Warum hat man diese Möglichkeit für so wahrscheinlich gehalten, dass die Suche eingestellt wurde? Das würde mich interessieren. Die Aussagen von damals würde ich gerne lesen. Ich werde Luca fragen, ob wir einen Blick in die alten Aufzeichnungen werfen dürfen.«

»Das wäre hilfreich. Aber jetzt sind die Leichen aufgetaucht. Das wirft ein völlig neues Licht auf die damalige Situation.«

Vinc beugt sich vor. »Und genau deswegen brauchen wir die Aussagen der Menschen, die Maria und Marco gekannt haben. Das alles ist zwar 20 Jahre her, aber ich kann mir vorstellen, dass jetzt, wo klar ist, dass die beiden ermordet wurden, so manches Detail eine neue Bedeutung bekommt. Wenn die Leute heute über die Vorfälle von früher nachdenken, fällt dem einen oder anderen vielleicht etwas ein, das damals unwichtig erschien, heute aber eventuell wichtig sein könnte.« Vinc fährt sich nachdenklich übers Kinn.

»Zum Beispiel?«, frage ich, weil mir dazu nichts einfällt.

»Keine Ahnung. Ich meine ja nur, dass es einen riesigen Unterschied macht, ob man davon ausgeht, dass ein Pärchen sich abgesetzt hat, die Schnauze voll hat von Moral und Bevormundung, oder ob man weiß, dass irgendjemand die beiden erschossen hat. Da denkt man doch in eine ganz andere Richtung, oder?« Vinc bleibt mit sturer Ernsthaftigkeit bei der Sache, im Gegensatz zu seiner sonstigen Einstellung, dass es die Arbeit der Polizei ist, Verbrechen aufzuklären. Womit er ja auch recht hat. Meistens jedenfalls. Manchmal ist die Polizei aber auch auf der falschen Spur oder übersieht etwas. Und das eine oder andere Mal war meine Spürnase durchaus hilfreich.

»Du hast recht. Erstellen wir eine Liste«, schlage ich vor und hole Stift und Papier. »Wer waren die Menschen, die am engsten mit Maria und Marco verbunden waren? Die Familien auf jeden Fall. Fangen wir mit Marco an. Aus seiner Familie kennen wir bereits jemanden persönlich, nämlich unseren Fabio. Marco wäre sein Onkel, wenn er noch leben würde, und Fabios Mama Antonella war Marcos Zwillingsschwester. Zwillinge haben meist eine sehr starke Bindung. Und dann gibt es noch Antonellas Oma Valentina, Fabios Uroma, die mit im Haus ihrer Enkelin lebt. Die beiden alten Damen, Danilos Oma Rosa und ebendiese Valentina, kennen sich gut und treffen sich manchmal auf einen *caffè* oder ein Glas Wein.«

Ich setze Punkt eins und zwei auf die Liste:

1. Antonella Cavaletto, Zwillingsschwester des ermordeten Marco.
2. Valentina Cavaletto, Oma von Antonella respektive Uroma von Fabio Bianchi, Antonellas Sohn.

»Schreib auf jeden Fall die Familie dazu, bei der Maria aufgewachsen ist. Die Passamontes. Sie sind über ein paar Ecken mit Marias Familie verwandt, hat Rosa erzählt, aber weitläufig genug, dass sich Maria und dieser Maurizio verloben konnten. Rosa hat außerdem gesagt, dass die Familie Passamonte eine *fattoria* oder *azienda agricola* betreibt und landwirtschaftliche Produkte wie Ziegenkäse, vor allem aber Olivenöl produziert. Ihnen gehört der Olivenhain, der an das Grundstück mit der Felsenhöhle grenzt, oder habe ich das falsch im Gedächtnis?«

»Nein, das stimmt, so hat es Rosa erzählt. Und Luca. Dieser Maurizio wurde damals sehr gründlich abgecheckt. Da wurde bestimmt in Richtung Mord aus Eifersucht gedacht. Hoffentlich lässt uns Luca in die alte Akte schauen. Auf jeden Fall muss die Familie auf die Liste«, bekräftige ich Vinc' Vorschlag und schreibe Punkt drei und vier auf den Zettel.

3. Maurizio Passamonte, Wahl-Bruder und Beinahe-Verlobter von Maria. Damals Hauptverdächtiger, mangels Leichen und ausreichender Beweise entlastet.
4. Maurizios Eltern, Salvatore und Caterina Passamonte, die Zieheltern der toten Maria, weitläufig verwandt mit Marias Familie, den Francinis.

»Das Problem wird sein, mit diesen Leuten ins Gespräch zu kommen«, überlege ich laut. »Wie hat Claudia Ferri das formuliert? ›Ihr dürft natürlich keine Leute befragen und so tun, als wärt ihr irgendwie berechtigt dazu. Unauffällig umhören, das ja, aber nicht ermitteln.‹« Ich stütze das Kinn in meine Hand und hoffe auf eine zündende Idee von Vinc.

»Wieso schaust du so?«, fragt er prompt.

»Ich brauche eine Strategie, wie wir vorgehen können.«

»Na ja, die Passamontes haben einen Hofladen, also einen Direktverkauf oben bei der Azienda. Da könnten wir im Auftrag von Rosa einkaufen gehen und uns dabei …« Vinc macht eine vielsagende Pause.

»Umhören?«

»Genau. Ich denke, damit sind wir fürs Erste beschäftigt. Daraus ergeben sich bestimmt weitere Personen, Freunde, Mitschüler, Arbeitskollegen. Oder Studienkollegen. Egal, das sehen wir dann. Luca wird uns auch noch Material liefern – also, läuft.« Vinc lümmelt lässig im Stuhl.

Ich notiere den nächsten Punkt:

5. Freunde, Mitschüler, Arbeitskollegen, Studienkollegen der beiden Toten – Antonella und die anderen danach fragen!

Mit einer Reihe von Fragezeichen schließe ich die schriftliche To-do-Liste und schaue auf. »Ich schlage vor, wir besuchen zuallererst Antonella Cavaletto, die Zwillingsschwester des Toten. Vielleicht tut es ihr sogar gut, von früher zu erzählen, von der Zeit, als ihr Bruder noch am Leben war, und davon, was geschehen ist, bevor er und Maria verschwanden.«

Vinc wiegt den Kopf. »Na ja, kommt auf ihr Naturell an. Ist auf jeden Fall einen Versuch wert. Allerdings kennt sie uns nicht und wird es seltsam finden, dass sie mit uns über ihren toten Bruder sprechen soll. Wie auch immer, nach dem Frühstück starten wir, würde ich sagen.«

»D'accordo«, stimme ich zu und steche mit der Gabel ein Stück vom Apfelkuchen ab, den Rosa gestern gebacken hat.

Der Zufall spielt uns in die Hände. Am späten Mittag kommt Fabios Uroma Valentina vorbei. Sie hat einen großen Topf *ragù* und eine riesige Schüssel selbst gemachter Tagliatelle dabei. Kochen lenke sie ab, sagt sie, und wer verstünde das besser als ich? Außerdem brauche der Junge etwas in den Magen – damit meint sie ihren Urenkel Fabio, der direkt nach der Schule hierhergekommen ist und seitdem im oberen Stockwerk den Malerpinsel schwingt. Ab der nächsten Woche hat er Ferien.

»Und ihr anderen habt doch sicherlich auch Hunger«, sagt sie. »Antonella kommt ebenfalls nach, sie kann ein bisschen Gesellschaft gut gebrauchen.«

Fabio hat seine Uroma samt Pasta und *ragù* bereits angekündigt, damit wir uns nicht vorher den Bauch vollschlagen, wie er betonte – dass seine Mutter auch kommen würde, hat er nicht erwähnt. Gut, dass wir den Morgentermin mit ihr verschoben haben, da Vinc' kriminalistischer Enthusiasmus kurzfristig einen Einbruch erlitten hat, als der Wind für diese Uhrzeit untypisch aufgefrischt hat. Er wollte runter zum Strand zu Danilo, eine Runde surfen, ich habe in dieser Zeit Leonardo und Unicorno im Garten Gesellschaft geleistet und Rosa beim Unkrautjäten geholfen. Dabei hat sie mir erzählt, wie aufgewühlt der Ort gewesen sei, als Maria und Marco verschwanden. Die einen hätten sich auf die Seite der beiden jungen Leute geschlagen und ein Hohelied auf die wahre und einzige Liebe gesungen, die anderen hätten das Pärchen und den Verrat an der Familie Passamonte, insbesondere an Maurizio, scharf verurteilt. »Ich glaube, sie hätten sie gelyncht, wenn sie wieder aufgetaucht wären«, hat Rosa gesagt.

»Wieso?«, wollte ich wissen. »Das geht doch nur die Betroffenen etwas an. Und ist lynchen nicht ein bisschen übertrieben?«

»Das ist natürlich nicht wörtlich gemeint«, hat Rosa daraufhin eingeschränkt, »aber die Stimmung war sehr aufgeladen. Die alteingesessenen Familien kennen sich seit ewigen Zeiten, und man nimmt es durchaus persönlich, wenn einem Mitglied einer eng vertrauten Familie etwas angetan wird. Maurizios Eltern waren diesbezüglich nicht sehr zurückhaltend. Sie haben Marias Verrat an die große Glocke gehängt. Caterina und Salvatore, Maurizios Eltern, haben Maria als zehnjähriges Mädchen bei sich aufgenommen, und Maria war wie eine Tochter für sie. Ich weiß noch, dass sie zuerst nicht begeistert waren vom Plan ihres Sohnes, sich mit seiner ›Schwester‹ zu verloben, aber der Verwandtschaftsgrad ist so weitläufig, dass es gesetzlich völlig unbedenklich gewesen wäre. Nachdem der Pfarrer grünes Licht gegeben hatte, haben sie der Verbindung ihren elterlichen Segen erteilt. Damit war es für sie beschlossene Sache, und sie waren nicht bereit, Maria wegen einer fixen Idee aus ihrem Versprechen zu entlassen. Es gab bald zwei Lager: pro Maria und Marco und pro Maurizio. Nach dem Verschwinden der beiden war die Aufregung groß. Das Bewusstsein, an dem Druck auf die zwei jungen Menschen eine Mitschuld zu tragen, hat eine große Rolle gespielt, dass die Emotionen derart hochgekocht sind, und dem Fall so viel Brisanz verliehen, dass sich heute sofort wieder alle daran erinnern.«

Dieses Gespräch habe ich jetzt im Kopf, als ich draußen im Garten für uns alle den Tisch decke. Die beiden *nonne* werkeln in der Küche, kochen die Pasta, lassen das *ragù* noch einmal gut durchköcheln – je länger, desto besser, sagt Valentina – und putzen den Salat. Während appetitanregende Düfte durchs Haus ziehen, hilft Antonella, die inzwischen auch da ist, mir dabei, Besteck und Teller hinauszutragen und aufzudecken.

Zwischen Geschirrgeklapper und unverfänglichen Gesprächen über verschiedene Hausrezepte für *ragù* kreisen meine Gedanken weiter um das Thema, das uns alle beschäftigt.

Ich lege die Gabeln aus der Hand und suche Antonellas Blick. »Tut mir leid, was mit Ihrem Bruder geschehen ist«, sage ich direkt.

Sie senkt den Kopf und atmet ein paarmal tief durch. »Danke. Es ist furchtbar, aber gut, endlich Gewissheit zu haben.«

»Ich kann mir vorstellen, was Sie meinen, obwohl es ein harter Schlag gewesen sein muss, zu erfahren, dass er ermordet wurde. Er und Maria.«

»Ich habe immer gespürt, dass er nicht einfach weggegangen ist und bin daran verzweifelt, dass ich nicht spüren konnte, was los ist. Ich dachte immer, wir sind so eng miteinander verbunden, dass ich es fühlen muss! Und das hat mich so traurig gemacht. So wütend. Mein Versagen …« Ihre Blicke versinken in der Vergangenheit.

Ich streiche ihr über den Arm und überlege, ob es für

sie eher hilfreich oder schmerzhaft ist, mit mir über ihren Bruder zu reden. Gibt es die richtigen Worte in so einer Situation? »Wenn man jemanden liebt und weiß, dass derjenige in Not ist, ist die Ohnmacht, nicht helfen zu können, das Schlimmste. Mein Freund Vinc und ich wohnen zurzeit hier bei Danilo und haben deshalb alles mitbekommen. Luca rollt die ganze traurige Geschichte neu auf und wird hoffentlich die Wahrheit herausfinden. Vinc und ich würden gerne dabei helfen. Wenn wir können.«

Es folgt ein kurzes Schweigen.

Antonella schlingt die Arme um ihren Körper. »Ich will die Wahrheit erfahren. Egal, wie, und egal, wer sie endlich ans Tageslicht bringt. Wenn Luca damit einverstanden ist, dass Sie sich einbringen, dann habe ich ganz sicher nichts dagegen.«

Ich bin sehr froh über ihre Worte, allerdings unsicher, ob es nicht gerade das ist, was Luca *nicht* wollte – nämlich uns mithilfe seines Namens und seiner Rolle bei den Ermittlungen Informationen zu erschleichen. So viel zum Thema Ehrlichkeit. Aber das ist immer eine Frage der Perspektive und ein Balanceakt zwischen Einmischung und Hilfsbereitschaft.

»Wir würden gerne mit allen sprechen, die mit den beiden befreundet waren. Zuerst natürlich mit den Familien, aber auch mit Freunden, Kollegen, guten Bekannten.«

»Wie kann ich Ihnen helfen?«, fragt Antonella schlicht.

»Berichten Sie einfach alles, was Ihnen zu Ihrem Bruder einfällt. Von Ihrer Beziehung zu ihm und zum Beispiel auch davon, was Sie über ihn und Maria mitbekommen haben. Was hatten Sie für eine Erklärung für das Verschwinden der beiden?«

»Das sind viele Fragen. Haben Sie ein paar Stunden Zeit?« Antonella lächelt traurig.

»Ich nehme mir Zeit, solange es eben dauert«, verspreche ich.

Wir hören das Gartentor quietschen. Danilo und Vinc gesellen sich zu uns, mein Foto von Pasta und *ragù* per WhatsApp hat sie sicherlich angelockt. Ich stelle Vinc und Antonella einander vor. »Nach dem Essen könnten wir uns in den Schatten setzen, und Sie erzählen ein wenig, was meinen Sie?«

Antonella nickt. *»D'accordo.«*

Fabio kommt raus in den Garten. Sein T-Shirt hat ein paar Farbkleckse abbekommen. »*Mamma*, weißt du, dass Doro eine richtig gute Köchin ist? Eine Sterneköchin?«

»Nein, das wusste ich nicht. Ich hätte eher vermutet, dass sie in Deutschland bei der Polizei arbeitet, so wie sie sich hier um den Mord an deinem Onkel kümmert.«

Und den Mord an Maria, denke ich. Antonella vermeidet, direkt über Maria zu sprechen, so als würde sie ausblenden, dass ihr Bruder nicht allein war. Darüber muss ich nachdenken und auch mit Luca reden.

Laut sage ich: »Danke für die Blumen, Fabio, aber ich selbst habe keinen Michelin-Stern, diese Ehre gebührt meinem Vater. Ich arbeite nur in seinem Gourmettempel, dem ›Macis‹, in München.«

»Das stimmt, aber Doro kocht wirklich sternewürdig«, rückt Vinc meine Kochkunst ins richtige Licht.

»Natürlich mag ich es, unsere Gäste kulinarisch zu überraschen, aber ich liebe auch die bodenständige Küche und freue mich privat über ein Essen, wie deine Uroma es heute kocht, mehr als über kunstvoll produzierte Luxushäppchen. Im ›Macis‹ koche ich standesgemäß, und den Gästen schmeckt es. So, habe ich mich jetzt genug gelobt?«, frage ich Vinc augenzwinkernd.

»Ja, es langt«, antwortet er trocken.

Fabio lacht, Antonella sieht man an, dass sie gedanklich woanders ist. Bei ihrem Zwillingsbruder?

Rosa taucht in der Tür auf. »Das Essen ist fertig, ihr könnt die Schüsseln raustragen. Stehen die Getränke auf dem Tisch? Wasser? Wer mag ein Glas Wein dazu?«

Außer Fabio und Danilo nehmen alle gerne ein Glas *vino rosso* zum Essen.

Valentinas *ragù* hat auf jeden Fall die Grundeigenschaften, die eine Sauce bolognese haben muss, ist aber doch in Nuancen anders. Unerlässlich für eine gute Sauce bolognese ist, dass sie lange genug geköchelt hat, und das ist hier der Fall. Außerdem noch die frisch hergestellten Tagliatelle – ein Traum. Dazu ein bunter Salat.

»Welches Hackfleisch verwenden Sie, Valentina?«, frage ich, weil ich eine besondere Note erschmecke.

»Schwein, Rind und Kaninchen. *Pancetta* darf auch nicht fehlen, und es gibt ein Gemüse-Plus: Sellerie, Karotten und Aubergine«, verrät Valentina. Sie zählt noch ein paar Gewürze auf. »Die verwende ich nach Gefühl. Nicht immer genau gleich, aber immer gleich gut, wie Fabio betont.« Sie tätschelt ihrem Urenkel, der neben ihr sitzt, die Hand.

Kaninchen, aha, und einige Gewürze. Alle hat sie mir nicht genannt, und ich versuche herauszuschmecken, welche es sind.

Caffè und *dolce* gebe es später, sagt Rosa nach dem Essen, und die Runde löst sich vorerst auf. Danilo und

Fabio übernehmen das Abtragen, die beiden *nonne* den Abwasch. Vinc und ich suchen uns mit Antonella ein schattiges Plätzchen im Garten.

Leonardo, unser vierbeiniger Sozialarbeiter, schnobert im Nacken von Antonella.

»Ein richtiger Eselflüsterer«, sage ich belustigt, denn es sieht so aus, als würde Leonardo seine Nüstern flüsternd an Antonellas Ohr drücken. »Oder besser ein eseliger Menschenflüsterer.« Ich tätschle Leonardo sanft am Hals.

Vinc übernimmt das Wort. »Antonella, wie Doro schon gesagt hat, tut es uns sehr leid, was mit Ihrem Bruder geschehen ist, und gerade deshalb würden wir gerne helfen, den Mörder zu finden. Doro hat schon ein paarmal bei polizeilichen Ermittlungen mitgewirkt, sie hat ein Gespür für Zusammenhänge. An ihr ist eine Ermittlerin verloren gegangen.« Vinc sagt das völlig ernst, und ich bin sprachlos ob dieser Lobeshymne. Was ist los mit ihm?

Antonella spielt mit dem Anhänger ihrer Halskette. Ein goldenes Kreuz. Sie bemerkt meinen Blick, hält inne und schließt ihre Hand darum. »Marco hatte das gleiche. Wir haben es von unserer Patentante zur Geburt bekommen.«

»Und Sie tragen es noch immer? Das ist schön.«

»Marco hat seines auch nie abgenommen. Es sollte uns Glück bringen.« Antonellas Fingerknöchel werden weiß, so fest umschließt die Faust das Kreuz. Ihr Gesicht verzerrt sich zu einer gequälten Grimasse. »Es hat ihm nichts genützt.«

»Lebt Ihre Patentante noch? Und Ihre Eltern?«

Antonella schüttelt den Kopf. »Nein, schon lange nicht mehr. Unsere Tante ist sehr früh gestorben, ein Unfall, und unsere Eltern ein paar Jahre später, kurz hintereinander, beide an Krebs. Ihnen ist dadurch vieles erspart geblieben, aber wir waren gerade mal 16. Unsere *nonna* Valentina hat sich nach dem Tod unserer Eltern um Marco und mich gekümmert und später, nach meiner Scheidung, dann auch um Fabio. Das war ein großes Glück.« Ein dankbares Lächeln erhellt kurz ihre Miene.

»Und Fabios Vater? Was ist mit dem?«

Antonella schaut mich so seltsam an, dass ich sofort einen Rückzieher mache. »Tut mir leid, Sie müssen mir natürlich nicht antworten.«

»Schon gut«, winkt Antonella ab, »ich habe gesagt, Sie dürfen fragen. Fabios Vater hat uns verlassen. Er hat eine neue Familie, und das ist gut so. Zumindest für mich. Für Fabio ist es allerdings nicht einfach, dass sein Papa sich nur wenig für ihn interessiert.« Sie zieht die Schultern nach oben, als würde sie frösteln. »Ich kann Carlo sogar verstehen. Der ständige Schatten von Marco und meine Versuche, etwas über den Verbleib meines Bruders herauszufinden, haben unsere Ehe zermürbt. Anfangs gab er mir Halt und Geborgenheit, aber bald hat er gefordert, die Sache endlich ruhen zu lassen und mich um ihn und unseren Sohn zu kümmern. Als er ging, war es hauptsächlich für Fabio schlimm. Und ist es immer noch. Er hat jetzt wie gesagt eine neue Familie, für Fabio ist da kein Platz mehr. Das tut auch mir weh.«

»Haben Sie Ihren Mann schon gekannt, als Ihr Bruder verschwunden ist?« Die Frage stellt sich mir, weil dieser Carlo dann mit auf die Liste gehört.

»Wir waren schon ein Paar, als er verschwand.«

»Fabio ist jetzt 15, oder? Das heißt, er ist fünf Jahre nach den Morden zur Welt gekommen«, versuche ich, alles in eine zeitliche Ordnung zu bringen. »Wann sind Sie und Carlo zusammengekommen?«

»Das hat sich allmählich entwickelt. Carlo war wohl schon länger in mich verliebt, hat aber später immer gesagt, dass zwischen Marco und mir kein anderer Mann Platz gehabt hätte. Als Maria aufgetaucht ist, war er richtig froh und hat angefangen, offen mit mir zu flirten. Er hatte nicht unrecht, vorher war ich wenig interessiert an einer festen Beziehung.«

»Waren Sie eifersüchtig auf Maria?«

Antonella nimmt mir die Frage nicht übel, sie wirkt inzwischen eher teilnahmslos auf mich. Langsam schüttelt sie den Kopf. »Nein, eifersüchtig würde ich das nicht nennen, aber ja, es war eine Umstellung. Ich musste mich daran gewöhnen, nicht mehr die Nummer eins bei meinem Bruder zu sein. Es gab jetzt eine Frau, die er über alles liebte, mit der er zusammen sein wollte, so oft es möglich war. Aber im Grunde war es auch irgendwie befreiend, verstehen Sie?«

»Ich glaube ja«, sage ich. Ich kann kein taktisches Kalkül in ihrer Antwort erkennen. Immerhin muss ihr klar sein, dass die Frage auf eine eventuelle Motivation zum Mord abzielt. »Und Carlo, Ihr damaliger Verehrer, hat seine Chance erfolgreich genutzt«, schlage ich den Bogen zurück zu Antonellas Ex-Mann. Er muss mit auf die Liste, beschließe ich, und ein schneller Blickwechsel mit Vinc bestätigt mich darin.

»Ich kann Ihren Ex-Mann verstehen«, sagt er jetzt. »Bei der Frau, die man liebt, immer die Nummer zwei zu sein, muss schwer auszuhalten sein. Und ein verschwundener Zwillingsbruder ist eine nicht zu schlagende Konkurrenz«, fügt er hinzu.

»Das stimmt, mir war das bewusst, aber ich konnte meine Gefühle nicht ändern. Und Carlo hat es wohl geahnt, er hat ja selbst gesagt, er habe erst eine Chance bei mir gehabt, als Marco mit Maria zusammenkam. Wie sich alles entwickeln würde, konnte keiner wissen, und als Marco dann verschwunden ist, dachten wir, dass wir trotzdem unser gemeinsames Glück finden würden. Carlo hat mich geliebt und wollte mir helfen, mit meinem Trauma fertigzuwerden, und ich hoffte so sehr darauf, dass es gelingen würde. Wir haben geheiratet, und als dann noch Fabio auf die Welt kam … Aber ich konnte nicht aufhören, die Zeit um Marcos Verschwinden herum immer wieder neu aufzurollen und ständig darauf zu warten, dass er wieder auftauchen würde. Irgendwann hatte Carlo keine Kraft mehr für mich und meine unendliche Trauer. Ich habe es ihm nicht übel genommen.« Antonella hebt resigniert ihre Hände.

»Nur Emilia, Marias beste Freundin, hat mich verstanden und versucht, mich zu trösten. Aber dieses Freundschaftsangebot konnte ich nicht annehmen. Sie war Marias Freundin, und Maria hat mir meinen Bruder genommen. Zumindest indirekt. Und Carlo sah keine Chance mehr für unser gemeinsames Leben. Seitdem schirme ich meinen Schmerz vor den anderen ab.« Sie seufzt.

Falls wir Antonellas Ex-Mann als Mörder in Erwägung ziehen sollten, wäre dieser Punkt entlastend für ihn, da er so betrachtet keinen Grund gehabt hätte, Marco umzubringen. Oder Maria. Oder beide. Der Weg für ihn zu Antonella war ja bereits durch Maria frei geworden, und Marcos Verschwinden hat ihn eigentlich nur wieder von ihr entfernt.

Um die Schwere aus dem Gespräch etwas herauszunehmen und auch, um nicht zu sehr auf der Schiene Mordmotiv herumzureiten und Antonella abzuschrecken, switche ich um zu der Frage nach den Freunden der beiden Toten. Wir brauchen Namen und müssen verschiedene Meinungen und Bewertungen über die Zeit damals sammeln, um ein möglichst vollständiges Bild zu bekommen. Das alles wäre natürlich umsonst, falls es sich um einen Zufallsmord gehandelt hat und der Täter gar nicht mit den Opfern in Verbindung gebracht werden kann. Aber wie groß ist die Wahrscheinlichkeit eines Zufallsmordes? Nach 20 Jahren die Wahrheit herauszufinden, wird nicht einfach. Wir müssen mit Claudia und Luca reden und sie fragen, ob sich aus den Spuren am Tatort etwas Neues herauslesen lässt. Denn Tatsache ist: Es wurde damals lediglich in einem Vermisstenfall ermittelt. Es gab keine konkreten Hinweise auf ein Gewaltverbrechen, keine Leichen, nichts. Das hat sich mit dem Fund der beiden Skelette nun geändert, was bedeutet, dass erst jetzt in einem Mordfall ermittelt wird, der allerdings 20 Jahre zurückliegt.

Rosa und Valentina kommen zu uns.

»Habt ihr genug in der Vergangenheit gewühlt?«, fragt Rosa. »Wir haben noch Eis mit Erdbeeren für alle. Wer möchte einen *caffè* dazu?«

Vinc und ich heben die Hand und folgen Rosa zum großen Tisch auf der Terrasse. Als wir beisammensitzen, fordern die beiden *nonne* das Du für alle, was wir sehr gerne annehmen. Ich spieße mit der Gabel eine herrliche rote Erdbeere auf und häufe ein wenig Vanilleeis obendrauf. Erdbeeren sind eine meiner Lieblingsfrüchte, doch während ich das perfekte Zusammenspiel von Vanille- und Erdbeergeschmack genieße, gehen mir Antonella und ihr Mann Carlo nicht aus dem Kopf.

»Signor Benedini?« Ein Mann in Handwerkerkluft kommt aus Richtung Gartentor auf uns zu.

»*Sì?* Signor Frasnelli?« Danilo eilt dem Mann entgegen.

Die Männer reden kurz, dann entschuldigt sich Danilo bei uns. »Signor Frasnelli ist wegen des Daches hier. Ich zeige ihm, worum es sich handelt. Wir sehen uns später.«

»Antonella, ich würde dann aufbrechen, begleitest du mich?«, fragt Valentina ihre Enkelin.

Fabio kommt zu uns und drückt seiner Mutter ein Küsschen auf die Wange. »*Ciao, mamma*, ich streiche das Zimmer fertig und geh dann runter an den Strand zu Danilo. Kann spät werden.«

»Viel Spaß, *amore*.« Antonella wuschelt ihrem Sohn liebevoll durchs Haar.

»*Mamma!*«, protestiert er prompt.

Antonella steht auf. »Wenn ihr Fragen habt, könnt ihr euch jederzeit an mich wenden«, bietet sie uns mit ernster Miene an. Sie ist angespannt, und das wird wohl noch eine Weile so bleiben. Mindestens bis der Mörder überführt ist, nehme ich an.

Als die anderen weg sind, bleibe ich noch mit Vinc sitzen. Ich ziehe einen zusammengeknüllten Zettel aus der Hosentasche, ein Kuli liegt auf dem Tisch. »Antonella war sehr freimütig in ihren Erzählungen. Aber schätzt sie sich selbst richtig ein?«

Vinc runzelt die Stirn. »Immerhin hat sie zugegeben, dass sie nicht loslassen konnte, dass ihr Ehemann gefordert hat, sie solle die Vergangenheit endlich ruhen lassen und der Gegenwart und anderen Menschen eine Chance geben.«

»Hm, für ihre Ehe kam die Einsicht zu spät, das ist ihr auch bewusst, aber für ihren Sohn wollte sie da sein. Leider sind ja ihre eigenen Eltern früh gestorben, kurz hintereinander, die Zwillinge waren da erst 16. Das war sehr tragisch und hat vor allem Antonella aus der Bahn geworfen.«

»Sie hat sich sehr an ihren Zwillingsbruder geklammert. Was meinst du, wie echt ist ihre Aussage, dass sie sich befreit gefühlt hat, als Marco sich in Maria verliebt hat?«, fragt Vinc skeptisch. »Die beiden wollten heiraten und sie wäre allein dagestanden. War Carlo also nur ein Lückenbüßer? Das wäre hart für ihn gewesen.«

»Du meinst, sie könnte Maria und ihren Bruder aus diesem Grund erschossen haben? Das kann ich mir nicht vorstellen.«

»Quatsch, das wollte ich damit gar nicht sagen. Ich glaube nur, dass Carlo nie eine echte Chance bei ihr hatte. Und dass Antonella ein ausgeprägtes Zwillingssyndrom hat«, erklärt Vinc.

Ich zucke mit den Schultern. »Keine Ahnung. Ich kenne nicht so viele Zwillinge. Dass Antonella nach Marcos Verschwinden das Verhältnis zu ihrem Bruder idealisiert hat, kann ich mir allerdings gut vorstellen.«

»Wir suchen nach dem Mordmotiv. Ist das eines?«

»Sagen wir mal so: Es könnte eines sein. Mein Bauchgefühl schließt Antonella als Mörderin aber aus.«

Vinc nickt. »Meins auch.«

»Aber süß, wie Antonella und Fabio miteinander umgehen«, komme ich auf Antonellas eigene Familie zurück.

»Fabio wirkt nicht so, als hätte Antonella ihn vernachlässigt. Das mit ihrem Sohn hat sie, glaube ich, richtig gut hinbekommen.«

»Ist auch etwas anderes, ob du Sohn oder Partner bist«, gibt Vinc zu bedenken.

»Okay, ist nur ein Eindruck. Fabio ist eh nicht verdächtig, er war damals noch nicht mal auf der Welt. Aber Carlo? Er hat zumindest den Ansatz eines Motivs.«

»Doro, wir reden von einem Doppelmord! Begeht man einen Doppelmord, nur weil man in ein Mädchen verliebt ist, das übermäßig an seinem Bruder hängt? Außerdem hatte Marco endlich eine Freundin, das hatte für Carlo nur Vorteile.« Vinc überlegt einen Augenblick. »Allerdings wissen wir nicht, wie Antonella das in Wahrheit weggesteckt hat.«

»Eben! War sie wirklich erleichtert, wie sie gesagt hat? Oder war das Gegenteil der Fall? Hat sie sich reingesteigert und wollte einen Keil zwischen Maria und Marco treiben? War sie gar nicht offen für eine Beziehung, sondern so sehr auf ihren Bruder fixiert, dass Carlo nur *einen* Ausweg gesehen hat, um an Antonella ranzukommen, nämlich den Bruder zu beseitigen? Und Maria stand zufällig im Weg?« Ich hole Luft.

»Jetzt mal langsam«, bremst mich Vinc. »Fassen wir zusammen: Wir haben zwei Personen, die zumindest ein Motiv gehabt hätten; wenn auch ein sehr wackeliges. Antonella und Carlo. Bei Antonella glauben wir beide nicht, dass sie die Täterin ist, wir lassen sie aber auf der Liste. Und Carlo fügen wir neu hinzu«, sagt er, und ich schreibe auf:

5. Carlo Bianchi, Ex-Mann von Antonella Cavaletto.

Freunde und Kollegen rücken auf der Liste einen Platz weiter auf Punkt sechs.

»Okay, jetzt haben wir mit einer Person aus dem Umfeld der Toten geredet, und schon haben wir zwei Personen, die zumindest ein Motiv hätten.« Ich lasse nachdenklich den Kuli klicken. »Antonella – möglich, aber unwahrscheinlich. Vor allem, weil sie ihren Bruder vergöttert hat. War es ein Unfall?«

»Bei diesem Szenario? Zufällig eine Waffe dabei und dann aus Versehen zwei Menschen mit einem Kopfschuss getötet? Also das ist sogar für einen schlechten Krimi zu weit hergeholt«, verbannt Vinc diese Möglichkeit ins Reich der Absurdität. »Reden wir erst mit Luca, bevor wir uns verspekulieren. Ich schlage vor, wir gehen jetzt für Rosa einkaufen. Bei den Passamontes.«

»Schatz, du hast heute die besten Ideen. Ja, das schaffen wir noch«, sage ich mit einem Blick aufs Handydisplay. »Natürlich ist es möglich, dass es ein Raubmord war oder ein Vertuschungsmord – vielleicht haben Maria und Marco etwas beobachtet, das sie nicht hätten sehen sollen? Geheime Absprachen oder eine Geldübergabe? Oder haben sie das Schäferstündchen zweier prominenter Bewohner gestört, das deren Ansehen, Familie oder Karriere hätte vernichten können?«

»Klar, zum jetzigen Zeitpunkt kann man nichts ausschließen. Das würde die Ermittlungen zwar noch schwieriger machen, aber wenn es so gewesen ist, werden DNA-Spuren oder Querverweise ans Tageslicht kommen. Die

Toten sprechen eine eigene Sprache, man weiß jetzt, wonach man suchen muss. Momentan sollten wir uns aufs nähere Umfeld konzentrieren. Arbeiten wir unsere Liste ab, du hast ja gesehen, dass sich schon nach dem ersten Gespräch mit einer Person eine weitere dort platziert hat, von der wir vorher nichts wussten. Also, gehen wir einkaufen.« Vinc reibt sich entschlossen die Hände.

Powerteam, denke ich und folge ihm.

Bisher mussten wir uns wegen meiner Verletzung zusammen auf einen Roller quetschen, aber heute ist meine Hand wieder einsatzfähig, und wir nehmen zwei Gefährte. Vinc klopft liebevoll an meinen Helm, bevor er sich auf sein Fahrzeug schwingt. *»Allora, andiamo«*, ruft er gut gelaunt und fährt voraus.

Es geht steil nach oben, Vinc liebt solche Strecken, und mich drückt ein bisschen das schlechte Gewissen, weil er meinetwegen darauf verzichten musste, mit dem Motorrad an den Gardasee zu fahren. Aber er nimmt es gelassen – was nicht zu ändern sei, sei eben so, dafür habe er auf dem See und vielleicht auch noch in der Luft genügend sportlichen Ausgleich. Und Renovieren sei ja schließlich auch Sport, sagt er. Mein Ruhepol ... *Ein* Grund, warum ich ihn so liebe.

Wir tuckern mit unseren Rollern die Strecke entlang, die wir schon mit Luca im Polizeiwagen mitgefahren sind. Die Luft riecht nach Sommer und streicht wie Watte über mein Gesicht.

Die Azienda liegt nicht sehr weit vom Fundort der Skelette entfernt. Vor ein paar Tagen, auf dem Weg von der Mittelstation dorthin, sind wir sogar an dem Anwesen der Passamontes vorbeigekommen. Ist mir da nicht weiter aufgefallen, weil ich auf Luca und seinen Einsatz fokussiert war. Ein eher unscheinbares Schild weist auf den Direktverkauf von Käse, Honig und Olivenöl hin. Der Pfeil lotst uns an einem schlichten Wohnhaus vorbei zu einem flachen Gebäude, das dank seiner großflächigen Verglasung wie eine Mischung aus Gewächshaus und landwirtschaftlichem Gebäude wirkt. Alles sieht sehr gepflegt und weitläufig aus, die Gebäude sind zwar alt, aber zumindest auf den ersten Blick in einem sehr guten Zustand. *Ufficio*, steht auf einem kleinen weißen Schild an einer der Türen, ansonsten gibt es keinen Hinweis für potenzielle Kunden.

»Versuchen wir es mal im Büro«, sage ich und klopfe an die Tür.

»Sì, avanti!«, fordert uns eine weibliche Stimme auf einzutreten.

»Scusi, signora. Rosa Benedini schickt uns, sie hat uns gebeten, ein paar Dinge für sie zu besorgen«, erkläre ich, nachdem wir der Aufforderung Folge geleistet haben.

Die schwarzhaarige Dame im dunkelblauen Kostüm nickt freundlich. »Ich bin heute fürs Büro zuständig. Wenn Sie draußen um die Ecke ein Stück weitergehen, kommen Sie direkt zur Verkaufsstelle. Mein Mann müsste dort sein«, erklärt sie uns.

Ob ihr Mann Signor Passamonte ist? Der, den wir suchen? Marias ehemaliger Verlobter? Ich will nicht direkt mit der Tür ins Haus fallen, und Vinc sagt auch nichts.

Stattdessen verlassen wir dankend das Büro und folgen der Wegbeschreibung ums Haus herum. Kurz darauf haben wir den Verkaufsstand erreicht: Ein stufenförmiges hölzernes Regal, bestückt mit Zucchini, Honiggläsern und Steigen voller Tomaten, steht vor dem Haus, beschattet von einem Holzdach, das die Ware vor direkter Sonneneinstrahlung schützt. Ein etwas instabiles Konstrukt, wie mir scheint. Davor sehen wir zwei Männer, die sich gerade per Handschlag verabschieden.

»Danke für den Einkauf, Renato, ich lasse dir die Ware morgen früh direkt ins *ristorante* kommen«, sagt der eine. Er ist um die 50 Jahre alt und drahtig, trägt Jeans und ein dunkelblaues Hemd. Der andere, ungefähr im selben Alter, hängt sich einen voll beladenen Korb in die Armbeuge, nickt uns kurz zu und verschwindet um die Ecke.

»Signor Passamonte?«, frage ich, denn mehr als danebenliegen kann ich nicht.

»Buona sera«, grüßt uns der Mann und nickt.

»Signora Benedini schickt uns zu Ihnen. Mit einer Einkaufsliste«, lasse ich mein Sprüchlein vom Stapel.

»Rosa? Sie weiß doch genau, dass ich in der Früh immer meine Auslieferungsrunde drehe. Nicht nur für *ristoranti*, ich bringe auch kleine Bestellungen«, wundert sich Passamonte.

»Ja, das hat Rosa gesagt, aber es ist ihr zu spät eingefallen, und sie braucht die Sachen heute noch. Wir machen das gerne und haben Zeit«, improvisiere ich. »Außerdem hat sie gemeint, dass Sie in diesen Tagen anderes im Kopf hätten«, fabuliere ich weiter.

»Anderes?«

»Na ja, Rosa hat uns die Geschichte der beiden Toten erzählt, die gefunden wurden. Maria und Marco. Und sie hat erwähnt, dass Maria hier bei Ihnen auf der Azienda aufgewachsen ist.«

Maurizio Passamonte fährt sich über seine grau melierten Haare. Überrascht? Verlegen? Schwer zu sagen.

Er räuspert sich. »*Sì, certo*, das hat uns alle tief bewegt. Wir dachten, sie lebt irgendwo ihr Leben, will nichts mehr von uns wissen, dabei lag sie die ganze Zeit nicht weit von hier in dieser Höhle.« Er schluckt. »Wenn Rosa Ihnen die ganze Geschichte erzählt hat, dann wissen Sie ja, dass Maria nicht nur so etwas wie meine kleine Schwester war, sondern auch meine Verlobte. Ich habe sie geliebt.«

Wenige Worte, die so viel aussagen.

»Und Sie dachten die ganze Zeit, Ihre Maria wäre mit Marco verschwunden? Das muss hart für Sie gewesen sein.«

»Das war es, und ist es noch immer. Maria hatte sich von mir getrennt und sich für Marco entschieden, aber das hat meine Liebe zu ihr nicht verringert.«

»Wir haben Marcos Zwillingsschwester Antonella kennengelernt«, erwähne ich.

Sein Gesicht wirkt auf einmal wie versteinert. »Was sollen Sie für Rosa mitbringen?«, fragt er knapp.

»Rosa ist mit Valentina, Marcos und Antonellas *nonna*, befreundet«, versucht Vinc, die Situation zu retten.

Dazu sagt Maurizio nichts. Er holt das Olivenöl für Rosa und vier Zucchini. Er legt ein paar der kräftig gelben Blüten dazu. Seine Bewegungen werden wieder etwas weicher.

»Warum heißt Ihr Betrieb eigentlich *azienda* und nicht *fattoria*?«, frage ich in dem Versuch, die Lage weiter zu entspannen.

Maurizio überlegt. »Hm … weiß ich nicht genau, das hat sich so ergeben. Ist ja auch eher ein Betrieb mit Produktion und Verkauf von Lebensmitteln als ein Bauernhof im herkömmlichen Sinn. Irgendwann hat es bei den Leuten geheißen: Fahren wir rauf zur Azienda oder – wenn man ganz genau sein will – zur Azienda Agricola Passamonte.«

Die Dame vom Büro stößt zu uns. Sie ist schlank und überragt Maurizio um ein paar Zentimeter.

»Emilia Passamonte, meine Frau«, stellt Maurizio sie vor. »Und das sind …«, fragend sieht er uns an.

Klar, wir haben unsere Namen gar nicht genannt. »Doro Ritter und Vincent Wolkenberg«, hole ich rasch nach.

»Emilia? Signora Passamonte, waren Sie die beste Freundin von Maria?«, fragt Vinc an Emilia gewandt.

Ich schalte nicht sofort, dann macht es klick. Klar, Antonella Cavaletto hat uns von einer Emilia erzählt.

»*Scusi*, ich wollte nicht indiskret sein«, entschuldigt Vinc sich für sein Vorpreschen.

Emilia nickt. Sie gibt nicht vor, als wüsste sie nicht, wovon Vinc redet, aber ihr Gesichtsausdruck bleibt verschlossen. Sie muss nichts sagen, es ist verständlich, dass sie nicht mit zwei Fremden über ihre tote Freundin sprechen will. Ich befürchte, Emilia kommt als Informationsquelle für uns nicht infrage, wir müssen uns an Luca halten. Schade, denn als beste Freundin des Opfers kennt sie bestimmt viele Geheimnisse.

Vinc schüttelt leicht den Kopf, was ich mit »Vertagen wir die weitere Unterhaltung« übersetze. Also verkünden wir, zahlen zu wollen, und folgen dem Ehepaar Passamonte in den klimatisierten Verkaufsraum, in dem auch der Großteil der Waren steht. Als wir uns wenig später verabschieden möchten, räuspert Maurizio sich plötzlich umständlich. »Es ist kein Geheimnis, und es wird nach der Entdeckung der beiden Toten sowieso im Dreck herumgewühlt werden, jetzt, wo klar ist, dass sich ein Mörder seit 20 Jahren feige versteckt«, beginnt er. Er schnaubt. Abfällig? Traurig? Wütend? Ich versuche, es einzuordnen, aber was weiß ich schon von ihm oder seinen Gefühlen? Ich drücke Vinc' Hand und warte ab.

»Sie haben mich damals verdächtigt, etwas mit Marias und Marcos Verschwinden zu tun zu haben, zumindest aber waren sie davon überzeugt, dass ich etwas darüber wissen müsste. Das wird Antonella bestimmt erzählt haben. Dantes, unser jetziger Polizeichef, war ein junger Heißsporn und wollte sich unbedingt profilieren. Aber irgendwann musste er mich in Ruhe lassen. Er hatte ja auch keinen einzigen stichhaltigen Grund, sich weiter an mir festzubeißen.« Maurizio Passamonte schließt für einen kurzen Moment die Augen, dann schüttelt er leicht den Kopf.

»Luca Marinelli von der *Polizia* hat es erwähnt. Er bearbeitet den Fall und ist ein Freund von uns.« Wieder ist es Vinc, der die Wahrheit auf den Tisch bringt. Er hat recht, je weniger wir um den heißen Brei herumreden, desto vertrauenswürdiger sind wir.

»Sie sind gut vernetzt.« Maurizio verzieht seine Mundwinkel. »Dann wissen Sie vielleicht schon mehr als ich. Wie auch immer, sie werden wieder zu mir kommen. Einmal verdächtig, immer verdächtig.«

»Es wird nach neuen Beweisen gesucht«, sage ich in möglichst neutralem Tonfall. »Mit neuesten labortechnischen Methoden und einer Polizistin, die sich mit solchen Fällen auskennt. Luca Marinelli und seine Kollegin

Claudia Ferri waren damals nicht dabei und sind unvoreingenommen.«

»Wollen wir es hoffen.« Maurizio fährt sich mit einer müden Geste über die Augen. »Meine Eltern haben Maria aufgenommen, als ihre Eltern verunglückt sind, und sie wie ein Familienmitglied behandelt. Ich war ihr großer Bruder, der sie beschützt hat. Wir haben ihr nie vorgehalten, dass sie nichts als Schulden geerbt hatte, und als ich mich in sie verliebt habe, fanden alle – zumindest nach der ersten Aufregung – diese Verbindung wunderbar. Maria auch. Obwohl ich für sie wohl eher der große Bruder geblieben bin, ihr Retter und Beschützer, wie sie immer gesagt hat. Dann hat sie Marco kennengelernt und sich in ihn verliebt. Dabei wurde ihr wohl der Unterschied zwischen Liebe und Dankbarkeit bewusst. Mit Marco erlebte sie die wahre Liebe. Es tat ihr unendlich leid, mich zu verletzen, aber sie hatte nie Zweifel, mit der Trennung von mir das Richtige zu tun. Im Herzen habe ich sie verstanden, aber genau da tat es besonders weh.«

Unwillkürlich schaue ich zu Emilia, um einen Eindruck davon zu bekommen, was diese Worte bei ihr auslösen, aber sie verzieht keine Miene. Darüber muss ich nachdenken.

»Wir sind uns in unserer gemeinsamen Trauer nähergekommen«, erklärt Maurizio, als hätte er meine Gedanken gelesen. Er legt seine Hand schützend auf die seiner Frau. »Emilia hat damals mit Engelszungen auf Maria eingeredet, sie solle zu mir zurückkommen. Aber Maria hatte sich entschieden. Und dann war sie plötzlich weg. Und Marco, ihre große Liebe, ebenfalls. Für mich war vollkommen klar, dass die beiden sich abgesetzt hatten. Und auf einmal stand ich unter Mordverdacht!« Seine Stimme zittert vor Aufregung.

Emilia laufen stille Tränen über die Wangen, aber sie sagt immer noch nichts.

Ein älterer Mann in Arbeitskleidung kommt in den Laden. »Was ist denn hier los?«, poltert er, als er die seltsame Stimmung im Raum bemerkt.

»Mein Vater, Salvatore Passamonte«, stellt Maurizio ihn vor. »Und das sind Freunde von Luca Marinelli. Sie wohnen bei Rosa Benedini und kaufen für sie ein. Außerdem interessieren sie sich für die Morde an Maria und Marco«, erklärt er.

»*Eh*, schickt Luca jetzt schon seine Lakaien? Früher haben die Polizeibeamten ihre Arbeit noch selbst gemacht«, ätzt Salvatore.

Luca, aha, denke ich, anscheinend kennt er ihn. »Wir kommen nicht im Auftrag der Polizei«, stelle ich richtig. »Wir kennen Antonella, die Zwillingsschwester des Toten. Luca hat nichts dagegen, dass wir uns umhören, und natürlich teilen wir ihm eventuelle Erkenntnisse mit, die für den Fall relevant sein könnten. Wir ziehen doch alle an einem Strang und wollen den Mörder überführen.«

Salvatores aufeinandergepresste Lippen entspannen sich etwas. »Wir haben Maria aufgenommen und wie eine Tochter geliebt. Sie sollte sogar unsere Schwiegertochter werden, die Mutter unserer Enkel … Aber dann ist sie mit diesem Marco abgehauen. Caterina, meine Frau, ist daran zerbrochen und bald danach gestorben. Ich habe Maria dafür verantwortlich gemacht und sie deswegen innerlich verflucht. Und jetzt muss ich erfahren, dass sie ermordet wurde. Sie und Marco. Ich beichte und bereue.

Und ich bete für Maria. Und auch für Marco. Obwohl er meinen Sohn unglücklich gemacht hat. Aber das ist 20 Jahre her, Maurizio hat eine liebe Frau gefunden, mit der er mir gesunde Enkel geschenkt hat. Dafür bin ich dankbar.« Einen Moment lang herrscht Stille im Raum. Salvatore reibt sich unschlüssig die Hände und entschließt sich dann zu gehen. Emilia folgt ihm.

Maurizios Telefon klingelt. *»Salve, signor Amato«*, begrüßt er seinen Gesprächspartner. *»La richiamo tra qualche minuto. Devo andare in ufficio, la mia agenda si trova lì.«*

»Lassen Sie sich nicht aufhalten. Wir wollten sowieso gerade gehen«, sage ich, als er aufgelegt hat.

»Kein Problem, ich rufe Signor Amato vom Büro aus zurück. Ich begleite Sie noch bis dahin.«

Maurizio Passamonte hält uns die Tür auf und geht voraus. »Signor Amato arbeitet im hiesigen Touristenbüro und vermittelt manchmal Anfragen zu einer Hochzeit auf der Burg an mich«, erklärt er uns über die Schulter.

»Hochzeiten auf der Burg? Klingt romantisch«, sage ich.

Maurizio bleibt stehen. »Ist es auch. Kommen Sie kurz mit ins Büro, da hängen ein paar Fotos.«

Emilia sitzt bereits wieder an ihrem Schreibtisch und schaut verwundert auf, als wir mit ihrem Mann den Raum betreten.

»Ich habe den beiden von den Hochzeiten auf der Burg erzählt«, informiert er sie, »und wollte ihnen die Fotos zeigen.« Er deutet dabei auf eine Wand, an der einige Bilder mit glücklich lächelnden Brautpaaren zu sehen sind. »Emilia, könntest du bitte Signor Amato zurückrufen?

Es geht um eine Hochzeit auf der Burg mit ländlichem Catering. Im Oktober.« Er wendet sich wieder uns zu. »Es kommen jede Menge Anfragen, man kann fast sagen, aus der ganzen Welt. Ich helfe manchmal bei der Technik aus, aber vor allem mit dem Catering, wenn es regional sein soll.«

»Hätte mein Mann nicht den elterlichen Betrieb übernommen, wäre er Koch geworden. Das ist seine Leidenschaft.« Emilia klingt jetzt sehr freundlich, offenbar ist sie nur verschlossen, wenn es um die Ereignisse von damals geht.

»Doro ist Köchin«, ruft Vinc euphorisch, »und das mit Leidenschaft.«

»Ja, von der Pike auf gelernt, und mein Paps behandelt mich heute noch manchmal wie einen Lehrling«, sage ich schmunzelnd. *Und wenn ich nicht Köchin geworden wäre, dann wäre ich bei der Kriminalpolizei.* Diesen Gedanken behalte ich aber tunlichst für mich.

Warum schaut Maurizio Passamonte mich so komisch an?

»Wie heißen Sie gleich noch mal?«, fragt er.

»Doro Ritter.«

»Ihr Vater ist Signor Ritter? *Der* Signor Ritter?«

Das glaube ich jetzt nicht. Ich stehe hier mitten im Idyll irgendwo am Hang des Monte Baldo, kaufe Lebensmittel auf einem Bauernhof, und der Besitzer kennt meinen Vater!

Vinc lacht laut heraus. Natürlich weiß er, dass mich das manchmal nervt. Aber heute lache ich einfach mit. Maurizio war so spontan begeistert, das war einfach charmant. Außerdem interessiert mich das Catering auf der Burg. Der Gedanke, Polizistin zu werden, ist nicht ganz ernst gemeint, denn ich habe einen Beruf, für den ich brenne. »Ja, Sascha Ritter ist mein Vater«, erkläre ich deshalb, »ich arbeite im ›Macis‹, seinem Sternerestaurant in München, und ab und zu unterstütze ich ihn bei seinen Fernsehauftritten. Allerdings nur hinter der Kamera.«

Maurizio klatscht in die Hände. »Ich liebe seine Kochsendungen. Zum Glück werden sie auch bei uns in Italien ausgestrahlt, und mittlerweile kann man sowieso alles streamen.«

»Bei uns schaut der Mann Kochsendungen, und ich bin der Fußballfan. Sie sehen, wir sind ein modernes Team.« Emilia scheint richtig aufzutauen.

»Für Fußball interessiere ich mich natürlich auch«, stellt Maurizio Passamonte fest, als wäre es ein männliches Defizit, das nicht zu tun.

»Ich mich nicht, aber das kreiden Sie mir hoffentlich nicht negativ an«, oute ich mich als Fußballmuffel.

Maurizio winkt schmunzelnd ab. »Wenn Sie möchten, können Sie mich bei Gelegenheit auf die Burg begleiten, dann zeige ich Ihnen alles.«

Jetzt bin *ich* begeistert. Wir fachsimpeln noch ein wenig, während seine Frau am Telefon mit Signor Amato verhandelt. Unser Umgang miteinander hat sich vollends entspannt.

Nach einer Weile mahnt Emilia, Maurizio müsse in den Laden, weil schon zwei Kunden vorgefahren seien. Wir verabschieden uns herzlich und lassen die beiden wieder ihr Tagesgeschäft erledigen.

Wenig später überreichen wir Rosa die Einkäufe. Sie schaut etwas verwundert, weil sie uns ja – entgegen unserer Behauptung den Passamontes gegenüber – gar nicht damit beauftragt hat, fragt aber nicht weiter nach, sondern nimmt uns die Sachen ab und verschwindet damit in der Küche.

Wir ziehen uns aufs Zimmer zurück, um uns umzuziehen und dann runter an den Strand zu gehen. Danilo hat ein paar Freunde dorthin eingeladen, wir wollen uns Pizza holen, und jeder bringt was zu trinken mit.

»Oh Mann, das hält man ja kaum aus«, stöhne ich, als wir uns für die Verabredung fertig machen. »So ein sympathischer Mensch und so viel Unglück.«

Vinc weiß natürlich, von wem ich rede. Maurizio Passamonte. »Seine Frau hat es auch nicht viel besser getroffen. Die beiden haben wahrscheinlich ihr Leben lang diese Geschichte mit sich herumgetragen. Ob es so eine gute Idee von ihnen war, zu heiraten?«

»Gute Frage.« Ich versuche, eine Logik in das zu bringen, was wir erfahren haben. »Nummer drei auf unserer Liste, Marias Ex-Verlobter Maurizio Passamonte, ist heute mit Emilia verheiratet, der besten Freundin des Opfers. Interessante Konstellation. Angeblich war Emilia damals, als Maria noch lebte und mit Maurizio verlobt war, nicht in Maurizio verliebt. Im Gegenteil, sie soll mit ›Engelszungen‹ auf ihre Freundin eingeredet haben, Maurizio nicht aufzugeben, als diese ihn wegen Marco verlassen hat. Ob das stimmt?«

»Darüber können wir nur Vermutungen anstellen. Vielleicht war sie selbst in Maurizio verliebt und wollte ihn für sich haben, er war immerhin eine gute Partie. Hat sie sich den Weg dafür ›freigeräumt‹, weil Maurizio sie nicht angeschaut hat, solange Maria präsent war? Hat sie Maria erschossen und Marco dabei als Kollateralschaden billigend in Kauf genommen?« Vinc reibt seine Nasenspitze.

»Du meinst, die Aussage, dass sie sich erst während der Trauerzeit ineinander verliebt haben, mag auf Maurizio zutreffen, aber nicht auf Emilia? War sie vorher bereits in ihn verliebt und hat mit der Version, sie habe Maria und Maurizio wieder zusammenbringen wollen, nur davon abgelenkt?«

»So könnte es gewesen sein. Wir spekulieren ja nur. Andererseits kam ihre Erklärung sehr glaubwürdig rüber, finde ich. Und die Trauer um die tote Freundin wäre dann verdammt überzeugend gespielt«, gibt Vinc zu bedenken.

»Okay, machen wir es so: Emilia bekommt einen eigenen Punkt auf unserer Liste. Sie wird Punkt sechs, der Punkt ›Freunde allgemein‹ rutscht auf den siebten Listenplatz.«

»Macht erst mal Sinn, streichen können wir sie ja jederzeit wieder. Am besten fragen wir Luca, welche Gründe es damals für den Verdacht gegen Maurizio gegeben hat.«

Inzwischen sind wir fertig umgezogen und machen uns auf den Weg zum Strand. Vinc legt seinen Arm um meine Schulter, während er mit seinen Überlegungen fortfährt. »Was ist mit Marcos Freunden? Wie haben sie die Sache mit Maria, Marco und Maurizio eingeordnet? Wie Rosa erzählt hat, waren die Lager damals sehr gespalten. Vielleicht hatte Marco bereits vor Maria eine Freundin? Antonella hat zwar nichts dergleichen erwähnt, aber es könnte ja sein, dass Marco weniger an seiner Zwillingsschwester hing als sie an ihm.«

»Hör auf«, stöhne ich, »die Liste erweitert sich rasend schnell.«

»Was zu erwarten war. Für uns sind das alles neue Erkenntnisse, neue Leute, aber die Polizei hat bestimmt eine noch wesentlich längere Liste. Würde mich ja mal interessieren …«

»Mich auch. Andererseits ist es gut, alles durch unsere eigene Brille zu sehen«, beleuchte ich die andere Seite der Medaille.

»Hm …« Vinc wiegt den Kopf. »Stimmt. Was wir brauchen, ist eine Mischung aus beidem. So wie es läuft, ist es gar nicht schlecht: Informationen von Claudia und Luca, dazu unsere eigenen Gespräche mit den Leuten, ich bin gespannt auf die Schnittmenge aller Hinweise, Verdächtigungen und verratenen Gefühle. Eins ist auffällig, finde ich: Es geht hauptsächlich um Eifersucht. Auf allen Seiten. War Carlo eifersüchtig auf die enge Bindung zwischen Antonella und ihrem Zwillingsbruder? Oder war Antonella eifersüchtig auf Maria, die ihr den geliebten und unersetzlichen Zwillingsbruder wegzunehmen drohte? Alle Szenarien, auch die mit Maurizio Passamonte und seiner Frau, haben irgendwie mit Eifersucht zu tun.«

»Da ist was Wahres dran«, nehme ich den Gedanken auf. »Eifersucht und Diebstahl. Diebstahl eines Lebens. Oder besser: zweier Leben.«

Ich lege meinen Arm um Vinc' Hüfte, um zu spüren, dass meine Liebe echt und wahrhaftig neben mir läuft.

KAPITEL 7

LA DIFFERENZA – DER UNTERSCHIED

Sabato (Samstag) – Tag 6

Heute pilgern deutlich mehr Menschen in den Ort als sonst. Es ist Samstag. Markttag. Auch wir haben uns zunächst ins Getümmel gestürzt, aber mir war irgendwie nicht nach einkaufen zumute. Vinc ging es genauso, weshalb wir bald wieder zum Haus zurückgekehrt sind.

Jetzt sitzen wir gemütlich im Garten auf einer Bank, als Claudia und Luca auftauchen. Sie schnappen sich zwei Stühle, die bei der kleinen Sitzgruppe stehen, und gesellen sich zu uns.

Luca schaut uns triumphierend an. »Ihr wollt Neuigkeiten? Hier bekommt ihr sie«, sagt er und macht eine kleine Kunstpause. »Maria Francini war schwanger.« Er lehnt sich zurück und lässt das Gesagte erst einmal bei uns ankommen.

Okay, das haut mich wirklich um. Ich schlucke. Es gibt ein drittes Opfer. Ein unschuldiges Baby. Vinc drückt sanft meine Hand. Das ist der Gipfel der Traurigkeit.

»Claudia und ihre Kollegen in Verona haben das festgestellt. Irre, was? Nach 20 Jahren!« Luca klingt ein bisschen stolz, und die Bewunderung gilt eindeutig seiner jungen Kollegin und dem gerichtsmedizinischen Team.

»18. Woche«, meldet sich nun Claudia zu Wort. »Uns sind die Tränen gekommen, selbst den alten Hasen.«

Luca legt seine Hand auf ihren Arm, als wollte er sich für seinen Enthusiasmus entschuldigen.

»Schon gut, Luca, ich weiß, wie du es meinst. So traurig es war, es war kein Kunststück, das festzustellen. In diesem Stadium hat beim Fötus längst die Knochenbildung eingesetzt, und es ist Material zum Auswerten geblieben. In diesem Fall wurde der gute Erhalt des Knochenmaterials im Allgemeinen und im Besonderen auch der nachweisbaren Spuren des Skeletts des Fötus durch einen simplen physikalischen Vorgang begünstigt. Die Grube wurde früher zur Lagerung von Lebensmitteln benutzt und zur Desinfektion ausgekalkt, diese Kalkrückstände haben die Zersetzung der Knochen stark verlangsamt, dazu kommen die relativ konstanten niedrigen Temperaturen in dem Loch.«

Material. Ich schlucke.

Luca kann seine Begeisterung für die Laborarbeit nicht unterdrücken: »Und damit sind wir bei Punkt zwei: Im Labor wurde sofort ein DNA-Abgleich durchgeführt. Marco war der Vater.«

»War das nicht zu erwarten?«, fragt Vinc.

»Theoretisch ja. Aber 18. Woche heißt vierter Monat. Das hätte knapp werden können. Maria und Marco waren noch nicht sehr lange zusammen, der Mord geschah etwa vier Monate, nachdem Maria mit Maurizio Schluss gemacht hatte. Also wäre Maurizio als Vater durchaus infrage gekommen.«

»Okay, es ist also klar, dass Marco der Vater war. Wer wusste von der Schwangerschaft?«

»Soweit uns bekannt ist, niemand. Ich habe in den Ermittlungsakten nach einem Hinweis gesucht, aber da gab es keinen Eintrag.«

»Emilia Passamonte war Marias beste Freundin. Du solltest sie dazu befragen. Beste Freundinnen wissen oft mehr als alle anderen«, schlägt Vinc vor.

»Und Zwillingsgeschwister auch«, sage ich. »Frag auch Antonella.«

Luca nickt. »Das sind die beiden, an die ich mich als Erstes wenden werde. Und an Maurizio Passamonte.«

»Ja, an den natürlich auch. Aber glaubst du wirklich, dass Maria gerade ihrem Ex-Verlobten davon erzählt hätte?«, frage ich skeptisch.

Luca wiegt den Kopf und schaut fragend zu Claudia. Die fasst ihre Haare zusammen und dreht sie zu einer dicken Rolle, die sie sich über die linke Schulter legt. Sie sieht aus, als würde sie abwägen, ob sie uns weiter in die Ermittlungsinterna einweihen soll. Luca respektiert das und hält sich zurück. In mir tobt die Neugier. Hoffentlich hält sie nicht ein wichtiges Indiz zurück. Aber was soll nach den Knallern, die wir heute bereits erfahren haben, noch kommen? *Bitte lass uns nicht so im Regen stehen*, bete ich stumm und voller spannungsgeladener Erwartung.

Claudia hat sich zu einer Entscheidung durchgerungen. »Es wurden mehrere Schüsse abgefeuert. Genauer gesagt, drei. Zwei davon waren die tödlichen Kopfschüsse, ein dritter ging direkt in Marias Unterleib. Bis jetzt deuten die Versuche, den Tathergang zu rekonstruieren – Abstand zu den Opfern, Schusswinkel, Blutspuren und so weiter – darauf hin, dass die drei Schüsse gezielt abgegeben wurden. Was wiederum darauf hindeutet, dass der Täter schießen kann.«

»Und dass er von der Schwangerschaft wusste«, füge ich intuitiv an.

Claudia nickt. »Ja, davon ist auszugehen.«

Wir sitzen eine Weile stumm beisammen, dann steht Claudia auf. »Tja, das ist die traurige Wahrheit. Ich fahre jetzt nach Verona zurück und bin am Montag wieder hier in Malcesine. Luca, wir treffen uns Montagfrüh im Büro, okay?«

Luca, der noch bei uns sitzen bleibt, nickt. »8 Uhr? Ich bin wahrscheinlich schon früher da. Und wenn es vorher von eurer Seite brisante Neuigkeiten gibt …«

»… rufe ich dich sofort an, versprochen!«, vervollständigt sie.

Claudia ist bereits auf dem Weg zur Gartentür, als sie stehen bleibt, weil sie meine Überlegungen mitbekommt, die ich laut mit den anderen teile: »Dass Maria schwanger war, macht einen kapitalen Unterschied. Einen moralischen. Und es macht aus zwei Morden drei. Drei gestohlene Leben. Eines davon war noch nicht einmal geboren.«

Luca reibt sich aufgewühlt am Kinn. »Ja, es ist grauenhaft, was da oben vor 20 Jahren angerichtet wurde. So viel ist sicher. Wir müssen herausfinden, wer diese bestialischen Morde begangen hat, was damals genau geschehen ist und warum.«

Claudia kommt langsam zu uns zurück. Wir schweigen bedröppelt, dann habe ich einen schockierenden Gedanken. »Nehmen wir mal an, es war doch Selbstmord, und jemand hat die Leichen gefunden. Vielleicht wurde der Schuss in Marias Unterleib erst nach dem Tod der beiden abgegeben. Von einer dritten Person, die danach den Tatort aufgeräumt hat.«

Vinc runzelt die Stirn. »Eine gruselige Vorstellung. Aber Selbstmord scheidet ja aus, die Einschusswinkel sprechen eine andere Sprache, wie wir erfahren haben.«

»Das gilt als sicher«, bestätigt Claudia ernst. »Wir haben alle Szenarien bedacht und werden die Wahrheit aufdecken.« Es klingt wie ein Versprechen an die Toten.

Luca sieht es pragmatischer, für ihn scheint eher die persönliche Herausforderung im Vordergrund zu stehen, seinen ersten Fall zu lösen. »Auf jeden Fall rückt Maurizio auf der Liste der Verdächtigen wieder nach oben. Er könnte von der Schwangerschaft gewusst haben und auch, dass er nicht der Vater war, dann würde der dritte Schuss Sinn machen.«

»Das werden wir herausfinden«, wiederholt Claudia. »Mit diesen neuen Entwicklungen verändert sich vielleicht auch die Erinnerung mancher Zeugen, das heißt, sie schätzen die Situation neu ein, und damit kann sich der Blickwinkel auf den Fall völlig neu darstellen. Oder der Täter wird nervös und macht einen Fehler.«

Einen Punkt muss ich noch klären. »Wir gehen immer von einer Beziehungstat aus. Was, wenn der Täter doch ein Fremder war? Wird denn gejagt in der Gegend? Ich meine, die beiden könnten einen illegalen Jäger beobachtet haben. Er hat das bemerkt und ist den beiden in die Höhle gefolgt … Zumindest würde das erklären, warum er eine Waffe dabeihatte.«

Claudia unterdrückt ein Lachen. »Nicht böse sein, Doro. Aber erstens wird hier nicht gejagt, und wenn, dann bestimmt nicht mit einer Beretta, die ja die Tatwaffe war. Auf die Jagd geht man eher mit einem Gewehr oder einer Schrotflinte. Oder mit einem Luftgewehr auf Taubenjagd. Aber das mit der Tatwaffe konntest du natürlich nicht wissen.«

»Okay, aber es könnte doch durchaus ein Vertuschungsmord gewesen sein«, gebe ich meinen Gedanken noch nicht auf.

Claudia schüttelt den Kopf. »Unwahrscheinlich, Doro, *scusa*. Die Spuren sprechen eine andere Sprache.«

»Warum? Gut, das mit der Jagd sehe ich ein, aber der Täter könnte trotzdem ein Fremder gewesen sein. Einer, der auf den ersten Blick keine Verbindung zu den Opfern hatte.«

»Da hast du recht, wir werden nichts außer Acht lassen. Das Versteck könnte einem Ortsansässigen bekannt gewesen sein, also werden wir auch in dieser Richtung ermitteln. Wir müssen herausfinden, wer von der Höhle wusste. Was allerdings schwierig sein wird nach so langer Zeit. Aber wir werden versuchen, alles exakt zu rekonstruieren. Es ist eben ein Geduldsspiel. Und damit meine ich auch die Zeugenaussagen in diesem Fall. Manchmal spielt die Erinnerung den Zeugen einen Streich, und wir müssen den wahren Kern ihrer Aussagen herausfiltern.« Claudia schließt ihre Ausführungen, und Luca seufzt.

»Wir sind dabei«, sagt Vinc. »Ich glaube, dass einschneidende Ereignisse im Gedächtnis bleiben. Und der Fall hat ja damals schon die Gemüter erhitzt, obwohl es nicht um Mord ging. Wie viel die Fantasie allerdings im Laufe der Zeit dazudichtet, ist eine andere Geschichte, klar. Trotzdem wird sich hoffentlich aus den Schnittstellen verschiedener Erinnerungen ein Bild herauskristallisieren, das der Wahrheitsfindung dient. Aber du hast sicher recht, es kann ein Geduldsspiel werden.«

»*Pazienza* ist mein Spezialgebiet«, ergänze ich und lasse das mal so im Raum stehen. Vinc versteht meinen Humor natürlich und verzieht spöttisch die Mundwinkel.

»Ja, Geduld ist sicherlich von Vorteil«, kommentiert Luca ahnungslos meine nicht ernst gemeinte Selbsteinschätzung und lobt dann wieder seine Kollegin. »Claudia kennt sich nicht nur mit alten Knochen gut aus, sondern überhaupt mit Zusammenhängen in alten Fällen. Da ist sie wirklich super.«

Das ehrt ihn, finde ich. Immerhin ist es sein erster Fall, und ihm wird eine Kollegin zugeteilt, die er nicht kennt und der er in letzter Instanz auch noch weisungsgebunden ist. Das steckt man nicht so leicht weg, kann ich mir vorstellen. Aber Luca scheint seiner Kollegin sehr zugetan zu sein. Bahnt sich da etwas an?

Als Claudia und Luca einige Zeit später gehen, lehne ich mich an Vinc' Schulter. »Ich glaube, Luca ist in Claudia verknallt«, raune ich in sein Ohr.

»Ich auch«, flüstert Vinc zurück.

»Du bist in Claudia verknallt?« Ich rücke ein Stück zur Seite.

Vinc lächelt. »Ich bin verknallt, aber nicht in Claudia«, sagt er, rückt nach und küsst mich. Wenn ich nicht wüsste, dass Sterne nicht in Augen funkeln können, würde ich behaupten, es funkelt einer in seinen.

KAPITEL 8

LETTERE E MESSAGGI – BRIEFE UND BOTSCHAFTEN

Domenica (Sonntag) – Tag 7

Sonntag, Tag der Ruhe und Entspannung. Oder was man eben individuell darunter versteht. Wir – Vinc, Danilo und ich – wollen in aller Früh zum See runter, um den morgendlichen Wind zu nutzen und übers Wasser zu pflügen. Mit »in aller Früh« meine ich 5.30 Uhr. Wenn der Pelér, der frühe Gardasee-Wind, lockt, ist sogar mein Langschläfer Vincenzo motiviert.

Ich werde mich mit einer kleinen Runde in Ufernähe begnügend, auf einem stinknormalen Surfbrett. Mein Finger leuchtet in Pink, gut getapt muss er sich heute das erste Mal bewähren. Die Jungs sind schnell in der Mitte des Sees angelangt, und auch ich bin weit genug draußen, um die Sonne strahlen zu sehen, die sich über den Gipfel des Monte Baldo geschoben hat. Sie wärmt bereits das gegenüberliegende Westufer des Sees und lässt Limone in der Ferne wie ein Juwel erstrahlen.

Erfrischt und hungrig richten Danilo, Vinc und ich später das Sonntagmorgen-Frühstück im Garten her. Danilo lästert über unsere Frischluftgier – ich lasse mich davon nicht beirren, es ist herrlich draußen, und das muss ausgenutzt werden. Ich spanne gerade den Sonnenschirm auf, als Rosa zurückkommt. Sie war beim Gottesdienst in Santo Stefano, der Hauptkirche im Ort.

»Ich habe Valentina Cavaletto mit ihrer Enkelin Antonella und unserem Fabio getroffen«, erzählt sie, während sie mir hilft, Butter, Marmelade und Eier nach draußen zu tragen. »Über die beiden Frauen habe ich mich nicht gewundert, sie verbringen viele Stunden in der Kirche, auch außerhalb der regulären Gottesdienste. Aber Fabio …« Sie hebt die Hände. »Seine Anwesenheit war wahrscheinlich dem tragischen Fund vor ein paar Tagen geschuldet.«

Und Rosa ist nicht nur den Cavaletto-Bianchis begegnet, sondern noch einigen anderen, über die sie eifrig zu erzählen beginnt. Als wir endlich in trauter Runde am Tisch sitzen, versichert sie sich mit einem Rundumblick, dass sie unsere volle Aufmerksamkeit hat.

»Vor dem Gottesdienst gab es eine riesige Aufregung«, sagt sie und macht eine dramaturgische Pause.

»*Nonna!* Jetzt erzähl schon«, drängelt Danilo.

»Jemand hat gut sichtbar für alle Kirchgänger und frühen Touristen einen Zettel außen an die Kirchentür geklebt. Man hat schon von Weitem die neongelbe Farbe des Textmarkers gesehen, mit der der Text umrahmt wurde, und jeder wollte natürlich wissen, was draufsteht. Also haben sich alle vor dem Kirchenportal versammelt.«

Jetzt beißt sie erst einmal in ihr *cornetto* und schlürft an ihrem *caffè*. »Ich war eine der Ersten und habe Valentina mit ihrer Familie vor der Kirchentür entdeckt. Ich bin zu ihnen hin, um sie zu begrüßen, und *certamente* auch, um zu sehen, was auf dem Zettel zu lesen ist. Das Blatt war zerknittert, als hätte es jemand achtlos aus der Manteltasche hervorgeholt und dann an die Tür geklebt. Pünktlich zum Gottesdienst, wo es jeder sehen muss. Auch der Pfarrer. Der kam gerade heraus, um seine Schäflein zu empfangen, heute waren es deutlich mehr als sonst. Alle hofften, etwas Neues über die Morde zu erfahren, und wann kann man sich besser austauschen als vor und nach der Sonntagsmesse?«

Wir grinsen. Natürlich. Dorftratsch.

»Alle waren gespannt darauf, was der Pfarrer sagen würde. Sein Wort zählt, er ist hier seit ewigen Zeiten die kirchliche Instanz und für den Ort genauso wichtig wie der Bürgermeister. Immerhin lebt in Malcesine vielleicht ein Mörder, und für menschliche Verfehlungen ist der Pfarrer zuständig. Die Stimmung der Menschen war spürbar besorgt. Und für die Touristen war es ein Gratisprogramm.«

»*Nonna!* Mach's nicht so spannend!«, fordert Danilo erneut, der sich sonst eigentlich nicht so sehr für den Fall interessiert wie wir anderen.

»Jaja, sei nicht so ungeduldig! Jeder denkt, dass es sich um eine persönlich motivierte Tat handelt. Oder hofft es zumindest, denn dann wäre man ja selbst fein raus. Aber in den Köpfen spukt auch die Möglichkeit herum, dass der Mörder ein weiteres Mal zuschlagen und es dann jeden von uns treffen könnte. Die Botschaft an der Kirchentür hat diese Gefühle verstärkt.«

»Was stand denn nun drauf?« Vinc beugt sich gespannt vor.

Ein verschmitzter Zug liegt um Rosas faltenumringten, wachen Augen. »*Du sollst nicht töten.* In großen ausgeschnittenen Druckbuchstaben«, rückt sie mit der Sprache heraus und lehnt sich zufrieden zurück.

Klingt dramatisch, aber ich kann es nicht einordnen. Was soll das jetzt bedeuten?

»An der Kirchentür, sagst du?«, frage ich fast ein wenig enttäuscht. »Dann hat es aber nichts mit unserem Fall zu tun. Das betrifft die Allgemeinheit. Irgendein Moralapostel bemüht mal nicht das Internet, sondern das Portal eines Gotteshauses.«

Vinc und Danilo schauen genauso ratlos aus der Wäsche, wie ich mich fühle.

»Das kann man so nicht sagen, denn einigen von uns ist sofort eingefallen, dass vor 20 Jahren, kurz nach dem Verschwinden von Maria und Marco, ähnliche Nachrichten aufgetaucht sind. Die Briefe waren damals an einzelne Adressaten gerichtet und lagen in deren Briefkästen. Das kam natürlich erst nach und nach ans Tageslicht, man hat dann gerätselt, ob die betroffenen Personen mit dem Vermisstenfall zu tun haben könnten. Was dabei herausgekommen ist, daran kann ich mich nicht mehr erinnern. Der Pfarrer hat den Zettel auf jeden Fall abgenommen und will ihn der Polizei übergeben. Sollen die sich darum kümmern.«

»Ach so … Dann wäre es in der Tat ein ungewöhnlicher Zufall, dass gerade jetzt so eine Botschaft an der Kirchentür hängt. Wir müssen mit Luca reden«, sage ich und versuche, das aufsteigende Kribbeln in meinem Bauch zu ignorieren. »Vielleicht sollten wir eine neue Liste anlegen. Heute und damals vergleichen. Alibis und Gelegenheiten. Bezüglich des Mordes, aber auch wegen dieser ominösen Briefe von damals und des Zettels heute.« Das geht an Vinc' Adresse.

»Waren die Passamontes auch beim Gottesdienst?«, wende ich mich an Rosa, um gleich einen Anfang zu machen.

Sie überlegt. »Nur Emilia und ihr Schwiegervater«, sagt sie dann. »Ich glaube, der kämpft schwer damit, dass er seit 20 Jahren so verbittert gegen Maria gewettert hat. Zu Unrecht, wie sich nun ja herausgestellt hat. Als seine Frau so früh gestorben ist, hat er keinen Hehl daraus gemacht, dass in seinen Augen Maria daran schuld sei. Für ihn stand fest, dass seine Frau aus Gram über Marias Verhalten und ihr sang- und klangloses Verschwinden gestorben ist. Und natürlich auch aus Kummer darüber, dass ihr Sohn Maurizio nicht nur von Maria verraten worden ist, sondern hinterher auch noch verdächtigt wurde, ihr etwas angetan zu haben. Im Laufe der Zeit gewann dann immer mehr die Gewissheit Oberhand, dass sich die zwei abgesetzt haben mussten. Selbst Marias beste Freundin Emilia war davon überzeugt. Das hat letztendlich die meisten Zweifler und auch die Polizei für diese Variante eingenommen. Und jetzt ist klar, dass Maria und Marco ermordet wurden. Salvatore Passamonte und seine Schwiegertochter muss schier der Schlag getroffen haben, als sie das erfahren haben. Salvatore hat schon mehrmals eine Kerze für Maria angezündet, und Emilia wirkt seitdem sehr angespannt. Ich glaube, sie wirft sich vor, dass sie es damals nicht besser gewusst und die These vom Verschwinden der beiden sogar noch unterstützt hat.« Rosa zuckt die Schultern. »Dass die Menschen im Nachhinein immer glauben, dass sie alles hätten spüren müssen. Das ist doch Unsinn! Antonella macht sich auch fertig deswegen. Sie meint, Zwillingspaare hätten übernatürliche Bindungen. Ich bitte euch!« Sie schüttelt den Kopf.

Wir wollen Luca zu den aktuellen Entwicklungen befragen und rufen ihn auf dem Handy an. Vinc stellt auf Lautsprecher, damit ich mithören kann. Luca klingt hektisch und hat keine Zeit, zu uns zu kommen, aber er wimmelt uns auch nicht sofort ab, obwohl er auf dem Sprung ist, wie er sagt.

»Der Pfarrer hat mir den Zettel nach dem Gottesdienst vorbeigebracht. Mir sind natürlich sofort die Botschaften von damals eingefallen, ich habe die alte Akte ja mehrmals gelesen. Ich werde die Nachrichten aus der früheren Beweissammlung mit denen von heute vergleichen, um zu prüfen, ob es Parallelen gibt.«

»Könnte das nicht Zufall sein?«, fragt Vinc.

»Ja, durchaus. Oder jemand hat sich an die alten Briefe erinnert und will jetzt eine Art Mahnung aussprechen. Allerdings wurden die Mitteilungen vor 20 Jahren einzelnen Adressaten persönlich zugestellt und nicht öffentlich irgendwo ausgehängt. Deshalb sind vielleicht gar nicht alle Briefe bekannt geworden.«

»Rosa hat uns davon erzählt«, berichte ich. »Aber du hast recht, es könnte gut sein, dass nicht jeder zugeben wollte, einen solchen Brief bekommen zu haben.«

»Jedenfalls haben die Briefe aus der Vergangenheit jetzt eine neue Bedeutung bekommen. Ich werde mich gleich mit Claudia kurzschließen, eventuell fahre ich sogar zu ihr nach Verona. Und ich muss mit dem Chef reden, vielleicht kriegen wir eine Videokonferenz zusammen. Dantes hat den Fall ja damals bearbeitet und kann zu den Briefen eventuell mehr sagen als das, was er in der Akte protokolliert hat. So viel zum Thema Wochenende …«, Luca seufzt.

»Tja, es ist zwar ein Cold Case, aber neue Spuren in einem ›kalten Fall‹ sind heiß, und die muss man nutzen«, gebe ich zu bedenken.

»*Grazie per il suggerimento, collega*«, bedankt sich Luca spöttisch und verabschiedet sich nicht ohne das Versprechen, uns baldmöglichst über neue Erkenntnisse zu informieren.

KAPITEL 9

UN OSPITE INASPETTATO – EIN UNERWARTETER GAST

Mercoledì (Mittwoch) – Tag 10

Rosa hat sich noch mal hingelegt, ihr Rheuma plagt sie heute sehr, sagt sie. Fabio streicht die Fensterrahmen im ersten Stock, ich bewege mich im Stop-and-Go-Modus durch den Garten und sammle mit Kehrschaufel, Eimer und Besen Leonardos und Unicornos Hinterlassenschaften ein. Danilo und Vinc sind unten am See.

Luca macht sich rar. Seit zwei Tagen haben wir nichts von ihm gehört. Dagegen funktioniert der Dorftratsch. Gestern, zwei Tage nachdem die Botschaft am Kirchenportal hing, ist ein weiterer Zettel aufgetaucht. Erzählt hat uns davon erneut Rosa. Sie traf beim Einkaufen ihre Freundin Bruna, die wiederum gerade vom Friedhof kam, wo sie die Ruhestätte ihres verstorbenen Mannes besucht und hautnah miterlebt hatte, wie sich eine Menschentraube um ein weiteres Grab scharte – um das Passamont'sche Familiengrab. Am schwarzen Marmorstein hatte ein schlichter weißer Zettel gehangen, dem vom Kirchenportal am Sonntag sehr ähnlich, mit einer neuen Botschaft: *Du sollst nicht zweifeln an deinem Gott und nicht verzweifeln an der Gerechtigkeit.* Dieses Mal in winzigen ausgeschnittenen Buchstaben, die Älteren unter den

Schaulustigen hatten sich die Lesebrille auf die Nase klemmen oder jemanden bitten müssen, die Zeilen vorzulesen.

Ich überlege, was mit der Botschaft gemeint sein könnte. Und wer sich davon angesprochen fühlen soll. Ist es Zufall, dass die Nachricht am Grab der Passamontes hing? Wohl kaum, denn diese Familie gehört zu den Betroffenen der tragischen Ereignisse. Caterina Passamonte sei aus Gram gestorben, heißt es. Gerüchte bilden sich schnell, andererseits wäre es natürlich möglich. Hm ... Ich frage mich gerade ernsthaft, ob es nicht der Pfarrer selbst ist, der seine Schäfchen mahnen will. Oder will er der Gemeinde und auch den Betroffenen Mut machen? Aber gelingt das auf diese Art und Weise?

Das Gartentor quietscht, Leonardos graue Eselsohren zucken und richten sich in die Richtung, aus der das Geräusch kommt. Ein Mann steuert durch das Tor direkt auf mich zu.

»Antonella sagt, mein Sohn sei hier?«, fragt er barsch.

Ich schlussfolgere, dass es sich bei dem Typen um Carlo handeln muss, Antonellas Ex-Mann. Er ist mir wenig sympathisch.

»Oben im ersten Stock«, antworte ich knapp. »Die Haustür ist offen.«

Wie man in den Wald hineinruft, so schallt es heraus, denke ich grantig. Okay, ein gewisses Maß an Verständnis kann ich aufbringen, Carlo hat ein neues Leben, eine neue Familie. Aber mit der alten Ehe auch gleich den »alten« Sohn abzulegen, ist nicht okay.

Der Mann ist schon unterwegs nach oben. Was will er von Fabio? Die Neugier plagt mich. Ich stelle Schaufel und Besen in eine Ecke und schleiche in gebührendem

Abstand hinter ihm her in den ersten Stock. Die grauen, bunt gesprenkelten Malerteppiche schlucken die Geräusche meiner Schritte. Fabio und Carlo scheinen im Raum am Ende des Flurs zu sein – ich drücke mich in die Türnische des Nebenzimmers, um unentdeckt lauschen zu können. Praktischerweise haben die beiden die Zimmertür weit offen gelassen, weshalb ich mich nicht sonderlich anstrengen muss, um alles mitzuhören.

»Hey, Fabio, sei nicht unfair. Es stimmt nicht, dass ich mich nicht um dich gekümmert habe. Wie oft habe ich dich zu uns eingeladen?« Carlo klingt unaufgeregt.

»Zu *uns* …« Fabio schnaubt abfällig. »Da hast du die Antwort ja schon. Zu uns, zu deiner neuen Familie. Na, herzlichen Dank!«

»Zu uns in die Familie, ja, da gehörst du nämlich auch dazu. Julia und Enno sind immerhin deine Halbgeschwister. Und wir wollten dich sogar mit in den Urlaub nehmen.«

»Oh, wie gnädig«, ätzt Fabio, »als Babysitter?«

»Bemitleide dich ruhig selbst, aber gestatte, dass ich mir trotzdem Sorgen mache. Ich habe jahrelang miterlebt, wie sehr deine Mutter unter dem Verschwinden ihres Bruders gelitten hat, und jetzt hat man ihn gefunden. Marco ist tot! Natürlich bin ich beunruhigt, wie sie das aufnimmt. Und wie du damit zurechtkommst.«

Im Gegensatz zu vorhin, als er mir im Garten begegnet ist, hört er sich jetzt sehr besonnen an. Sein Sohn scheint ihm am Herzen zu liegen – was ich hier höre, steht im Widerspruch zu dem, was Antonella mir von ihrem Ex vermittelt hat. Obwohl sie zugeben musste, dass sie es ihm mit ihrer Trauer nicht leicht gemacht hat. Tja … Wie so oft gibt es auch hier nicht nur schwarz oder weiß. Das macht es nicht einfacher, mir ein Urteil zu bilden.

Irgendetwas landet lautstark auf dem Boden oder an der Wand. »Lass mich bloß in Ruhe! Ist mir scheißegal, was du dir zur Beruhigung deines Gewissens wieder mal ausdenkst. Mama und ich kommen gut alleine klar. Wir brauchen deine verlogenen Teilzeiteinsätze nicht!« Ein weiterer Gegenstand muss dran glauben, und bevor ich meinen Lauschposten räumen kann, stürmt Fabio an mir vorbei und rennt nach unten. Die Haustür schlägt zu, dann herrscht Stille. Vorsichtig luge ich aus meiner Ecke. Carlo scheint im Zimmer geblieben zu sein, ich schleiche mich zur Treppe, eile nach unten und zurück in den Garten.

Ich will die Gunst der Stunde nutzen und mit Carlo reden. Wenn er schon mal hier ist ... Obwohl »reden« meine Absicht nicht wirklich trifft, ich will ihn schlicht und ergreifend aushorchen. Wo wohnt er mit seiner Familie? Wie sieht es mit seinem Alibi vor 20 Jahren aus? Dann kann Luca seine Aussagen mit den Angaben in den alten Akten vergleichen.

Welche Listennummer hat er noch mal bei mir? Nummer fünf, genau.

Ich schnappe mir einen Besen und kehre vor der Haustür, um ihn nicht zu verpassen, wenn er herauskommt. Achtung, es ist so weit.

»Guten Tag, wir haben uns vorhin gar nicht vorgestellt – Doro Ritter, ich bin eine Freundin des Hauses«, beginne ich schnell, ehe er an mir vorbei ist.

Carlo schaut mich ein wenig erschrocken an, ich habe ihn offensichtlich aus seinen Gedanken gerissen. Er massiert sich die Stirn, schaut zur Straße, als hoffte er, seinen Sohn dort noch irgendwo entdecken zu können. Hat Fabios Abwehr in ihm Schuldgefühle ausgelöst? Er tut mir fast leid, aber darauf kann ich jetzt keine Rücksicht nehmen. Wer weiß, ob ich jemals wieder Gelegenheit bekomme, mit diesem Mann zu sprechen. Meine grauen Zellen rattern.

»Schwieriges Alter«, sage ich in neutralem Tonfall, was er als Entschuldigungsversuch für Fabio interpretieren kann oder auch als Solidaritätsbekundung für einen geplagten Vater.

Carlos Stirnfalten vertiefen sich. »Der Junge versucht gar nicht, mich zu verstehen. Für ihn bin ich der Böse.«

»Ja, Ihre Ex-Frau hat mir von den familiären Verwicklungen erzählt. Komplizierte Geschichte«, gestehe ich.

»So, hat sie das?«, entgegnet Carlo und schaut mich prüfend an. »Ich weiß ja nicht, was genau sie Ihnen gesagt hat, aber Fakt ist: Ja, ich habe nach der Scheidung von Antonella wieder geheiratet und noch zwei Kinder bekommen. Fabio konnte ich aus beruflichen Gründen nicht zu mir nehmen, außerdem hätte Antonella das sowieso niemals zugelassen. Und ich wollte ihn ihr nie wegnehmen. Schlimm genug, wie sie unter dem Verschwinden ihres Bruders gelitten hat. Das wird sie Ihnen mit Sicherheit auch erzählt haben. Es gibt ja kaum eine Gelegenheit, bei der sie nicht über ihn spricht. Ich mache mir ernsthaft Sorgen. Antonella hat sich in das Schicksal ihres Bruders richtig reinverbissen, sie ist teilweise nicht von dieser Welt.« Er schiebt die Hände in die Hosentaschen, ich bemerke, dass er sie zu Fäusten geballt hat.

»Sie haben Angst, dass sie nicht verkraftet, dass ihr Bruder tot ist?«

Carlo schaut mich überrascht an.

»Ich bin über den Fund der Skelette und den Zusammenhang mit der Geschichte damals informiert«, erkläre ich.

Carlo nickt. »Ich will auf jeden Fall, dass mein Sohn weiß, dass er nicht allein ist. Dass er mich jederzeit um Hilfe bitten kann. Das wollte er heute leider nicht hören.«

»Weglaufen ist keine Lösung, manchmal aber notwendig. Ich bin sicher, Fabio hat Sie gehört, und jetzt braucht er Zeit, um über Ihre Worte nachzudenken. Er hat viel zu verdauen. Soweit ich das mitbekommen habe, ist das Verhältnis zu seiner Mutter sehr gut, ich glaube, da brauchen Sie sich keine Sorgen zu machen. Fabio ist ein vernünftiger Junge und zurzeit viel hier bei uns. Wir passen auf ihn auf, versprochen«, sage ich zu Carlo, denn ich glaube ihm, dass seine Besorgnis echt ist.

»Ich bin damals auch weggelaufen.« Er lacht, was eher tragisch als fröhlich klingt.

»Wie meinen Sie das?« Ich stehe auf dem Schlauch.

Er winkt ab. »Ach, es ist nur … Ich war seit der Schulzeit in Antonella verliebt, und dann, als es darauf angekommen wäre, konnte ich ihr nicht helfen und bin abgehauen. Wenn Fabio nach mir kommt, wird er seine Meinung nicht so schnell ändern.«

»Haben Sie Ihre Meinung denn jetzt geändert?«, frage ich leise.

»Was geschehen ist, ist geschehen. Ich werde meine Frau und meine Kinder nicht verlassen, aber im Nachhinein hätte ich Antonella, Fabio und mir noch eine Chance geben sollen.«

Ich stütze mich auf den Besenstil und schaue ihm nachdenklich in die Augen. »Das mit der Chancenverwertung ist oft die Krux im Leben.«

Er nickt. Ich glaube, er versteht, was ich meine. Seine Mundwinkel deuten den Hauch eines Lächelns an. »*Arrivederci, signorina.* Danke für Ihre Worte.«

»Nichts zu danken, gern geschehen«, sage ich von Herzen. Meine Einschätzung dieses Mannes hat sich komplett verändert. Muss ich Vinc später erzählen, ich glaube, Nummer fünf können wir von der Liste streichen. Der ist total durch den Wind. Der wusste nichts von den Morden, definitiv.

Nachdem Carlo gegangen ist, stelle ich den Besen in die Ecke. Rosa hat mich heute Morgen gebeten, die Kaninchenställe zu säubern, dann hat sie sich wieder hingelegt. Leonardo folgt mir zur Ecke mit den Gehegen. Er stupst mich an. »Hey, du Fresssack, dein Futtertrog ist voll. Und frisches Stroh habe ich euch auch hingelegt.« Ich klopfe ihm auf die warmen Flanken, und sofort wirbeln feine Staubwolken und Eselgeruch durch die warme Sommerluft. Ich muss niesen. Unicorno knabbert unbeeindruckt am frischen Heu.

»So, ihr Stinker«, wende ich mich an die Kaninchen, »ihr kriegt jetzt Heu und frisches Wasser, Saubermachen ist später dran.«

Außer den tierischen Aufträgen hat Rosa mich gefragt, ob ich mich heute ums Essen kümmern kann. Das war für mich ein Zeichen, dass es ihr wirklich schlecht geht. Immerhin ist sie mittlerweile aufgestanden, sie sitzt in der Küche und blättert in der Zeitung. Als ich den Raum betrete, schaut sie hoch. »Meine Knie streiken«, stellt sie unaufgeregt fest, »ist nicht mein Tag heute. Es ist sehr lieb von dir, dass du mir hilfst, Doro.«

Ich zwinkere ihr zu. »Du bist die Chefin, ich mache, was du mir anschaffst.«

»Schmeichlerin«, antwortet sie lächelnd, »aber zusammen sind wir ein gutes Team, da bin ich sicher.«

»Was soll es denn geben?«, erkundige ich mich, denn darüber habe ich mir tatsächlich noch gar keine Gedanken gemacht.

»Kaninchen aus dem Schmortopf, dazu Polenta.«

»Mmh, hört sich lecker an. Äh, ist das Kaninchen von …?« Ich deute Richtung Garten.

Rosa schaut mich milde an. »Doro«, sagt sie, »was denkst du denn? Dass ich den Stall voller Karnickel habe und dann eines kaufe?«

Ich ergebe mich meinem Schicksal, sehe Paps und Rosa in stillem Einvernehmen über mein kontroverses Gebaren, wenn es um Tiere geht, den Kopf schütteln.

Ohne weiteren Kommentar hole ich das Kaninchen aus dem Kühlschrank und zerlege es. Sobald ich die ersten Handgriffe getan habe, bin ich mit Freude bei der Sache. Ab jetzt schlägt mein Köchinnenherz. Bald ziehen aromatische Düfte durch die Küche, und mein Magen knurrt gierig.

»Magst du ein Gläschen Wein?«, frage ich Rosa.

»Erst zum Essen«, wehrt sie ab, »mein Rheuma nimmt es mir übel, wenn ich übertreibe.«

Ich erkläre mich solidarisch und mixe uns ein kühles Wasser mit Zitronensaft und Minzblättern.

Dann trudeln die Jungs ein. Danilo und Vinc decken den Tisch auf der Terrasse. Während das Kaninchen in seinem Gemüsebett in der Kasserolle schmort, schlürfen wir draußen einen Benacini light mit Eiswürfeln, Rosa bekommt eine Kostprobe und ist sehr angetan, bleibt aber wegen der Hitze lieber in der Küche sitzen, bei ihrem *acqua con limone e foglie di menta*.

»In ein paar Tagen wird *nonna* 80 Jahre alt. Sie will keine Geschenke und kein großes Aufsehen deswegen, aber ich weiß, dass sie sich freuen würde, wenn wir ihr ein Fest ausrichten. Am besten hier im Garten, mit ein paar Freunden und gutem Essen. Da wäre ich bei dir, liebe Doro.« Er schaut mich fragend an und nippt am Aperitif.

»Kann ich gerne machen«, erkläre ich mich spontan bereit, denn ich weiß, was er vorschlagen will. »Ich hätte schon ein paar Ideen fürs Menü im Kopf.«

»Äh …« Danilo lässt seine Hand sinken und stellt das Glas auf den Tisch. »Echt?«

Vinc lacht. »Du machst Doro eine Freude, glaub mir.«

»Na, dann … abgemacht!«, ruft Danilo erfreut. »Und was willst du kochen?«

»Lass es mich erst noch ein wenig ausfeilen, dann besprechen wir alles und schreiben die Einkaufsliste.«

Ich verteile gerade den Eintopf auf den Tellern, Vinc häufelt eine Portion Polenta daneben, als Luca hereinschneit.

»Aha, pünktlich zum Essen, was?«, spotte ich.

»Wenn du mich so fragst, danke für die Einladung!« Luca schnappt sich einen Stuhl, und selbstverständlich ist noch genug für ihn da.

»Wo warst du die letzten Tage?«, frage ich, als wir uns den Eintopf schmecken lassen, den ich unter Rosas Regie, aber natürlich nicht ohne Eigenkreation gekocht habe.

Die Nachspeise geht allein auf meine Kappe. Erdbeeren mit Balsamicoessig und einer Ricotta-Basilikum-Creme, garniert mit Minzblättern. Danilo schaut skeptisch auf die weiß-rot-schwarze Kreation mit grünen Tupfen. Rosa nickt wissend ob der Qualität dieses Essigs.

»Genießt es, so ein wertvolles Tröpfchen gibt es nicht jeden Tag«, empfehle ich besonders an Danilo gerichtet, denn er ist der Einzige in der Runde, der die Kombination mit zusammengezogenen Augenbrauen begutachtet und mit Sicherheit keinen Gedanken an die Qualitätsmerkmale des Balsamicoessigs verschwendet.

»Du kannst ihr vertrauen.« Vinc zwinkert, er ist es gewohnt, neue Geschmacksrichtungen serviert zu bekommen.

»Ich habe eine Geschenkidee für Rosa«, flüstere ich ihm ins Ohr.

»Kann mir schon denken, was das ist. Guter Einfall«, flüstert er zurück, und wir vertagen das Gespräch auf später.

Ich wechsle das Thema. »Gestern ist ein neuer Zettel mit Botschaft aufgetaucht. Wie war das noch mal, Rosa?«

»Du sollst nicht zweifeln an deinem Gott und nicht verzweifeln an der Gerechtigkeit«, kommt es prompt von ihr.

»Ja genau. Der hing am Grab der Familie Passamonte. Ich frage mich ernsthaft, ob es nicht der Pfarrer selbst ist, der seine Schäfchen mahnen will. Oder will er der Gemeinde und auch den Betroffenen Mut machen?«, wiederhole ich für die anderen meine Gedanken von heute Vormittag.

»Doro, du spinnst!«, rufen Danilo und Luca unisono.

»Warum? Weil er ein Pfarrer ist?«, provoziere ich.

»Quatsch, aber Monsignore Altoni ist seit Urzeiten hier. Und er ist einer von den Guten, glaub mir«, sagt Luca schlicht. Danilo und Rosa nicken.

»Okay, okay«, ich lache, »ich seh schon, der Mann hat Rückendeckung. Dann lassen wir die Frage mal außen vor, ob der Herr Pfarrer etwas damit zu tun hat, das war ja auch nicht ganz ernst gemeint. Die Zettel schweben jedenfalls wie ein Damoklesschwert über Malcesine. Und ganz besonders über denen, die vor 20 Jahren schon derartige Briefe erhalten haben. Damals persönlich, jetzt hängen sie öffentlich aus, ohne konkrete Adressaten. Sind das Hinweise auf den Mord? Oder den Mörder? Haben die Zettel überhaupt etwas mit dem Fall zu tun?«

Wir schweigen, und Rosa sagt nachdenklich: »Valentina sitzt stundenlang in der Kirche und betet den Rosenkranz für ihren Enkel Marco. Antonella begleitet sie oft. Und sie sind nicht die Einzigen. Neuerdings sieht man auch Salvatore Passamonte öfter in der Kirche verschwinden. Um nur ein paar von denen zu nennen, die mit den Toten zu tun haben. Die Kirche hat schon eine besondere Bedeutung für uns.«

»Ich weiß.« Ich nicke und denke, dass es Zeit wird, mal wieder eine Kerze für meine Omi anzuzünden.

Ich berichte von Carlos Auftritt und davon, dass ich spontan versprochen habe, Fabio unter unsere Fittiche zu nehmen.

»Machen wir doch eh schon«, sagt Danilo.

»Ist er eigentlich heute bei euch aufgetaucht?«, frage ich.

»Ja, er war ziemlich geladen, hat sich dann auf dem Wasser ausgetobt und ist jetzt noch unten und repariert ein paar Boards. Wir gehen nachher wieder zu ihm runter.«

»Da hätte ich auch Lust drauf«, bin ich sofort dabei.

»Ich lege mich wieder hin«, sagt Rosa und sieht plötzlich ziemlich erschöpft aus. »*Scusa*, Rosa, wir hätten drinnen essen sollen. Hier ist es trotz Schatten viel zu heiß für dich«, rufe ich mit schlechtem Gewissen.

»Keine Sorge, das bin ich gewohnt. Ich brauche nur Ruhe, das ist alles.« Sie erhebt sich schwerfällig und schlurft ins Haus.

»Vorschlag«, sage ich. »Ihr kümmert euch um den Abwasch und die Küche, ich reinige noch die Kaninchenställe, und dann können wir los. Was ist mit dir, Luca, kommst du mit?«

Er schüttelt den Kopf. »Ich muss noch ein paar Telefonate führen, und Claudia wollte später im Büro vorbeischauen.«

»Bring deine Claudia einfach mit. Wir sind heute eh länger unten am See«, sagt Danilo.

»Sie ist nicht *meine* Claudia«, protestiert Luca umgehend.

Wir verkneifen uns weitere Kommentare und treffen uns am frühen Abend an Danilos Hütte. Wir fläzen in den bunten Sitzsäcken, jeder mit einem orange leuchtenden Aperol Spritz in der Hand und einem noch intensiver gefärbten Sonnenuntergang vor Augen. Luca und Claudia sind vor einer Minute dazugestoßen und versorgen sich in der *capanna* mit einem Getränk.

»Morgen treffe ich mich mit Maurizio Passamonte auf der Burg«, erinnere ich Vinc. »Du bist doch dabei?«

Vinc richtet sich in seinem Sitzsack auf. »Wann?«

»Um 14 Uhr, haben wir ausgemacht.«

»Ach, das ist jetzt blöd. Ausgerechnet da habe ich Danilo versprochen, mit ihm nach Arco zu fahren. Er will ein paar Segel und Ersatzteile für seine Schule besorgen und braucht Beratung, sagt er.«

Danilo winkt ab. »Ist kein Problem, wenn du lieber ...«

»Will er nicht«, unterbreche ich Danilo, »ich kenne Vinc. Ich komme allein klar, ehrlich, macht ihr euer Ding. Schatz, du weißt ja, solche kulinarischen Entdeckungsreisen sind mein Steckenpferd, da will ich nicht absagen. Nicht dass er das Angebot nicht mehr wiederholt. Wär für dich eh langweilig, wir werden wahrscheinlich dauernd übers Kochen und ähnliche Themen fachsimpeln.«

Vinc steht auf und streckt seine Glieder. »Hätte mich zwar interessiert, aber wir können ja noch mal separat hoch, und du zeigst mir dann alles. Gehen wir ein Stück?« Er streckt mir die Hand hin, um mich hochzuziehen.

»Du meinst, mit dir in den Sonnenuntergang hinein?«

»Jetzt hört schon auf, ihr zwei Turteltäubchen«, verhindert Luca unseren romantischen Ausflug. »Ihr wollt doch sicher wissen, was es Neues gibt, oder?« Er stellt sein Glas auf den Stehtisch gleich neben der Hütte und rückt zwei Barhocker für sich und Claudia zurecht.

Ich lehne mich in Vinc' Arme, und mit zwei Zentnern Neugier auf der Seele lassen wir uns die Neuigkeiten servieren.

Aber so weit kommt es erst mal nicht, denn gerade als Luca Luft holt, um loszulegen, schiebt sich eine Gruppe energischer Mittvierziger zwischen uns. Vier Männer und zwei Frauen, die sich vor Luca und Claudia aufbauen und eine verbale Attacke auf die beiden loslassen, so hitzig, schnell und durcheinander, dass wir nicht alles verstehen. Es ist die Rede von »Nestbeschmutzern«, »zu jung, um mitreden zu können«, »Sie sollten sich schämen«, von

»Dreck aufwirbeln« und »falschen Verdächtigungen«. Mir ist klar, dass es um die Ermittlungen im aktuellen Fall geht, dazu muss ich nicht jedes Wort verstehen.

»Die Armen, sie scheinen jemandem ziemlich auf den Schlips getreten zu sein«, flüstert mir Vinc ins Ohr. Danilo steht ein Stück abseits und verfolgt die Beschimpfungen ebenfalls. Er wirkt, als wäre er auf dem Sprung, um seine Freunde jederzeit zu unterstützen, wenn die Typen handgreiflich werden sollten. Ich merke, wie auch Vinc sich anspannt. Der Lärm hat Fabio zu uns rübergelockt, er hat sich mit in die Hüften gestemmten Händen neben Danilo positioniert, ebenfalls bereit zur Verteidigung von Claudia und Luca. Ich hoffe schwer, dass das hier nicht in eine Massenschlägerei ausartet, aber im Notfall können die anderen natürlich auch auf mich zählen!

Luca bleibt ziemlich gelassen, und auch Claudia wirkt keinesfalls eingeschüchtert. Deeskalation und Selbstverteidigung gehören schließlich zu ihrer Ausbildung. Luca rutscht vom Barhocker, eine Hand liegt locker auf der Tischplatte, die andere steckt in der Hosentasche. »Leute, ihr habt ja recht. Ihr habt gerade erst erfahren, dass zwei eurer Freunde tot sind, ermordet, und jetzt werdet ihr befragt und fühlt euch angegriffen und in eurer Trauer gestört. Das ist nach 20 Jahren nicht anders, als wäre es gestern geschehen. Es ist ein Schock, und dann kommen wir von der *Polizia*, die wir die beiden Toten nicht einmal gekannt haben. Nein, das ist nicht sehr einfühlsam. Aber, hey, Leute, wir machen nur unseren Job, und den tun wir für die beiden Toten genauso wie für euch. Ihr wollt doch alle wissen, wer eure Freunde getötet hat. Und möglichst auch, warum. Dazu müssen wir in der Vergangenheit wühlen. Und dazu sind wir auf eure Erinnerungen angewiesen. *Allora*, je mehr ihr euch mit einbringt, desto schneller finden wir den Mörder.«

Luca ist für seine Ansprache aufgestanden, jetzt setzt er sich wieder auf seinen Barhocker. Claudias Hände liegen entspannt auf ihrem Schoß, sie strahlt Interesse und Anteilnahme aus.

Lucas Auftritt hat gewirkt, die Gruppe zieht ohne weitere Diskussion ab. Sie haben sogar ihre Bereitschaft zur Mithilfe signalisiert. Na bitte!

»Respekt! Gut gemacht, Luca«, lobe ich unseren Lieblingspolizisten.

Der reibt sich die Unterarme, als würde es ihn plötzlich frieren. Nach einem Blickwechsel mit Claudia nimmt er einen Schluck von seinem Aperol Spritz und knüpft dort an, wo er vor ein paar Minuten unterbrochen wurde. »Ich war die letzten Tage unterwegs, um die Zeugen von damals zu befragen. Ein paar davon habt ihr gerade erlebt. Die Freunde, auch Antonellas Ex-Mann Carlo zum Beispiel«, schnell schaut er sich um, ob Fabio mithört, aber der schraubt an einem Board herum. »Alle waren geschockt, ein paar entsetzt und ungläubig, andere haben gesagt, sie hätten immer gewusst, dass etwas passiert sei. Aber keiner hatte den kleinsten Hinweis. Nichts, woran man anknüpfen könnte. Doro, dein Gespräch mit Carlo ist noch das Ergiebigste, was wir aufzuweisen haben. Leider ist sein Alibi nicht mehr nachzuvollziehen, denn dazu ist das Ganze einfach zu lange her. Gleiches gilt für den Todeszeitpunkt, mit dem die Alibis ja zusammenhängen.« Er hebt in einer bedauernden Geste die Hände.

»Okay, das ist aber nichts Neues. Und deshalb haben wir auf den Sonnenuntergangsspaziergang verzichtet?«, motze ich, was natürlich nicht ernst gemeint ist.

Danilo flüchtet samt Drink zu einem Bekannten, der gerade vom Weg her zu ihm rübergrüßt.

»Einen klitzekleinen Einblick in die Ermittlungen kann ich euch gewähren«, tröstet uns Claudia unterdessen. »Die Kollegen haben alle Daten miteinander verglichen und den Tathergang für uns aufgeschlüsselt. Der Täter war Rechtshänder, in etwa so groß wie Marco und hat aus zwei Metern Entfernung genau auf die Stirn der beiden Opfer gezielt. Der Schuss in den Unterleib von Maria muss danach gefallen sein, als sie bereits am Boden lag. Der Einschusswinkel zeigt, dass von schräg oben, aus circa 80 Zentimetern Entfernung, geschossen wurde. Der Abstand aller drei Schüsse war gering, und dennoch wurde so exakt gezielt, dass der Täter ein guter Schütze gewesen sein muss.«

»Drei gezielte Schüsse also?«, wiederhole ich. »Das war ja auch schon bekannt.« Ich bin ein bisschen enttäuscht. »Andererseits, egal, ob geübter Schütze oder nicht, warum hatte er eine Beretta dabei?«

»Das ist die Frage. Wenigstens wissen wir, dass sich der Täter am Eingang befand, gegenüber der Opfer. Somit war ihnen der Fluchtweg abgeschnitten. Er muss zwischen 1,70 und 1,75 Meter groß und Rechtshänder sein. Das ist nicht viel, aber immerhin ein Anfang. Damit fallen zumindest deutlich kleinere und deutlich größere potenzielle Verdächtige weg.«

Ich versuche, mir die Szene vorzustellen. Ein Blickwechsel mit Vinc zeigt mir, dass er nicht restlos überzeugt ist von der Ausführung.

»Ist es sicher, dass die drei Personen gestanden haben? Wäre das Verhältnis der Winkel nicht das gleiche, wenn sich die Beteiligten gegenüber*gesessen* hätten?«, wagt er eine These.

Claudia überlegt. »Ja, das ist richtig. Der Winkel hätte dann genauso ausfallen können. Aber warum sollte der Täter am Eingang gesessen haben? Wäre er Teil eines gemütliches Beisammenseins gewesen, hätte er sich näher bei den beiden anderen befunden, oder nicht?«

»Es muss ja kein *gemütliches* Treffen gewesen sein, es kann auch etwas Unangenehmes besprochen worden sein«, werfe ich ein.

»Puh!« Claudia stößt die Luft aus. »Das müsste aber sehr unangenehm gewesen sein, denn immerhin hatte eine der drei Personen eine Waffe dabei. Und es war kein Jagdgewehr. Wie du gesagt hast, Doro, die Frage ist: Wer kommt mit so einer Waffe zu einem verabredeten Treffen? Wir sind doch nicht in Amerika.«

»Mafia?«, schlage ich vor.

Claudia lacht. »*Sì, certo*, das musste ja kommen. Wenn in Italien etwas Kriminelles passiert, ist es natürlich gleich die Mafia. Es geht aber nicht immer um organisierte Kriminalität, die meisten Verbrechen geschehen im privaten Umfeld.«

»Okay, aber ernsthaft, Claudia, es könnte sich zum Beispiel um eine Erpressung gehandelt haben. Ich meine, wenn ein Erpresser sich mit zwei Personen trifft, dann ist es doch wahrscheinlich, dass er sich absichert. Vielleicht ist die Situation dann eskaliert«, verfolge ich die Theorie weiter. »Der Punkt ist auch gar nicht, ob sie gesessen haben, sondern dass in diesem Fall keine Rückschlüsse auf die Körpergröße des Täters gezogen werden können.«

»Doro hat recht«, unterstützt mich Vinc. »Im Sitzen ist es viel schwieriger, die Körpergröße zu bestimmen, weil es Leute mit kurzen Beinen und langem Oberkörper gibt oder umgekehrt.«

Zufrieden verschränke ich die Arme vor der Brust.

Luca kratzt sich am Kopf und schweigt. Er überlässt es seiner Kollegin, die unterschiedlichen Tatortszenarien durchzugehen.

»Da wären aber noch die Blutspuren«, gibt Claudia zu bedenken. »Die Kollegen haben alle Spuren berücksichtigt, und ich bin sicher, dass die Spuren an den Wänden eure Theorie widerlegen – trotzdem, ich werde eure Einwände weitergeben. Sicher ist sicher, denn nichts ist dümmer, als vorhandene Möglichkeiten nicht zu überprüfen. Ich will mich nicht in eine falsche Richtung verrennen, um dann feststellen zu müssen, dass ein kurzer Austausch mit den Kollegen alles geklärt hätte.«

Meine Rede, denke ich zufrieden.

Wir wenden uns allgemeineren Themen zu, zum Beispiel Rosas Geburtstag. Wir besprechen, wie das mit der Feier genau ablaufen soll und wo es den besten Balsamico gibt. Claudia kennt ein Geschäft in Verona, das edle Essige aus Modena verkauft, sie ist gerne bereit, uns eine Flasche mitzubringen.

Sehr schön, dann wäre das auch geklärt.

Ein Moment der Stille entsteht. Jeder sinniert vor sich hin, und nach einem kurzen gedanklichen Ausflug in die Menügestaltung für Rosas Geburtstagsfeier bin ich wieder beim Thema Cold Case angelangt.

»Helft mir auf die Sprünge«, wende ich mich an Claudia und Luca. »Was kann man nach 20 Jahren noch herausfinden? Ein Alibi kann man ja kaum mehr nachprüfen. Und vermeintliche Erinnerungen haben sich längst mit Halbwahrheiten vermischt. Ohne böse Absicht, das ist doch nur menschlich, oder?«

Luca runzelt die Stirn, während Claudia wie so oft ihre Haare zusammenfasst und sich über die Schulter nach vorne legt.

»Stimmt. Wir halten uns an die Fakten. In diesem Fall kann man den Tathergang recht gut rekonstruieren. Das hat Claudia euch ja geschildert«, erklärt Luca.

Claudia nickt. »Ja, und es gibt Erfahrungswerte über diverse Motive. Es existieren Tatsachen wie zum Beispiel Körpergröße, Händigkeit, die Position von Opfern und Täter im Raum. Wir versuchen, alle Szenarien durchzuspielen. Immer wieder, bis sich irgendwann ein neuer Gedankenansatz ergibt. Wir befragen viele Personen aus dem Umfeld der beiden Toten, und klar, da muss man die Erinnerungen filtern, um den Kern herauszuschälen. Aber je mehr wir fragen, umso größer ist die Wahrscheinlichkeit, dass jemand einen Hinweis liefert – bewusst oder unbewusst –, bei dem wir einhaken können.«

»Wisst ihr etwas, das wir nicht wissen?«, versuche ich, ihnen uns unbekannte Fakten zu entlocken.

»Nein, nicht wirklich.« Luca reibt sich die Hände an den Oberschenkeln.

Verschweigt er uns etwas? »Dürfen wir sehen, was am Tatort gefunden wurde? Oder die gesammelten Beweise von damals in Augenschein nehmen? Vielleicht fällt uns etwas Neues dazu ein«, bitte ich.

Luca schaut zu Claudia.

Die spielt mit ihren Haarspitzen. »Das widerspricht meiner beruflichen Einstellung, das muss ich schon sagen, aber andererseits ist dies hier ein ganz besonderer Fall und erfordert besondere Maßnahmen ...«

Ich drücke Vinc' Hand und sage nichts, um sie nicht in ihrer Entscheidungsfindung zu stören.

»Also, Luca, ich könnte damit leben, wenn wir den beiden die Fotos von den alten und den neuen Asservaten zeigen, was meinst du?«

Er nickt.

»Im Präsidium will ich euch aber nicht haben, das würde nur zu Missverständnissen und unnötigen Aufregungen führen«, stellt Claudia klar.

»Hört sich vielversprechend an«, findet Vinc.

»Finde ich auch«, stimme ich zu.

Luca räuspert sich. »Vor 20 Jahren gab es in dem Sinne ja keine Asservate. Es wurde nicht nach Beweisen oder Spuren gesucht. Es ging damals ja nicht um Mord, sondern um zwei vermisste Personen. Das ist ein Unterschied. Die Akte ist nicht sehr dick, da die Ermittlungen bald eingestellt wurden. Jetzt füllt sie sich langsam. Unter anderem mit den Vernehmungsprotokollen von Leuten, die wir in den letzten Tagen noch mal befragt haben. Die waren nicht sehr begeistert, wie ihr eben live miterleben durftet.«

Vinc fährt sich über seinen Dreitagebart. »Warum regen die sich auf? Jeder will wissen, was geschehen ist, und wenn man nicht der Mörder ist, dann tut man doch alles, um zur Lösung beizutragen, oder liege ich da falsch?«

»Tja«, Luca hebt die Hände, »viele fühlen sich in dem Moment, in dem sie selbst vernommen werden – wenn auch nur als Zeugen – persönlich angegriffen oder gar verdächtig.«

Ich melde mich mit ausgestrecktem Zeigefinger wie in der Schule. »Ich habe die perfekte Idee, wie man den Mörder erkennen kann: Er ist der Einzige, der ruhig bleibt und für alles eine gute Erklärung hat!«

Claudia klatscht mir Beifall. »Super, Doro, da haben wir die Lösung für zukünftige Ermittlungen.«

Alle lachen.

»Aber im Ernst«, sage ich, »gab es damals – zumindest jetzt im Nachhinein gesehen – irgendeine Spur, die man hätte verfolgen sollen oder müssen?«

»Nicht dass ich wüsste«, sagt Luca.

Auch Claudia schüttelt den Kopf. »Wir haben beide die Vernehmungsprotokolle x-mal durchgeackert, aber ich finde nichts, was nach Schlamperei aussieht. Dantes, unser Chef, war der Einzige, der die Akte damals lieber nicht geschlossen hätte, was er vermerkt hat, aber er hat auch notiert, dass es sich dabei nur um ein Bauchgefühl seinerseits handle. Übrigens hat er sich die Akten ebenfalls schicken lassen – an dieser Stelle ein Lob auf die Digitalisierung –, er kam aber auch nicht weiter.«

»Du hast erwähnt, dass Maria ihrer Freundin Emilia einen Brief geschrieben hat, den diese dann zur Polizei gebracht hat und der im Wesentlichen ausschlaggebend dafür war, den Fall abzuschließen. Richtig?«

Luca holt tief Luft und überlegt. »Ja und nein. Es stimmt insofern, als dass der Brief der letzte Hinweis war, der in dem Fall berücksichtigt wurde. Im Grunde war es aber zu dem Zeitpunkt bereits beschlossene Sache, den Fall zu den Akten zu legen. Vermerk von Dantes im Übrigen. Der Brief hat lediglich dazu geführt, dass die Beamten die Sache ohne schlechtes Gewissen beenden konnten – mit Ausnahme von Dantes. Es gab zwei Lager damals. Die einen waren davon überzeugt, dass die beiden abgehauen sind, die anderen, wie zum Beispiel Maurizio oder Marcos Zwillingsschwester Antonella, haben immer gesagt, dass etwas passiert sein muss. Sie hielten es für ausgeschlossen, dass Maria und Marco ihnen das antun würden, einfach so aus ihrem Leben zu verschwinden – außer sie wären so verzweifelt gewesen, dass sie sich umgebracht hätten. Vor allem Antonella hat nie aufgehört, nach ihrem Bruder zu suchen, und die Hoffnung nie aufgegeben, irgendwann etwas von Maria und Marco zu hören.«

Wir schweigen nachdenklich. Tragisch, wie sich Antonellas Befürchtungen bewahrheitet haben. Zwar war es kein Selbstmord, aber eben auch nicht einfach ein Untertauchen.

»Und dann gab es den Brief?«, schubse ich Lucas Gedankenkarussell wieder an.

»Ja genau. Emilia ging damit zur Polizei, nachdem man die beiden nicht gefunden hatte und auch kein Lebenszeichen von ihnen aufgetaucht war. Sie hat wohl lange gezögert, weil sie ihre Freundin nicht in ein schlechtes Licht rücken wollte. Zumindest hat Emilia damals so begründet, warum sie den Brief erst so spät ins Spiel gebracht hat. Aber egal, der Brief war da, Dantes hat seine Echtheit überprüfen lassen, und das war dann letztendlich das Zünglein an der Waage. Heute ist die Ausgangslage eine ganz andere. Wir haben die Toten gefunden und wissen, wie die Tat ungefähr abgelaufen sein muss.«

Claudia betrachtet ihre Hände. »Nur wissen wir leider nicht, wer sie begangen hat und warum.«

»Deshalb ist es ja so wichtig, jedes Detail, das uns die Persönlichkeit der Toten und ihrer engsten Vertrauten näherbringt, zu beleuchten. Wir haben die Opfer nicht gekannt, und das Umfeld ist auch nicht unsere Altersklasse. Genau aus diesem Grund sind wir auf alle Infos angewiesen, die wir kriegen können«, betone ich mit Nachdruck.

Luca schaut nachdenklich vor sich hin. »Es wäre besser, wenn mein Chef den Fall leiten würde …«

Claudia legt ihm die Hand auf den Arm. »Er hängt in Bari fest, das weißt du.«

»Sieh es als Vorteil, denn du bist unvoreingenommen«, rede ich ihm gut zu. »*Allora*, was hat man am Tatort gefunden? Gab es etwas, das nicht dorthin gehört? Haare, Fasern oder was weiß ich?«, komme ich hartnäckig aufs Thema zurück.

Claudia betrachtet den zusammengedrehten Zopf auf ihrer Schulter. »Haare sind längst verrottet, genauso die Kleidung. Hätten sie irgendwelche Kunstfasern getragen, wäre vielleicht noch was da, aber so …« Sie zuckt mit den Schultern. »Und selbst wenn wir eine Faser irgendeines Kleidungsstücks gefunden hätten und sie vom Täter stammen würde – das Ganze ist 20 Jahre her, das betreffende Kleidungsstück würde längst bei niemandem mehr im Schrank hängen.«

»Einspruch!«, interveniere ich. »Mein Vater hat uralte Relikte, die er höchstens einmal im Jahr trägt, wahrscheinlich als Legitimation, die alten Teile nicht wegwerfen zu müssen.«

Luca scrollt am Display seines Smartphones. »Hier, das kann ich euch zeigen.«

Ein transparentes Plastiktütchen mit einem Schmuckstück ist zu sehen.

»Darf ich?«, frage ich und greife nach dem Handy. Vinc beugt sich ebenfalls über das Foto, das ich größer zoome. »Ziemlich gute Bildqualität – was die Dinger heute alles leisten …«, murmle ich. Tatsächlich kann man das Armband sehr gut erkennen. Schwarzer Kunststoff mit einer Verschlusskette.

»Du musst weiterblättern«, erklärt Luca.

Auf dem nächsten Bild sieht man in der Mitte des Bandes ein silbernes M.

»Das M steht wahrscheinlich für Maria. Die Kette wurde am Handgelenk des weiblichen Skeletts gefunden«, erklärt Luca dazu.

Ich wische zum nächsten Bild. Das gleiche Armband, nur ist bei diesem Exemplar die silberne Öse am Buchstabenamulett ausgerissen.

»Wir vermuten, das sind Freundschaftsbänder des Liebespaares. Die gibt es immer noch, und das sind zwei Exemplare, wie sie vor 20 Jahren modern waren. M und M. Maria und Marco.« Luca verstummt.

»Dann steht das M von dem weiblichen Handgelenk vermutlich für Marco«, korrigiere ich Lucas Vermutung.

Luca stutzt. »*Sì, certo*«, gibt er mir recht. »Sie trägt natürlich sein Armband und umgekehrt. Bei M und M fällt das nicht auf.« Ich wische auf dem Display von Bild zu Bild. Vinc und ich nehmen die Motive schweigend in uns auf: Die Gürtelschnalle und die roten Haarspangen einzeln in Folien verpackt, aber da ist auch ein Bild der Toten, das sie so zeigt, wie sie aufgefunden wurden. Darauf erkennt man deutlich das eine Armband am knöchernen Handgelenk des kleineren Skeletts. Ich taste nach Vinc' Hand. Mir treibt es die Tränen in die Augen, und auch Vinc sieht bedrückt aus.

Eine Weile sagen wir nichts. Die Bilder sind erschütternd, dafür braucht es kaum Worte.

»Warte mal, hatte Marco eigentlich seine Taufkette um?«, frage ich, denn darauf habe ich nicht geachtet. »Ein goldenes Kreuz mit einem blauen Stein.«

Luca schüttelt den Kopf. »Ist dir etwas darüber bekannt?«, fragt er seine Kollegin, aber die verneint ebenfalls.

»Komisch«, wundere ich mich, »Antonella hat mir erzählt, dass sie die Ketten immer getragen hätten. Deshalb ist mir das eingefallen.«

»Guter Hinweis. Was könnte das bedeuten? Vielleicht hat Marco seine ja verloren und es vor seiner Schwester verheimlicht?«, spekuliert Claudia.

»Wir werden es im Hinterkopf behalten«, verspricht Luca.

Damit bin ich erst mal zufrieden.

»Und die Aussagen? Ich meine die von damals und die von heute«, wirft Vinc in die Runde.

Claudia greift Luca vor. »Luca kann euch die Inhalte gerne zusammenfassen, aber lesen dürft ihr die Protokolle nicht.«

»Na ja, die meisten Befragten kennt ihr ohnehin nicht. Carlo, der später Antonella geheiratet hat, war damals im weiteren Freundeskreis. Und dann waren da noch Maurizio und Antonella, *nonna* Valentina, Maurizios Eltern, viele Mitschüler, sogar ein paar Lehrer sowie die engeren Freunde. Keiner hatte etwas wirklich Relevantes zu sagen. Wir sind ein paar Hinweisen nachgegangen, die aber alle im Sand verlaufen sind. Keiner der Befragten hat die beiden mehr gesehen, keiner hat bei einem der anderen Anzeichen von Schuldgefühlen oder sonstige Verhaltensänderungen bemerkt. Es gibt keine markanten Abweichungen der aktuellen Aussagen zu denen von damals.«

»Und warum war der Brief von Emilia so wichtig?« Dieser Brief interessiert mich, immerhin wurde durch ihn ein endgültiger Schlussstrich unter die Ermittlungen gezogen.

Luca zuckt mit den Schultern. »Es steht im Grunde nichts Wichtiges drin, aber er ist echt, das hat Dantes damals überprüfen lassen, bevor er die Akte schließen musste. Emilia hat uns den Brief überlassen, sie war traurig und verletzt und wollte ihn nicht mehr haben.«

»Schön und gut, aber warum war dieser Brief dafür ausschlaggebend, die Akte zu schließen?«, hake ich weiter nach.

»Es war nicht nur der Brief. Es gab keine Hinweise auf ein Verbrechen. Und der Brief galt dann als Erklärung des Paares, warum sie nicht mehr hierbleiben wollten. Damit war die *Polizia* raus, sagt mein Chef.«

»Luca! Was hat Maria geschrieben?«

»Dass sie ohne Marco nicht mehr leben wolle, und wenn ihnen hier kein gemeinsames Glück vergönnt sei, dann würden sie es eben woanders suchen. Hauptsache, sie seien zusammen.«

»Hat sie etwas über die Schwangerschaft geschrieben?«

»Nein, die hat sie mit keiner Silbe erwähnt. Sonst wären wir ja nicht alle so überrascht gewesen.«

»Stimmt, das habe ich nicht bedacht. Dürfte ich den Brief mal lesen?«

Luca schaut kurz zu Claudia, die ein Nicken andeutet. »Bei Gelegenheit«, verspricht er.

»Kannst du mir vielleicht ein Foto davon schicken?«

Luca lacht. »Ja klar, ich verschicke Beweismaterial per Handy. An eine außenstehende, äußerst neugierige Ausländerin.«

Claudia enthält sich eines Kommentars.

»Einen Versuch war's wert«, gebe ich mich geschlagen. »Aber wer wusste damals von der Schwangerschaft?«, bohre ich weiter. »Ist dazu bei den aktuellen Befragungen vielleicht etwas bekannt geworden?«

Luca schüttelt den Kopf. »Alle waren überrascht oder schockiert, aber keiner scheint davon gewusst zu haben.«

»Hast du auch Emilia dazu befragt? Sie war immerhin Marias beste Freundin.«

»*Sì, certo*, natürlich. Wir haben alle Passamontes dazu befragt. Von der Schwangerschaft wusste keiner. Auch Emilia nicht. Allerdings kannte sie die Felsenhöhle. Als Teenager war sie oft mit Maria dort. Sie war ihr Geheimversteck. Dass Maria sich anscheinend später mit Marco dort getroffen hat, war ihr neu.«

Erst mal schlucke ich bei dieser Information. Das ist heavy. Ich räuspere mich. »Einem muss die Schwangerschaft bekannt gewesen sein.«

Luca nickt. Er weiß, wen ich meine. Den Mörder.

»Und Emilia war danach nie mehr in der Felsenhöhle?«

»Sie hat das verneint. Die Zeit, als sie mit Maria dort war, habe schon ein paar Jahre zurückgelegen. Sie habe mit dem Brief den Beweis in Händen gehabt, dass sich Maria und Marco irgendwo abgesetzt hätten, und das, ohne sich von ihr zu verabschieden. Das sei für sie ein herber Schlag gewesen. Sie habe den Brief zur Polizei gebracht und damit für sich mit der Freundschaft abgeschlossen, sie in ihrem Herzen begraben, wie sie sagte.« Lucas Stimme lässt vermuten, dass ihm diese Formulierung zu theatralisch ist.

»Okay. Wäre super, wenn du mich den Brief lesen lassen könntest. Ich kannte Maria nicht, und er ist eines der letzten Lebenszeichen von ihr. Ein sehr persönliches Statement und eventuell nicht nur der Schüssel für ihr damaliges Verschwinden, sondern in Wahrheit ein Hinweis auf ihren Tod.«

»Doro, wir sind auch nicht von gestern«, sagt Luca ungeduldig. »Wir machen unseren Job.«

»*Scusa*, Luca, das weiß ich doch! Kann sein, dass ich mich da in etwas verrenne, aber der Brief hatte damals auf jeden Fall eine Aussagekraft. Und dann sind da ja noch diese kryptischen Botschaften, die sich im Ort vermehren wie die potenziellen Verdächtigen auf unserer Liste.«

Luca schüttelt resigniert den Kopf.

KAPITEL 10

MADONNA DELL'ACCOGLIENZA

Giovedì (Donnerstag) – Tag 11

Während der abgegriffene Lack des Holzgeländers durch das Schleifpapier in meiner Hand mehr und mehr verschwindet und darunter die Maserung des Holzes zum Vorschein kommt, lässt mir Claudias Beschreibung zu Tatablauf und Täter keine Ruhe. 1,70 bis 1,75 Meter groß, das trifft hier auf ziemlich viele Männer und auch auf einige Frauen zu. Ich denke an Emilia, die ihren Mann um einige Zentimeter überragt und damit außerhalb der gesuchten Größe liegt. Maurizio dagegen liegt genau im richtigen Bereich.

Die Blutspuren an der Wand … Alle wurden vermessen, berücksichtigt und mit dem möglichen Tathergang in Einklang gebracht – trotzdem will ich mir den Tatort noch mal ansehen. In Gedanken verspreche ich Vinc, ihn zu fragen, ob er mich begleitet. Sollte er bis dahin allerdings noch unterwegs sein … Ich verschiebe dieses Problem auf später.

»Doro!« Rosa kommt aus der Küche. »Kannst du mir einen Gefallen tun? Das Rheuma hat sich zwar zurückgezogen, aber am Tag danach fühle ich mich wie nach einer Klettertour, ich bin extrem schlapp und müde. Würdest du die Essigessenz bitte zur Nachbarin rüberbringen? Ich habe sie mir letztens ausgeliehen.«

»*Volentieri*, mach ich gerne, Rosa. Stell die Flasche einfach neben die Haustür. Ich schleife nur noch das Stück vom Handlauf bis zum ersten Stock fertig, dann geh ich duschen. Ich bin oben auf der Burg mit Maurizio verabredet, vorher klingle ich dann bei deiner Nachbarin.«

»Va bene, Doro, grazie mille.«

»*Eh*, Doro«, Fabio streckt den Kopf aus einem der oberen Zimmer, »wenn du zur Burg hochgehst, kannst du mir etwas mitbringen? Du müsstest nur schnell zum Juwelier reinspringen.«

»Zum Juwelier? Was willst du denn vom Juwelier?«, frage ich amüsiert, auch darüber, dass nicht nur ich meine Ohren überall habe.

Mittlerweile hängt Fabio über dem Geländer und schaut zu mir runter. »Ich soll dort für meine Mutter eine Kette abholen. Wenn du sowieso zur Burg willst, liegt das auf dem Weg, und sie ist ja nicht schwer. Du müsstest die Kette nur abholen, *mamma* kommt dann in den nächsten Tagen selbst zum Bezahlen vorbei, hat sie gesagt. Das wäre super, dann kann ich das hier oben fertig machen.«

»Du brauchst gar nicht so charmant zu lächeln, ich bin heute Kurier, das ist angekommen. Benötige ich einen Abholzettel oder so etwas?«

»Nein, *mamma* kennt Stefano Ricci gut, richte nur einen Gruß von ihr aus und sage, dass du ihre Taufkette abholen sollst.«

»Ach, die Kette kenne ich«, sage ich. Schließlich ist es die, die Antonella während unseres Gesprächs vor ein paar Tagen so fest umklammert hat. Und zu der es ein verschollenes Pendant mit blauem Stein gibt. Vielleicht hat sie Antonellas emotionalem Griff nicht standgehalten. »Geht klar, mach ich. Wenn du das Geländer fertig schleifst – sonst wird es zu knapp.« Jetzt grinse *ich* charmant.

»Okay, Win-win«, akzeptiert Fabio und wischt sich weiße Farbe vom Kinn, mit dem Ergebnis, dass sie jetzt die Nasenspitze ziert.

»Ich bringe dir die Kette aber erst, wenn ich von der Burg zurück bin, reicht das?«

»Ja, locker, ich bin bis zum späten Nachmittag hier beschäftigt, inklusive deiner Zusatzaufgabe.«

»Allora, d'accordo«, bestätige ich unsere Abmachung. »Und, Fabio«, ich tippe an meine Nasenspitze, »deine Nase ist weiß.«

»Grazie.« Er wischt mit dem Ärmel drüber. »Besser?«

»Ein bisschen.«

Ich schmirgle noch eine halbe Stunde, dann verkrümle ich mich ins Bad und spüle den Staub von Haut und Haaren. Erfrischt ziehe ich los. Manchmal verfluche ich meine Locken, aber heute bei der warmen Luft sind sie die ideale Frisur zum Lufttrocknen, was mir eine angenehme Kühle verschafft. In den Auslagen der Geschäfte gibt es alles von Haushaltswaren, Pflanzen, Lebensmitteln und viel Touristenkrimskrams bis zu Kleidung, Taschen und Schuhen. Ich bin schon an den Schaufenstern vorbei, als mich eine Bluse ein paar Schritte zurückgehen lässt. Die sieht echt gut aus. Weiß mit pinkfarbenen Blumen. Ein Blick auf meine Schuhe und mir ist klar, dass das ein Wink des Schicksals ist – meine pinkfarbenen Riemchensandalen schreien förmlich nach der Bluse. Fünf Minuten später verlasse ich den Laden mit der neuen Bluse am Körper und dem alten T-Shirt in der eleganten lackweißen Papiertüte. Zufrieden laufe ich weiter. Ein dunkelgrüner Piaggio Ape Kastenwagen bremst neben mir. *»Ciao, signorina Ritter, vuole venire con me?«*, fragt Maurizio Passamonte mit lässig an den Fensterrahmen gelegter Hand.

»No, grazie, signor Passamonte, ich laufe hoch zur Burg, ich muss noch etwas für Fabio abholen. Beim Juwelier.«

»Bei Stefano?«

»Stefano Ricci, genau. Kennen Sie ihn?«

Maurizio nickt. *»Sì*, ich kenne ihn gut, sein Laden ist gleich da vorne, 20 Meter von hier. Ich gehe mit rein, wenn es Ihnen nichts ausmacht. Ich habe Stefano schon ewig nicht gesehen, und Sie können dann anschließend mit mir zum *castello* hochfahren, *d'accordo*?«

»Sehr gut, so machen wir's.«

»Übrigens, schicke Bluse. Neu?« Er zwinkert.

Ich schaue an mir herunter. »Wieso?«, frage ich. »Habe ich das Preisschild vergessen?«

»Nein, keine Sorge, aber die Tüte …« Er zwinkert noch mal, gibt Gas und parkt den Minitransporter direkt vor Stefanos Laden, das Halteverbot interessiert ihn nicht.

»Ich komme gleich rein, muss nur noch schnell einen Kunden erreichen«, ruft er mir durchs offene Fenster zu, als ich ihn eingeholt habe.

Signor Ricci poliert mit einem Baumwolltuch die Glasplatte der Verkaufstheke. Als ich den Laden betrete, lässt er das Utensil elegant in einer Schublade verschwinden. *»Buon giorno, signorina«*, lächelt er einladend. »Was kann ich für Sie tun?«

»Signor Ricci?«

Er nickt.

Ich ertappe mich dabei, seine Größe abzuschätzen. Würde passen. Ich seufze, von meinen Gedanken ahnt er natürlich nichts.

»Antonella Cavaletto schickt mich, beziehungsweise ihr Sohn Fabio, der eigentlich die Kette seiner Mutter bei Ihnen abholen sollte. Eine Taufkette mit einem goldenen Kreuz«, füge ich noch hinzu.

»Ah, *certo*, die Kette ist fertig.« Er wieselt in den Nebenraum und kommt mit einem kleinen samtschwarzen Schmuckkarton in der Hand zurück. Er öffnet die Schachtel und zeigt mir die Kette. Der Juwelier erklärt dann, was er gerichtet hat. »Die Öse war fast durchgescheuert, die habe ich erneuert, die Kette war an zwei Stellen gerissen, das war nicht weiter schlimm.«

Die Glocke über der Tür bimmelt melodiös, als Maurizio hereinkommt. *»Stefano, ciao! Come stai, amico mio?«* Er geht mit ausgestreckten Armen auf den Juwelier zu. Der zierliche Mann verschwindet fast in der Umarmung.

»Molto bene, Maurizio, grazie, e tu? Ich habe gehört, was passiert ist. Tut mir leid, mein Freund.«

»Ja, das ist ein ziemlicher Schock für unsere Familie. Wir haben all die Jahre gedacht, Maria und Marco wären einfach sang- und klanglos in ein neues Leben verschwunden. Jetzt wissen wir es besser.« Er seufzt.

Stefano Ricci nimmt die Kette und lässt sie andächtig durch die Finger gleiten.

»Mein Vater hat sie damals für die Cavaletto-Zwillinge gemacht. Zur Geburt. Sieh hier, der rote Stein, ein kleiner Rubin, war für das Mädchen, für den Jungen hat er einen blauen Stein genommen. Einen Saphir, um genau zu sein. Zwei identische Kreuze, keine Sonderanfertigung, aber mein Vater hat die Steine auf Wunsch der Taufpatin eingearbeitet. Eine schöne Idee, wie ich finde.«

Maurizio beugt sich über die Kette in der Hand seines Freundes. »Ein blauer Stein für den Jungen, sagst du? Für Marco?«

»Sì, sì, uno zaffiro blu per Marco.«

»Antonella hängt sehr an der Kette, sie erinnert sie an ihren Zwillingsbruder. Als sie mir letztens von Marco erzählt hat, hat sie nach dem Kreuz gefasst und wohl zu heftig daran gezerrt«, erzähle ich, greife mir die Schmuckschachtel von der Theke und strecke sie Signor Ricci entgegen. »Wir müssen langsam zur Burg«, erkläre ich. »Antonella kommt in den nächsten Tagen vorbei, um die Rechnung zu begleichen, soll ich ausrichten.«

Signor Ricci winkt ab. *»Nessun problema, signorina.«*

»Grazie tante, signor Ricci«, bedanke ich mich und verstaue dann das verpackte Schmuckstück in den Tiefen meiner Handtasche. Die Kette ist unersetzlich, ich darf sie nicht verlieren.

Maurizio und Stefano Ricci verabschieden sich mit dem festen Versprechen auf ein zeitnahes Gläschen *vino* und einer weiteren Umarmung, dann folgt Maurizio mir nach draußen, und wir rumpeln mit seiner Piaggio Ape die holprige Straße zur Burg hinauf. Während der Fahrt ist er sehr schweigsam und sichtlich mit seinen Gedanken beschäftigt.

Oben angekommen, parkt er das Gefährt im Eingangsbereich der Burg – ein Vorteil, wenn man quasi zum Inventar gehört oder, wie in meinem Fall, das Inventar begleitet. Ich kann mich nicht entscheiden, aus welcher Perspektive die Burg beeindruckender ist. Aus der Nähe, wo ich mich, an den mächtigen Mauern entlangschreitend, winzig fühle, oder aus der Ferne, von wo aus ich die Burg über Malcesine thronen sehe, direkt am Ufer des Gardasees.

Maurizio ist wieder bei der Sache. »Die Burg wurde immer wieder erweitert«, erklärt er und zeigt hierhin und dorthin, auf die verschiedenen Mauerringe in den unterschiedlichen Etagen. Er erzählt von den *capitani*, die lange Zeit in der Villa auf dem Gelände gewohnt und die für die Versorgung und Verteidigung strategisch günstig gelegene Festung als Amtssitz genutzt hätten. Später seien sie in den *Palazzo dei Capitani* im Ort umgezogen, vermutlich auch der Bequemlichkeit wegen.

»Damals haben sie bestimmt nicht gedacht, dass ein paar Hundert Jahre später Touristen die Burg belagern und Brautpaare diesen Stützpunkt als romantischen Ort fürs Jawort wählen würden«, überlege ich laut.

Maurizio lacht. »Da könnten Sie recht haben, *signorina*. Genauso wenig wie euer König Ludwig geahnt hat, dass seine Schlösser mal weltbekannt werden würden. Ich sage nur Schloss Neuschwanstein, wo Touristenkarawanen aus aller Welt hinziehen. Ich war übrigens auch schon da, mit meinen Großeltern.« Wir lächeln uns an.

»Apropos Hochzeiten, das interessiert mich. Was genau machen Sie denn dabei? Abgesehen vom Catering«, frage ich neugierig.

»Hm …«, Maurizio Passamonte runzelt die Stirn, »es gibt keine genaue Bezeichnung für meine Funktion bei den Feierlichkeiten. Ich kenne den Burgverwalter und helfe manchmal aus. Mal hier, mal da, so hat das angefangen. Erst waren es eher handwerkliche Dinge, es ist immer viel zu tun hier. In der Regel werden die Events von Agenturen gemanagt, aber einmal gab es einen Engpass, und ich habe mit regionalen Produkten ausgeholfen, ein paar Häppchen geliefert. Ist erstaunlich gut angekommen, und seitdem fragt die Agentur oder auch mein Freund von der Burgverwaltung ab und zu bei mir an. Oder auch Signor Amato vom Touristenbüro, Sie waren ja sogar dabei als er angerufen kürzlich hat.«

»Wie jetzt? In ganz Malcesine konnte kein Gastronom spontan ein paar Schnittchen liefern? Das gibt es doch nicht!«

»So war es nicht. Ich war eher zufällig vor Ort und habe meine Unterstützung angeboten. Übrigens mit Emilia zusammen. Und seitdem bin ich immer wieder mal mit regionalem Catering gefragt. Sie wissen ja, ich bin leidenschaftlicher Hobbykoch. Oft helfe ich aber einfach bei der Musikanlage, der Bestuhlung und der Beleuchtung. Wo eben gerade Not am Mann ist. Hier finden manchmal an einem Tag mehrere Hochzeiten oder Feierlichkeiten hintereinander statt, da gibt es gelegentlich Engpässe. Der Terminplan ist eng getaktet, und jedes Paar will natürlich optimale Romantik und einen reibungslosen Ablauf. Ist ja eine richtige Hochzeit, mit Standesbeamtem und sogar einem Übersetzer, damit das Ganze auch rechtsgültig ist.«

Mittlerweile stehen wir auf dem Rivellino, so heißt die Terrasse, die bei schönem Wetter für Außenevents zur Verfügung steht, wie Passamonte erklärt. Eine Gruppe fotowütiger Touristen drängelt sich zwischen uns hindurch. Als sie an uns vorbei sind und die Aussicht auf ihre Smartphones bannen, nimmt Maurizio den Faden unseres Gesprächs wieder auf.

»Ich persönlich finde die zwei Festsäle innen sehr feierlich, aber die Aussicht von hier draußen ist unschlagbar, das gebe ich zu.« Er macht eine ausladende Armbewegung. »Und während der Zeremonie ist dieser Bereich natürlich für Besucher gesperrt.«

»*Ich* würde lieber draußen heiraten, die Kulisse ist … ohne Worte. Oder doch, sie ist traumhaft!« Ich lehne mich an die Burgmauer und schaue über den See. Am Ufer gegenüber liegt Campione und weckt Erinnerungen in mir, an einen üblen Mordfall, in den ich während eines Aufenthalts in Limone verwickelt wurde, und an meine Freundin Greta, die in Limone lebt und die ich bei meinem aktuellen Aufenthalt am Gardasee noch gar nicht besucht habe. Das schlechte Gewissen regt sich, und ich nehme mir vor, das zu ändern.

»Eurem Goethe hat sein Interesse an der Burg beinahe einen Gefängnisaufenthalt eingebracht – zumindest jedenfalls den Verdacht, ein Spion zu sein. Dank seiner Eloquenz und italienischen Bekannten in Deutschland, die er als Referenz nennen konnte, schaffte er es jedoch, sich aus der Affäre ziehen. Kennen Sie die Geschichte?«

Ich nicke. »Ja, davon habe ich gelesen. Im Hof weiter unten sind wir auch an einer Büste von ihm vorbeigekommen.«

»Falls es Sie interessiert, in der Burg ist Goethe eine Dauerausstellung gewidmet, in der wird natürlich viel von seiner italienischen Reise gezeigt, was er erlebt hat, viele Zeichnungen von ihm und eben auch sein Erlebnis auf der Burg.«

»Die besuche ich mal mit Vinc zusammen, heute interessiert mich mehr, für was Sie hier zuständig sind.« Ich zeige nach oben. »Wow, diese Sonnensegel sehen gigantisch aus. Ich habe sie bis jetzt nur aus der Ferne gesehen, aus allen möglichen Perspektiven.« Begeistert drehe ich mich um meine eigene Achse.

»Bin gleich zurück«, sagt Maurizio plötzlich und eilt die Treppe runter.

Ich lehne mich wieder an die Brüstung. Bilder von der Grube in der Felsenhöhle schieben sich vor mein inneres Auge ... Normalerweise sollte ich jetzt an Schnittchen und regionales Catering denken, aber dieser alte Fall lässt mich nicht los, selbst nicht vor dieser Traumkulisse. Was können uns die beiden Toten sagen? Was verraten uns die Spuren am Tatort? Claudias Kollegen haben bestimmt alles gründlich untersucht, trotzdem bin ich sicher, dass es etwas gibt, geben muss, das wir noch nicht begriffen haben. »Wir« darf ich denken, nur vor Luca oder Claudia nicht laut aussprechen. Mann! Ich würde zu gerne in aller Ruhe die Akte durchgehen, die Bilder vom Tatort studieren, die Asservate ansehen. Doch bei aller Freundschaft zu Luca – das geht natürlich nicht.

Unten am See tutet ein Dampfer und verkündet seine Ankunft im Hafen.

»Hey!«, protestiere ich, als mich ein eifriger Hobbyfotograf zur Seite drängelt, um mit seinem Smartphone ein Video von davon aufzunehmen.

»Sorry«, nuschelt er und aktiviert den Auslöser.

Ich bin schwer versucht, die Aufnahme mit einer zynischen Bemerkung zu versauen, aber eigentlich ist der Tag viel zu schön, um ihn sich von so einem Rüpel verderben zu lassen. Ich wende mich ab, um mir einen anderen Aussichtspunkt zu suchen. Aus den Augenwinkeln sehe ich Maurizio die breite Treppe hochkommen.

»Kleine Überraschung«, verkündet er fröhlich und stellt eine Piccoloflasche und zwei Sektgläser in einer Mauernische ab. Er öffnet den Schraubverschluss und gießt den perlenden Sekt in die Gläser, wovon er mir eines reicht. »*Salute*, Doro. Unter Kollegen duzt man sich«, sagt er und hält mir das Glas entgegen.

Recht hat er, das ist bei uns in der Regel auch üblich. *»Cin cin«*, erwidere ich, und wir stoßen an. Küsschen links und rechts auf die Wange. Netter Kerl, denke ich. Genüsslich nippe ich am Glas, der Prosecco ist wunderbar kalt, und Maurizio hat sogar noch Cantuccini mitgebracht. Tja, jetzt schaust du dumm, denke ich und freue mich diebisch über die neidischen Blicke des Dränglers.

Maurizios Smartphone bimmelt. *»Scusami«*, entschuldigt er sich und geht ran. *»Sì, pronto?«* Er hört konzentriert zu und wird blass unter seiner sonnengebräunten Haut. Dann lässt er das Handy sinken.

»Emilia hatte einen Unfall«, krächzt er rau. »Sie ist von der Leiter gefallen. Ich muss los.«

»Ist sie verletzt?«

Maurizio schüttelt den Kopf. »Ich weiß es nicht. Roberto, einer unserer Angestellten, hat nur gesagt, dass sie gefallen sei und sich weigere, einen Arzt zu rufen. Ich muss leider nach Hause.«

»Soll ich mitkommen?«

Maurizio wehrt ab. »Danke für dein Angebot, aber ich fahre lieber allein.« Er scheint regelrecht geschockt. »Ich habe ihr unrecht getan …«, flüstert er.

»Inwiefern? Was meinst du? Du kannst doch nichts dafür, dass sie von der Leiter gefallen ist«, frage ich verwirrt.

»Nein, das nicht, aber wenn sie …« Maurizio verstummt.

»Maurizio! Was ist los?«, dränge ich sanft, aber er ist mit sich und seinem Schreck beschäftigt, ich glaube, er nimmt mich gar nicht mehr richtig wahr.

Ist das nicht ein bisschen übertrieben?, frage ich mich. Emilia ist von der Leiter gefallen und offensichtlich nicht so schwer verletzt, dass dieser Roberto einen Notarzt rufen musste.

»Du kommst doch alleine klar, oder?«, fragt er mich. »Ach, sei so lieb und gib die Gläser einfach im Museum ab, ja?«

»Natürlich, Maurizio, zisch ab und kümmere dich um deine Frau«, scheuche ich ihn davon.

Als er weg ist, mache ich mich langsam auf den Weg zum Museum. Emilia hatte einen Unfall, überlege ich, so was passiert. Aber im Kontext der aktuellen Geschehnisse kann selbst ein Sturz von der Leiter, der glimpflich ausgeht, eine heftige Reaktion auslösen. Das kann ich vielleicht nicht ganz nachvollziehen, weil ich im Gegensatz zu Maurizio von den Ereignissen nicht persönlich betroffen bin, aber es ist immerhin eine mögliche Erklärung dafür, dass er derart durch den Wind ist.

Als ich später zu Danilos Haus zurückkehre, werkelt Fabio noch immer im oberen Stockwerk, ansonsten scheint keiner da zu sein. Ich gehe hoch und überreiche ihm die Schachtel mit der Kette.

»*Grazie*, Doro, fürs Abholen. Rosa hat sich hingelegt«, informiert er mich.

Unten klingelt es. »Ich geh schon«, sage ich und springe die Treppe nach unten.

Antonella steht vor der Tür. »Ist Fabio hier? Ich bin doch früher zurück und wollte schauen, ob er schon beim Juwelier war«, erklärt sie.

»Mamma!« Fabio hat die Stimme seiner Mutter gehört und ist auf dem Weg nach unten. »Hat Doro erledigt, hier, bitte.« Er überreicht ihr die Schmuckschachtel.

Antonella öffnet sie und legt sich die Kette um. »*Grazie*, Doro«, bedankt sie sich erfreut. »Ich will hoch zur Madonna dell'Accoglienza. Eine Kerze für Marco anzünden. Und für Maria. Willst du mitkommen?«

»Ich begleite dich gerne. Wo ist die Madonna?«

»Ein Stück den Berg hoch. Lass dich überraschen, ist ein schöner Ort.«

Für Überraschungen bin ich immer zu haben. Vinc ist ohnehin noch nicht da, also verschiebe ich meinen Plan, zum Tatort hochzufahren, und setze mich zu Antonella ins Auto.

Wir reden nicht viel, sie fährt konzentriert die kurvigen Straßen nach oben, und ich hänge meinen eigenen Gedanken nach. Emilias Unfall erwähne ich nicht, Antonella hat aktuell genug Leid in ihrem Leben, da muss ich ihr nicht noch das Unglück anderer aufs Auge drücken.

Sie parkt den Wagen auf einem kleinen Parkplatz. »Ist nur ein paar Minuten zu Fuß von hier«, sagt sie. »Wenn ihr mal eine Wanderung unternehmen wollt, ist das hierher gut machbar, dauert von unten vielleicht eine Stunde. Manche gehen am Abend, um den Sonnenuntergang zu erleben.«

Ich bedanke mich für den Tipp und trotte hinter Antonella her bis zu einer schmalen Steintreppe, an deren Basis die Madonna mit einer großen Informationstafel angekündigt wird. Ich schnaufe schwer in der schwülen Luft, die in dem von Gestrüpp und Büschen umwucherten Aufgang zur Madonna förmlich zu stehen scheint. Oben öffnet sich der Blick. Ein Kerzen- und Blumenmeer erwartet uns. Rund um den etwa zwei Meter hohen, sich nach oben verjüngenden viereckigen Steinsockel der Madonna flackern zahllose weiße und rote Grabkerzen, teils mit echter Flamme, teils elektronisch. Dazwischen liegen bunte Blumen. Wunderschön und traurig zugleich. Die Madonna dell'Accoglienza thront oberhalb des Ortes wie die Christusfigur über Rio de Janeiro. Ein paar Nummern kleiner, aus der Nähe betrachtet durchaus sehr beeindruckend. Die Figur blickt zur Seeseite und breitet die Arme aus, als wollte sie den Ort unter sich segnen. Eine Geste der Gastfreundschaft, was ihr Name ja ausdrückt. Ein schönes Bild mit gigantischem Ausblick auf den Ort, die Burg und den glitzernden See.

Antonella entzündet ihre Kerze im weißen Plastikmantel mit Engelmotiv, küsst sie und stellt sie am Sockel ab. »So viele sind hierhergekommen«, sagt sie und schaut versonnen auf die vielen Lichter und Blumen der Anteilnahme. Auch ein paar Fotos sind darunter. »Es werden hier immer Kerzen abgestellt oder Bittbriefe für die Gesundung eines lieben Menschen hinterlassen, aber das hier …«, sie deutet über das Lichtermeer, »das hier ist für Maria und Marco. Ich finde es schön, dass auch so viele andere diesen Ort für Maria und Marco zum Gedenken gewählt haben. Immer an unserem Geburtstag und an Weihnachten lege ich einen Brief bei der Madonna ab und zünde eine Kerze für Marco an. Irgendwie spüre ich ihn hier. Unsere besondere Verbindung. Auch jetzt noch, obwohl ich weiß, dass er tot ist.« Eine Träne rollt langsam ihre Wange hinab. Auf einem schmalen Absatz in der Mitte des Sockels liegen Steine und einige Votivbildchen aus Papier und Silber, an der steinernen Tafel hängen Ketten mit Anhängern. Bitten und Dankesbriefe an die Madonna dell'Accoglienza, die in ihrer umfassenden Geste vermittelt, für alle Menschen und ihre Probleme da zu sein und Trost zu spenden. Ab jetzt werde ich am Abend immer das Licht suchen, das die Madonna beleuchtet. Rio de Janeiro in Italia. Na ja, oder so ähnlich.

Als wir zurückkommen, ist Vinc immer noch nicht da. Ich bin zu aufgedreht, um herumzusitzen, Malerarbeiten locken mich aber auch nicht. Ich schreibe Vinc eine WhatsApp, damit er weiß, was ich vorhabe, und düse mit dem Roller den Berg hoch in Richtung Tatort. Ich weiß nicht, was genau ich mir von dem erneuten Besuch verspreche, aber dort oben kann ich die Tragik spüren, die der Doppelmord ausstrahlt. Das Drama, das vor 20 Jahren ein brutales Ende gefunden hat. Eigentlich strahlt die Aura von damals bis in die Gegenwart. Als würde eine Blase voll mit Unglück über einer Gruppe Menschen hängen, die irgendwie vom Schicksal zusammengewürfelt wurden.

Die warme Luft tut mir gut, trotzdem lenke ich den Roller eine Spur vorsichtiger als sonst, irgendwie habe ich das Gefühl, die unheilvolle Aura von damals verfolgt mich.

Ich nehme den Weg am Rand des Olivenhains am Mäuerchen entlang und klettere über die steinige Barriere. Je näher ich der kleinen Höhle komme, desto kälter wird mir trotz der Hitze. Die Atmosphäre von vorhin bei der Madonna wirkt nach, aber vor allem holen mich die Bilder ein, die wir auf Lucas Handy gesehen haben. Der Eingang zur Höhle ist halb offen, weit genug, um mich hindurchzwängen zu können. Ich horche in die Stille. Zwei Menschen sind hier erschossen worden. Ich schließe die Augen. Drei Schüsse. Maria war schwanger, ein Schuss traf sie in den Bauch. Das war kein Zufall, es ging um das Baby. Um die Beziehung zwischen Maria und Marco. Und wer war am meisten betroffen? Maurizio. Ich schlucke. Maurizio und ich haben einen guten Draht zueinander, das habe ich von Anfang an gespürt, und er, denke ich, auch. Nicht nur weil wir uns beide der Kulinarik verschrieben haben, es ist ein bisschen mehr, ein Gefühl von Verbundenheit und Respekt.

Eine Welle von Emotionen überrollt mich, als mich die Erkenntnis streift, dass Maria und Marco wahrscheinlich wegen ihres Babys gestorben sind. Und Maurizio der Einzige ist, der ein wirklich starkes Motiv hatte. Das wiederum will ich nicht glauben. Andererseits, wie lange kenne ich Maurizio? Vielleicht dachte er, er sei der Vater des Kindes, und wenn er Maria und das Baby nicht bekommen könnte, dann sollte es auch kein anderer tun? Ob es mir passt oder nicht, es liegt im Bereich des Möglichen. Ich habe weder Maria noch Marco gekannt und weiß nicht, ob ich sie gemocht hätte. Maurizio dagegen lebt, ihn kenne und mag ich. Aber was heißt das schon?

Ich schreite langsam durch den kleinen Raum, fühle mit den Händen die kühlen Steinwände. *Wer bist du? Was hat dich so sehr in Wut versetzt, dass du diese schreckliche Tat begangen hast?*, flüstere ich einem unsichtbaren Gegner zu, der in meinen Gedanken keine Gestalt annimmt, auf jeden Fall nicht die von Maurizio. Was nichts bedeuten muss, solche Intuitionen am Tatort mag es geben, aber ich behaupte nicht, dafür eine besondere Gabe zu haben. Andererseits berät mich mein Bauchgefühl oft ganz gut, das hat sogar Vinc schon zugegeben. Ich atme tief durch. Nicht einmal dieser Running Gag zwischen Vinc und mir vermag mich aufzuheitern.

Eine Ameise krabbelt an meinem Bein hoch. Claudia hat von Tierfraß erzählt, es habe eine natürliche »Putzkolonne« gegeben: die Ameisen. Ich habe die Bilder von Lucas Handy im Kopf. Die kahlen Knochen ... Ein Schauer überläuft mich. Voller Abscheu wische ich die Ameise von meinem Bein. Dann stelle ich mich in den Eingang des Raumes und versuche, mir die Szene von damals vorzustellen, wie der Täter sie vorgefunden hat. Ich frage mich noch einmal: Wer hatte solch eine Wut auf die beiden? Denn es war eine Tat aus Wut, da bin ich mir sicher. Ein Vertuschungsmord wegen irgendeiner Straftat – Olivenklau oder Drogenschmuggel – wäre theoretisch zwar möglich, aber wenn man die Ermittlungsergebnisse berücksichtigt, die Positionen der Opfer und des Täters, dann sieht es danach aus, als seien Maria und Marco bereits in der Höhle gewesen, als der Mörder dazukam. Wozu? Um etwas zu verstecken? Unwahrscheinlich. Wenn Maria und Marco sich dort öfter getroffen haben – die Möglichkeit hat zumindest Emilia in ihrer Aussage angedeutet –, dann hätte es Anzeichen dafür gegeben, dass der Raum genutzt wird, und niemand hätte dort etwas Illegales versteckt. Als die Skelette der beiden gefunden wurden, gab es davon keine Spuren mehr. Der Täter hatte offensichtlich »aufgeräumt«. Ein geheimer, abgeschiedener Liebesort. Ein Freundinnenort. Die ganze Atmosphäre hier ... Ich stelle mir vor, wie es gewesen sein muss, gemütlich, vertraut und kuschelig. Ideal für junge Leute. Das war einmal und ist Geschichte. Eine Geschichte, die heute, 20 Jahre später, zu Ende erzählt wird. Eine persönliche Angelegenheit, dafür spricht der dritte Schuss in Marias Bauch. Ich schließe die Augen. Wer hatte solch einen Hass, dass zwei junge Menschen sterben mussten? Wer wusste außer den dreien von dem Ort? Wer hat ihn entweiht? Ich schüttle mich. Nicht dieses Wort. Es erinnert mich an die Botschaften am Kirchenportal, am Grabstein … Auch hier gibt es einen Zusammenhang, aber ich erkenne ihn nicht. Noch nicht.

Ein Stück entfernt knackt ein Zweig. Das Geräusch treibt Schweißperlen auf meine Stirn. Anscheinend bin ich nicht allein. Plötzlich ist es mir zu eng hier drinnen. In dem Raum fühle ich mich wie in einer Falle. Es gibt nur einen Ausgang, keinen Platz zum Verstecken, keine Fluchtmöglichkeit. Die Luft ist auf einmal zu dick, um zu atmen. Reiß dich zusammen, flüstere ich mir energisch zu und spüre gleichzeitig eine Panikwelle in mir aufsteigen. Ich schnappe mir eine der Holzlatten, die all die Jahre das Grab bedeckt haben und immer noch an der Wand lehnen, und schleiche zum Ausgang. Draußen steht die heiße Sommerluft zwischen den Bäumen wie eine Wand, trotzdem atme ich erleichtert auf. Es raschelt. Von oben wirft die Sonne ihre Strahlen durch die Baumspitzen und verursacht ein bizarres Licht- und Schattenspiel. Mir rutscht das Herz noch weiter in die Hose, als ein Mann hinter einem Baum hervortritt. Ein Keuchen entweicht mir und ich kneife verkrampft die Augen zusammen.

»Vinc! Mann! Hast du mich erschreckt!« Meine Stimme ist heiser vor Anspannung.

»Wieso gehst du dann allein hier hoch, mein Schisserchen?« Spöttisch, nein diabolisch ziehen sich seine Mundwinkel nach oben. Aber die Lachfältchen um seine Augen versöhnen mich wieder. Und auch die liebevolle Umarmung.

»Fiesling«, knurre ich. Mein Herz klopft immer noch einen Takt schneller.

KAPITEL 11

SEGRETO DELLA CONFESSIONE – BEICHTGEHEIMNIS

Venerdì (Freitag) – Tag 12

Rosa, Danilo, Vinc und ich sitzen beim Frühstück und unterhalten uns. Bewusst klammern wir die brisanten und belastenden Themen aus. Ich erzähle von der Burg, schildere die romantische Kulisse in den schönsten Farben, als mich Rosa unterbricht.

»Wisst ihr, was eine gelungene Hochzeit ausmacht?«, fragt sie uns mit einem spitzbübischen Lächeln auf den Lippen.

Pflichtschuldig schütteln wir die Köpfe.

»*Quindi, attenzione …* Eine gute Freundin von mir leitet ein Hotel hier in Malcesine. Sie hat oft Hochzeitsgesellschaften zu Gast, und es ist immer sehr amüsant, wenn sie vom Morgen danach erzählt. Meistens sind die Gäste gut drauf, das äußert sich aber von Nationalität zu Nationalität sehr unterschiedlich. *Cibo, alcol o romanticismo?* Was macht eine schöne, erfolgreiche Hochzeit aus?«

Danilo verzieht belustigt die Mundwinkel, er weiß wahrscheinlich, was jetzt kommt, Vinc und ich lauschen neugierig. Rosa nimmt einen Schluck *caffè*, dann erlöst sie uns von unserer Neugier. »*Allora*, die Italiener kommen aus ihren Zimmern, lächeln, gähnen und streichen sich über den Bauch. ›Das Essen war fantastisch, wir haben bis zum Schluss gegessen und gegessen. Eine wunderbare Hochzeit!‹ Die Engländer erscheinen spät, mit einem entschuldigenden Lächeln im verkaterten Gesicht. ›Das war eine fantastische Hochzeit! Wir haben getrunken bis zum Abwinken. Entschuldigen Sie, wenn wir zu laut geworden sind.‹ Denn das sind sie wirklich, betrunken und laut und nicht mehr ganz standfest. Aber nur auf so einem Fest. Da gehört es für sie eben dazu.«

»Hoppla, da jagen sich aber die Klischees, oder?«, spotte ich.

Rosa hebt den Zeigefinger. »Meine Freundin schwört, dass sie nicht übertreibt! Und sie hat schon viele Hochzeitsgesellschaften erlebt. Bei euch Deutschen wird geseufzt und verträumt mit den Augen gerollt. ›Es war ja sooo romantisch!‹, heißt es da am nächsten Tag.«

»*Nonna*, hör auf, unsere Turteltäubchen bekommen schon nasse Augen«, witzelt Danilo.

»Na ja, Romantik ist schon wichtig, oder, Schatz?« Vinc schaut mir verliebt in die Augen. Er meint das ernst, ich kenne ihn.

»Ja, unbedingt«, bestätige ich und küsse ihn.

Danilo stöhnt theatralisch. »*Aiuto!* Hilfe! Da habe ich was gesagt.«

»Kindsköpfe«, schilt uns Rosa gutmütig und stemmt sich in die Höhe. »Ich gebe den Tieren frisches Futter und Wasser«, sagt sie und schlurft nach draußen.

»Apropos Essen, das Geburtstagsmenü für Rosas Fest muss noch geplant werden«, erinnere ich Danilo.

»Ich lasse mich überraschen. Ihr macht das schon. Man hört ja wahre Wunderdinge von dir, Doro. Geburtstagsfeiern sind wie Hochzeiten: Je besser das Essen, desto gelungener die Feier.«

»Da liegt die Messlatte ja ziemlich hoch. Aber, Danilo, mein Lieber, weißt du was? Je höher die Messlatte, desto größer der Ansporn. Ich freue mich darauf.«

»Und ich steh dir wie immer mit Rat und Tat zur Seite«, sagt Vinc in neutralem Ton.

Danilos Augen richten sich auf ihn. Mit einem mitleidigen Schimmer, möchte ich behaupten.

»Hallo, du brauchst ihn nicht zu bedauern! Wir sind ein Spitzenteam, auch in der Küche«, protestiere ich gegen die unterschwellige Unterstellung.

»Doro hat recht. Ich koche sehr gerne mit ihr. Ja, sie ist die Küchenchefin, aber nie cholerisch. Was du nicht weißt: Ich habe mal eine Lehre im Gastrobereich angefangen, will sagen, es schlummert immer noch eine Liebe zur Branche in mir. Und zu Doro sowieso.« Vinc lacht jetzt herzhaft und wäscht mich von jeglichem Verdacht rein.

Später schlendern wir zu zweit in den Ort.

»Meinst du, ich kann bei Maurizio nachfragen, wie es seiner Frau geht?« Ich bin unsicher, ob ich nicht eine Grenze überschreite.

»Warum nicht? Du warst gestern mit ihm auf der Burg, als der Anruf kam. Also ich denke, da ist es normal, wenn du dich erkundigst.«

»Sehe ich auch so«, sage ich zufrieden. »Dann mache ich das heute Nachmittag.«

Wir lassen uns in der warmen Sommerluft dahintreiben. »Ist nicht morgen wieder Markt in Malcesine? Ist ja Samstag.«

Vinc stößt ein kurzes Lachen aus. »Keine Ahnung, Schatz, ich gehe ganz gerne mal shoppen, aber so ein Markt erschlägt mich.«

»Ach komm, sei kein Frosch. Ist zwar voll, aber doch auch schön.«

Vinc tut, als würde er scharf nachdenken. »Hast du nicht gestern eine neue Bluse erstanden?«, fragt er scheinheilig.

»Haha, Spielverderber«, tue ich beleidigt.

Vinc legt den Arm um meine Schultern, ich meinen um seine Hüften. »*Allora*, abgemacht, morgen *mercato*«, sage ich.

Vinc brummt etwas Unverständliches, aber ich habe kein schlechtes Gewissen, weil ich weiß, dass er eigentlich ganz gerne über Märkte bummelt – und auch oft fündig wird.

»Je nachdem, wie wir Lust haben«, sage ich und denke an letzten Samstag.

Wir kommen an der Parrocchia Santo Stefano vorbei, der Pfarrkirche, an deren Portal am Sonntag die Botschaft hing. Die einschiffige Barockkirche mit ihren zahlreichen Gemälden steht in der Nähe der Verbindungsstraße Gardesana.

Ich löse mich von Vinc. »Moment, ich schau mal, ob die Kirche offen ist. Kommst du mit rein?«

»Ja klar. Was hast du vor?«, fragt er, denn er sieht mir offensichtlich an der Nasenspitze an, dass es mir nicht um das barocke Bauwerk oder die wunderbare Darstellung des mehrteiligen Kreuzweges geht.

Eine Hälfte der schweren Holztür lässt sich nach innen drücken.

Auch wenn ich eher selten einen Gottesdienst besuche – höchstens an Weihnachten und Ostern oder wenn jemand aus dem Freundeskreis heiratet –, habe ich trotzdem ein Faible für die Kraft solcher Gotteshäuser. Wir gehen an den dunklen Holzbänken vorbei nach vorne zu dem marmornen Hauptaltar. Es ist angenehm kühl hier drinnen. Ich greife nach Vinc' Hand. In Gedanken bin ich bei dem, was Luca uns über den Pfarrer erzählt hat. Monsignore Altoni ist mittlerweile gut 70 Jahre alt und denkt noch nicht einmal an Rente. Nach diesem Mann halte ich Ausschau, und wenn mich nicht alles täuscht, habe ich Glück. Vorne, am zweiten Altar, sitzt ein Priester in die Lektüre vertieft. Zwei Frauen zupfen in einer Seitenkapelle welke Blüten von den Blumengebinden. Ihre Unterhaltung ist lauter als dem Ort angemessen und zieht meine Aufmerksamkeit auf sich. Unauffällig lenke ich Vinc in diese Richtung. Als die Frauen merken, dass wir sie hören, schicken sie misstrauische Blicke zu uns herüber. Ich ergreife die Gelegenheit zur Kontaktaufnahme.

»*Buon giorno.* Entschuldigen Sie, wir wollen nicht stören, aber ich dachte, wenn Sie hier arbeiten, wissen Sie vielleicht etwas über diesen Zettel, der am Sonntag hier am Eingang hing. Ich wollte zum Gottesdienst und habe die Aufregung mitbekommen«, flunkere ich. »Unheimlich, nicht wahr? Wer macht so etwas?«

Nachdem ich ausreichend Stichworte angeboten habe, hoffe ich, dass die Damen anbeißen. Und das tun sie. Letztendlich erzählen sie eifrig, aber ohne brauchbare Informationen.

Unbemerkt ist der Pfarrer hinter uns getreten. Der Redeschwall der Frauen hat nicht nur unsere Aufmerksamkeit erregt. Er fordert die Damen freundlich auf, sich um den Altar vorne zu kümmern. Als die beiden weg sind, wendet er sich an uns. »Sie müssen sich keine Sorgen machen, dieser Aushang war völlig harmlos. Die beiden haben eine blühende Fantasie.« Ich habe den Eindruck, er will uns loswerden.

»Monsignore Altoni?«, frage ich, und als der alte Priester zustimmend den Kopf neigt, gehe ich direkt in medias res. »Entschuldigen Sie vielmals, dass ich Sie so formlos und unverblümt anspreche. Wir sind von den Ereignissen rund um den Tod der zwei jungen Menschen aus dem Ort sehr betroffen, und wir unterstützen Luca Marinelli und Claudia Ferri, die ermittelnden Beamten in diesem alten und wieder neuen Fall.« Innerlich leiste ich Abbitte bei Luca für meinen neuerlichen Verstoß gegen seine Anweisung, uns nicht im Namen der Polizei die Auskunft von Zeugen zu erschleichen. Das ist nun schon die zweite Lüge, und das auch noch in einer Kirche und einem Pfarrer gegenüber. Vinc hustet, als hätte er sich verschluckt.

Der Monsignore hebt etwas skeptisch die Augenbrauen. Was ich wenig verwunderlich finde. Mein Italienisch ist zwar mittlerweile recht flüssig, dennoch sieht und hört man mir die Ausländerin sofort an. Er muss sich also fragen, was bitte zwei junge Deutsche mit den Ermittlungen der italienischen Polizei zu tun haben. Noch dazu in einem Mordfall, in dem es um den Tod eines jungen Paares aus Malcesine geht.

Ich ignoriere Hüsteln und Skepsis. »Monsignore, an Ihrer Pforte hing die erste Botschaft: *Du sollst nicht töten.* Das sind Worte aus der Bibel, habe ich recht? Die zweite wurde auf dem Friedhof, am Grab der Familie Passamonte, angebracht. ›Du sollst nicht zweifeln an deinem Gott und nicht verzweifeln an der Gerechtigkeit‹, lautete sie. Wissen Sie etwas über den Verfasser dieser Schreiben? Haben Sie jemanden beobachtet? Hat der Mörder vielleicht sogar gebeichtet?« Dass bis dato keiner auf die Idee gekommen ist, das zu fragen! Oder doch?

Der alte Mann schaut mich erst perplex an, dann lacht er. Nicht laut, aber herzhaft. »Das sind sehr viele Fragen auf einmal, *signorina*, wie kommen Sie darauf, dass ich das mit Ihnen bespreche?«

»Es war eben ein Versuch«, sage ich ehrlich und ein wenig schuldbewusst. »Luca Marinelli ist ein Freund von uns und Maurizio Passamonte mittlerweile auch. Rosa Benedini und Valeria Cavaletto ebenso, und …«

»Stopp, *signorina*, bevor Sie mir halb Malcesine aufzählen – ich glaube Ihnen ja. Aber was wollen Sie von mir?«

»Wir wollen helfen, die Wahrheit herauszufinden. Auch über die seltsamen Nachrichten, ja, aber vor allem über die beiden Toten …«

Der alte Priester wird ernst. »Ein gutes Motiv«, sagt er schlicht. »Ich habe nichts zu verbergen, und Sie können gerne alles an die *Polizia* weitergeben. Wissen Sie, ich bin ein Mann des Wortes, und wenn mein Wort dazu beitragen kann, den armen Seelen der beiden Verstorbenen Ruhe zu verschaffen, dann helfe ich gerne. Zu Ihrer ersten Frage: Nein, ich weiß nicht, wer die Schreiben verfasst hat. Das Gebot ›Du sollst nicht töten‹ ist hinlänglich bekannt. Dass es an meiner Kirchentür aufgehängt wurde, lässt auch mich vermuten, dass es sich um eine Person handelt, die der Kirche verbunden ist. Im Guten oder im Schlechten, das weiß man nicht. Die zweite Botschaft ist nicht direkt aus der Bibel, aber sinngemäß, und der Friedhof ist ein geweihter Ort, was auf eine Verbindung zur Kirche schließen lässt.«

»Würden Sie im Falle einer Beichte – wenn es wie hier um einen dreifachen Mord geht – Ihre Schweigepflicht brechen? Oder würden Sie das Beichtgeheimnis wahren?«

»Mia cara, questa è una questione di coscienza.« Monsignore Altoni schweigt einen Moment.

Absolut. Das ist eine Gewissensfrage, definitiv. Ich unterbreche seine Gedanken nicht.

Er schaut mir offen in die Augen. »Für Sie ist das eine Gewissensfrage, *signorina*, die Sie auf das Verschweigen einer Straftat beziehen. Sie denken dabei an den ungerechten Schutz eines Mörders. Ich beziehe es auf meine Pflicht als Priester, auf meine Verpflichtung Gott gegenüber, meinen Eid, den ich geschworen habe und auf den sich die Menschen, die zu mir kommen, verlassen. Was ist eine Schweigepflicht wert, wenn man sie bricht? Rechtfertigt ein Mord einen Eidbruch? Ich bin Gott verpflichtet und den Menschen, die mich brauchen, auch wenn sie nicht dem christlichen oder weltlichen Wertebild entsprechen.«

»Aber wollen Sie damit sagen, dass …?« Ich schlucke.

»Ich kann Sie beruhigen, *signorina*, der Mörder war nicht bei mir. Wollen wir es dabei belassen?«

Ich nicke. »Ich dachte, die Briefe seien vielleicht Ihr Weg, Ihre Gemeindemitglieder zu mahnen«, erkläre ich.

Altoni seufzt. »*Eh*, die Briefe, ich verstehe Sie schon. Nein, ich habe sie nicht geschrieben. Und ich weiß auch nicht, wer es war.«

Die Sonne ist unbemerkt Richtung Westen gewandert, jetzt blendet sie mich, sodass ich meinen Stuhl näher zu

Vinc in den Schatten rücke. Wir sitzen entspannt an der Hausmauer des Hotels »San Marco« im Hafen von Malcesine, dem Porticciolo di Malcesine. Vor uns zwei Gingerino, alkoholfrei, und für mich einen Eiskaffee dazu. Außerdem ordere ich ein Schälchen Oliven und Chips, das lautstarke Knurren meines Magens signalisiert mir Hunger, und ich brauche etwas Würziges. Vinc schüttelt den Kopf über diese Kombination. Egal, mir schmeckt es, und Paps kann es zum Glück nicht sehen. Er findet die Äußerung, im Magen komme sowieso alles zusammen, bei einer Spitzenköchin in höchstem Maße unangemessen. Da hat er in gewisser Weise recht, und ich halte mich mit dieser Aussage zurück, wenn jemand aus der Branche dabei ist. Vinc und Paps zählen diesbezüglich nicht dazu.

»Jetzt leg doch mal dein Handy weg«, fordert Vinc, als ich zum wiederholten Male versuche, Maurizio zu erreichen. Er geht nicht ran.

»Vielleicht kennt er meine Nummer und will nicht mit mir reden«, spekuliere ich. »Warum sollte er auch? Ich habe zwar den Eindruck, dass die Sympathie auf Gegenseitigkeit beruht, aber dennoch ist es eine Bekanntschaft und keine Freundschaft. Ihn beschäftigen zurzeit sehr private Dinge, und ich gehöre nicht zum engsten Kreis seiner Vertrauenspersonen. Verständlich also, dass er einfach seine Ruhe haben will.«

Vinc schüttelt den Kopf. »Du spinnst, Doro! Was du wieder hineininterpretierst. Er wird schlicht und einfach sein Telefon nicht hören.«

Ich lache leise. Vermutlich hat Vinc recht.

Wir beobachten die Leute mit ihren Einkaufstüten, die sie wie Trophäen in den Händen schwenken. Andere schlecken hektisch an ihrem Eis, um zu verhindern, dass die teure Köstlichkeit in der Sonne schmilzt. Der eine oder die andere bleibt an dem Pult direkt am Wasser stehen und liest die Werbetafel, die Fahrten auf der »Siora Veronica« anbietet. Leicht auf dem Wasser schaukelnd, liegt der elegante Segler im Hafenbecken an seinem Ankerplatz, die blauen, weißen und auberginefarbenen Kissen leuchten einladend in der Sonne.

»Ein Törn auf dem Schiff muss mega sein. Stell dir vor, wir lümmeln in den Sitzkissen, ein Glas Prosecco in der Hand.« Ich seufze genießerisch.

Vinc tippt etwas in sein Smartphone. »Die ›Siora Veronica‹ wurde ungefähr 1920 gebaut und war Teil einer Handelsflotte, damals gab es ja die Straße rund um den Gardasee noch nicht. Äh, warte mal …« Er sucht nach den interessantesten Daten. »Ja genau, hier steht es: 24 Meter lang, maximal 50 Passagiere. Auf der Tafel habe ich gelesen, dass sie täglich um 15 Uhr ausläuft.«

»Wir können ja mal fragen, wohin sie segelt und wie lange so eine Fahrt dauert. Wäre schon schön.« Ich ziehe den restlichen Eiskaffee durch den Papierhalm und löffle das Eis aus dem nach unten schmal zulaufenden Glas.

»Soll ich mal fragen?« Vinc macht Anstalten aufzuspringen.

»Kann ich von hier aus lesen, schau.« Ich deute mit dem Finger rüber zu dem Werbeplakat. »Eine Stunde nach Limone. Überraschen wir Greta und Adriano?«

Vinc fixiert die »Siora Veronica«, er scheint ernsthaft darüber nachzudenken. Die Idee war zwar nur so dahingesagt, aber eigentlich gar nicht übel.

Er löst seinen Blick vom Schiff. »Verschieben wir die

Aktion auf die nächsten Tage. Dann kann sich Greta sicher mal für ein, zwei Stunden freinehmen. Unser Besuch soll für sie ja nicht in Stress ausarten. Immerhin muss sie die Kids unterbringen, und es ist Hochsaison.«

»Stimmt. Bleiben wir noch ein bisschen hier sitzen, danach könnten wir uns im Haus nützlich machen.«

»Danilo wird sich freuen.« Vinc lehnt sich entspannt im Stuhl zurück. »Fabio ist eindeutig der Fleißigste unter uns.«

Ich verschränke die Hände im Nacken und blinzle in die Sonne. »Oh Mist«, schrecke ich plötzlich auf, »mir fällt gerade ein, dass Rosa heute früh Mandellikör gemacht und mich gefragt hat, ob wir zufällig Richtung Passamont'scher Azienda unterwegs seien. Sie hat extra eine Flasche für Salvatore abgefüllt und eine für Emilia und Maurizio. Nervennahrung, wie sie sagte. Und ich habe versprochen, die Flaschen später abzuholen und bei den Passamontes abzugeben.«

»Ist ja kein Problem, verschieben wir halt die Maler- und Maurerarbeiten«, meint Vinc, und ich möchte behaupten, er sieht nicht unglücklich darüber aus. Klar, bei dem schönen Wetter ist ein Ausflug entlang der schmalen Straßen des Monte Baldo erheblich erstrebenswerter, als in Danilos Haus den Malerpinsel zu schwingen.

Rosa hat schon alles hergerichtet. Offensichtlich ist sie fest davon ausgegangen, dass ihre Bitte bei mir auf fruchtbaren Boden fällt. Puh, zum Glück habe ich es nicht vergessen! Sie hat die karamellfarbene Flüssigkeit in ausgespülte Wasserflaschen gefüllt, auf Etiketten hat sie verzichtet. »Ich habe euch schon angekündigt. Salvatore weiß, was drin ist, er liebt meinen Mandellikör. Und alt wird das Tröpfchen sowieso nicht. Auch nicht bei Maurizio, das weiß ich«, erklärt Rosa nicht ohne Stolz über die Beliebtheit ihres Likörs.

Wir wickeln die Flaschen in Zeitungspapier und verstauen sie in Vinc' Rucksack. »Auch nicht schlecht, dann kann ich mir den Anruf sparen«, stelle ich zufrieden fest. »Rosa hat mir den besten Grund geliefert, bei den Passamontes aufzutauchen.«

Vinc zieht die Schnur am Rucksack zu. »Die Familie hat ein schweres Päckchen zu tragen«, sagt er schlicht und drückt mit diesen Worten dennoch alles aus. Trauer und Schmerz, Erinnerungen und Angst. Angst vor der Zukunft und den Wahrheiten, die ans Licht kommen werden.

Diese furchtbare Situation hat Rosa bei ihrem Geschenk wohl auch bedacht. Sie kennt Salvatore seit ihrer Kindheit. Sie sind beide in Malcesine aufgewachsen, und ihre Familien sind einander sehr verbunden. Da leidet sie unwillkürlich mit und will auch ihre Solidarität bekunden, denn es schwelen genügend aufgewärmte Schuldzuweisungen offen und im Verborgenen. Von den öffentlichen Botschaften mal ganz abgesehen, die natürlich ebenfalls Unbehagen bei allen auslösen, weil jeder Angst davor hat, in die Sache hineingezogen zu werden.

Wir düsen los. Mit unseren Rollern rattern wir den Berg zur Azienda hoch. Oben stellen wir die Mopeds in die Einfahrt, die Helme lassen wir an den Lenkern hängen. Ich fahre mir mit allen zehn Fingern durch meine Locken und schüttle den Kopf. Das muss reichen.

Maurizio sitzt im Büro. »Gut, dass du kommst, Doro, ich wollte dich sowieso anrufen.«

Aha, denke ich, habe ich mir ganz unnötig Sorgen gemacht, dass ich vielleicht zu aufdringlich sein könnte.

»Am Sonntag finden zwei Hochzeiten oben auf der Burg statt. Eigentlich sollte mir Emilia helfen, aber die kann ihren Arm kaum rühren. Nachwirkungen des Leitersturzes. Deshalb wollte ich dich fragen, ob du Zeit und Lust hast, mir zur Hand zu gehen. Ich müsste morgen Abend einiges oben vorbereiten. Bestuhlung, Beleuchtung, Tische für das Catering, Gläser und solche Dinge.« Er schaut zu Vinc. »Wenn das okay für Sie, ach, lassen wir den Quatsch, für dich ist.«

Vinc lacht. »Ich kann mich ganz gut allein beschäftigen. Frag Doro, ob sie Lust hat, es ist ihre Entscheidung.«

Maurizio lächelt ein bisschen verlegen. »So habe ich das nicht gemeint. Es hätte ja sein können, dass ihr schon was vorhabt. *Scusa* …« Er stockt, weil er merkt, dass er sich schon wieder verhaspelt.

Ich tätschle ihm beruhigend den Arm. »Passt schon, Maurizio. Ich helfe dir gerne.«

»Wenn du willst, kannst du auch am Sonntag zu den Hochzeiten mitkommen. Du natürlich auch, Vinc.«

»Das würde ich mir gerne ansehen, danke«, freue ich mich und Vinc nickt ebenfalls.

Damit ist es abgemacht.

Maurizio will mich am nächsten Tag um 20 Uhr abholen, dann sind die Touristen weg, und wir können alles in Ruhe vorbereiten. Ein bisschen schade ist es schon, dass er in diesem Fall nicht als Caterer gefragt, sondern für den technischen Ablauf zuständig ist, es ist aber sicher auch so interessant für mich.

»Wo ist deine Frau?«, frage ich, als wir alle Details zum morgigen Termin besprochen haben. »Geht es ihr schon besser?«

»Emilia liegt auf dem Sofa. Sie ist wie gesagt etwas angeschlagen und ruht sich aus. Mein Vater hat Laura und Elia zu Freunden gefahren.«

»Dann habe ich da vielleicht etwas, das sie aufheitern wird. Rosa hat uns das hier für euch mitgegeben. Ihren berüchtigten Mandellikör.«

»Oh, wie aufmerksam von ihr! Dann geh doch gerne zu ihr rein, Doro, Emilia wird sich sicher über Gesellschaft freuen.«

Dazu sage ich nichts, denn ich habe Fragen an Emilia, die sie vielleicht nicht sehr erheitern werden. Doch sie brennen mir auf der Seele, und ich muss die Gelegenheit nutzen, um mit ihr zu sprechen.

»Und ich schau derweil mal nach Vater, vielleicht ist er schon zurück und möchte mit mir und Vincenzo einen *caffè* trinken. Oder ein Schlückchen von Rosas Likör. Kommt, gehen wir ins Haus rüber.«

Im Wohnzimmer angekommen, bin ich erleichtert, denn Emilia freut sich tatsächlich über meinen Besuch, und ich hoffe, sie schmeißt mich nicht raus, wenn ich mit dem Thema anfange, das mir vorschwebt. Maurizio versorgt uns mit Wasser, *caffè* und einem Gläschen von Rosas Likör, dann lässt er uns allein.

»Wie geht es Ihnen?«, eröffne ich die Unterhaltung mit einer höflichen Floskel.

»Danke, den Umständen entsprechend«, antwortet Emilia ebenso höflich und greift mit der linken Hand zum Zuckerlöffelchen, um ihren *caffè* zu süßen.

»Oje, da hat es ausgerechnet den rechten Arm erwischt«, sage ich mitfühlend. »Kann ich behilflich sein?«

Emilia lächelt kaum sichtbar. »Für mich ein Glück im Unglück, ich bin Linkshänderin.«

»Aha, na dann …« Ich räuspere mich. »Ich muss Sie das jetzt einfach fragen, Signora Passamonte, und ich hoffe, Sie nehmen es mir nicht übel. Aber es beschäftigt mich einfach zu sehr. Der Brief, den Sie damals von Maria erhalten haben … Wussten Sie von der Schwangerschaft Ihrer Freundin?«

Emilia will den Kopf schütteln, sie fasst sich mit dem intakten Arm an den Hals, ihr Mund verzieht sich schmerzverzerrt. »Nein«, keucht sie, »ich wusste nicht, dass Maria schwanger war. Das habe ich auch der Polizei gesagt.«

War da ein Flackern in ihren Augen, oder sind das der Schmerz und das Entsetzen? Der Schock über meine unverblümte Frage?

»Emilia« – ich spreche sie jetzt einfach mit dem Vornamen an, da es vertraulicher ist, das Du müsste sie mir anbieten, wenn sie das wollte, – »ich habe den Brief von damals nicht gelesen, aber ich weiß in etwa, was drinsteht, und frage mich, was Ihre Freundin so aus der Fassung gebracht hat. Warum hätte sie ihr Leben nicht mit Marco verbringen dürfen? Sie war ein freier Mensch, meinte sie möglicherweise moralische Fesseln? Wissen Sie etwas darüber? Ging es um ihre Schwangerschaft? Dachte sie, Maurizio wäre der Vater ihres Kindes? Hatte sie Angst, Marco würde sie verlassen, wenn es so gewesen wäre? Oder hat sie geglaubt, Maurizio würde Besitzansprüche stellen, wenn er davon Wind bekäme?«

Emilias Augen weiten sich entsetzt. »Nein, nein, so war das nicht! Ich habe es nicht ernst genug genommen, ich dachte, Maria würde die Situation dramatisieren, weil sie Maurizio gegenüber ein schlechtes Gewissen hatte. Und das hatte sie definitiv. Wenn ich geahnt hätte … Ich bin schuld, dass die Suche nach ihr eingestellt wurde. Dabei war sie die ganze Zeit über so nah.« Emilia schlägt die Hände vors Gesicht, soweit ihr das mit der Armschlinge möglich ist.

Ich lege ihr die Hand auf den gesunden Arm. »Beruhigen Sie sich. Die Akten wären auch ohne den Brief geschlossen worden. Befehl von oben, das weiß ich aus sicherer Quelle. Und für Maria und Marco wäre so oder so jede Hilfe zu spät gekommen. Auch wenn das sicher nur ein schwacher Trost ist.«

Emilia nickt, die Hände immer noch vor dem Gesicht. »Ich hätte trotzdem einfühlsamer sein müssen. Sie war meine beste Freundin.«

Wir schweigen eine Zeit lang. Irgendwann schaut sie hoch. »Weder mein Mann noch ich wussten, dass Maria ein Kind erwartet. Aber das hätte in meinen Augen nichts geändert, sie war meine Freundin, und ich hätte sie in jedem Fall unterstützt.« Emilia ist aschfahl im Gesicht, sie tut mir so leid.

»Verzeihen Sie, dass ich so aufdringlich bin, aber vielleicht kann ich, gerade weil ich nicht zum engsten Vertrautenkreis gehöre und nichts mit Maria und Marco oder sonst wem hier zu tun habe, unvoreingenommen über die Situation nachdenken. Das sagt zumindest Luca Marinelli von der *Polizia*, und ich denke das auch. Letztendlich wollen alle das Gleiche: den Mörder von Maria und Marco finden. Und es spielt keine Rolle, wer dazu etwas beiträgt.«

»Ich bin müde. Können Sie mich bitte allein lassen?« Emilia zieht die Beine hoch und mit der gesunden Hand eine dünne Patchworkdecke bis zum Kinn. Dicke Tränen laufen ihr über die Wangen und tropfen darauf hinab.

Natürlich respektiere ich ihren Wunsch. Sie leidet sehr darunter, dass sie diesen Brief damals weitergegeben hat. Sie ist nicht nur körperlich verletzt, sondern auch seelisch.

Ich lasse sie allein und geselle mich zu den Männern in der Küche. Hier ist eine rege Diskussion im Gange, die Frage über eine gerechte Steuerverteilung erhitzt die Gemüter, und Salvatore fuchtelt mit wilden Armbewegungen so lange herum, bis er eine der beiden Likörflaschen vom Küchentisch fegt. »Ach, du Schande!«, sagt er trocken. Maurizio reißt hektisch einige Lagen Papier von der Küchenrolle, Vinc und ich ebenfalls, aber wir können nicht verhindern, dass der Großteil der süßen Flüssigkeit Vinc' Rucksack tränkt. Wir retten unsere Jacken, bevor sie auch noch was abbekommen.

»Sagt bitte Rosa nichts von meiner Ungeschicklichkeit. Es ist so lieb von ihr, dass sie euch extra mit ihrem leckeren Likör hierhergeschickt hat, ich möchte sie nicht verärgern«, bittet Salvatore, der uns mit zerknirschtem Gesichtsausdruck beim Putzen zusieht.

»Versprochen«, sagt Vinc, und ich nicke bestätigend.

»Kann ich den Rucksack hier im Spülbecken auswaschen? Wir müssen darin ja noch Gemüse für Rosa transportieren, außerdem riecht sie das Malheur sonst sofort.«

»Lass mal, Doro«, sagt Maurizio und stellt den Rucksack in der Spüle ab, »den wasche ich später, ihr bekommt inzwischen einen Rucksack von mir. Ich hole ihn, er liegt in der Scheune.«

»Ich komme mit«, verkündet Vinc.

Auch gut, ich gehe mit Salvatore vors Haus, und der alte Herr erzählt augenzwinkernd eine Anekdote über seinen Sohn, wie der bei einer Hochzeit oben auf der Burg eine Taube gerettet hat, die sich in den Seilen der Sonnensegel verfangen hatte. Nicht geplant war allerdings, dass sich die Seile lösten und das Sonnensegel über die Hochzeitsgesellschaft niederschwebte. Salvatore schmunzelt. »Ich war zwar nicht dabei, aber diese Geschichte ist in die Annalen von Malcesine eingegangen. Heute ist alles professioneller aufgezogen, da würde so etwas nicht mehr passieren.«

Maurizio als Retter einer Taube. Das kann ich mir gut vorstellen. Und auch, dass ihn diese Episode bis an sein Lebensende verfolgen wird. Wie ich ihn einschätze, nimmt er das durchaus mit Humor.

»Au! Verdammter Mist!«

Vinc! Das hat sich nicht gut angehört.

Ich renne Richtung Scheune, wo der Schrei herkam. Vinc kauert am Boden, Maurizio beugt sich zu ihm runter.

»Schatz, was ist passiert?«, rufe ich besorgt und bin auch schon neben ihm.

»Ich weiß nicht … Mich hat was gebissen …« Vinc ist bleich im Gesicht.

»Lass sehen«, fordere ich und schiebe resolut seine Hand weg, die er an seinen Unterarm drückt. Die Innenseite seines Handgelenks verunzieren zwei blutige Schrammen, deren Umfeld anschwillt und rot anläuft.

»Ich glaube, das war eine Ratte«, presst Vinc mit schmerzverzerrtem Gesicht hervor.

»Ein Rattenbiss?« Maurizio schluckt. »Damit ist nicht zu spaßen. Aber wo war denn hier eine Ratte? War es nicht vielleicht nur eine Maus?«, fragt er alarmiert.

»Das war definitiv keine Maus! Das Viech muss im Rucksack gewesen sein, ich hab das Teil noch wegrennen sehen.« Vinc stöhnt. »Verdammt, das tut saumäßig weh! Ich wollte nur meine Jacke in den Rucksack stopfen, da hat sie mich gebissen, ist mir förmlich entgegengesprungen.«

»Wir müssen den Notarzt rufen«, sage ich hektisch.

»Ich mach das«, sagt Maurizio und zückt sein Smartphone.

Nach einem kurzen Gespräch beruhigt er mich. »Alles gut, Doro, wir sollen die Wunde desinfizieren und den Arm möglichst ruhigstellen. Dann sollen wir so schnell wie möglich in eine Praxis fahren.«

Er holt das Verbandszeug und eine Decke. Vinc lehnt sich im Sitzen an die Hauswand und lässt seine Wunde von uns versorgen.

»Geht's, Schatz?«, frage ich besorgt. »Hast du Schmerzen?«

»Alles halb so wild, ehrlich«, beteuert Vinc, und ich will ihm glauben. »Der Schreck war größer als die Schmerzen.«

»Ich fahre euch mit dem Lieferwagen, die Roller stellen wir auf die Ladefläche«, bestimmt Maurizio.

Wenig später sind wir unterwegs in die Praxis.

»Es war eine Ratte, sagen Sie?«, fragt der Arzt, während er die Wunde versorgt.

»Ich glaube schon.«

Maurizios Stirnfalten werden immer tiefer. Er sieht aus

wie das schlechte Gewissen in Person. »Mir sind keine Ratten auf dem Hof aufgefallen«, verteidigt er sich.

Vinc versucht ein Lächeln, aber ihm steht der Schweiß auf der Stirn. »Du kannst doch nichts dafür«, tröstet er ihn.

So ist er, mein Schatz. Mir steigen die Tränen in die Augen, aber ich blinzle sie schnell weg. Vinc braucht jetzt keine Heulsuse neben sich.

»Haben Sie zufällig Ihren Impfpass dabei?«, fragt der Arzt, während er die Wunde begutachtet.

Vinc schüttelt den Kopf. »Der liegt daheim in München.«

»Wissen Sie, wann Ihre letzte Tetanusimpfung war? Und was ist mit Tollwut?«

»Mit Tollwut hatte ich bis jetzt definitiv nichts zu tun. Unser Kater Rambo beißt nicht, und fremden Hunden gehe ich aus dem Weg.«

Der Arzt runzelt die Stirn, ist anscheinend nicht zu Witzen aufgelegt.

»Tetanus ist schon ein paar Jährchen her, ich kann aber nicht genau sagen, wie lange«, antwortet Vinc jetzt brav.

Der Arzt holt zwei Spritzen aus dem Kühlschrank. »Ich würde Ihnen beides empfehlen. Tetanus auf jeden Fall, Tollwut ist in meinen Augen ebenfalls kein Fehler. Vorbeugend. Ansonsten müssen Sie die Wunde die nächsten Wochen beobachten, auf Symptome achten, die auf eine Infektion hindeuten. Muskelschmerzen, Fieber, Hautveränderungen, Kopfschmerzen. Auch wenn Sie denken, es ist ein grippaler Infekt, sollten Sie die nächsten Monate den Rattenbiss im Hinterkopf behalten und gegebenenfalls ein Antibiotikum einnehmen. Diese Tiere sind leider Krankheitsüberträger. Für die Grundimmunisierung gegen Tollwut brauchen Sie allerdings drei Spritzen.«

Der Arzt schaut Vinc erwartungsvoll an. Spritzen oder nicht?, soll sein Blick wohl fragen – er möchte, dass Vinc sich entscheidet, und das *presto, per favore*.

»Ich nehme beides, *grazie tante*«, sagt Vinc höflich und zwinkert mir zu.

Ich bin noch viel zu besorgt, um lachen zu können.

»Ist normalerweise mein Part, mir Sorgen zu machen«, meint er spöttisch.

»Lenk nicht ab«, sage ich streng, »und wehre dich erst gar nicht gegen meine Fürsorge. Das ist nämlich normalerweise *mein* Part«, retourniere ich ungerührt.

Der Arzt fragt Vinc nach Vorerkrankungen, Medikamenten oder Allergien und meint dann abschließend: »Mehr braucht es vorerst nicht, Sie sind jung und gesund. Wenn sich die Wunde entzündet, kommen Sie in die Praxis. Ansonsten sehen wir uns in einer Woche für die zweite Impfung. *Arrivederci.*«

Damit sind wir entlassen.

»Wir telefonieren wegen morgen«, vereinbare ich mit Maurizio, als er uns später an Danilos Haus rauslässt. »Ich will erst abwarten, wie es Vinc geht.«

»Du kannst mich schon ein paar Stunden allein lassen. Ich habe ja noch Rosa, die sich um mich kümmern kann, also alles gut.«

»Warten wir ab, die Impfungen können unter Umständen mehr Ärger machen als der Biss«, lasse ich mich zu keiner konkreten Zusage hinreißen, und Maurizio versteht das.

»Macht euch wegen mir bloß keinen Kopf. Ich habe das schon öfter allein erledigt. Ist keine so große Sache.«

»Wenn du nicht zufällig eine Taube retten musst …«

Ist da eben mein Humor zurückgekommen? Vinc schaut verwirrt, aber Maurizio lacht. Ihm ist klar, dass sein Vater geplaudert hat.

Fürs Erste verordne ich Vinc strikte Bettruhe, ich kuschle mich daneben.

»Sie sind jung und gesund«, hat der Arzt gesagt. Das finde ich beruhigend, aber davon abgesehen bringt mich diese Aussage auf einen Gedanken: Wenn ich mit Maurizio morgen zur Burg fahre, muss ich ihn unbedingt fragen, ob er irgendwelche gesundheitlichen Probleme hat. Immerhin wäre es ja möglich, dass die Ratte nicht zufällig ausgerechnet in seinem Rucksack gelandet ist und dass eigentlich Maurizio den Biss hätte abbekommen sollen. Das ist eine Überlegung wert, wie ich finde. Allerdings werde ich Vinc erst morgen davon erzählen. Zunächst will ich sehen, wie sich die Wunde entwickelt. Und abwarten, ob wir heute Abend zum Strand runterkönnen, je nachdem, wie es Vinc bis dahin geht. Wenn Luca dort ist, kann ich meine Besorgnis gleich mit ihm besprechen. Wollte jemand Maurizio schaden? Hat vielleicht auch Emilias Sturz von der Leiter etwas damit zu tun? Stopp! Jetzt geht meine Fantasie mit mir durch. Meine Gedanken drehen sich schneller, als ich ihnen folgen kann.

Ich kuschle mich näher an Vinc und lausche seinen ruhigen Atemzügen. »Gute Besserung, Schatz«, flüstere ich, aber er hört mich nicht mehr, er ist eingeschlafen.

Es ist Abend. Wir treffen uns bei der *capanna* am Lungolago, in Danilos Surfschule. Ich gehe eine Runde schwimmen. Das entspannt mich total nach den ganzen Aufregungen heute. Die Luft ist lau, das Wasser angenehm weich, und es sind kaum mehr Surfer auf dem See unterwegs. Mit kräftigen Zügen schwimme ich weit raus, die Sonne ist hinter den gegenüberliegenden Bergen verschwunden. Ich genieße die wunderbare Abendstimmung, das leise Plätschern bei jedem Zug. Mit offenen Augen tauche ich unter. Tiefe Dunkelheit hat eine magische Anziehungskraft, habe ich mal irgendwo gelesen. Ehrlich gesagt, ist der Gedanke an diese Tiefe und Schwärze für mich eher unheimlich. Ein nasses, kaltes Grab. Ich tauche auf. Nicht einmal hier draußen lässt mich dieser Cold Case los. Irgendwie gibt es immer einen Haken, an dem ich hängen bleibe und der mich zum Thema zurückzieht wie ein starkes Gummiseil. Seufzend wende ich und schwimme zurück. Oben am Berg wacht die Madonna dell'Accoglienza über den Ort. Ich sehe sie nur, weil ich weiß, dass sie da ist. Ein winziger weißer Pinselstrich. Bald wird sie beleuchtet werden.

Vinc empfängt mich mit einem Handtuch, ihm geht's zum Glück wieder viel besser. Nur der Mullverband an seinem rechten Unterarm zeugt noch von seinem Erlebnis mit der Ratte. Der Arm schmerze ein bisschen von den Spritzen, sagt er, aber sonst sei alles okay.

Die Luft ist immer noch sommerlau, Vinc rubbelt mich liebevoll trocken, trotzdem kann ich jetzt eine dünne Jacke vertragen.

Danilo holt die Karte unserer Pizzeria aus der Hütte und wir widmen uns mit knurrenden Mägen der Auswahl der Pizzen.

»Hoffentlich hat Claudia an den Balsamico gedacht«, sage ich zu Vinc und Danilo, während ich noch in der

Entscheidungsphase stecke. Pizza Calabrese oder Siciliana? Hm ... »Siciliana. Sardellen und Kapern«, verkünde ich dann.

»Dazu hättest du die Karte nicht gebraucht, die nimmst du doch meistens«, spottet Danilo und legt sie weg. »Für mich gibt's heute eine Pizza mit Salsiccia und Gorgonzola.«

Okay, das ist mal was anderes, sonst nimmt er meistens schlicht Prosciutto e Funghi.

Vinc überlegt noch. »Für mich bitte Meeresfrüchte mit Knoblauch«, entscheidet er sich dann. Danilo lacht schadenfroh in meine Richtung.

»Ich liebe Knoblauch und Vinc«, sage ich und wuschle zärtlich durch seine Haare. Ich habe einen Kloß im Hals, als mein Blick wieder auf den Verband an seinem Arm fällt.

»La mia piccola cuoca«, turtelt er zurück.

Danilo verdreht nur die Augen. »Wollen wir auf Claudia und Luca warten?«, fragt er.

»Also, ich habe einen Riesenhunger«, meint Vinc.

»Geht mir genauso. Wir hatten am Nachmittag nur ein paar Chips und Oliven, das Mittagessen ist ausgefallen. Wann kommen die beiden denn?«

Danilo zuckt mit den Schultern. »Keine Ahnung. Ist vielleicht besser, wir holen uns gleich was. Ich ruf bei Luigi an, dass er die Pizzen herrichten soll. Schreibt ihr bitte Luca, dass sie sich was mitbringen sollen, falls sie Hunger haben?«

»Machen wir.« Vinc zückt sein Smartphone.

Unsere Pizzaschachteln sind bereits leer, als Claudia und Luca eintreffen. Sie haben das Auto an der Straße geparkt und spazieren Arm in Arm auf uns zu. Wir wechseln vielsagende Blicke.

Als sie bei uns angekommen sind, überreicht Claudia mir eine schlichte, äußerst elegante Papiertasche.

»*Grazie mille*, Claudia! Schön, dass du daran gedacht hast. Wie viel bekommst du?«

»69 Euro«, sagt sie, »du wolltest ja etwas ganz Besonderes. Nach oben sind keine Grenzen gesetzt, aber das ist schon ein edler Tropfen. Jahrelang in Holzfässern gelagert und reduziert. Auf jeden Fall ein Aceto Balsamico Tradizionale di Modena.«

»Super, man wird nur einmal 80, und Rosa weiß Qualität zu schätzen.«

Wir erledigen das Finanzielle, Lucas rechter Zeigefinger klopft in schnellem Takt auf die Tischplatte. »Leute«, beginnt er dann eine Spur zu laut, was er selbst merkt und eine Stufe zurückschraubt, »mir wird das zu heiß.«

»Was denn?« Danilos fragender Blick ist eine Aufforderung, nicht um den heißen Brei herumzureden. Vinc und ich sind genauso ahnungslos, selbst Claudia schaut irritiert aus der Wäsche.

»Ich mache es kurz, und ich kann es nicht begründen: Ihr seid raus! Ab jetzt sind die Ermittlungen Polizeiangelegenheit. Es war von Anfang an ein Fehler, euch mit einzubeziehen. *Mein* Fehler. Den ich jetzt nachdrücklichst korrigiere. Jemand oder genauer gesagt der Mörder fühlt sich bedroht, die Vergangenheit holt uns ein. Doro, ich habe gehört, du warst oben am Tatort, das ist ab jetzt tabu. Es ist zu gefährlich, *capisci*?«

Bevor ich etwas darauf erwidern kann, drückt Vinc meine Hand. Ich verstehe die Warnung. Es ist besser, den

Ball flach zu halten, offener Widerspruch kann zu konkreten Anweisungen führen. Also sage ich nichts dazu. Was Luca ein wenig aus dem Takt zu bringen scheint, immerhin hat er mich in den letzten Tagen kennengelernt und darf zu Recht eine Weigerung oder einen Widerspruch von mir erwarten. Allerdings will ich wissen, was passiert ist. Luca wird doch nicht ohne Grund plötzlich nervös. Ich verschiebe die Frage auf später, auch meine Befürchtung bezüglich des Rattenbisses behalte ich tunlichst für mich. Ich bleibe beim Thema, manövriere aber in ruhigeres Fahrwasser. »Und Marias Brief? Darf ich den wenigstens noch lesen?«

Luca runzelt die Stirn. »Mal sehen«, meint er unverbindlich.

Hm, blöd gelaufen, hoffentlich macht er nicht einen kompletten Rückzieher.

Vinc legt den Arm um meine Schultern. »Gehen wir ein Stück?«, fragt er.

Geschicktes Ablenkungsmanöver, denke ich und lasse mich entführen.

Als wir zurückkommen, sind Luca und Claudia schon weg, Danilo hat bereits aufgeräumt und verabschiedet sich dann. »Schließt ihr ab, bevor ihr geht?«, bittet er uns und wirft Vinc den Schlüssel zu. Dann braust er mit dem Roller davon.

An der Promenade schlendern vereinzelte Paare vorbei, sie ziehen Richtung Stranddisco, die am Ende der Promenade heute stattfindet, die Musik schallt bis zu uns rüber. Wir holen uns was zu trinken aus der Hütte und machen es uns in zwei Sitzsäcken gemütlich, unsere Gläser stellen wir ins Gras. Unwillkürlich wippen meine Beine im Takt der Musik, Vinc spielt gedankenverloren mit meinen Fingern, romantische Stimmung stellt sich trotzdem nicht ein. Emilias Sturz, ihre Emotionen, der Rattenbiss und meine Angst um Vinc, das alles sitzt mir im Nacken.

»Mach dir nicht so viele Sorgen, Schatz«, sagt Vinc leise.

Ich nicke in der Dunkelheit, er versteht mich auch ohne Worte.

»Geht mir ja genauso«, fährt er fort, »aber ich wollte Luca nicht nach seiner Einschätzung bezüglich Emilias Sturz befragen und auch die Sache mit dem Rattenbiss lieber nicht ansprechen. Er ist zu sehr gestresst, weil dieser Cold Case anfängt, Wellen zu schlagen. Und er will nicht dafür verantwortlich gemacht werden, dass er seinen Freunden Ermittlungsdetails verraten hat, die uns möglicherweise in Gefahr bringen. Kann ich verstehen.«

»Ja, schon«, gebe ich ein bisschen ungnädig zu, »aber wir sind erwachsen und dürfen uns ja wohl Gedanken machen.«

»Eben, und genau das machen wir auch weiterhin. Wir haben nichts mit den Morden zu tun, uns kann keiner damit in Verbindung bringen, also sind wir auch nicht in Gefahr. Zumindest nicht, wenn wir uns nicht besonders blöd anstellen.«

Die Wellen von vor 20 Jahren schwappen definitiv rüber in die Gegenwart und vergiften das Klima. Ich schlinge die Arme um meinen Körper. Es sind furchtbare Bilder, die hier bei uns ankommen. Wenn schon wir so betroffen sind, wie muss es dann erst den Personen gehen, die Maria und Marco nahestanden?

»Es gibt noch einen Punkt, der mich beschäftigt.« Ich suche nach der richtigen Formulierung.

»Diese Freundschaftsarmbänder, die sind doch sehr kindisch, oder? Ich meine vor allem bei einem Paar. Bei Mädels ist das etwas anderes.«

Vinc fährt sich durch die Haare. »Nee«, sagt er dann. »Das finde ich nicht. Schmuckstücke mit Initialen sind doch weit verbreitet, auch unter Erwachsenen und unter Paaren. Wir hatten auch mal welche, wenn ich mich recht erinnere.«

»Ja, genau das meine ich. Wir waren frisch verliebt und ein paar Jährchen jünger, da macht man so was.«

»Ach so, du willst sagen, jetzt ist alles nur noch Routine. Der jugendliche Sturm und Drang wird zum lauen Lüftchen, oder was?«

Ich lache. Vinc provoziert mich absichtlich, das weiß ich. »Nein, niemals! Wir stehen natürlich mitten im Sturm, im Auge des Hurrikans sozusagen, im ...«

»Ja, reicht schon wieder. Maßlose Übertreibung macht den Fauxpas auch nicht ungeschehen«, unterbricht er mich spöttisch.

Ich komme zum eigentlichen Thema zurück. »Maurizio war auf jeden Fall schon erwachsen damals, jedenfalls zu erwachsen für solche Freundschaftsbänder. Dagegen hatte Maria bis dahin von der Liebe noch nicht viel mitbekommen, wenn man den Schilderungen der anderen glauben darf. Und dann kam Marco. Lassen wir mal das Thema mit den Armbändern, aber das Ganze war schon eine krasse Situation. Der ›Bruder‹ will sie heiraten, die Zieh-Familie, der sie sehr verbunden ist, verurteilt ihre neue Liebe. Sie erlebt ein wahnsinniges Auf und Ab der Gefühle, wahrscheinlich das erste Mal in ihrem Leben ist sie wirklich verliebt, so mit Schmetterlingen im Bauch ... Wie muss das für Maurizio gewesen sein? Er sagt, er wusste nichts von der Schwangerschaft, aber stimmt das? Weißt du, ich mag Maurizio total gerne, aber er hätte ein verdammt gutes Motiv gehabt.«

»Leider hast du recht«, stimmt Vinc mir ernsthaft zu.

Dieses Mal wäre mir ein Widerspruch lieber gewesen.

KAPITEL 12

LA BIBBIA – DIE BIBEL

Sabato (Samstag) – Tag 13

Ein vorsichtiges Klopfen an der Zimmertür weckt mich. Vinc dreht sich brummend auf die andere Seite, ohne die Augen zu öffnen. Es klopft erneut. Ich will ihn nicht wecken, schiebe das Laken zur Seite und schwinge die Beine über die Bettkante. Ein Blick auf mein Handydisplay zeigt 8 Uhr. So lange schlafe ich eher selten, bei Vinc ist das normal. Barfuß tappe ich zur Tür und öffne. Rosa steht davor, verharrt mit erhobener Hand mitten in der Bewegung.

»*Mi dispiace disturbarvi così presto*«, entschuldigt sie sich leise mit einem Blick ins Zimmer, »Maurizio hat gerade angerufen. Seine Frau traut sich mit ihrem lädierten Arm noch nicht, Auto zu fahren, seine Angestellten haben am Wochenende frei, deshalb muss er alles allein stemmen und kann nur einen Teil der Lieferungen übernehmen. Für heute Vormittag hat er die meisten abgesagt und mich gefragt, ob ich vielleicht später jemanden hochschicken kann. Danilo bringt heute mein Sofa weg, es wird aufgepolstert und neu überzogen. Deshalb möchte ich euch bitten, zur Azienda hochzufahren.«

»Ja klar, kein Problem, ich gehe erst am Abend mit Maurizio zur Burg, aber ist es nicht ein bisschen sehr zeitig für diverse Besorgungen?«, fragend schaue ich sie an.

»Ich muss Maurizio Bescheid geben.« Sie zupft verlegen an ihrem Ohrläppchen.

»Okay, Rosa, das ist doch nicht alles, raus mit der Sprache, was können wir für dich erledigen? Außer dem Einkauf, das machen wir später«, ziehe ich ihr geduldig alles aus der Nase. Rosa ist heute ein bisschen umständlich.

»Es ist mir etwas unangenehm, aber ich habe einer Bekannten versprochen, ihr zu helfen … ähm …«

»Rosa! Was ist so wichtig in aller Früh, am Samstag?«

»Na ja, vor ein paar Minuten hat sie angerufen. Ausgerechnet heute Morgen braucht sie mich. Es ist ein Freundschaftsdienst, und ich kann ihr die Bitte nicht abschlagen. Das Dumme ist, dass ich einen Termin in der Kirche habe, den Blumenschmuck zu erneuern. Wir sind eine ehrenamtliche Gruppe, die Monsignore Altoni dabei unterstützt, aber heute ist Signora Romano allein und ich habe keinen Ersatz für mich gefunden.«

»Ist das alles?« Ich lache erleichtert. Irgendwie habe ich was Schlimmeres erwartet. »Du willst fragen, ob ich dich in der Kirche vertrete? Wenn du mir das zutraust, mache ich das gerne. Ich vermute, das wäre zeitnah erwünscht?«

»*Sì, scusa*, Doro, ich sollte um halb neun da sein.«

Ich fackle nicht lange. »Bin in zehn Minuten unten, ich zieh mich nur schnell an. Kannst du mir schon mal einen *caffè* vorbereiten? Einen doppelten, *per favore*. Und irgendwas zu essen.«

Rosa nickt erleichtert.

Vinc lasse ich schlafen, er soll sich von gestern erholen, die Impfungen sind nicht ganz ohne. Außerdem glaube ich nicht, dass er so früh am Morgen gesteigerte Lust auf Blumenarrangements hat. Ist auch nicht unbedingt mein

Wunschtermin, aber der Monsignore ist ein Netter, und vor allem tu ich Rosa einen Gefallen – *allora*, ich mache mich fertig und springe runter in die Küche. Gerade läuft das letzte Tröpfchen *caffè* in die Tasse, und Rosa hat einen Marmeladentoast für mich gestrichen.

»Du kannst Signora Romano zur Hand gehen, ich habe sie angerufen. Sie weiß, dass du statt meiner heute aushilfst. Ob der Monsignore selbst da ist, weiß ich nicht.«

Wenn nicht, wäre das schade, aber jetzt habe ich schon zugesagt. »Rosa, gibst du Vinc Bescheid, wenn er aufwacht?«, bitte ich die alte Dame, dann mache ich mich auf den Weg.

Schon von Weitem sehe ich die Menschentraube am Portal der Kirche. Auf Zehenspitzen linse ich zwischen den Köpfen der Frauen hindurch – es sind tatsächlich nur Frauen, die sich um das weiße Blatt Papier drängen, auf dem in schwarzen, wiederum ausgeschnittenen Lettern etwas geschrieben steht, das anscheinend alle erfahren sollen. Der Verfasser hat sich mal größerer, mal kleinerer Buchstaben oder auch vollständiger Worte bedient, die sich in holperigen Zeilen zu einer neuen Botschaft aneinanderreihen. Wie wir mittlerweile wissen, wurden sie aus diversen Zeitungen ausgeschnitten, der »La Repubblica«, der »Avvenire« oder der »Il Fatto Quotidiano«. Vor allem die »Avvenire« als christlich ausgerichtete Zeitung könnte ein Hinweis sein. Die gibt es sicherlich nicht überall. Trotzdem wird es schwer, alle infrage kommenden Zeitungsabonnenten zu überprüfen. Der oder die Verantwortliche wird die Reste kaum in der Papiertonne vor dem Haus entsorgt haben. Außerdem gibt es die Zeitungen an jedem Kiosk oder in der *tabaccheria*, der Tankstelle und im Supermarkt. Es wäre ein Zufallstreffer, den öffentlichen Mahner auf diesem Weg zu finden. *»Non pronunciare falsa testimonianza contro il tuo prossimo o contro te stesso«*, liest eine der Frauen vor. Das ist also der neue Text. *Du sollst nicht falsches Zeugnis ablegen gegen andere oder gegen dich selbst*, was für mich im Klartext bedeutet: Kümmere dich um deinen eigenen Kram und rede nicht schlecht von anderen. Oder schlicht: Du sollst nicht lügen. Soweit ich mich an die Zehn Gebote aus der Bibel erinnere, ist das zumindest im engeren Sinn eine der Forderungen Gottes an seine Schäflein. Vielleicht kann der Monsignore etwas dazu sagen. Oder Fabios *nonna* Valentina, die ist laut Fabio recht bibelfest.

Altoni kommt von seinem morgendlichen Termin zurück, und die Frauen inklusive meiner Wenigkeit stehen noch immer in Grüppchen um die Kirchentür herum, keine hat sich getraut, den Zettel abzunehmen. Resolut bahnt sich Altoni den Weg zwischen uns hindurch und liest, was auf dem Blatt steht. Er löst die Klebestreifen, rollt das Blatt zusammen und öffnet die Kirchentür. »Meine Damen, alle, die nichts mit der Dekoration und dem Blumenschmuck zu tun haben, gehen jetzt bitte nach Hause. Signora Romano, Sie kommen mit mir, *per favore. Signorina?*« Sein fragender Blick bleibt an mir hängen, weil ich nicht den Frauen folge, die sich murrend über dem Kirchhof zerstreuen, sondern mich an die Seite von Signora Romano geheftet habe.

»Rosa Benedini hat mir die junge Frau geschickt, weil sie selbst heute nicht kann. Die Signorina wohnt zurzeit bei Rosa und ihrem Neffen«, erklärt Signora Romano meine Anwesenheit.

Der Monsignore nickt. »Wir kennen uns bereits«, sagt er. »Sehr freundlich, *signorina*, dass Sie uns helfen wollen. Signora Romano, kommen Sie mit mir? Wir besprechen kurz die Dekoration, damit Sie loslegen können.«

Die beiden entfernen sich Richtung Altarraum, ich bleibe in ihrer Nähe.

Offensichtlich werden heute neue Schalen aufgestellt, seitlich steht der beladene Leiterwagen eines Blumengeschäfts. Signora Romano und der Pfarrer beratschlagen, welche Schale wohin muss, aus einer Seitentür schlurft ein beleibter älterer Mann herein, der anfängt, die alten Gebinde neben dem Wagen am Boden abzustellen.

Ich gehe zu ihm rüber. *»Cosa posso fare?«*, frage ich.

Mir wird ein Besen in die Hand gedrückt, ich soll die welken Blätter, die am Boden liegen, zusammenkehren. Das mache ich, behalte aber die Signora und den Pfarrer im Auge, und als ich sehe, dass Altoni sich verabschiedet, springe ich schnell zu ihm.

»Monsignore, darf ich Sie etwas fragen?«

»Sì, certo.« Altoni lächelt, mein Besen stimmt ihn wohl freundlich. Er legt seine Hand auf meinen Oberarm und schiebt mich in eine der blanken Holzbänke. Signora Romano würde sich liebend gerne dazusetzen, das steht ihr ins Gesicht geschrieben, aber sie traut sich nicht und gesellt sich zu dem Hausmeister oder Mesner, wie ich vermute, der sich gerade vorne den Altarraum vornimmt.

»Was haben Sie auf dem Herzen, *signorina*?«

»Der Spruch vorhin an der Kirchentür ›*Non pronunciare falsa testimonianza contro il tuo prossimo o contro te stesso*‹ bedeutet für mich so viel wie ›Du sollst nicht lügen‹. Stimmt das, Monsignore Altoni? Also wieder eins der Zehn Gebote?« Ich bin in einer Kirche, und ich suche Antworten. Wie viele andere Menschen. Nur suche ich keinen seelischen Beistand, sondern will der Gerechtigkeit auf die Sprünge helfen und meinen Freunden beistehen.

»So in etwa, ja, du sollst nicht lügen oder Lügen über andere verbreiten.«

Der Monsignore schaut mich lange an, nein, er schaut in mich hinein. »*Occhio per occhio, dente per dente*«, sagt er mit gedämpfter Stimme.

Auge um Auge, Zahn um Zahn? Was meint er damit? Ich schalte nicht sofort. Doch dann macht es klick. »Noch ein Brief?«, flüstere ich heiser. Ich räuspere mich. »Auge um Auge, das klingt bedrohlich.« Wie eine kalte Hand scheint der Satz nach mir zu greifen.

»*I dieci comandamenti*, die Zehn Gebote. Die uns den Weg zu einem christlichen Leben weisen. Sie haben schon recht, *signorina*. Übrigens, das letzte Zitat, das ursprünglich aus dem Alten Testament stammt, ›Auge um Auge, Zahn um Zahn‹, hat Jesus in seiner Bergpredigt gesprochen, und es bezieht sich durchaus auf den Gedanken der Rache. Es ist die Frage, wie tief der Briefeschreiber in die biblischen Texte eingetaucht ist. Ich will Sie nicht mit theologischen Auslegungen langweilen, aber kurz gesagt: Da geht es oft recht hart zur Sache. Im Alten Testament hat Gott Moses als Sprachrohr gewählt, um den Menschen harte Strafen im Falle eines Fehlverhaltens anzukündigen. Und heute? Sollen die Botschaften nur mahnen, oder sind sie eine Aufforderung, der Gerechtigkeit mit allen Mitteln nachzukommen? Eine Aufforderung zur Rache? In der Bergpredigt im Matthäusevangelium hat Jesus allerdings auch gesagt: ›Ihr habt gehört, dass den Alten gesagt ist: Auge um Auge, Zahn um Zahn. Ich aber sage euch: Leistet dem, der euch etwas Böses antut, keinen Widerstand, sondern wenn dich einer auf die rechte Wange schlägt, dann halt ihm auch die andere hin.‹ Jesus hat in dieser Rede einen versöhnlicheren Verhaltenskodex an die Menschen weitergegeben als sein göttlicher Vater im Alten Testament mit den Zehn Geboten an Moses.« Altoni sieht mich nachdenklich an. »Ich bin vielleicht zu verkopft, zu theoretisch, aber zu viel Emotionalität trübt oft den Blick für die Wahrheit. Nehmen Sie nur mal die Frauen heute am Portal. Die haben sich sofort von den Worten angegriffen gefühlt, sich skeptische Blicke untereinander zugeworfen, als müssten sie sich verteidigen. Jede hat natürlich schon mal gelogen oder über einen Mitmenschen hergezogen, aber ich glaube kaum, dass unser Briefeschreiber diese Lügen meint. Vielleicht auch, aber explizit hat es bestimmt mit den Toten zu tun. Was denken Sie, *signorina*?« Er interessiert sich, wie es scheint, wirklich für meine Interpretation.

»Mahatma Gandhi hat gesagt ›Auge um Auge – und die ganze Welt wird blind sein‹, habe ich gelesen, und ich finde, das passt. Aber das hilft uns auch nicht weiter. Die Menschen, die die Briefe lesen, nehmen die Aussagen wörtlich. Und ich glaube, alle kriegen allmählich Angst. Weil es nicht vorbei ist. Es sind nicht nur die Leichen von Maria und Marco aufgetaucht, der Finger wird wieder in die Wunden vieler gelegt. Genauso wie damals«, bemühe ich mich um eine kurze Zusammenfassung meiner Einschätzung.

»Vielleicht sind wir längst blind. Weil jeder nur an sich denkt. Das Leid des anderen ist schlimm, aber zum Glück nicht das eigene. Und die Vergehen der anderen müssen geahndet werden, für die eigenen hat man ja einen guten Grund.« Altoni seufzt.

»Oder die Menschen hier sind blind vor Angst, ins Visier des Mörders zu geraten. Nichts sehen, nichts hören, nichts sprechen – kurz gesagt: den Kopf in den Sand stecken, damit man nicht in den Fokus gerät.«

»Wer kann schon in die Seelen der anderen schauen? Und wer hat das Recht zu verurteilen?«, sagt Altoni mit nachdenklicher Miene.

Ich nicke. Das ist mehr, als ich erwarten durfte.

Altoni macht keine Anstalten aufzustehen. »Noch mal zu den Botschaften: Ich glaube nicht, dass der Verfasser sehr bibelfest ist, dazu sind die Stellen nicht differenziert genug ausgewählt, andererseits kennt sie jeder, und das ergibt natürlich Sinn. Jedenfalls hat dieser Mensch offensichtlich gezielt die Heilige Schrift ins Spiel gebracht, um seine Forderungen zu unterstreichen. Er will, dass alle verstehen, was gemeint ist. Vor 20 Jahren wurden die Botschaften persönlich zugestellt, heute hängen sie offen und gut sichtbar aus. Das sorgt dafür, dass die Empfänger die Botschaft nicht ignorieren können. Und die Leute nehmen es dennoch persönlich.«

»Klingt logisch. Was meinen Sie, rein aus dem Bauch heraus – ist der Verfasser dieser Werke der Mörder?«

Altoni streicht seinen schwarzen Überwurf glatt. »Ich würde eher sagen, nein. Die Briefe sind sehr emotional, so schreibt kein Mörder, sondern eine Person, die etwas mitteilen möchte.«

»Okay, das eine schließt das andere aber nicht aus, oder? Und warum sagt die Person nicht direkt, was sie meint?«

»Weibliche Handschrift?« Altoni lächelt ein wenig verschmitzt.

»Sie meinen, der Verfasser ist eine Frau?« Ein Gedanke, der auch in unserer Runde schon im Raum stand.

»Aus dem Bauch heraus, wie Sie so schön gesagt haben, würde ich dazu neigen, das anzunehmen.«

»Und dass die Botschaften nicht im eigentlichen Sinn des Wortes handgeschrieben sind, sondern aus Zeitungsbuchstaben zusammengeklebt wurden, spricht das aus Ihrer Sicht ebenfalls für eine Frau?«

»Nein, das ist geschlechtsneutral, würde ich sagen. Aber wissen Sie, *signorina*, es ist 20 Jahre her, dass hier bei uns im Schatten des mächtigen Monte Baldo eine grausame Tat verübt worden ist. Und darauf muss man blicken. Warum ist diese Tat geschehen? Der Täter muss einen Grund gehabt haben. Ein Motiv, wie man sagt. Und das muss man finden. Es ist ja nicht alltäglich, dass zwei junge Menschen einen solchen Erzfeind haben.«

»Es könnte aber auch die Tat eines Außenstehenden gewesen sein, ein Zufallsmord, eine Vertuschungstat.«

Altoni überlegt. »So hart das klingen mag, das wäre aus menschlicher Sicht das Beste. Es wäre leichter zu begreifen. Aber in diesem Fall wäre der Mörder noch schwerer zu fassen.«

»Da haben Sie recht. Das Motiv ist der Schlüssel. Wenn wir das Motiv haben, haben wir den Täter.« Klingt idiotisch einfach oder idiotisch schwer.

Signora Romano eilt mit raschelndem Rock auf uns zu. »*Signorina*, wir bräuchten ein paar kräftige Hände, wir müssen die Schale vom Altar zur Seite tragen.« Der leicht pikierte Ton spricht Bände. Damit ist mein Gespräch mit dem Monsignore beendet, und ich folge der *signora* zum Altarraum.

Nach meinem ehrenamtlichen Einsatz laufe ich nach Hause. Im Schaufenster einer Pasticceria locken verschiedene Gebäckteilchen, ich kaufe eine Auswahl und verlasse mit einer Schachtel vielversprechender Köstlichkeiten den Laden. Die Aussicht auf ein zweites Frühstück im Garten verleitet mich dazu, schneller zu gehen.

Vinc ist da, und Rosa will uns Gesellschaft leisten. Leonardo und Unicorno nicht zu vergessen – für die beiden schneide ich einen Apfel in der Küche auf.

»Wie wär's, sollen wir die Hasen auf der Wiese hoppeln lassen?«, schlage ich vor. Obwohl nicht ich es bin, die sie schlachten wird, habe ich ein schlechtes Gewissen, wenn ich sie in ihrem Stall kauern sehe. Vielleicht ein paar Stunden in Freiheit …

Rosa schnaubt empört. »So weit kommt es noch! Nach einem Vormittag wächst hier kein Kräutlein mehr!«

»Leonardo und Unicorno sind doch auch nicht gerade zurückhaltend«, wende ich ein.

Aber Rosa bleibt hart. »Die Kaninchen bleiben im Stall. *Basta!*«, sagt sie und greift sich eines der Cantuccini vom Teller.

»Das mit dem Einkauf bei Maurizio hat sich erledigt, er holt dich später ab und bringt die Ware gleich mit«, teilt Rosa uns mit.

Ich finde mich damit ab, dass aus meinem gut gemeinten Ausflug für die Nager nichts wird, und erzähle von meinem Gespräch mit Altoni. »Der Monsignore ist trotz seines Alters sehr aufgeschlossen – ein positives Beispiel seiner Zunft«, lobe ich.

»Wenn alle so wären, könnte man glatt dabeibleiben«, sagt Vinc. »Zumindest bei uns in Deutschland treten ja immer mehr Menschen aus der Kirche aus.«

»Bei uns schon auch«, sagt Rosa. »Für mich kommt das aber nicht infrage. Ich ziehe viel Kraft aus meinem Glauben.«

»Ich glaube, vielen geht es hauptsächlich ums Geld«, spekuliere ich.

Rosa zupft am Tischtuch. »Bei uns zahlt man 0,8 Prozent der Einkommensteuer an anerkannte Religionsgemeinschaften oder humanitäre Zwecke. Jeder Steuerzahler bestimmt jährlich neu, an wen sein Geld geht. Es muss nicht zwangsläufig die Kirche sein. Gründe auszutreten gibt es viele. Aber ob das immer der richtige Weg ist?«

»Keine Ahnung, das muss jeder für sich entscheiden. Gibt ja oft so wellenartige Bewegungen, je nach Zeit und Weltgeschehen. Und Wohlstand«, fasst Vinc zusammen. »Und natürlich spielt der Pfarrer eine große Rolle. Das Vertrauen muss da sein.«

»Meinst du, der Briefeschreiber hat besonders viel Vertrauen zu Altoni, weil er schon zum zweiten Mal die Tür seiner Kirche als Anklageort missbraucht? Und der Friedhof gehört ja auch dazu.« Mein Gespräch mit Altoni wirkt in mir nach.

»Monsignore Altoni ist sehr beliebt, und man vertraut ihm«, sagt Rosa.

Fabio stößt zu uns. Er setzt sich auf einen *caffè* mit an den Tisch.

»Wir unterhalten uns gerade über diese merkwürdigen Briefe und Botschaften«, beziehe ich ihn in unser Gespräch mit ein.

»Meine Mutter ist sehr bibelaffin«, sagt Fabio und kaut genüsslich an einem Keks. »Die könnte euch das besser erklären, ich habe damit wenig am Hut. Und meine *nonna* hat das katholische Gen in die Wiege gelegt bekommen, hat mein Vater mal gesagt. Sie ist noch schlimmer als *mamma*. Die beiden gehen häufig zusammen in die Kirche. *Mamma* übertreibt es aber nicht, meine *nonna* ist ein wenig komisch in der Beziehung. Aber sie ist alt, da darf man ruhig ein bisschen schrullig sein.« Fabio meint das offensichtlich völlig ernst.

»Deinem Vater war das auf Dauer zu viel?«, frage ich.

Fabios Miene verschließt sich wie eine Auster. Die Verletzung sitzt zu tief, und er bereut es offensichtlich, ihn überhaupt erwähnt zu haben.

Meine Bemerkung tut mir leid, und die Lockerheit ist verschwunden. Ich versuche, das Ruder herumzureißen. »Deine Oma ist eine alte Frau und mit der starken Rolle der Kirche in der Gesellschaft aufgewachsen, deine Mutter stammt aus einer anderen Generation, da ist das schon nicht mehr so normal. Ich war vor zwei Tagen mit ihr oben bei der Madonna. Es war sehr ergreifend, wie viel Mitgefühl die Leute äußern.«

»Meine Mutter legt an jedem Geburtstag und an Weihnachten einen Brief bei der Madonna dell'Accoglienza ab. Das hat sie schon immer gemacht, und die Leute finden den Platz da oben jetzt wohl ebenfalls passend, weil mein Onkel und seine Freundin am Berg getötet wurden. Sie bringen Fotos, Briefe und auch Andenken zur Madonna.

Ich war mit *mamma* dort, wir haben einige Briefe gelesen und uns die Bilder angesehen. Ist echt krass hart.« Fabio knetet seine Finger.

»Apropos Briefe. Die Idee ist nicht neu«, sagt Rosa.

»Meinst du die anonymen Nachrichten, die in den letzten Tagen aufgetaucht sind? Wissen wir, es gab vor 20 Jahren ähnliche Schreiben«, erwidere ich.

»Davon rede ich nicht. Es gab schon viel früher solche Botschaften.«

Jetzt hat Rosa unsere Aufmerksamkeit. Fabio verabschiedet sich, vielleicht kennt er die Geschichte bereits.

»Ein paar Monate, bevor Maria und Marco verschwunden sind, ist ein Journalist auf alte Briefe einer Kräuterhexe gestoßen, die vor ewiger Zeit hier in der Gegend gelebt hat. Außer ihrer Kräuterkenntnis war sie auch sehr bibelfest, was sie in Form von Briefen an ihre Mitbürger mahnend gezeigt hat. Ein Aufruf in der Zeitung und im Radio hat einige Leute veranlasst, im Fundus ihrer Ahnen zu kramen, und es kamen weitere Briefe zum Vorschein. Akribisch mit Tinte und Feder geschrieben. Fotos von den Briefen wurden in der Zeitung veröffentlicht, und man konnte sich förmlich vorstellen, wie die alte Lucia in ihrer kargen Hütte am Berghang ihren Weltschmerz zu Papier gebracht hat, einsam und ein bisschen irre. Aber sie habe mit ihren Mahnungen immer ins Schwarze getroffen, haben die Leute erzählt, die noch etwas von ihr wussten. Teils aus eigener Erfahrung, teils aus Erzählungen. Der Journalist und die Zeitung haben eine Serie daraus gemacht.«

»Hätte heute Podcast-Potenzial«, sagt Vinc lachend.

»Es kam damals im Radio«, erinnert sich Rosa. »Alle

glaubten, die alte Lucia sei eine Hexe, und sie beäugten ihre Kräutermixturen und ihre Streifzüge durch die hügeligen Hänge des Monte Baldo skeptisch. Die alte Frau hat nicht nur Kräuter gesammelt, sondern auch bei jeder passenden und unpassenden Gelegenheit die Bibel zitiert. Im Laufe der Zeit wurde die Legende um die alte Lucia immer mysteriöser. Sie wurde zur Heiligen und Hexe zugleich stilisiert und war in Wirklichkeit nur eine kräuterkundige Frau, die sich um Menschen kümmerte, die ihre Hilfe suchten. Sie hat diejenigen verurteilt, die anderen Böses taten und egoistisch, rücksichtslos und nur nach Gewinn und Macht strebend durch die Welt zogen. Die hat sie mit Stellen aus der Bibel ermahnt, hat den zornigen Gott aus dem Alten Testament sprechen lassen. Natürlich hat es auch Paare getroffen, die in wilder Ehe lebten, so war das damals. Sie hat die Gebote so gelesen, wie sie in der Bibel stehen. Hart, ausführlich und in aller Konsequenz. Ihr müsst euch mal die Zehn Gebote im Alten Testament anschauen, da spricht nicht der gütige Rauschebart-Himmelspapa, sondern hier fordert Gott strenge Strafen für begangene Sünden. Die alte Lucia hat diese Konsequenz allerdings nur schriftlich angekündigt und nie ausgeführt.«

Vinc stützt die Ellbogen auf den Tisch. »Also ist die Essenz aus der Geschichte: Jeder wusste von Lucias Briefen, und nach Marias und Marcos Verschwinden hat einer die Idee aufgegriffen und sich zum Moralapostel ernannt.«

»Hast du eine Bibel da, Rosa?«, frage ich spontan.

»Ja, und es fehlen keine Buchstaben!«

»Sehr witzig. Aber im Ernst, ich würde gerne einen Blick hineinwerfen.«

Wir räumen ab, und ich verziehe mich samt Rosas Bibel, der *Sacra Bibbia*, auf den Liegestuhl. Normalerweise ist die Bibel nicht meine bevorzugte Lektüre, aber im Zusammenhang mit den aktuellen Botschaften finde ich sie spannend. Vinc fläzt im Stuhl neben mir, liest am Smartphone und beobachtet nebenbei interessiert mein Tun.

»Doro, ich liebe dich, aber wenn du jetzt so schrullig wirst wie die alte Lucia, dann muss ich mir das mit dem Heiratsantrag gründlich überlegen.«

»Dann mach halt ich dir einen«, murmle ich und mühe mich mit den umständlichen Sätzen ab, die ich selbst in der deutschen Ausgabe zweimal lesen müsste, um sie zu verstehen. Ein paar Stellen sind angestrichen. Hat das etwas zu bedeuten? Macht sich Rosa auch Gedanken, so wie ich?

Nach einer Weile wird es mir zu anstrengend, und ich klappe das Buch zu. »Wer hat sich von diesem Bibelding inspirieren lassen? Und von Lucias Idee mit den Briefen? Valentina, die oft mit ihrem Rosenkranz dasitzt und betet? Oder jemand anders? Antonella?« Ich seufze. »Der Pfarrer meint, es sei eine Frau. Hat Claudia mir gegenüber auch mal vermutet. Die Identifikation mit der Bibel und die Denkweise, die sich daraus ableiten lässt, sprächen eine weibliche Sprache, meinte sie. Vielleicht ist es aber doch Altoni ... Die alte Lucia hat ihre Mahnungen noch handschriftlich verfasst. Mit Feder und Tinte, säuberlich aus der Bibel abgeschrieben. Unser aktueller anonymer Schreiberling, bei dem es sich durchaus um den damaligen Verfasser der Briefe handeln könnte, bedient sich ebenfalls des Inhalts der Bibel, zumindest sinngemäß, aber er oder sie schneidet die Buchstaben aus der Zeitung aus.«

»Altoni wäre dir lieber als Antonella oder Valentina, stimmt's?«

»Ja, aber ich halte das für unwahrscheinlich. Der Pfarrer ist mit seiner Kirche verwoben und etwas altmodisch in seinen Ansichten, aber nur weil er so alt ist und mit dem Internet nicht auf Du und Du steht, schreibt er noch lange keine anonymen Briefe. Seit ich mit ihm gesprochen habe, schließe ich das so gut wie aus. Leider. Oder zum Glück, denn ein fanatischer Pfarrer wäre nicht gut für seine Schäflein. Die brauchen ihren Monsignore gerade jetzt, wo sie mit der Angst leben, einen Mahner oder gar Mörder unter sich zu haben, von dem sie sich bedroht fühlen.«

»Vor allem die, die damals schon Briefe bekommen haben«, ergänzt Vinc. »Über die Angelegenheit hatte sich das Mäntelchen des Vergessens gelegt oder besser gesagt das Mäntelchen des Verdrängens.«

»Und jetzt kocht alles wieder hoch. Einige haben vor 20 Jahren schon Post gekriegt, manche haben befürchtet, auch einen Brief zu erhalten, manche haben sich als Adressaten geoutet, andere vielleicht nicht. Dass die Geschichte in den Köpfen vieler Leute sofort wieder dermaßen präsent war, zeigt, wie wenig vergessen wurde.«

»Schatz, ich bin froh, dass ich kein *Malcesinese* bin«, bekennt Vinc, und ich schließe mich dem an.

KAPITEL 13

CORAGGIO - MUT

Sabato (Samstag) – Tag 13

Um kurz vor 20 Uhr holt Maurizio mich ab, und wir fahren gemeinsam zur Burg hoch. Die Burg schließt heute früher als sonst am Samstag, das war aber im Internet angekündigt, und die Besucher beschweren sich nicht.

»Du kannst gerne vorausgehen, du kennst den Weg ja schon«, sagt Maurizio zu mir.

Ich winke ab. »Kein Problem, es eilt ja nicht.«

Wir warten im Eingangsbereich, bis die letzten Gäste das Areal verlassen haben.

Maurizio sperrt das Tor hinter dem Kassierer und den anderen Angestellten von innen ab. »Man weiß nie, es gibt immer Leute, die sich von einer verschlossenen Tür nicht abhalten lassen«, erklärt er.

»Oder die sich hier drinnen verlaufen.« Ich lache. »Ich erinnere mich an verschiedene Treppen, kleine und größere Innenhöfe, alles in allem ein eher verworrenes Wegenetz.«

Maurizio schaut über die Schulter zu mir. »Du wärst nicht die Erste, die ohne Plan hier die Orientierung verliert. Aber die Anlage ist trotzdem überschaubar, bis jetzt ist hier noch keiner verloren gegangen. Die Angestellten wissen schon, wo sie nach verirrten Schafen schauen müssen, und sammeln alle rechtzeitig ein, bevor abgesperrt wird.«

»Ist halt ziemlich verschachtelt gebaut, dazu der Turm mit seinen fünf Ecken, das kann verwirren.«

»Ja, so ist das, wenn viele mitmischen. Die Scaliger, die Visconti, die Regierung von Venedig, sie alle und noch viele andere haben die Burg für gewisse Zeit als die ihre betrachtet, und jeder hat um- und angebaut.«

»Die Burg macht Eindruck und hat Charme, das auf jeden Fall. Und Malcesine ohne Burg? Nicht vorstellbar. Es gibt ja einige Scaligerburgen rund um den Gardasee. Die in Sirmione kenne ich zum Beispiel, und auch die in Valeggio sul Mincio mit der großen Brücke, der Ponte Visconteo, auf der jedes Jahr das berühmte Tortellinifest stattfindet.«

»*Sì, certo*, als Köchin …«

»Ja, wir waren im Frühjahr letzten Jahres dort, als wir eine TV-Reportage für meinen Vater vorbereitet haben. Egal, auf jeden Fall waren die Scaliger und die Visconti sehr aktiv hier am Gardasee.«

»Das ist richtig. Aber was anderes, Doro, schau, das gefällt dir bestimmt.«

Wir steigen eine Treppe hoch und gehen ein Stück an der Mauer entlang. Ein kleiner steinerner Balkon ragt frei in luftiger Höhe zwischen den Zinnen an der Außenmauer direkt über dem See. 24 Meter hoch, sagt Maurizio. Ein Absperrband hält die Besucher vom Betreten des Balkons ab. *»Temporaneamente chiuso per lavori di ristrutturazione. Accesso vietato.«* – »Wegen Renovierungsarbeiten vorübergehend geschlossen. Betreten verboten.« So steht es auf einer gelben Warntafel. Und ja, die steinerne

Balustrade hat einige nicht sehr vertrauenerweckende Risse. Eine rostige Seilwinde lässt erahnen, dass früher hier Wasser vom See heraufgezogen und dabei die Aussicht genossen wurde.

»Schade«, sage ich scheinheilig zu Maurizio.

»Geh ruhig auf den Balkon, dein Leichtgewicht trägt er locker«, meint er spöttisch.

»Och nö«, lehne ich dankend ab und linse vom sicheren Burgboden aus respektvoll in die Tiefe.

»Früher sind wir da runtergesprungen«, sagt Maurizio und beobachtet dabei genau meine Reaktion.

»Ja klar, und ich bin die Königin von Timbuktu.«

»Im Ernst, Doro. Es gibt ein paar Stellen an diesen Felsen, an denen das Wasser so tief ist, dass man reinspringen kann. Hier ist der höchste Punkt, das trauen sich nicht alle. Vor ein paar Jahren gab es genau hier einen Wettbewerb für Klippenspringer. Allerdings sind die Sportler nicht von dem Balkon abgesprungen, sondern es wurden zwei riesige Plattformen hier an der Burgmauer befestigt, in 27 Metern Höhe für die Männer, in 20 Metern Höhe für die Frauen. War ein riesiges Spektakel.« Maurizio schaut verträumt in die Ferne, als wollte er am liebsten sofort springen.

»Stopp, mein Freund«, widerspreche ich und halte ihn am Ärmel fest. Du bleibst schön hier. Wir machen erst alles fertig, und dann schauen wir runter an den Strand, und zwar *a piedi*, wie der Italiener sagen würde, vielleicht sind die Jungs noch an der *capanna*.«

»Höhenangst?«, flachst er.

»Nicht direkt, aber fester Boden unter den Füßen ist mir in diesem Fall lieber als schwimmen«, gebe ich zu.

»Und die Aussicht auf einen Spritz unten am Strand finde ich verlockender als einen Schwall Wasser in der Nase.«

Maurizio lächelt. »Das war ein wunderbarer Nervenkitzel früher, aber jetzt nicht mehr – die alten Knochen, das Herz …« Er lacht auf. »Warte mal ein paar Jährchen, dann verstehst du das Gejammer.«

Ich kenne derartige Aussagen von Paps. »Midlife-Crisis« nenne ich es, »Vernunft und Weisheit« nennt er es. Das Wort »Altersweisheit« lehnt er allerdings rigoros ab.

»Bei so einem Sprung kriege ich auch ohne Herzprobleme einen Infarkt«, stelle ich trocken fest, und für diese Erkenntnis brauche ich nicht mal Altersweisheit. Aktuell genügt mir mein verletzter Finger, das war lästig genug – unwillkürlich drücke ich mit dem Mittel- und Zeigefinger gegen die verheilte Wunde. Ist immer noch taub, tut aber nicht mehr weh.

Ich seufze ein bisschen, weil ich mir Sorgen um Vinc mache. Hoffentlich war die Ratte nicht infiziert, dagegen ist man in keinem Alter gefeit. Ich klopfe heimlich auf Holz, spreche den Gedanken nicht laut aus, weil ich weiß, dass Maurizio sowieso ein schlechtes Gewissen deswegen hat. Und das will ich nicht. Er hat genug Altlasten, die er mit sich herumschleppt. Dass sich eine Ratte in den Rucksack verirrt hatte, war ein saudummer Zufall, normalerweise lassen sich die Viecher nicht blicken. Das wiederum beunruhigt Maurizio, weil er nichts mehr fürchtet als eine Rattenplage. »Wo eine ist, sind noch mehr«, hat er geunkt und gestern sofort Giftköder ausgelegt.

Die Sonne verschwindet allmählich hinter den Bergen auf der gegenüberliegenden Seeseite. »*Allora*, kümmern wir uns um die Bestuhlung auf dem Rivellino, der Außenterrasse, wo sich morgen zwei glückliche Brautpaare das Jawort geben wollen.« Meine Blicke schweifen umher und bewundern die Stadt, den See und die westliche Seite des Monte Baldo im Licht der untergehenden Sonne. Ganz ehrlich, einen schöneren Ort kann man kaum finden.

Erschrocken fahre ich zusammen. Ein lauter Knall hallt in der Idylle nach. Was war das? Auch Maurizio hat sich alarmiert in Richtung des Lärms umgedreht. Bevor wir uns orientieren können, knallt es erneut. Dieses Mal reißt es Maurizio fast von den Beinen. Neben ihm ist etwas in dem Boden geschlagen. Ich bin viel zu erschrocken, um klar zu denken.

»Schnell!« Hart packt Maurizio mich am Arm und zerrt mich hinter einen Mauervorsprung.

»Was zum Teufel ist das?«, flüstere ich panisch und reibe meinen schmerzenden Arm.

»Schüsse«, knurrt Maurizio mit belegter Stimme. »Irgendein Idiot ballert hier herum.« Auch er flüstert.

Wir rühren uns nicht und lauschen.

»Schüsse? Spinnt der? Wenn der uns trifft!«, presse ich hervor.

Maurizio stößt einen undefinierbaren Ton aus. »Vielleicht ist genau das sein Ziel.«

Ich starre ihn an. »Du meinst … da schießt einer auf uns? Ist der irre?«

Gleichzeitig mit dem nächsten Knall zischt etwas dicht an uns vorbei.

»Wir müssen hier weg, er weiß, wo wir sind, und er scheint es auf uns abgesehen zu haben.« Maurizio schaut sich hektisch um und sucht nach einem möglichen Ausweg.

Wohl eher auf dich, denke ich, und auch, dass mir das gar nichts nützt, weil mich trotzdem ein Querschläger treffen kann. Außerdem bin ich nicht sicher, ob wirklich nur auf Maurizio geschossen wird. Das vermute ich zwar, wegen des alten Falls und Maurizios Rolle darin, aber sicher bin ich mir nicht. Zumindest nicht so sicher, dass ich mich von Maurizio trennen will. Lieber klebe ich wie eine Klette an ihm und vertraue auf seine Ortskenntnis. Die Gedanken ploppen wie Seifenblasen in Sekundenschnelle in meinem Gehirn auf, um im selben Moment zu zerplatzen und den nächsten Blasen Platz zu machen. Der Weg zur Treppe ist uns abgeschnitten.

»Bleib gebückt und dicht hinter mir, wir rennen so schnell wie möglich hier den schmalen Vorsprung entlang.«

Maurizio ist bereits losgelaufen, ich hechte hinterher, gerade rechtzeitig, um dem nächsten Schuss zu entgehen. Meine Gedanken stehen still, ich konzentriere mich auf den holprigen, unebenen Weg. Jetzt zu stolpern, könnte tödlich sein. Mein Herzschlag dröhnt in meinen Ohren, ich nehme nichts mehr wahr außer dem Weg und Maurizios Rücken. Noch ein Geschoss surrt an uns vorbei. *»Merda«*, presst Maurizio mit schmerzverzerrter Stimme hervor und fasst sich an die Schulter. Der Stoff des Hemdes unter seinen Fingern färbt sich rot.

»Maurizio! Du blutest! Bist du getroffen worden?«, rufe ich voller Angst. Ich will nicht allein hier sein mit dem irren Schützen!

»Weiter. Beeil dich!«, zischt er rau von vorne, ohne langsamer zu werden. »Plötzlich stoppt er, bleibt in der Hocke und dreht sich auf den Fersen zu mir. Ich kauere mich dicht neben ihn und sehe den Schweißfilm, der auf seiner Stirn glänzt. »Du musst mir jetzt vertrauen, Doro. Das ist unsere einzige Chance.«

Ich schüttle langsam den Kopf. Ich glaube das jetzt nicht. »Das ist nicht dein Ernst«, flüstere ich und starre panisch auf das brüchige Geländer des kleinen Balkons.

»Vertrau mir«, fordert Maurizio noch mal eindringlich mit vor Schmerzen heiserer Stimme. »Ich zähle bis drei, dann rennen wir los und springen. Es kann nichts passieren. Kreuze die Arme vor der Brust und versuche, die Beine geschlossen zu halten. Einfach mit den Füßen voran ins Wasser eintauchen.«

»Nein, Maurizio, ich kann das nicht«, wimmere ich, und die Tränen laufen mir übers Gesicht.

»Du musst. Du zuerst!« Maurizio klingt jetzt entschlossen und hart.

»Spring du. Es geht um dich.«

»Doro, ich lasse dich hier nicht allein. Du hast wahrscheinlich recht, es geht um mich. Aber wenn nicht, dann bist du tot. Und den Sprung kannst du gut schaffen!«

Das nächste Geschoss schlägt gegen die Mauer, dicht neben meinem Ohr, prallt ab und springt in die andere Richtung.

»Los! Jetzt!«, brüllt Maurizio außer sich. Er zerrt mich grob hoch, und in mir platzt der Knoten – das Adrenalin, das das verdammt nahe, surrende Geräusch dieser tödlichen Munition in mich gepumpt hat, katapultiert mich über die Brüstung.

»Die Arme an den Körper!«, brüllt Maurizio.

Ich gehorche automatisch, presse meine Beine zusammen und meine Augen zu und warte auf den Aufprall.

Man kann das überleben … Ich habe Angst. Der Sprung dauert eine gefühlte Ewigkeit – lieber Gott, lass es bald vorbei sein … Der Schlag gegen meine Füße ist heftig, ich werde nach unten in die Tiefe getrieben wie eine Gewehrkugel. Wenn ich das spüren kann, dann lebe ich, durchdringt ein glasklarer Gedanke mein panisches Bewusstsein. Und in dem Moment fange ich an, mir mit Armen und Beinen den Weg zur Wasseroberfläche zu erkämpfen. Luft. Ich atme gierig ein. Ich bin im Wasser, und zwar lebendig und an einem Stück. Vor Erleichterung über diese Erkenntnis verschlucke ich mich heftig.

Maurizio! Wo ist er? Hektisch schaue ich mich um. Es ist noch nicht völlig dunkel, ich kann die Wasseroberfläche um mich herum gut erkennen. Aber ich sehe keinen Maurizio. Eisige Kälte breitet sich in mir aus. »Maurizio!«, brülle ich und drehe mich strampelnd und rudernd um meine eigene Achse. Luftblasen platzen an der Oberfläche, vielleicht einen Meter seitlich von mir. Prustend taucht er einige Meter neben mir auf, versinkt aber gleich wieder im Wasser. Ich schwimme zu ihm, packe ihn am Hemdkragen und zerre ihn nach oben. »Was ist mit dir? Maurizio! Was ist los?«

»Mein Arm«, presst er hervor, dann verdreht er die Augen, sodass nur noch das Weiß darin zu sehen ist.

Shit, er ist ohnmächtig, denke ich. Trotzdem bin ich erleichtert. Er lebt. Jetzt liegt es an mir, dass das auch so bleibt.

Entschlossen greife ich von hinten unter seinen Achseln hindurch. »Ich ziehe dich raus. Der Strand ist nicht weit, da können wir Hilfe holen«, rede ich mit ihm, obwohl er mich gar nicht hören kann. Ich verschlucke mich, konzentriere mich nur noch auf die Aufgabe, meinen und seinen Kopf über Wasser zu halten und gleichzeitig vorwärtszukommen. Die Anstrengung treibt mir trotz der Kühle des Wassers den Schweiß aus den Poren. Auf einmal spüre ich, dass Maurizio sich bewegt.

»Paddeln«, presse ich angestrengt in sein Ohr, das dicht an meinem Mund liegt.

»Okay«, würgt Maurizio hustend hervor und strampelt mit den Füßen.

»Seids ihr narrisch!«, werden wir in reinstem Österreichisch am Ufer empfangen. »Do runterzuspringen!«

Ein kleines Grüppchen besorgter und aufgeregter Menschen hat sich um uns gebildet.

Ich bin viel zu sehr damit beschäftigt, mein Zittern unter Kontrolle zu bekommen und mein Handy aus der Hosentasche meiner kurzen Jeans zu pfriemeln, als dass ich darauf eine Antwort geben könnte. Mühsam schaffe ich es, Vinc' Kontakt anzuwählen, und bin erleichtert, dass das Handy den Sprung anscheinend einigermaßen heil überstanden hat und funktioniert.

Der noch in der Rekonvaleszenz befindliche Finger pocht gewaltig.

»Sie bluten!«, schreit eine Frau hysterisch. Sie meint nicht mich, sondern Maurizio, dessen Hemd an der Schulter aufgerissen ist. Auf dem nassen Gewebe breitet sich der rote Fleck immer weiter aus. In meinen Ohren braust es, mein Magen krampft sich zusammen.

»Den Notarzt habe ich schon gerufen«, höre ich wie durch eine Watteschicht eine Stimme sagen.

Mit zittriger Hand drücke ich das Handy ans Ohr, und endlich habe ich Vinc an der Strippe. »Schatz, kannst du uns abholen? Maurizio ist an der Schulter verletzt, den müssten wir nach Hause bringen. Oder nein, warte … der Notarzt ist verständigt … vielleicht bringen sie ihn ins Krankenhaus …« Meine Zähne klappern unkontrolliert.

»Doro, wo seid ihr? Noch auf der Burg?«, ruft Vinc alarmiert.

»Nein, unten am alten Aufgang. Dort, wo gesperrt ist.«

»Alles klar. Ich komme. Ich bringe Danilo mit. Soll ich Emilia Bescheid geben?«

»Nein, bitte nicht!«, presst Maurizio hervor, der Vinc' Worte offenbar gehört hat. »Emilia ist selbst verletzt und kann sowieso nicht Auto fahren. Sie würde sich nur unnötig Sorgen machen, und mein Vater und die Kinder auch.«

Ich nicke beruhigend. »Schon gut, Maurizio. Vinc, hast du gehört?«, frage ich.

»Alles klar. Ich fahre jetzt los, alles andere kannst du mir dann gleich erzählen.«

»Warte, Vinc. Kannst du trockene Kleidung mitbringen? Für uns beide?«

»Schatz, was hast du bloß wieder gemacht?«, fragt er, wartet aber keine Antwort ab, sondern sagt nur knapp: »Ich bringe alles mit und komme so schnell wie möglich.«

Ich zittere noch immer wie Espenlaub, als ich von Weitem die Sirene höre.

»Da kommen sie ja endlich«, ruft eine Frau aufgeregt.

Fünf Minuten später hasten der Notarzt und ein Sanitäter auf uns zu. Sie beugen sich sofort über den verletzten Maurizio. »Eine Platzwunde«, stellt der Arzt fest. »Sieht aus wie ein Streifschuss.«

In der Tat, denke ich, sage aber nichts dazu.

»Wir müssen die Polizei verständigen«, sagt er dann noch. Wir widersprechen nicht, denn wir sind derselben Meinung.

»Was ist los?«, ruft die Frau von vorhin aufgeregt.

Der Sanitäter steht auf, redet auf die Menschentraube ein, verwarnt einen Zuschauer scharf, der mit dem Handy filmen will, und tatsächlich verziehen sich die Leute ohne großes Gemotze. Wahrscheinlich haben sie mitgekriegt, dass die Polizei kommen wird, und anscheinend will keiner in etwas hineingezogen werden, das die Urlaubsidylle stören könnte.

Mein Finger pocht stärker.

»Geht es Ihnen nicht gut?«, fragt der Notarzt. »Stefano, bereite eine Kreislaufspritze vor«, ruft er dem Sanitäter zu, »bevor sie uns noch wegkippt.«

»Ich bin okay, nur der Finger tut höllisch weh.«

Der Notarzt wirft einen kurzen Blick auf meinen mittlerweile heißen roten Finger, was ihm ein »Madonna, das sieht nicht gut aus« entlockt.

»Ist nur ein bisschen dick. Ich brauche kein Kreislaufmittel, nur eine Schmerztablette. Darf gerne was Stärkeres sein«, quetsche ich mit einem gequälten Lächeln hervor.

»Sì, subito. Allora un antidolorifico«, entscheidet der Arzt und kümmert sich wieder um Maurizio. Sanitäter Stefano zieht statt des Kreislaufmittels ein Schmerzmittel mit der Spritze auf und desinfiziert die Einstichstelle. Den Piks spüre ich kaum, der Schmerz im Finger ist dominant.

Maurizio hat tatsächlich einen Streifschuss an der Schulter abgekriegt, noch dazu ist er ist ungünstig an der Oberfläche aufgetroffen, als er ins Wasser sprang, er, der Profi. Erneut schaudert es mich, denn mir wird klar, dass wir beide tot sein könnten. Wir haben unglaubliches Glück gehabt. Ich beiße die Zähne zusammen. Mein Finger pocht gewaltig.

Die *Polizia* trifft ein. Luca werde nachkommen, heißt es auf meine Frage nach ihm. Darüber bin ich sehr erleichtert.

Und dann ist Vinc endlich da. Danilo folgt ihm auf dem Fuße. Rührend, wie die beiden auf uns zurennen. Vinc hat nur mich im Blick, Danilo bringt die trockenen Klamotten. Mittlerweile bibbere ich am ganzen Körper. Wir sind nass, aber wahrscheinlich ist es eher der Schock, der meinen Körper durchschüttelt.

Nachdem wir ärztlich versorgt wurden und trockene Sachen angezogen haben – Danilos Hemd und Hose sind etwas zu eng für Maurizio, aber immerhin trocken –, legt sich auch mein Zittern, und ich bin wieder normal ansprechbar.

Als Luca auftaucht, schimpft er darüber, dass man mögliche Zeugen weggeschickt hat, aber Maurizio und ich können ihn beruhigen, denn die Leute hier unten haben von den Schüssen oben auf der Burg ja nichts mitbekommen. Okay, vielleicht haben sie was gehört, aber gesehen haben sie bestimmt nichts. Maurizio und ich sind für die Ereignisse ohnehin die besten Zeugen.

Luca weist zwei seiner Kollegen an, auf die Burg hochzugehen, Claudia sei schon oben, sagt er. Wobei allen klar ist, dass der Schütze kaum in der Burg sitzen und auf seine Verhaftung warten wird. Uns bittet Luca, noch kurz hierzubleiben, weil er ein paar Fragen habe, die nicht bis morgen warten könnten. Der Notarzt will Maurizio ins Krankenhaus einliefern, aber der weigert sich. Stattdessen leiht er sich Danilos Handy aus – seines ist ihm wohl beim Sprung in den See aus der Tasche gerutscht – und gibt den Event-Organisatoren Bescheid. Ich glaube nicht, dass ich in meiner momentanen Verfassung Vinc' Nummer auswendig hinbekommen hätte, geschweige denn die irgendwelcher Geschäftspartner oder deren Privatnummern. Aber Maurizio wirkt ziemlich gefasst. Morgen auf der Burg sollen zwei Hochzeiten stattfinden, er hoffe, dass die Veranstaltungen durchgeführt werden können, ansonsten solle schon mal an ein Notprogramm gedacht werden, erklärt er die Lage. Und er brauche eine Vertretung für sich. Immerhin will er nicht selbst teilnehmen.

Luca trommelt sein Team und die Spurensicherung zusammen. Sie müssten gleich bei Sonnenaufgang ran, um die geplanten Feierlichkeiten möglichst stattfinden lassen zu können, versprechen könne er aber nichts. Er stellt uns kurz seine Fragen, dann verschwindet er. Für ihn gibt es jetzt viel zu tun.

KAPITEL 14

SOSPETTI - VERDÄCHTIGUNGEN

Sabato (Samstag) – Tag 13

Wir sind einigermaßen heil zu Hause angekommen, als Luca und Claudia in die Küche stürmen. Um kurz vor Mitternacht ungewöhnlich, aber was ist heute schon normal?

»Dachte ich mir doch, dass ihr noch nicht im Bett seid«, ruft Luca. »Es ist alles vorbereitet. Morgen früh um fünf geht es weiter.«

Die beiden setzen sich zu Rosa und Danilo an den Küchentisch und nehmen gerne ein Glas Rotwein. »Wollt ihr mitessen?«, frage ich Claudia und Luca, und sie sagen nach der Aufregung nicht Nein.

Wenn ich aufgewühlt bin, gibt es nichts Beruhigenderes für mich als Kochen. Vinc weiß das und hilft mir. Danilo und Rosa sitzen mehr oder weniger wortlos da, Rosa hat keinen Hunger, sie hat bereits zu Abend gegessen und muss außerdem erst verdauen, was ich soeben erzählt habe. Alle vier schauen uns beim Kochen zu.

Aus Mangel an besonderen Zutaten und der späten Stunde Rechnung tragend, simmert schlicht kochendes Salzwasser im Nudeltopf. Ich schneide zwei Knoblauchzehen in feine Würfel, außerdem eine Chilischote und eine Handvoll Petersilie.

Obwohl Claudia und Luca Profis sind, liegen auch ihre Nerven blank. Zwei Tote beziehungsweise drei, wenn wir das Baby mitrechnen – die Stimmung in der Bevölkerung wird nervöser, sei es, weil man sich auf eine gewisse Weise mitschuldig fühlt und nicht begreifen kann, was damals passiert ist, oder aus Angst vor dem, was aktuell geschieht oder noch geschehen könnte.

Nicht entspannt, aber froh, noch am Leben zu sein, reiße ich eine Packung Spaghetti auf und gebe die Pasta ins mittlerweile sprudelnde Salzwasser. Dann lasse ich großzügig Olivenöl in eine tiefe, heiße Pfanne laufen und füge einen Teelöffel Salz, die Chilischote und den Knoblauch hinzu. Sofort zieht ein wunderbares Aroma durch den Raum und lässt mir das Wasser im Mund zusammenlaufen. Ich fische mit der Gabel eine Nudel aus dem Topf. Sie brauchen noch ungefähr fünf Minuten, dann werden sie im Öl geschwenkt, die Petersilie wird untergemischt, und wer will, kann Parmesan über die Pasta hobeln.

Alle außer mir haben ein Glas *vino rosso* vor sich, auch Rosa schließt sich an. Wir reden nicht von den Ereignissen auf der Burg, doch der Schreck sitzt auch den anderen tief in den Knochen. Ich denke an Maurizio und Emilia. Wie müssen die beiden sich fühlen? Letztendlich hat ein Polizeibeamter Maurizio hoch zur Azienda gefahren, er will morgen mit seiner Frau und deren Auto in den Ort runterkommen und seinen Wagen holen, der noch an der Burg steht. Vorausgesetzt, dass Emilia wieder fahren kann. Wenn nicht, hat Vinc sich angeboten, ihn zu chauffieren, denn das Fahrzeug muss wegen der Hochzeitsfeierlichkeiten weg, und zwar noch vor 10 Uhr. »Nicht nötig«, hat Maurizio abgewiegelt, sein Vater könne ihn notfalls auch begleiten.

»Wir sind echt ein lädierter Haufen«, quetsche ich mit einem gequälten Lächeln hervor und drücke meinen Finger, um den Schmerz zu lindern. Die Wirkung der Spritze lässt langsam nach, im gleichen Maß wird das Pochen stärker, erst wie ein fernes Echo, dann immer vehementer. Er tut wieder richtig weh, aber wenigstens ist die Wunde nicht erneut aufgeplatzt. Der Arzt hat mir vier Ibuprofen-Tabletten à 600 Milligramm mitgegeben, eine davon spüle ich jetzt mit einem großen Glas Wasser runter. Wir dippen die letzten Olivenölreste aus den Tellern.

»Bleibt ihr mal sitzen«, sagt Danilo anschließend und beginnt abzuräumen. »Abspülen machen wir morgen.«

Das Angebot nehmen wir gerne an, und ich lehne mich müde zurück. Nachdenklich betrachte ich mein Handy vor mir auf dem Tisch. Das Display ist leicht beschlagen. »Wasserdicht zu sein war einer der Vorzüge, die dieses Wunderwerk an Technik bieten sollte. Also entweder hat mein Gerät das nicht verinnerlicht, oder es war dem Sprung aus 24 Metern Höhe nicht gewachsen«, bemerke ich betrübt.

»Kriegen wir schon wieder hin«, tröstet mich Vinc. »Es funktioniert ja noch.«

»Wenn du das sagst«, entgegne ich skeptisch. Ich bin nicht ganz überzeugt. »Hoffentlich sind wenigstens alle Daten in der Cloud – irgendwie misstraue ich dem Braten.« Allerdings ist das aktuell gar nicht meine größte Sorge. Ich schüttle den Kopf. Darüber will ich jetzt nicht nachgrübeln. Ich muss es in den Hintergrund drängen, um nicht in einen hysterischen Heulkrampf zu verfallen, der sich quasi als Nachgang auf die Pasta setzen will. Es ballt sich etwas in meinem Bauch zusammen wie dicke schwarze Wolken eines aufziehenden Gewitters.

Um mich und auch die restliche Runde auf andere Gedanken zu bringen, komme ich auf Rosas runden Geburtstag zu sprechen. »Wir müssen langsam an die Planung für dein Fest denken, liebe Rosa«, sage ich schnell, bevor das traurige Gefühl in mir die Oberhand gewinnt.

»Das Fest, ach ja«, sagt Danilo halbherzig. Rosa bleibt stumm.

Danke, das ist mir jetzt auch keine Hilfe.

Vinc scheint meine Gemütsverfassung zu ahnen und legt den Arm um meine Schultern. »Wie ihr euch denken könnt, hat Doro bereits einen ungefähren Plan im Kopf«, sagt er liebevoll. »Da es aber dein großer Tag ist, liebe Rosa, sollten wir ihn gemeinsam abstimmen, oder lässt du dich lieber überraschen?«

»Mir ist alles recht, Vorfreude ist doch die schönste Freude. Da bin ich ja mal gespannt, Doro, was du dir ausgedacht hast.« Rosa schaut mich erwartungsvoll an.

Das weckt meinen Elan, das lauernde Kribbeln zieht sich langsam zurück. »*Allora*, mir schwebt ein richtig schlemmerfeines Geburtstagsmenü vor, *una cena d'anniversario per Rosa.* Zum Anstoßen ein Glas Prosecco, da führt kein Weg dran vorbei. Einen Aperitif vertragen wir anschließend auch noch, da lasse ich mir was einfallen«, sage ich und denke an einen Benacini light. Rosa hat letztens nur ein kleines Schlückchen probiert, ihr Rheuma verbot ihr, mehr davon zu trinken, aber es hat ihr ausgesprochen gut geschmeckt. »Als Vorspeise gibt es ein erfrischendes Fenchel-Orangen-Carpaccio, das liebe ich und kommt immer gut an. Dann vielleicht Muscheln mit Weißweinsoße oder ein feines Risotto? Wird das zu viel?«

»Wir sitzen länger, da passt immer wieder mal was rein«, zwinkert Rosa.

Ich glaube, sie will nichts auslassen.

»Doro kann einem richtig Appetit machen, was?« Vinc freut sich über ihre Reaktion, weil er weiß, dass ich mich freue, wenn meine Begeisterung ansteckend ist.

»Als Hauptgericht dachte ich an venezianische Leber. Oder Rinderfilet mit Balsamicosoße. Habt ihr das schon mal gegessen?«

Rosa schüttelt den Kopf. »Mit Balsamicosoße noch nicht.« Ihre Augen glänzen sehr interessiert.

»Ich tendiere zum Rinderfilet. Ein edles Geburtstagsgericht. Dann noch die Nachspeise. Die wird eine Überraschung. Ich glaube, so könnte es aussehen. Rosa, was meinst du?«

»Das klingt mehr als perfekt. Ich selbst hätte es ein wenig unspektakulärer gestaltet, aber wenn ich das Angebot einer so guten Köchin bekomme, wäre ich ja schön dumm, es abzulehnen.« Sie klatscht vor Vergnügen in die Hände, ich springe auf und muss sie einfach umarmen. Ist ein sentimentaler Abend heute.

»*Allora*, dann machen wir das so. Jetzt brauchen wir nur noch einen Zeitplan, einen Einkaufszettel und die Gästeliste. Gläser, Geschirr und Besteck müssen wir auch noch abstimmen, die Deko ebenfalls.«

»Nicht so viel Tamtam«, fordert Rosa.

»Nein, keine Sorge, aber ein bisschen festlich darf es schon werden, oder? Man wird schließlich nur einmal 80!«

»Das überlasse ich euch Jungen«, gibt Rosa nach. »Und was die Gästeliste betrifft, schreibe ich euch die Namen gerne auf. Es werden vielleicht sechs oder acht richtig gute

Freunde. Im Alter wird der Freundeskreis kleiner. Das ist der Lauf der Zeit«, sagt sie ohne Verbitterung.

»Also, sechs oder acht gute Freunde zu haben, kann so mancher junge Mensch nicht von sich behaupten«, widerspricht Claudia, die sich bis jetzt im Hintergrund gehalten hat.

»Ein wahres Wort«, gebe ich ihr recht. »Tut mir übrigens leid, dass ich euch den Abend versaut habe. Aber ich war total froh, dass du gekommen bist, Luca. Du bist einfach meine polizeiliche Konstante hier, und es hat mich beruhigt, dich vor Ort zu wissen. Und dich natürlich auch, Claudia. Ich hoffe, ihr musstet kein wichtiges Date abbrechen«, wechsle ich dann das Thema und lande damit doch wieder dort, wo ich eigentlich nicht hinwollte: bei den Ereignissen auf der Burg.

Luca winkt ab. »Mach dir darüber keine Gedanken, Doro, das gehört zu unserem Job.«

»Es hat ja ganz schön lange gedauert, bis ihr gekommen seid. Haben wir euch von einer Party geholt? Versteht das bitte nicht falsch, das ist kein Vorwurf, ich bin nur neugierig.«

»Eine ganz neue Seite an dir«, spottet Vinc und drückt mir einen liebevollen Kuss auf die Wange.

Aber ich lasse mich nicht ablenken. »Ich will halt mein schlechtes Gewissen beruhigen«, sage ich und schaue Luca auffordernd an.

Der hat wohl kurz gehofft, die Kiste sei vom Tisch, aber natürlich nicht mit mir. »*Scusa*, ich war bei Claudia in Verona. Mein Kollege hat mich angerufen …« Seine Wangen glühen, und bei mir fällt der Groschen. Ich verkneife mir ein Grinsen.

»Ist er nicht süß?«, fragt Claudia, der es gar nicht peinlich ist.

»Claudia ist dann einfach gleich mitgekommen«, stammelt Luca, noch nicht wieder ganz im Lot.

Das erste Mal seit dem grässlichen Sprung ins Nichts lächle ich, ohne dass ich mich dazu zwingen muss. Die Röte, die Luca ins Gesicht gestiegen ist, erklärt den »Verona-Einsatz« besser, als tausend Worte es tun könnten.

Er zückt sein Handy und sucht nach etwas. Er reicht es mir, und ich schaue aufs Display. Marias Brief, den sie vor 20 Jahren an ihre Freundin Emilia geschrieben hat. Endlich lässt er mich ihn lesen. Will er damit von seiner Verlegenheit ablenken? Oder hat er ein schlechtes Gewissen? Mir den Brief jetzt zu zeigen, mutet fast ein wenig an wie ein Blumenstrauß bei einem Krankenbesuch oder wie eine Entschuldigung. Weil er es als Vertreter der Polizei nicht geschafft hat, Maurizio und mich vor diesem Angriff zu schützen? Wir sind alle froh, dass es so glimpflich abgegangen ist, und keiner von uns macht Luca den geringsten Vorwurf. Ich bin höchstens enttäuscht, weil er mich nicht mehr an den Ermittlungen hat teilhaben lassen. Sollte er jetzt wieder milder gestimmt sein, was diesen Punkt betrifft, dann hätte die ganze Aufregung ja wenigstens etwas Gutes gehabt.

Vinc und ich beugen uns übers Handy. Ich zoome das Bild größer, und wir lesen gespannt, was Maria ihrer Freundin damals anvertraut hat.

Meine liebste Freundin,
im Leben gibt es nur den einen – und wenn ich mein Leben nicht mit ihm verbringen darf, dann ist alles sinnlos. Du weißt, dass Maurizio keinen

Anspruch auf mich hat, in keinster Weise. Aber wer wird mir glauben? Oder zu mir halten? Alle sind gegen uns. Den endgültigen Schritt wage ich nicht, denn wenn das Ergebnis anders ausfällt als erhofft, dann verliere ich Marco, und das ertrage ich nicht. Liebste Mia, du bist der einzige Mensch, dem ich vertrauen kann und der zu mir hält. Wir sind zwei einsame Seelen, die sich aneinander festhalten. Jetzt habe ich einen zweiten Menschen gefunden, mein Gegenstück fürs Leben, ohne ihn ist nichts mehr ganz. Mia, du bist meine Herzensfreundin, meine Seelenverwandte, keine Schwester könnte mir näherstehen, wir sind und bleiben uns treu im Herzen, egal, welcher Sturm in unserem Leben tobt. Wünsch mir Glück, mir und Marco. In tiefer Liebe, deine Maria.

Im ersten Moment weiß ich nicht, was ich sagen soll, Vinc liest sich den Brief noch mal durch.

»War das jetzt alles?«, frage ich schließlich. »Liebe und die Angst, verlassen zu werden? Und das soll der Grund gewesen sein, dass die Ermittlungen damals eingestellt worden sind?«, frage ich irritiert.

Luca zuckt mit den Schultern. Die Verlegenheit von vorhin ist verschwunden, er ist wieder ganz in seinem Element. »Im Bericht wird der Brief von Emilia Passamonte interpretiert. Sie war die Adressatin und zugleich die beste Freundin der Absenderin. Deshalb hatte der Brief so eine große Aussagekraft.«

Vinc mischt sich ein. »Vermutlich spielt Maria auf ihre Schwangerschaft an, oder? Aber das wusste man damals nicht. Hat sie es nicht deutlicher formuliert, weil auch Emilia nicht eingeweiht war? Wollte sie die Freundin nicht belasten? Denn wenn sie etwas gewusst hätte, hätte sie vielleicht versucht, Maria zu etwas zu überreden, was diese auf keinen Fall wollte.«

»Und das wäre?«, lasse ich mich auf das Gedankenspiel ein.

»Emilia hätte ihre Freundin drängen können, den möglichen Kindsvater, Maurizio, einzuweihen.«

»Und damit hätte Marco erfahren …«

»Genau.«

Wir schweigen und überlegen.

»Noch mal im Klartext«, resümiere ich. »Maria spielt auf die Schwangerschaft an, von der sie Emilia angeblich nichts erzählt hat. Und auf die Möglichkeit, dass Maurizio der Vater des Kindes sein könnte. Was Emilia aber auch nicht wusste. Maria traut sich nicht, einen Arzt für einen Vaterschaftstest zu konsultieren, und sie hat Angst, Marco die Wahrheit zu sagen – obwohl sie ihn nicht direkt betrogen hat, denn das Ende mit Maurizio war zugleich der Anfang mit Marco. Emilia ging also entweder von Selbstmord aus – oder eher davon, dass Maria und Marco sich abgesetzt haben.«

Luca nickt. »So sehen wir das auch. Sie ist dann mit dem Brief zur Polizei gegangen. Mein Chef sagt, der Brief hätte es ihm leichter gemacht, den Fall zu den Akten zu legen.«

»Was meint ihr, hat Emilia doch etwas von der Schwangerschaft gewusst? Wollte sie die Freundin schützen, als sie den Brief zur Polizei brachte und nichts davon sagte? Damit Maurizio nicht anfangen würde, Fragen zu stellen und nach Maria zu suchen?« Claudia will unsere Meinung hören.

»Emilia hat diesen Brief benutzt, absichtlich oder auch ohne Hintergedanken, um der Polizei die Theorie von einem Selbstmord oder einer Flucht plausibel zu machen, was ja auch geklappt hat. Und der Brief ist definitiv echt«, unterstreicht Luca diese nicht unwichtige Tatsache.

»Kann ich ihn noch mal sehen?«, bitte ich Luca.

Der reicht mir sein Smartphone erneut rüber.

»M für Mia«, überlege ich laut. »Vielleicht hat das Armband gar nicht Marco gehört, sondern Emilia. Mia.« Ich schaue in die Runde und merke, dass der Funke gezündet hat.

»Das Armband könnte Emilia jederzeit dort verloren haben. Sie war ja oft mit Maria da.«

»Ja, früher, als Teenager, wie sie ausgesagt hat«, interveniert Luca.

»Das würde deiner Theorie entsprechen, dass diese Freundschaftsarmbändergeschichte mehr Mädelssache ist, stimmt's?«, bezieht sich Vinc auf unser Gespräch kürzlich.

»Schon, aber Luca hat recht. Das war zu lange her. Emilia war mit ihrer Freundin oft in der Höhle, da hätte sie es wiedergefunden. Maria hat ihres noch getragen, als sie gestorben ist, also ist es sehr wahrscheinlich Marcos Armband.«

»Okay, lassen wir das mal. Wisst ihr, was ich wirklich ein bisschen seltsam finde?«, fragt Vinc.

»Was?«, dränge ich ungeduldig.

»Dass nie mehr jemand in diesem Felsenkeller war. 20 Jahre lang. Vor allem Emilia hätte doch irgendwann dorthin gehen müssen.«

Das sehe ich anders. »Warum? Das hätte sie doch nur an ihre Freundin erinnert. Außerdem war sie schon lange vor Marias Verschwinden nicht mehr dort. Und sonst ist ja auch keiner dorthin gegangen. Deshalb war es ja das ideale Versteck.«

»Wenn sie nicht mehr an Maria denken wollte, hätte sie nicht den Ex-Verlobten ihrer Freundin heiraten dürfen. Dadurch war sie doch unweigerlich immer wieder mit Maria konfrontiert. Maria hat hier zehn Jahre lang gelebt. Es wird auch Fotos geben und ein Zimmer, in dem sie gewohnt hat.«

»Und nicht zuletzt Menschen, die Maria vermisst und sicherlich oft von ihr gesprochen haben.«

»Caterina und Salvatore nichts Gutes, wie man gehört hat.«

»Okay, aber bleiben wir mal beim Tatort. Ich finde es verdammt unwahrscheinlich, dass Emilia die Leichen gefunden und nie etwas gesagt hat. Das hätte kein Mensch aushalten können.«

»Außer der Mörder oder die Mörderin«, deutet Claudia eine neue These an.

»Du meinst …?« Meine Nackenhaare stellen sich bei dem Gedanken auf.

»Es würde schon alles sehr gut passen«, überlegt jetzt auch Luca in diese Richtung.

Meine grauen Zellen fangen an zu arbeiten. »Bis auf die Tatsache, dass Emilia Linkshänderin ist. Hat sie mir zumindest erzählt, als ich zu einem Krankenbesuch bei ihr war. Und ich habe gesehen, wie zielsicher sie den Zucker mit der linken Hand in ihre Espressotasse gelöffelt hat. Ich erinnere mich, dass du erwähnt hast, der Täter sei Rechtshänder.«

Luca nickt bedächtig. »Stimmt.«

»Und die Frage, woher sie die Waffe hätte haben sollen. Und dass heute auf ihren Mann geschossen wurde – ich gehe nämlich nicht davon aus, dass die Schüsse mir galten. Warum sollte Emilia auf ihren Mann schießen? Außerdem ist sie eben Linkshänderin und trägt rechts eine Armschlinge.«

Luca nickt immer noch. »Stimmt alles. Nur …« Jetzt macht er eine bedeutungsvolle Pause. »Wir wissen nicht, ob der Mörder von damals auch der Schütze von heute ist.«

Wir schweigen und überlegen, was das bedeutet.

»Ist ja nur eine Möglichkeit«, schränkt Claudia ein. »Wir müssen in alle Richtungen denken.«

»Leute, Emilia hat den Brief damals zur Polizei gebracht. Sie hat ihre beste Freundin verloren. Und sie ist mit Maurizio verheiratet. Selbst wenn sie damals schon in Maurizio verliebt gewesen wäre, dann wäre doch für sie alles glattgelaufen: Maurizio war frei. Denken wir also mal weiter. Wer steht noch auf unserer Liste? Oder wen würdest du noch auf die Liste setzen?«, versuche ich im gleichen Zug, etwas aus Luca herauszukitzeln.

Doch der schüttelt nur den Kopf. »Momentan tappen wir im Dunkeln.«

»Was ist zum Beispiel mit Salvatore Passamonte?«, schlage ich vor.

»Maurizios Vater?« Luca kratzt sich nachdenklich am Kopf. »Der bleibt immer schön unauffällig im Hintergrund. Ist alt, wirkt verletzlich, seine Frau Caterina ist gestorben … Aber er war damals 20 Jahre jünger. Maria, seine Pflegetochter und die Verlobte seines Sohnes, hat den Schoß ihrer Ziehfamilie verlassen. Seine Frau ist daran zerbrochen –

war Salvatore selbst vielleicht auch viel tiefer verletzt, als er zugibt? Er hat immer die These hochgehalten, wie schlimm das alles für seine Frau gewesen und dass sie aus Kummer über Marias Verschwinden und ihre Trennung von Maurizio gestorben sei. War das alles nur eine geschickte Ablenkung? Salvatore hatte einen guten Grund, auf Maria und Marco wütend zu sein. Das hat er sogar zugegeben. Er hat Maria die Schuld am Tod seiner Frau gegeben, und erst jetzt, nachdem die Leichen gefunden wurden, erkannt, dass alles ganz anders war. Vielleicht war seine Frau die Mörderin und ist nicht am Verschwinden von Maria zerbrochen, sondern daran, dass sie den Gedanken an den Mord nicht ertragen konnte? Und Salvatore führt ihr Werk jetzt fort? Dreht er durch? Hat er auch die Briefe geschrieben?«

»Woher hätte sie die Waffe haben sollen?«, fragt Vinc.

»Berechtigte Frage, aber die gilt für alle. Irgendjemand hatte eine Waffe und hat sie immer noch. Die Ballistik wird bald feststellen, ob es sich bei der Waffe von vor 20 Jahren und der von heute um ein und dieselbe handelt«, sagt Claudia. »Wie wir wissen, war es damals eine Beretta, wie sie nach dem Zweiten Weltkrieg massenweise verschwunden und nie wieder aufgetaucht sind. Übrigens war dieses Modell nur mit rechts zu bedienen. So viel zu Emilias Entlastung.«

»Okay, das ist interessant, aber bleiben wir noch kurz bei Salvatore. Wenn deine Theorie stimmt, dann hätte er heute auf seinen eigenen Sohn geschossen. Leute, kommt, das ist jetzt echt Unsinn! Also definitiv keine heiße Spur«, stelle ich nüchtern fest.

»Sehe ich leider genauso«, bedauert Claudia, einen möglichen Verdächtigen streichen zu müssen.

»Wer steht noch auf eurer Liste?«, fragt Luca an Vinc und mich gewandt.

»Mit den Passamontes sind wir durch, dann wären da noch Antonella und ihr Ex-Mann Carlo sowie ihre Oma Valentina.«

Bei der Vorstellung an die kleine alte Dame, die mit einer Beretta in der Handtasche den Berg hochsteigt, müssen wir trotz der Situation schmunzeln.

»Wir dürfen nicht vergessen, auch Valentina war damals 20 Jahre jünger. Und bei ihr würden auch die Bibelsprüche passen.« Claudia nagt an ihrer Lippe.

Ich fahre mir mit beiden Händen durch die Haare. »Es ist zum Verzweifeln. Es passt so vieles und so vieles auch wieder nicht. Vor allem können wir uns niemanden auf der Liste vorstellen, der oder die eiskalt zwei junge Menschen erschießt. Die Frage ist, können oder wollen wir uns das nicht vorstellen? Oder war es doch ein Zufallstäter?«, frage ich hoffnungsvoll.

»Und die anonymen Botschaften?«, wirft Claudia zu Recht ein.

Ich seufze. »In der Tat, es gibt zu viele Fäden, die in die Gegenwart reichen.«

»Tja, Leute, damit sind wir keinen Schritt weitergekommen.« Luca verstaut sein Handy in der Hosentasche.

»Bis auf das Armband«, widerspreche ich. »Vielleicht gibt es daran Spuren – eine Einkerbung oder so etwas –, die auf die Dicke des Handgelenks schließen lassen. Ein kräftiges männliches von Marco oder ein zierlicheres von Mia.«

»Da bleibe ich sicherheitshalber dran«, verspricht Luca.

Wir gähnen alle um die Wette, es ist spät, heute werden wir kein Rätsel mehr lösen.

KAPITEL 15

INSEGUIMENTO – VERFOLGUNGSJAGD

Domenica (Sonntag) – Tag 14

Am Sonntag in der Früh rufe ich Maurizio an und frage, ob wir ihn abholen sollen. Wenn es nach ihm gehe, gerne, sagt er, sein Vater habe sich auch angeboten, doch Emilia wolle unbedingt versuchen, ob es mit dem Autofahren wieder funktioniert. Sie bestehe darauf, weil sie nicht nur untätig herumsitzen wolle.

»Gib mir Bescheid, ob es geklappt hat«, bitte ich ihn.

Keine Stunde später ruft er zurück.

»Entwarnung, alles ist gut gegangen. Genießt den Sonntag. Emilia ist bereits auf dem Rückweg. Die Polizei ist oben fertig, die Feierlichkeiten können stattfinden. Lediglich ein kleinerer Abschnitt rund um den Balkon ist noch abgesperrt, aber das tangiert die Hochzeitsgesellschaften nicht. Für sonstige Besucher bleibt die Burg heute geschlossen.«

»Da werden die Veranstalter froh sein. Und die beiden Brautpaare auch. Stell dir vor, du planst das Fest deines Lebens, und dann fällt alles ins Wasser.«

»Buchstäblich. Wie geht es dir denn überhaupt, Doro? Das habe ich noch gar nicht gefragt«, holt Maurizio sein Versäumnis nach.

»Wunderbar, mach dir keine Sorgen. Der Finger motzt

ein bisschen, aber sonst ist alles gut. Und bei dir? Kannst du deinen Wagen überhaupt selber steuern?«

»Bei mir zwickt die Schulter, ist aber auszuhalten. Ich könnte momentan sicher keine Rennen fahren, aber bis zum Arzt und zur Azienda schaffe ich es auf jeden Fall. Wie schaut es aus, willst du die Hochzeiten miterleben? Das hat dich doch so brennend interessiert.«

»Lieb von dir, Maurizio, aber wenn ich an gestern Abend denke, zieht es mich heute ehrlich gesagt nicht zur Burg hoch«, gestehe ich.

»Okay, dann verschieben wir das. Ihr seid ja noch länger hier, nehme ich an?«

»Schon noch eine Weile, ja.«

»*Allora*, dann fahre ich jetzt los. Ich soll die Wunde beim Arzt begutachten lassen, hat mir der Notarzt gestern Abend empfohlen, nachdem ich mich geweigert habe, mich ins Krankenhaus bringen zu lassen. *Ciao*, Doro.«

Mittlerweile ist Vinc auf der Bildfläche erschienen, und wir bestücken uns ein Frühstückstablett für den Garten. Danilo gibt eine Kite-Stunde und Rosa ist wie jeden Sonntag in der Kirche – so gern ich Monsignore Altoni mag, ich bevorzuge das Frühstück im Garten mit Vinc, in Gesellschaft von Leonardo und Unicorno.

Mein Handy läutet. Mann! Was ist denn heute los?

Dieses Mal ist es Luca.

»Emilia hatte einen Autounfall«, teilt er knapp mit. »Sie ist unverletzt, ihr Mann wurde benachrichtigt, er wird gleich an der Unfallstelle eintreffen und seine Frau mit nach Hause nehmen. Er hat mich dringend gebeten, dich zu informieren.«

So wie Luca es betont, wundert er sich weniger über den Unfall als über die Tatsache, dass er ausgerechnet *mich* anrufen soll. In Anbetracht aller Vorfälle seit gestern Abend oder eigentlich schon früher – ich denke an den Rattenbiss –, finde ich das überhaupt nicht befremdlich. Aber davon sage ich nichts, sondern bedanke mich nur artig.

»Sobald ich hier fertig bin, fahre ich hoch zu den Passamontes«, erklärt Luca weiter. »Ein paar Fragen kann ich Emilia nicht ersparen. Okay, Doro, das war's. Schönen Sonntag euch.« Er legt auf.

»Hm«, brumme ich nachdenklich und erzähle Vinc, was los ist. »Begleitest du mich nach dem Frühstück zur Azienda?«, will ich wissen.

»Was denkst du denn!«

Als wir eine gute Stunde später zur Azienda Agricola Passamonte unterwegs sind, steigt gerade ein Kollege von Luca in Emilias kleinen grünen Fiat, um ihn in eine Werkstatt zur Spurensicherung zu bringen. Sieht ziemlich zerbeult aus, der kleine Grashüpfer. Gleich dahinter stehen ein Wagen der *Polizia* und ein weiterer Beamter, der das ganze Prozedere überwacht. Luca war heute früh bereits in der Dienststelle und konnte den Einsatz daher übernehmen – das hat gut gepasst, da er mit Maurizio sowieso über den Tathergang auf der Burg sprechen wollte. Mit mir im Übrigen auch. Gerade ist er oben in der Passamont'schen Azienda. Die ist auch unser Ziel.

Wir müssen ein Weilchen warten, bis Luca mit Emilias Befragung fertig ist. Danach hat er es eilig und verschiebt seine Fragen an mich auf später. Als er weg ist, bittet Maurizio uns ins Wohnzimmer. Emilia hat sich aufs Sofa gelegt, mit einer leichten Decke über den Beinen. Als wir reinkommen, setzt sie sich auf. Sie wirkt eher aufgekratzt, als würde sie unter Strom stehen, und sie will ihre Geschichte loswerden. »Es ging schon in der Früh los, als wir zum Auto kamen. Ein zusammengefalteter Zettel war unter den Scheibenwischer geklemmt, den konnte ich gar nicht übersehen«, sprudelt es aus ihr heraus. Maurizio tigert derweil im Raum umher, ich glaube, er fühlt sich unwohl, da nun klar ist, dass er und seine Frau bedroht werden und ich seinetwegen gestern auf der Burg in Gefahr geraten bin. Ich betone noch mal nachdrücklich, dass ich weder ihm noch Emilia irgendeine Schuld gebe. Vinc bestätigt das, schließlich haben wir uns freiwillig in die Ermittlungen eingemischt.

»Aber jetzt erzählt erst mal, was auf dem Zettel stand«, bitte ich.

Emilia übernimmt wieder das Wort. »*Allora*, wir wollten gerade ins Auto steigen, als wir das Blatt unter dem Scheibenwischer sahen. Die Polizei hat es vorhin mitgenommen, aber die Worte haben sich mir eingebrannt: *In mir schlägt das Herz eines Löwen und Gott ist bei mir! Fürchtet euch, denn ihr habt gesündigt und ich werde euch richten.*«

»Hä? Was soll das denn heißen?«, frage ich irritiert. »Das klingt noch makabrer als die anderen Botschaften, findest du nicht? Würde mich interessieren, was Claudia und Luca dazu sagen«, flüstere ich Vinc zu, damit der Gedanke nicht verloren geht. Er nickt.

»Wir können uns keinen Reim darauf machen«, sagt Emilia. »Das ist alles so beängstigend. Was steckt hinter

Marias und Marcos Tod? Und was haben Maurizio und ich damit zu tun? Die Schüsse, der Unfall, dieser Zettel ... ich meine, das ist doch eine Drohung, oder?«

»Vielleicht vermutet der Mörder, dass ihr irgendetwas wisst. Über den Mord von damals. Etwas, das ihn als Mörder überführen könnte«, spekuliert Vinc.

»Er hat recht«, sage ich, bremse mich aber mitten in meinem Gedanken. Etwas hält mich davon ab, von dem Freundschaftsarmband zu erzählen. Das geht zu weit, flüstert mir mein Gewissen zu, das sind Spuren, die Luca erst auswerten muss, bevor ich sie herausposaune. Da auch Vinc nichts davon erwähnt, gehe ich davon aus, dass er genauso denkt. Allerdings gibt es da noch etwas. »Was ist mit der Taufkette?«, frage ich. »Ich meine die von Antonella und Marco. Das Gegenstück war nicht bei den Leichen.« Diese Spur ist nicht neu, darauf kann ich anspielen. Und wenn sich über diesen Umweg der Weg zu dem Armband ergeben sollte ...

»Von der Kette weiß ich nichts«, sagt Emilia, und Maurizio schüttelt ebenfalls den Kopf.

Emilia beschäftigt der Unfall von heute Morgen verständlicherweise viel mehr. »Jedenfalls hat mich ein Wagen verfolgt, als ich von der Burg zurückgefahren bin. Erst ist mir das nicht aufgefallen, aber dann ... Die Straße ist eng und kurvig, und man kann kaum überholen. Normalerweise fahre ich so zügig, dass das kein Problem ist, aber heute war ich langsamer als gewöhnlich, weil ich den Arm möglichst wenig belasten wollte, deshalb bin ich sehr *piano* in die Kurven gegangen. Ich habe bemerkt, dass ein Wagen hinter mir ist, und bin an einer Ausfahrt stehen geblieben, um das Auto vorbeizulassen. Aber ein paar Hundert Meter weiter war er plötzlich wieder hinter mir.«

»Derselbe Wagen? Sicher?«, frage ich skeptisch.

»Ganz sicher«, sagt Emilia voller Überzeugung. »Er war eher klein und weiß, könnte ein Fiat Qubo gewesen sein, und vorne auf der Motorhaube hatte er ein Bild, irgendetwas Grünes, Palmen oder so. Ich bin im zweiten Gang nach oben gezuckelt, dann ging es in eine Senke. In einer engen Kurve hat sich dieser Wahnsinnige an mir vorbeigedrängt und mir den Weg abgeschnitten. Ich konnte gerade noch das Steuer herumreißen, sonst wäre ich auf der anderen Seite der Straße nach unten gerast, gegen einen Baum geprallt oder hätte mich überschlagen. Aber ich hatte Glück im Unglück und habe nur eine Mauer touchiert. Mein Auto ist total verschrammt, aber …« Emilia schlingt den gesunden Arm um ihren Körper und stöhnt leise auf. Ich weiß nicht, ob vor Schmerzen oder wegen der Erinnerungen an den Unfall.

»Mit dieser auffälligen Motorhaube dürfte der Wagen nicht allzu schwer zu finden sein«, sagt Vinc.

»Das habe ich Emilia auch schon gesagt.« Maurizio setzt sich neben seine Frau.

»Hat der Wagen Sie gerammt und dabei vielleicht auch Schrammen abbekommen?«, frage ich. »Dann könnte man ihn leichter identifizieren. Und haben Sie den Fahrer erkannt? Können Sie ihn beschreiben?«

Emilia schüttelt den Kopf. »Das hat mich die Polizei auch schon gefragt. Nein, leider nicht. Ich war viel zu sehr mit dem Fahren beschäftigt und damit, keine falsche Bewegung mit dem verletzten Arm zu machen.« Emilia kneift die Augen zusammen, wie um in Gedanken zurückzublicken. »Ich habe auch nicht genau gesehen, was auf der Motorhaube abgebildet war. Und der Fahrer hatte die Sichtblende heruntergeklappt. Ich kann nicht einmal mit Sicherheit behaupten, dass es ein Mann war.«

Sie schüttelt langsam den Kopf und seufzt. »Ist ja gut ausgegangen«, wiederholt sie und tätschelt dabei die Hand ihres Mannes, dessen Stirn sich in sorgenvolle Falten gelegt hat.

Okay, vom Thema Taufkette und Freundschaftsarmband sind wir meilenweit entfernt, aber ausnahmsweise finde sogar ich, dass in den letzten 24 Stunden genug passiert ist, das wir erst einmal verdauen und einordnen müssen. Soll Luca die technischen Punkte klären, dann sehen wir weiter. Manchmal ist eine Pause wichtig.

Innerlich leiste ich Emilia Abbitte. Nicht dafür, dass sie auf unserer Liste steht, das ist nur konsequent, aber dafür, dass ich tatsächlich so etwas wie einen Verdacht gegen sie habe aufkommen lassen. Ich schlucke. Die ganze Familie hat so viel durchgemacht, und dann erfolgt dieser wahnsinnige Angriff auf der Burg, Emilia wird von der Straße gedrängt … Was kommt als Nächstes?

»Übrigens habe ich gegen die Ratten aufgerüstet«, wechselt Maurizio unvermittelt das Thema. »Ich habe Rattengift ausgelegt. Und ich habe eine uralte Lebendfalle in der Scheune gefunden, die muss noch von meinem Opa stammen. Ein rohes Stück Fleisch hat tatsächlich so ein Mistvieh in die Falle gelockt.« Maurizio reibt sich die Hände. Wirkliche Freude kommt bei ihm dennoch nicht auf. »Aber wo eine ist, sind viele«, orakelt er erneut, und die Furchen auf seiner Stirn werden noch tiefer.

Emilia sieht das nicht so dramatisch. »Jetzt mal nicht den Teufel an die Wand. Warum sollen wir auf einmal

Ratten haben? Wahrscheinlich hast du dein Salami-Ciabatta im Rucksack gelassen, und davon wurde das eine Tier angelockt.«

»Wo keine Ratte ist, kann auch keine angelockt werden! Hat dir der Beweis nicht gereicht? Vincenzo wurde gebissen, jetzt das Viech in der Falle, ich will auf jeden Fall nicht zu lange die Giftköder auslegen. Vor allem wegen der Kinder.«

»Kinder? Laura ist 13 und Elia 14! Die knabbern nicht aus Versehen an einem Rattengiftköder herum. Beruhige dich, mein Lieber.«

»Beruhigen? Du hast noch nie eine Rattenplage erlebt. Das ist kein Spaziergang. Ich bleibe dran, bis ich sicher bin, dass kein Nager mehr bei uns herumläuft. Ich will nicht, dass noch jemand gebissen wird, damit ist nicht zu spaßen. Außerdem verkaufen wir Lebensmittel, was wirft das für ein Licht auf unseren Betrieb? Und wenn das Amt erst mal Wind davon bekommt …« Maurizio seufzt tief. Die Angst vor einem Rattenbefall scheint ihn fast mehr aufzuwühlen als die vor den tätlichen Angriffen auf uns alle. Oder die eine Angst potenziert die andere.

Besorgt schaue ich auf Vinc' Arm. Statt des Verbandes bedeckt ein großes Pflaster die Wunde. Mir wären Ratten auf dem Passamont'schen Hof lieber als ein gezielter Anschlag. Hm … Eine Rattenplage? Gab es nicht in der Bibel eine Heuschreckeninvasion? Als Strafe Gottes? Ist natürlich etwas weit hergeholt, aber in Anbetracht der Vorfälle der letzten Zeit können einem schon mal verquere Bilder in den Kopf kommen. Vielleicht hat Luca recht mit seiner Sorge vor den Wellen der Vergangenheit, die in die Gegenwart schwappen wie bei einem 20-jährigen Tsunami. Die neue Botschaft ist eine Warnung. Was für ein perfides Spiel! Schreibt der Mörder diese Nachrichten? Ist er geistig verwirrt oder leidet er unter einem religiösen Wahn?

Briefe und Botschaften sind eher Frauensache, habe ich vermutet, Claudia und Luca stimmen mir da zu – und der Monsignore hat das ebenfalls gesagt. Und die Tat könnte sowohl von einer Frau als auch von einem Mann ausgeführt worden sein. Aber das sind nur Thesen. Ausnahmen bestätigen bekanntermaßen die Regel, also wissen wir gar nichts mit Sicherheit. Und wenn es zwei Personen sind und der Mörder gar nicht der Verfasser der Briefe und Botschaften ist? Vielleicht gibt es ja nicht nur die öffentlichen Mahnungen, sondern auch noch persönliche Briefe, so wie damals vor 20 Jahren?

Emilia greift sich an die Kehle. »Wenn ich den Brief damals nicht zur Polizei gebracht hätte, dann hätte man Maria und Marco vielleicht gefunden. Und ...« Sie stockt, schluckt schwer.

Keiner von uns drängt sie, weiterzusprechen. Sie schaut hoch, uns direkt in die Augen, einem nach dem anderen. Dann fasst sie sich ein Herz. »Oder wenn ich mal zu unserem alten Treffpunkt gegangen wäre.« Sie senkt den Blick wieder.

Auch dazu sagt niemand etwas, und wir brauchen nicht zu fragen, Emilia will von sich aus erzählen. Sie will es uns und vielleicht auch sich selbst erklären.

»Als Maria verschwunden war, war ich sehr verletzt. Ich bin mit dem Brief zur Polizei gegangen, weil meine beste Freundin es nicht für nötig gehalten hat, mit mir persönlich zu reden, sich von mir zu verabschieden oder sich von mir helfen zu lassen. Ich habe mich diese Freundschaft betreffend eingekapselt, wollte sie abhaken und vergessen. Aber so leicht ist das nicht.«

»Vor allem nicht, wenn man den Mann heiratet, der mit der besten Freundin so eng verbandelt war«, rutscht es mir heraus.

Ein paar Sekunden herrscht Stille. Emilia und Maurizio schauen mich an. Irritiert, eisig, betroffen.

»Das war nicht geplant«, bricht es dann aus Emilia heraus. »Wir sind uns einfach in unserem Schmerz nähergekommen. Jeder hat auf seine Art gelitten, und dabei ist es passiert. Wir haben uns verliebt. Ihr könnt euch gar nicht vorstellen, wie sehr ich es bereue, Maria so falsch eingeschätzt zu haben. Ich hätte ihren Tod nicht verhindern können, aber dass ich ihr so unrecht getan habe, kann ich mir nicht verzeihen.« Langsam sammeln sich Tränen in ihren Augen, quellen über und laufen lautlos ihre Wangen hinab. Dann fängt sie zu zittern an, weint haltlos. Maurizio legt schützend und tröstend den Arm um ihre Schultern. Nach ein paar Minuten beruhigt sie sich ein wenig. »Aber damit muss ich leben. Und Maurizio auch. Und sein Vater«, kommt es erschöpft aus ihr heraus.

Draußen atme ich tief durch. So viele Emotionen am Sonntagvormittag. Nach einem Samstagabend, der es mehr als in sich hatte.

»Was machen wir nun mit dem angebrochenen Tag? Willst du runter zum See?«, frage ich Vinc. Das soll er entscheiden, ich stecke in einem Energieloch.

»Heute nicht. Wie wäre es mit einer Wanderung? Auspowern, auf andere Gedanken kommen«, schlägt er vor.

»Oder Gedanken ordnen«, korrigiere ich.

Er lacht. »Das Thema wird nicht bewusst ausgespart, versprochen, aber erfahrungsgemäß tut uns ein bisschen Schwitzen gut.«

Ich schaue hoch in einen strahlend blauen Himmel. »Das schaffen wir. Ich zeige dir die Madonna dell'Accoglienza. Der Platz ist beeindruckend, du wirst sehen.«

»Okay, Vorschlag: Wir fahren mit der Gondel zur Mittelstation und laufen von San Michele runter nach Malcesine. Du zeigst mir die Madonna, ich lade dich unterwegs auf ein Getränk, einen Kuchen oder eine leckere Pasta ein … je nach Hunger und Durst.«

»*Perfetto.* Was brauchen wir?«

»Ich ziehe meine Trekkingschuhe an, bei meinem Glück bleibe ich sonst noch mit den Zehen an einem Stein hängen.«

»Die dunkle Phase ist vorbei«, sage ich optimistisch, »aber besser sind natürlich feste Schuhe«, sage ich und klopfe auf Holz.

Die Gondel wirft wenig Schatten, die Sonne steht fast direkt über uns. Die Aussicht ist toll, und ich freue mich darauf, endlich oben zu sein und loszulaufen. Erwartungsgemäß ist die Kabine brechend voll, doch es lohnt sich. Wegen des Gedränges habe ich den Rucksack abgenommen und zwischen meine Beine geklemmt. Hier, so zwischen Himmel und Erde, überkommt mich ein warmes Gefühl der Dankbarkeit. Darüber, dass ich hier sein darf, mit Vinc, heil und an einem Stück. Ich taste nach seiner Hand und spüre gleichzeitig am Fußknöchel die harte Rundung der Kerze, die ich im Rucksack verstaut habe und oben bei der Madonna anzünden will. Ausnahmsweise nicht für meine liebsten Verstorbenen, meine Oma und meine Freundin, die viel zu früh von uns gegangen ist, sondern als Dank an meinen persönlichen Schutzengel, der auf mich aufgepasst hat, als ich vom Balkon gesprungen bin.

Vinc drückt meine Hand. Ich glaube, er ist genauso froh über diesen Schutzengel.

An der Mittelstation quellen wir mit den anderen aus der Gondel und laufen los. Im Gegensatz zum Großteil der Fahrgäste, der zur großen Panoramagondel weiter Richtung Gipfel strebt, ist unser Ziel genau das Gegenteil, und in kürzester Zeit sind wir allein auf weiter Flur. Wir schreiten aus, nehmen die laue Luft und die Wahnsinnsbilder mit auf unseren Weg. Heute treibt mich keine Neugier zu unbekannten Tatorten, kein Polizeieinsatz zieht mich magisch an. Ist es wirklich schon zwei Wochen her, dass die beiden Toten gefunden wurden? Zwei Wochen voller neuer Bekanntschaften, eindrücklicher Erkenntnisse und Erlebnisse, trauriger Geschichten, grausiger Taten und angsteinflößender Begebenheiten. Ein Tsunami aus der Vergangenheit, der sich für 20 Jahre zurückgezogen hat und jetzt mit voller Wucht über uns hereinbricht.

»Schatz, an was denkst du?«, unterbricht Vinc meine Gedanken.

Er läuft neben mir, ich schaue ihn an oder eher durch ihn hindurch. Erst allmählich kehre ich in die Gegenwart zurück. »Wieso fragst du?«

»Nur so«, sagt Vinc, »deine Stirn hat sich immer mehr bewölkt. Ich dachte, ich hole dich mal aus deinem Gewitter heraus.«

»*Grazie, amore mio*«, sage ich und lege meinen Arm um seine Hüften. An einer besonders schönen Stelle bleiben wir stehen, knutschen und seufzen über unser Glück und die unglaublich schöne Aussicht.

Die geplante Ablenkung funktioniert zu hundert Prozent. Unsere Wege führen an Wiesen, Olivenbäumen, Palmen und Blumen vorbei, wir bestaunen Gärten, große und kleine Häuser, laufen auf schmalen steinigen Trampelpfaden und auf kurvigen Sträßchen durch die Flora und Fauna an den Hängen des Monte Baldo. Ich zeige nach links auf einen Olivenhain. »Ist schon witzig«, sage ich zu Vinc, »die Olivenplantagen für die Söhne, die wertlosen Seegrundstücke für die Töchter.«

Vinc lacht. »Kaum zu glauben. Das gäbe heute einen Töchteraufstand.«

»Allerdings. Wäre rückwirkend gesehen allerdings blöd gewesen, dann hätten die Töchter heute nicht die Sahnestücke.«

»Verteile einen landwirtschaftlichen Betrieb gerecht, das geht fast nicht.«

Und damit hat er vollkommen recht. »Ich hätte immer gerne Geschwister gehabt, aber wenigstens habe ich als Einzelkind keine Erbschaftsstreitigkeiten zu erwarten«, erkläre ich den Nachteil zum Vorteil.

»Iiihh!« Erschrocken mache ich einen Satz zur Mitte. Um ein Haar wäre ich auf ein Exemplar Montebald'scher Fauna getreten, und wenn Vinc mich nicht am Arm gepackt hätte, hätte ich mich voll auf den Hintern gesetzt. Am Wegesrand, nahe der Mauer, schlängelt sich eine Schlange, beziehungsweise schlängelt nicht, sondern verharrt bewegungslos. Schwarz schillernd, knapp einen Meter lang.

»Puh! Ist die giftig?« Gänsehaut überzieht meine Arme.

»Keine Ahnung. Ist das eine Kreuzotter?«, überlegt Vinc. »Die gibt es in den Bergen. Aber ich bin mir nicht sicher, ich dachte, die sind heller, diese hier ist fast schwarz. Lebt sie überhaupt noch?« Er hebt einen Ast vom gegenüberliegenden Wegrand auf, um das Reptil anzustupsen.

»Hey, denk nicht mal dran! Wer weiß, wie aggressiv die ist, wenn du sie beim Sonnen störst!«

Vinc lächelt spöttisch über meine Warnung, lässt das mit dem Stock aber sein. In gebührendem Sicherheitsabstand beugt er sich über das Tier, um es mit dem Smartphone fotografisch zu erfassen und per App bestimmen zu lassen. »Ich glaube, die ist tot«, mutmaßt er und verliert das Gleichgewicht. Er strauchelt, rudert mit den Armen. Sein Handy rutscht ihm aus der Hand und fliegt in hohem Bogen in meine Richtung. Instinktiv schnappe ich mir das fliegende Teil und Vinc landet unsanft auf seinem Allerwertesten. »Aua«, stöhnt er und bleibt einen Moment sitzen. Ich strecke ihm meine Hand hin und ziehe ihn in die Senkrechte.

»Alles heil, zum Glück«, stellt er fest. Dann greift er nach seinem Handy. »Wow, super gefangen. Aber leider kein Bild.«

»Und keine Schlange«, sage ich lachend und deute zu der Stelle, wo selbige sich eben noch gesonnt hat. »Jetzt komm, du Held«, treibe ich ihn an und verpasse ihm einen Klaps auf sein Hinterteil.

»He!«, protestiert er und steckt das Handy in die Hosentasche.

Die Straße wird breiter. Wir kommen zu einer Kreuzung. Rechts liegt ein *ristorante*. Kurz dachte ich, ein goldener Osterhase habe sich hierher verirrt, dann klärt mich die Speisekarte, die am Eingang aushängt, darüber auf, dass Kaninchengerichte angeboten werden, ergo wird dieser auffällige Goldhase neben einem Meer aus leeren Weinflaschen das Maskottchen des Hauses sein.

CANTINA VINI della Trattoria Campiano, lese ich auf einer türkisen Fliese mit rostbraunem Ornamentrahmen.

»Willst du hier eine Pause machen?«

»Sì, volentieri«, rufe ich enthusiastisch. Bilder von eiskaltem Rosato und spritzigem Mineralwasser samt einer saftig gelben Scheibe Zitrone entstehen sofort in meinem Kopf.

Wir finden einen schönen Tisch auf der Terrasse und bestellen schon mal eine große Flasche Acqua Frizzante.

»Willst du ein Glas Wein?«, fragt Vinc, der das Schild auch gesehen hat.

»Hm ... wollte ich, aber eigentlich ist es mir fast noch zu früh und außerdem zu heiß«, entscheide ich und blättere in der Speisekarte.

»Stimmt, bleiben wir gesund und sportlich.« Er zwinkert mir zu und widmet sich dann ebenfalls der Karte.

»Coniglio italiano allevato a terra, servito con polenta«, lese ich vor. »Frei laufende Kaninchen, na, immerhin«, brumme ich und denke an Rosas Kaninchenstall im Garten.

»Vergiss es, Doro, du wirst Rosa nicht überzeugen, ihre Löffler im Garten laufen zu lassen.«

»Ist mir klar, den Vorschlag werde ich nicht mehr bringen. Übrigens hat Rosa dieses Lokal mal erwähnt und gesagt, die Küche hier sei ausgezeichnet.«

»Willst du was essen?«, fragt Vinc. »Ich habe ehrlich gesagt noch gar keinen Hunger.«

»Nein, ich auch nicht. Außerdem liegt unser Fokus auf Bewegung. Aber in nächster Zeit könnten wir hier mal richtig schön essen gehen.«

»Bin ich dabei. Sieht alles sehr lecker aus.«

Ich werfe einen Blick auf den Teller, der eben an uns vorbeigetragen wird. Salami, Speck, Käse, eingelegtes Gemüse, jetzt läuft mir doch das Wasser im Mund zusammen.

»Einen gemeinsam?«, schlägt Vinc vor.

Damit bin ich einverstanden. Ist genau das Richtige an einem heißen Wandertag.

Die regionalen Köstlichkeiten sind ein Traum, mir hat es besonders dieser Speck mit der Gewürznote am Rand angetan, außerdem die gerösteten Weißbrotwürfel, die mit Olivenöl beträufelt werden, darüber getrocknete Bergkräuter. Das Aroma des Berges liegt auf dem Teller und auf unserer Zunge, der Genuss verschlägt uns für eine Weile die Sprache. Ein *caffè* zum Abschluss, dann raffen wir uns auf und verlassen unser angenehm schattiges Plätzchen.

Es dauert ein paar Minuten, bis wir uns die Trägheit aus den Beinen gelaufen haben.

Ein Hinweisschild zeigt nach rechts und sagt uns, dass es noch zehn Minuten bis zur Madonna dell'Accoglienza sind. Der Weg ist schmal, aber breit genug, um Hand in Hand laufen zu können. Manche Grundstückseigentümer schützen sich durch Mauern vor neugierigen Blicken, andere präsentieren ganz offen, wie sie leben. Ein ausländischer Luxusschlitten mit eingeklappten Außenspiegeln kommt uns entgegen, wir quetschen uns in eine Mauernische, um ihn vorbeizulassen. Eine Familie sitzt drin.

»Mann, das wäre mir echt zu eng, mit so einem Monsterauto hier herumzukurven«, japse ich.

Hundert Meter weiter zeigt Vinc auf ein Anwesen. Riesiger gepflegter Garten, modernes Wohnhaus. Die Rollos sind alle geschlossen, die Gartenmöbel auf der überdachten Terrasse mit Schutzbezügen abgedeckt. »Ich wette, dass die Besitzer gerade an uns vorbeigefahren sind«, sagt Vinc.

»Marke ›Architekt verwirklicht in Toplage seinen Lebenstraum vom Luxusferienhaus und kann sich einen Hausmeister und Gärtner leisten‹«, lästere ich.

Bald darauf stehen wir an dem Weg, der zur Madonna hochführt. Wie beim letzten Mal mit Antonella nimmt mich die feuchtwarme Luft mit in eine besondere Welt, die sich schließlich öffnet und den Blick auf die Madonna und auf den See freigibt.

»Ein magischer Ort«, sage ich ehrfurchtsvoll und weise dabei mit einer weit ausholenden Handbewegung auf die Szenerie. Vinc staunt genauso über das Lichtermeer für Maria und Marco, wie ich es getan habe, als Antonella mich hierhergeführt hat.

»Gibst du mir mal den Rucksack?«, bitte ich Vinc, der seit dem *ristorante* der Träger unserer Wanderausrüstung ist.

Die Kerze, in weißen Kunststoff gehüllt und mit dem Bild der Madonna bedruckt, liegt gemeinsam mit den Wasserflaschen darin. Ich hole sie aus dem Rucksack und begegne Vinc' verwundertem Blick.

»Habe ich von Rosa bekommen, die hat mehrere Exemplare zu Hause. Ist für meinen Schutzengel«, füge ich erklärend hinzu. Mehr muss ich nicht sagen.

Wir haben es tatsächlich geschafft, bis jetzt nicht über den Fall zu sprechen, doch nun kann ich nicht anders. »Ich habe gehofft, dass der Mordfall geklärt sein wird, wenn ich das nächste Mal hier oben bin.« Ich seufze. »Aber alles ist genauso unklar wie vor ein paar Tagen.«

»Wo ist dein Optimismus, Schatz? Es geht voran, zwar heftiger, als mir lieb ist, dennoch bin ich sicher, dass es nicht mehr lange dauern wird, bis der Täter geschnappt ist.«

»Glaubst du?« Skeptisch ziehe ich die Augenbrauen hoch.

»Jep. Der Täter steht unter Druck, das merkt man. All die Angriffe, auf euch oben auf der Burg, auf Emilia im Auto, die Drohung auf dem Zettel an ihrem Auto, Emilia fällt von der Leiter, ich werde von einer Ratte gebissen …«

»Stopp! Also die Leiter und die Ratte sind als Täter ermittelt, die beiden ›Fälle‹ können wir abhaken. Außer dass sie zur aktuellen Lage passen, da gebe ich dir recht.«

»Eben«, sagt mein Liebster und schaut gedankenverloren in das Lichtermeer aus Kerzen.

KAPITEL 16

OMBRA - SCHATTEN

Lunedì (Montag) – Tag 15

Nicht nur der Täter steht unter Druck, auch die Stimmung bei der Polizei ist höchst angespannt. Respektive bei Luca, der fieberhaft nach dem Unfallwagen sucht, seine Leute losgeschickt hat und sogar Danilo, Rosa, Vinc und mich nach eventuellen Anhaltspunkten befragt. Fabio ist ebenfalls dabei und findet das Ganze eher aufregend als beängstigend. Dabei muss man die Leichtigkeit der Jugend genauso berücksichtigen wie die Tatsache, dass er unter den Folgen der Ereignisse vor 20 Jahren zwar indirekt zu leiden hatte, die Opfer aber niemals persönlich kennengelernt hat.

Nach dem kurzen Intermezzo bei uns im Garten ist Luca wieder auf dem Sprung. »Die Zeit drängt«, sagt er, seine Mundwinkel zucken nervös, »Fahrerflucht ist das Mindeste, was dem Typen zur Last gelegt werden kann, und Nötigung. Immerhin haben ein paar Anwohner aggressives Gehupe gehört, und das stimmt mit Emilias Aussage überein: Der Autofahrer hinter ihr hat massiv gedrängelt, ist dicht aufgefahren und hat unaufhörlich gehupt. Durch die heruntergeklappte Sonnenblende konnte sie den Fahrer nicht erkennen. Sie ist sich nicht einmal sicher, ob es ein Mann war oder eine Frau. Aber sie konnte ein Bild auf der Motorhaube erkennen. Grün. Eine Pflanze vermutlich. Wahrscheinlich ein Fiat Qubo, sagt sie.«

Leider nichts Neues für uns, ich unterdrücke ein Seufzen.

Fabio winkt ab. »Die sind nicht so selten, mein Vater hat für seine Firma etliche Qubos, mit einem Olivenzweig vorne auf der Motorhaube. Sein Firmenlogo.«

Luca springt auf. Offensichtlich haben Fabios Worte etwas in ihm ausgelöst. Er verabschiedet sich eilig, um zu seiner Dienststelle zu gehen, wie er uns mitteilt.

Fabio bricht ebenfalls auf. Er will zu seinem Vater. »Zeit für eine Entschuldigung. Mein Verhalten war nicht okay letztens«, sagt er ein bisschen betreten.

Überrascht schaue ich ihn an. »Wow, echt taff, dass du das machst«, bestärke ich ihn.

Vinc steht auf und begleitet Fabio zum Gartentor.

Eine halbe Stunde später ist er wieder zurück.

»Schon wieder da?«, frage ich ein wenig besorgt.

Fabio schaut unglücklich aus der Wäsche. Ist wohl nicht besonders gut gelaufen.

»Ich konnte nicht mit meinem Vater sprechen«, erklärt er. »Luca ist kurz nach mir mit einem Kollegen aufgetaucht, und sie haben meinen Vater nach seinem Wagen gefragt.«

»Nicht dein Ernst! Wegen des Firmenlogos? Der Olivenzweig, den du erwähnt hast?«

Fabio nickt, und wir sehen ihm an, dass er sich deswegen schuldig fühlt.

»Warum habe ich bloß meinen Mund nicht gehalten?«, jammert er.

»Ist eine dumme Geschichte, aber das konntest du nun wirklich nicht ahnen. Die Dinge nehmen ihren Lauf, und dein Vater wird hoffentlich ein Alibi haben. Außerdem muss Emilia Passamonte das Logo erst mal identifizieren, sie hat ja von einer Palme gesprochen. Also, der Spuk wird gleich wieder vorbei sein. Rede mit deiner Mutter, die versteht dich bestimmt«, rate ich ihm.

»Dann erfährt sie es wenigstens von dir«, bestärkt Vinc meinen Rat.

Was Fabio letztendlich überzeugt. Er zieht ab, um seiner Mutter von seinem Fehler zu erzählen.

»Klar, die Polizei klammert sich an jeden Strohhalm«, resümiere ich, als er weg ist. »Es geht nicht nur um die Fahrerflucht, sondern vor allem um den Mord, der vor 20 Jahren geschehen ist. Und Carlo gehört zum potenziellen Täterkreis.«

Vinc sieht das genauso. »Fabio wird dieser Gedanke auch gekommen sein, deshalb ist er so erschrocken. Seine Mutter wird die Sache hoffentlich als das einordnen, was sie ist – ein harmloser Zufall.«

Wir widmen uns den Malerarbeiten im Haus, die wir in den letzten Tagen sträflich vernachlässigt haben. Danilo und Rosa machen keinen Druck, aber wir alle wollen allmählich vorankommen.

Rosa möchte das Haus möglichst original erhalten und renovieren. »Mein Enkel Danilo hat sein eigenes System. Keinen konkreten Plan, trotzdem geht es vorwärts.« O-Ton Rosa letztens zu einer Nachbarin, dabei hat sie stolz gelächelt. Schön, dass jemand mal zufrieden ist, denke ich und schaue mich um. Überall im ersten Stock hängen Abdeckfolien, und der faltenwerfende Malerteppich sieht alles andere als wohnlich aus. Ich schnuppere. Der Geruch nach Farbe und Lack hängt in der Luft. Rosa drängelt nicht, aber ein paar Bedingungen hat sie doch. Sie will sich zum Beispiel nicht von dem uralten abgewetzten Sofa trennen, weshalb Danilo es aufpolstern und neu beziehen lässt. Außerdem besteht sie auf bestimmte Dachziegel, die im Ortszentrum sogar Vorschrift sind, auch wenn ihr Grundstück außerhalb des innersten Zirkels liegt. Traditionen müssen erhalten bleiben, sagt sie.

Wir pinseln eine Zeit lang entspannt vor uns hin, als wir das Gartentor quietschen hören. Kurz darauf wird die Haustür aufgesperrt.

Für seine Helfer hat Danilo vorübergehend in einem Blumentopf einen Haustürschlüssel deponiert. Ich lege den Pinsel auf den Farbeimer, gehe raus auf den Gang zur Treppe und beuge mich übers Geländer, um zu sehen, wer gekommen ist.

»Ach, du bist es«, sage ich.

Unten im Flur steht Fabio mit hochrotem Kopf. Er schaut zu mir herauf. »*Scusate*, dass ich schon wieder da bin, aber *mamma* …«

Weiter kommt er nicht, Antonella schiebt ihren Sohn resolut zur Seite. »Tut mir leid, wenn ich störe, aber es ist wichtig!«

»*Un momento*, wir kommen«, rufe ich und laufe schnell ins Bad, um meine Hände zu waschen. Vinc eilt bereits die Treppe hinab.

Antonella berichtet, dass sie von der Polizei bezüglich des Firmenwagens ihres Ex-Mannes befragt worden sei. »Reine Routine, haben die Beamten gesagt und wollten wissen, wer mit den Firmenautos herumfährt. Woher soll ich das wissen? Wir sind seit Jahren geschieden. Was genau hat Fabio zu Luca gesagt? Warum ist der gleich mit seinen Kollegen bei Carlo aufgekreuzt und hat ihn behandelt wie einen Schwerverbrecher? Aus Fabio kriege ich ja nichts heraus!« Antonella ist sichtlich erregt.

»Da war auch fast nichts. Luca hat von dem Fluchtwagen gesprochen und von einem auffälligen Bild auf der Motorhaube, und Fabio hat lediglich gesagt, dass es viele solcher Autos gebe und sein Vater auch eine Pflanze auf der Motorhaube habe. Und dass die Firmenautos Fiat Qubos seien. Da ist Luca sofort losgezogen. Vinc und ich haben später noch gespottet, dass die wirklich nach jedem Strohhalm greifen.«

Antonella beruhigt sich ein wenig. »Das habe ich der Polizei auch erklärt. Ein Olivenzweig als Firmenlogo ist doch kein Beweis dafür, dass es Carlo war, der Emilia bedrängt hat, und noch lange keine Rechtfertigung für ein solch rüpelhaftes Auftreten der Polizei. Carlo hätte so etwas niemals getan«, sagt Antonella. Ihr Tonfall ist leicht aggressiv, die Mundwinkelfalten lassen sie grimmig wirken.

»Was ist das für eine Firma?«, frage ich ohne besondere Absicht. Ich will lediglich die Lage entspannen.

»Gartenbau«, antwortet Antonella knapp.

»Aha«, sage ich.

»Die Polizei soll uns einfach in Ruhe lassen. Statt ihre Arbeit zu erledigen und den Mörder zu finden, machen sie ein weiteres Fass auf«, presst sie mit starrer Miene zwischen verkrampften Lippen hervor und wendet sich zum Gehen.

»Ich komme gleich nach«, ruft Fabio ihr hinterher. Er hat noch etwas auf dem Herzen. »Ich wollte die Sache klarstellen und Luca dazu bringen, meinen Vater nicht weiter zu belästigen. Ich habe ihm erklärt, wie meine Aussage gemeint war. Er habe das verstanden, sagt Luca, aber er sei nun mal Polizist und müsse jeder Spur nachgehen.«

Ich lege beruhigend die Hand auf seinen Arm. »Das stimmt ja auch. Wieso bist du so außer dir? Als sich dein Vater letztens mit dir versöhnen wollte, hast du ihn noch abblitzen lassen.« Zugegeben, das ist provokant, aber sein Sinneswandel interessiert mich wirklich.

Das Blut steigt erneut in Fabios Wangen. Mit gesenktem Kopf flüstert er: »Es macht mich wütend, wenn er mit seiner Büßermiene ankommt. Er hat uns verlassen, das kann ich nicht vergessen. Das heißt aber nicht, dass ich ihn mit vorschnellen Äußerungen in Schwierigkeiten bringen will.«

»Verstehe. Klar, die Konsequenzen wären mehr als fatal«, sage ich und versuche, dabei nicht allzu mitleidig dreinzuschauen. Fabio soll nicht denken, dass ich seinen Vater für schuldig halte.

Vinc ergreift die Initiative und schickt den Jungen nach Hause. »Deine Mutter wird dich jetzt brauchen. Ruf an, wenn es etwas Neues gibt oder wenn wir euch unterstützen sollen. Wie gesagt, Fabio, wir sind für dich da. Meine Handynummer hast du, keine Hemmungen, du kannst dich jederzeit melden.«

Als wir allein sind, ruft Vinc bei Luca an. Er schaltet den Lautsprecher ein, damit ich mithören kann. Luca bestätigt, was Fabio uns soeben aufgeregt geschildert hat.

»Ich kann gar nicht anders, als die Maschinerie anzuwerfen«, erklärt er uns in sachlichem Tonfall. »Wir haben Carlo Bianchis Wagen überprüft und ein Handyfoto von seinem Logo an Emilia Passamonte geschickt. Die hat bestätigt, dass es sich um das gleiche Bild wie auf dem Verfolgerauto handelt.«

Verdammt! »Hat Emilia nicht von einer Palme gesprochen?«, gebe ich zu bedenken.

»Olive, Palme, den Unterschied erkennst du nicht, wenn dir ein Auto so aggressiv an der Stoßstange klebt«, wehrt Luca meinen Einwand ab.

»Eben, deshalb …«

Aber Luca unterbricht mich. »Das ist im Übrigen nicht alles. Als wir am Grundstück ankamen, konnten wir die Löwenskulptur, die den Eingang bewacht, gar nicht übersehen. Ein bisschen überdimensioniert, aber nichtsdestotrotz imposant – der König der Tiere. *In mir schlägt das Herz eines Löwen und Gott ist bei mir! Fürchtet euch, denn ihr habt gesündigt und ich werde euch richten.* Ich frage euch: Wem würde da nicht sofort der Drohbrief in den Sinn kommen, der gestern unter dem Scheibenwischer von Emilia Passamontes Auto geklemmt hat, *eh*? Im Garten stehen weitere Skulpturen, Werke von Carlo Bianchis Frau, einer Bildhauerin und Steinmetzin, aber mich interessiert der Löwe. Bei mir haben sämtliche Alarmglocken geschrillt. Das Herz des Löwen. Befindet sich im Inneren des Löwen etwa der Beweis für Bianchis Schuld? Oder ist das nur symbolisch gemeint? Fürs Erste habe ich zwei Beamte zur Bewachung des Grundstücks abgestellt, die Firmenautos dürfen nicht benutzt, der Garten nicht betreten werden. Carlo Bianchi habe ich dringend gebeten, vorerst im Haus zu bleiben, ansonsten müsste ich ihn in Untersuchungshaft nehmen. Ich werde möglichst schnell ein paar Leute mit Werkzeug organisieren. Der Löwe ist ein Mordsteil.«

Kurz darauf taucht Fabio wieder auf.

»Ich muss was tun«, sagt er und schnappt sich einen Schleifer. Er bearbeitet das Türblatt der Terrassentür mit so viel Power, dass wir befürchten, er hobelt nicht nur den Lack von der Oberfläche, sondern verarbeitet gleich die gesamte Tür zu Spänen.

Und noch einen treibt es um: Luca. Er gibt sich sozusagen mit Fabio die Klinke in die Hand, denn dieser ergreift die Flucht, als Luca im Polizeiwagen vorfährt. Er will im Augenblick nichts mit einem Vertreter der *Polizia* zu tun haben und verschwindet durch den Garten.

Luca tischt uns seine Version der Ereignisse auf. Und die Fragen, die sich ihm stellen: »*In mir schlägt das Herz eines Löwen.* Ist das ein plumper Hinweis, dass etwas in der Figur zu finden ist? Oder im Garten?« Er kratzt sich am Kopf. »Eine verzwickte Situation. Ich will mich nicht blamieren. Ich habe Rücksprache mit Claudia und mit meinem Chef gehalten. Dantes ist nach wie vor unabkömmlich in Bari, ich soll die Lage selbstständig einschätzen und entscheiden, welche Schritte notwendig sind, er steht in jedem Fall hinter mir. Claudia ist für die Durchsuchung des Grundstücks – keine falsche Rücksicht, sagt sie, das volle Programm, es gehe schließlich um Mord. Okay, aber wenn ich eine Suchmannschaft schicke, um den Garten umzugraben, und wir finden nichts, dann mache ich mich schnell zum Gespött von ganz Malcesine.« Diese Vorstellung bereitet ihm sichtlich Magenschmerzen.

»Nur zum besseren Verständnis: Was suchst du in Carlos Garten? Die Waffe?«

Luca schaut mich fassungslos an. *»Sì, certo, cos'altro?«*

»Ja klar, was sonst«, wiederhole ich etwas spöttisch. »Ich wollte mich nur vergewissern, dass wir nicht aneinander vorbeireden.«

»*Scusa*, Doro, ich stehe unter Druck und lasse es an dir aus. Entschuldige.«

»Schon gut, ich verstehe dich ja. Wie sieht es mit Carlos Auto aus? Habt ihr das überprüft? Gibt es Spuren von Emilias grünem Grashüpfer am Lack seines Wagens? Oder besser gesagt an einem seiner in Frage kommenden Firmenautos?«

»No, niente«, bedauert Luca. »Zumindest auf die erste oberflächliche Untersuchung hin. Es sind auch nur zwei Qubos, die anderen haben alle Ladefläche für Arbeitsgeräte, sind also raus. Allerdings passt der Olivenzweig auf der Motorhaube zu Emilias Beschreibung. Ich habe euch ja erzählt, dass ich ihr ein Bild geschickt habe, und sie hat bestätigt, dass es dem in ihrer Erinnerung ziemlich genau entspricht.«

»Ziemlich genau reicht aber nicht als Beweis«, gebe ich zu bedenken.

»Nein, aber zusammen mit dem Zettel unter dem Scheibenwischer rechtfertigt es die Durchsuchung des Grundstücks.« Er schnauft schwer.

Vinc schlägt vor, erst mal Carlos Alibis zu prüfen. Für die Zeitpunkte des Unfalls und des Angriffs auf Maurizio und mich auf der Burg.

»*Certo.* Dazu habe ich ihn natürlich schon befragt. Angeblich war er woanders unterwegs, als oben an der Burg auf dich und Maurizio geschossen wurde.« Luca verdreht die Augen. »Seiner Aussage nach ist er am späten Nachmittag angerufen worden, eine verzerrte Stimme hat ihn angeblich zu einem abgelegenen Ort bestellt. Er solle sich unauffällig verhalten und nicht mit dem Auto kommen. Es gehe um seinen Sohn, also um Fabio, der in eine Drogengeschichte verwickelt sei und bedroht werde. Er befinde sich in Lebensgefahr.«

»Du glaubst ihm nicht?«, fragt Vinc. Eine rhetorische Frage, denn Lucas Tonfall spricht Bände.

Luca zuckt mit den Schultern. »Besonders glaubwürdig scheint mir die Geschichte nicht, ehrlich gesagt. Gut überlegt, das ja, damit es logisch erscheint, dass ihn keiner gesehen hat. Der Anrufer habe im hiesigen Dialekt gesprochen, ob Mann oder Frau könne er nicht mit Sicherheit sagen, er habe aber intuitiv angenommen, es sei ein Mann, sagt Carlo.«

»Im Zweifel für den Angeklagten«, gebe ich zu bedenken und greife damit einen Grundsatz auf, der mich immer wieder vorantreibt, mich in Ermittlungen einzumischen. »Es gibt nichts Schlimmeres, als den Falschen zu verdächtigen. Mit einem ›sehr wahrscheinlich‹ darfst du dich nicht zufriedengeben! Die Fakten müssen hundertprozentig hieb- und stichfest sein, genauso die Alibis und die Glaubwürdigkeit der Zeugen. Solange ein Quäntchen Unsicherheit bleibt, muss weiterermittelt werden!« Ich knalle die Faust auf den Holztisch.

»Beruhige dich, Schatz. Keiner will Carlo etwas unterstellen, nicht wahr, Luca?«

Luca hebt abwehrend die Hand. »Natürlich nicht. Aber wir dürfen uns auch nicht von unseren Gefühlen abhalten lassen, einen Mörder zu verhaften. Wenn auf dem Grundstück wirklich die Tatwaffe gefunden wird, dann gehen Bianchis Autos direkt zur kriminaltechnischen Untersuchung. Bis dahin bleiben sie unter Verschluss.«

»Dann hast du dich also entschieden, den Garten durchsuchen zu lassen«, stelle ich fest.

»Habe ich eine Wahl?«

»Eigentlich nicht«, stimme ich zu.

»Wie willst du vorgehen?«, fragt Vinc.

»Zuerst nehmen wir uns den Löwen vor«, erklärt Luca.

Da ist ein Punkt, der mir zu denken gibt. »Mich irritiert, dass der Brief erst jetzt auf den Mörder verweist. Egal, wer zu wissen glaubt, dass Carlo der Mörder ist – warum hat er sich nicht schon früher gemeldet?«

»Und woher hat der Briefeschreiber dieses Wissen?«, führt Vinc den Gedanken fort.

Luca streicht sich nachdenklich übers Kinn. »Vielleicht hat er etwas beobachtet. Immerhin standen die Briefe immer in Zusammenhang mit Marias und Marcos Verschwinden. Damals waren es Mahnungen gegen das Vergessen, heute sind es Drohungen bis hin zu konkreten Anschuldigungen. Ich sage euch, da hat jemand im Verborgenen recherchiert.«

»Hört sich plausibel an. Doch wer ist der Beobachter? Und was hat er gesehen? Oder sie? Und ist derjenige jetzt in Gefahr?«, werfe ich in die Runde, denn Letzteres wäre meiner Meinung nach die logische Konsequenz.

»Nur wenn der Mörder weiß, wer er ist.« Luca sieht das pragmatisch.

»Du meinst Carlo Bianchi? Und wenn du bei ihm nichts findest?« Vinc zieht skeptisch die Augenbrauen zusammen. »Dann fühlt er sich noch mehr in die Enge getrieben und wird unberechenbar.«

»Wer jetzt? Carlo?«, frage ich leicht verwirrt.

Vinc zuckt mit den Schultern. »Sagen wir, der Täter. Wer auch immer. Und vergessen wir nicht: Vor 20 Jahren wurden zwei junge Leute grausam hingerichtet. Und ein ungeborenes Kind bekam nie die Chance auf ein Leben.«

Luca schluckt. Bei aller Professionalität lässt ihn das nicht kalt.

»Okay«, resümiere ich, »so oder so, der Täter muss endlich gefasst werden. Erst dann können sich wieder alle sicher fühlen.«

Luca erhebt sich. »*Va bene*, ich bringe es hinter mich. Ich fahre zu Carlo Bianchi. Vielleicht klärt sich bereits heute alles auf.«

Wenig später taucht Fabio noch mal auf. »Könnt ihr mich zu meinem Vater begleiten? Ich glaube, die wollen sein Grundstück durchsuchen. *Mamma* weigert sich, und ich möchte nicht allein dorthin«, platzt er heraus.

»Logisch, machen wir. Jetzt gleich?«, fragt Vinc und schaut dabei zu mir herüber.

Fabios Kiefer mahlen. Er nickt.

»*Andiamo*«, sage ich.

Vinc steckt den Autoschlüssel in die Hosentasche, dann machen wir uns auf den Weg.

Als hätte der Wettergott Tränen in den Augen, schickt er dicke schwarze Wolken. Ein Tief ist im Anmarsch, das hat der Wetterbericht gemeldet, und pünktlich mit unserem Eintreffen bei Carlo öffnet der Himmel seine Schleusen.

Die Suchmannschaft ist bereits da. Wir steigen aus, Fabio verschwindet im Haus, Vinc und ich trotzen dem Regen und dem Klischee über ungebetene Zaungäste und stehen genau dort – am Gartenzaun zu Carlo Bianchis Grundstück –, um dem Treiben von hier aus zuzuschauen.

Fabio kommt mit hängenden Schultern aus dem Haus zu uns herüber. »Luca ist drinnen und redet mit meinem Vater«, teilt der Junge uns mit. Er trägt weder eine Jacke noch hat er einen Schirm dabei und ist bald genauso durchnässt wie wir. Er zittert, obwohl die Luft trotz der Nässe lau ist. Vor Aufregung, schätze ich.

Manche Skulpturen stehen erhöht auf einem Sockel, andere direkt am Boden. So wie der Löwe am Eingang zum Grundstück. Im ersten Moment dachte ich, er sei aus Bronze, aber es ist polierter Stein. Ein circa 1,5 Meter hoher Wächter. Den nehmen sich die Beamten als Erstes vor. Skeptisch beäugen sie ihn, er sieht mordsmäßig schwer aus. Die beiden Polizisten beraten sich und rufen dann nach einem dritten Mann. Sie mühen sich vergeblich ab, die Skulptur zu kippen, der Löwe scheint wie verwachsen mit dem flachen Sockel, auf dem er sitzt.

Einer der Männer schnappt sich eine Hacke. Er setzt die flache Seite unter dem Sockelboden an und stemmt sich mit seinem Körpergewicht dagegen. Sein Kollege passt auf, dass das Ding samt Sockel nicht umkippt. Eine heiße Diskussion entbrennt. Ich kann nur so viel verstehen, dass der dritte Kollege sich weigert, unter die Skulptur zu fassen, weil es ihm zu riskant ist. Er wolle seinen Arm gerne behalten, sagt er.

»Würde ich auch nicht machen«, sage ich leise zu Vinc.

»Ich bin fast sicher, dass du das doch tätest. Leider. Wenn du überzeugt wärst, dass es wichtig ist.« Er meint das ernst.

»Das müsste schon sehr wichtig sein«, schränke ich ein.

»Eben, sag ich doch.« Vinc' Blicke haften gebannt auf der Szene im Garten.

Statt seinen Arm zu gefährden, hat der Polizist sich flach auf den nassen Boden gelegt und versucht angestrengt, unter den Sockel zu blicken.

»Beeil dich!«, presst der Mann mit der Hacke mühsam hervor. »Das Ding ist sauschwer.« Die bedenklich hervorquellende Halsschlagader unterstreicht seine Worte.

Fabio hat die Hände über dem Kopf zusammengeschlagen und starrt auf die Szene. Carlo steht wie versteinert mit Luca auf der Terrasse. Von Carlos Frau keine Spur. Ist sie nicht zu Hause? Oder hält sie die Kinder von den Ereignissen fern? Ich verkneife es mir, Fabio danach zu fragen.

Lucas Kollege leuchtet mit dem Handy unter den Sockel, dann richtet er sich langsam auf und versucht vergeblich, die feuchten Schmutzspuren von seiner Uniform zu wischen. »Nichts. Da ist auch nicht gegraben worden, so viel ist sicher.«

Sie schauen zu Luca rüber und deuten den Misserfolg mit einer Kopfbewegung an.

»Habe ich Ihnen ja gesagt«, ruft Carlo wütend herüber.

Die Männer beachten ihn nicht weiter und machen sich daran, die kleineren Skulpturen zu untersuchen. Im Grunde ist es das gleiche Prozedere wie beim Löwen, zwei Polizisten kippen die Figur, der dritte versucht, durch

Tasten zu erspüren, ob es einen Hohlraum gibt. Dabei bemühen sie sich mehr oder weniger erfolgreich, auf die Blumenrabatte Rücksicht zu nehmen, aber dass der Garten nach diesem Einsatz nicht mehr so aussehen wird wie vorher, dürfte sicher sein.

Luca lässt Carlo stehen und geht zielstrebig zu einem Brunnen, über den sich ein vierarmiger schmiedeeiserner Bogen spannt. In dem Moment sehen wir ihn alle, den Löwen auf der Flagge, die oben am Spitz im feuchten Regenwind flattert. Irgendwie ist die Luft auf einmal dicker.

»Licht!«, ruft Luca scharf.

Einer seiner Männer rennt zu ihm. Luca hängt mittlerweile gebeugt über dem aus Tuffstein gemauerten Brunnenrand, der ihm bis zur Hüfte reicht. Der Kollege leuchtet mit dem Handy in die Tiefe.

Die Atmosphäre knistert förmlich. »Wenn du jetzt ein Streichholz entzünden würdest, würde es eine Explosion geben, wetten?«, sage ich zu Vinc.

»Gut möglich«, brummt der, ohne die Augen abzuwenden.

Lucas Kopf erscheint wieder an der Oberfläche. »Wir brauchen Werkzeug. Und ein Seil«, knurrt er. »Einer muss da runter.« Er mustert den Kollegen mit dem Handy. »Muss ein schmaler Mann sein. *Eh*, ich mache das selber.«

»Wie tief ist der Brunnen?«, ruft ihm ein Kollege zu.

»Kann ich nicht erkennen. Unten steht Wasser. Signor Bianchi, wie tief geht es da runter? Und wie hoch steht das Wasser?«

Carlo hebt die Hände. »Ich weiß nicht, wie tief der Brunnen ist, aber das Wasser ist nur eine Pfütze, im Sommer ist meistens gar keins drin.« Seine Stimme klingt ruhig und gefasst, aber seine Wangenknochen bilden eine scharfe Linie und verraten seine Anspannung.

»Wir müssen das Gitter abschrauben«, sagt Luca zu Carlo.

»Tun Sie, was Sie nicht lassen können«, schnaubt dieser.

»Würden Sie uns passendes Werkzeug zur Verfügung stellen?«, fragt Luca leicht genervt, weil Carlo diesbezüglich keine Anstalten macht.

Carlo runzelt die Stirn, verschwindet aber im Haus. Kurz darauf ist er zurück, mit einigen Schraubenschlüsseln in der Hand. »Sie sind dafür verantwortlich, dass das Gitter danach wieder festsitzt. Wir haben Kinder!«

»Selbstverständlich.« Luca lässt sich nicht aus der Reserve locken. Sein Kollege schraubt am inneren Rand des Schachts, löst dann die Winkel am oberen Rand, die verhindern, dass das Gitter in die Tiefe fällt. Die Kindersicherung ist anscheinend nicht plan mit der Oberkante angebracht, sondern ein gutes Stück unterhalb, genau kann ich es von hier aus nicht erkennen.

»Wieso haben die das Gitter nicht obendrauf gesetzt? Das wäre doch wesentlich einfacher gewesen, oder?«, frage ich.

»Wegen der Optik vielleicht«, vermutet Vinc.

Okay, kann sein. Für mich macht das allerdings keinen Sinn.

Zu zweit heben Lucas Kollegen das abmontierte Gitter über den Rand und legen es neben dem Brunnen ab.

Mit einer Seilkonstruktion um den Körper steigt Luca über die steinerne Brüstung. Der Schacht ist schmal, er wird sich unten kaum bücken können.

»Ich würde auf eine entsprechende Ausrüstung warten. Und ein Sauerstoffmessgerät«, schlägt einer der Polizisten vor. »Wer weiß, wie hoch der Kohlendioxidgehalt da unten ist. Das ist echt gefährlich. Und diese Seilkonstruktion ist auch grenzwertig.«

Luca winkt ab. »Das dauert mir zu lange. Ich bin gesichert und auch nicht lange unten.«

»Das hat schon so mancher gedacht und kam dann als Leiche an die Oberfläche!«, ruft der Mann ihm hinterher. »Ich bin bei der Freiwilligen Feuerwehr, ich kenne mich da ein bisschen aus.« Seine Stimme hallt dumpf im Schacht. Aber sie lassen Luca machen, in diesem Fall ist er der Chef.

Mich hält es fast nicht am Zaun, aber Luca hat uns den Zutritt zum Grundstück strengstens untersagt. Natürlich akzeptiere ich das, denn wir könnten wertvolle Spuren vernichten.

Vinc legt den Arm um meine Schultern, schweigend harren wir der Dinge, genauer gesagt dem Auftauchen von Luca. Die drei Polizisten fangen an, an dem gelb-grünen Kletterseil zu ziehen, das Ende haben sie wie eine Winde um den Stamm eines Apfelbaumes, der zwei Meter vom Brunnen entfernt mitten auf dem Rasen steht, gewickelt. Sicher ist sicher.

Triumphierend streckt Luca die Hand nach oben. Mir bleibt fast das Herz stehen bei dem, was ich sehe, und dem Gedanken, was das bedeutet. Vinc' Griff um meine Schulter wird fester. Wir schauen zu Carlo. Dessen Gesicht ist erst ein großes Fragezeichen, dann erstarrt seine Miene und er wird weiß im Gesicht. Mein Blick wandert zu Fabio. Jegliche Spannung ist aus seinem Körper gewichen, er steht da wie eine Marionette ohne Puppenspieler.

Luca steigt aus dem Brunnen. Einer seiner Kollegen nimmt ihm die Waffe ab und steckt sie in einen transparenten Plastikbeutel.

Das war's dann wohl. Carlo ist überführt. Das Auto, die Waffe in seinem Garten. Der Löwe am Eingang war irreführend, aber Luca hat richtig kombiniert. Er übernimmt jetzt den Asservatenbeutel und hält ihn Carlo vor die Nase. »Signor Bianchi, was sagen Sie dazu?«

Carlo schüttelt langsam den Kopf. »Diese Waffe gehört mir nicht. Ich habe sie noch nie gesehen.«

»Wie kommt sie dann in Ihre Zisterne?«

Carlo schweigt, er wirkt vollkommen erschüttert.

»Signor Bianchi, ich muss Sie bitten, mitzukommen. Sagen Sie Ihrer Frau Bescheid, wenn Sie möchten.« Luca verzieht bei diesen Worten keine Miene. Er ist ernst, aber nicht unfreundlich. Ob seine Worte zu Carlo durchdringen, wage ich zu bezweifeln.

Ich lege meinen Arm um Fabio, der sich immer noch nicht rührt. Auch nicht, als sein Vater an uns vorbeigeführt wird. Carlo schaut kurz zu uns rüber. Seine Augen … Ein Schauer läuft mir über den Rücken. Das blanke Entsetzen steht darin geschrieben.

Das ist er also, der Mann, der oben an der Burg auf uns geschossen hat. Der mich damit gezwungen hat, in die Tiefe zu springen. Mein Magen rebelliert. Auf einmal ist es wieder da, dieses panische Gefühl vor dem Absprung, und dann der Fall … das Bewusstsein, dass kein Fallschirm aufgehen wird, dass die Wasseroberfläche aus dieser Höhe hart wie Beton ist. Ich schlucke. Meine Kehle fühlt sich so rau an wie Schmirgelpapier. Wahrscheinlich zerquetsche ich gerade sämtliche Knochen von Vinc' Hand.

KAPITEL 17

SERATA AL LAGO – ABEND AM SEE

Lunedì (Montag) – Tag 15

Luca schwingt sich auf den Barhocker am Stehtisch unten an der Hütte. Wir lechzen nach Neuigkeiten. Auch Fabio möchte wissen, wie sich die Lage um seinen Vater entwickelt hat beziehungsweise wie weit die Beweisauswertung vorangeschritten ist.

Begierig stürzen wir uns mit unseren Fragen auf Luca. Vinc lässt mir liebenswürdigerweise den Vortritt, Fabio knetet seine Hände wie einen Pizzateig, während Danilo nur mit halbem Ohr zuhört, weil er uns mit Getränken versorgt.

»Hat Carlo gestanden?«, frage ich.

»Nein, er bleibt dabei, dass es nicht seine Waffe ist. Und nein, es gibt keine Fingerabdrücke«, greift Luca unserer nächsten Frage gleich vor.

»Was soll das Ganze mit dem Hinweis? Es wäre doch viel einfacher gewesen, der Polizei direkt zu sagen, was Sache ist. Hätte ja anonym sein können«, findet Vinc.

Luca nippt an seinem Wein, den Danilo mittlerweile gebracht hat. »Wir stehen am Anfang der neuen Sachlage. Ich hoffe, Carlo geht in sich und sieht ein, wie schwer die Indizien wiegen. Dann wird sich auch das Rätsel um diese geheimnisvollen Botschaften lüften.«

»Auf jeden Fall seltsam«, bemerkt Danilo, bevor er wieder in seiner Hütte verschwindet.

»Die Waffe war clever versteckt. Ich möchte sagen, dass nicht jeder sie gefunden hätte«, wechselt Luca die Richtung.

Höre ich da ein wenig Stolz heraus? Den will ich ihm nicht nehmen, dennoch … »Das war ein genialer Geistesblitz von dir, aber irgendwie ist mir das zu glatt. Der Hinweis auf das Versteck, das Auto und sein auffälliges Logo auf der Motorhaube, alles Indizien, die relativ sicher zu Carlo führen mussten. Wäre Carlo wirklich so dumm gewesen, die Waffe auf dem eigenen Grundstück zu verstecken? Wäre es nicht schlauer gewesen, sie im See zu versenken?«

»Vielleicht hatte er dazu keine Zeit mehr oder nicht die Nerven. Oder er wollte sich nicht von ihr trennen für den Fall, dass er sie noch mal braucht. Und Emilias Verfolgung hat wirklich stattgefunden – die Anwohner haben das Gehupe gehört.« Luca will nicht weg von seiner Beweiskette, wo er endlich eine hat.

»Gehört, aber nicht gesehen. Und selbst wenn es wirklich ein Firmenwagen der Bianchis war, muss es nicht Carlo gewesen sein, der ihn gefahren hat.«

»Schon, aber zusammen mit der Waffe, die wir auf seinem Grundstück gefunden haben …« Luca nagt an seiner Lippe.

»Mir fehlt das Motiv. Um das dreht sich schließlich alles. Du musst das Motiv finden, Luca!«

»*Grazie per il suggerimento, cara signorina!* Da wäre ich ohne dich nicht draufgekommen. Im Ernst, Doro, das ist mein Job. Wir werden ihn weichkochen, früher oder später gestehen sie alle. Sie wollen reden und ihre Tat rechtfertigen.«

Ich gebe nicht auf. »Wenn Carlo der Mörder ist, wer hat ihn dann verraten? Hat ihn jemand all die Jahre gedeckt? Oder ist man ihm erst jetzt auf die Spur gekommen?«

»Hör auf, im Trüben zu fischen«, stoppt Vinc meine Fragen. »Wir müssen abwarten, was Carlo aussagt.«

Ich seufze. »Hast ja recht. Arme Antonella. Zuerst verschwindet ihr geliebter Zwillingsbruder, und jetzt muss sie auch noch erfahren, dass ihr Ex-Mann dessen Mörder ist. Ach, Fabio«, ich streiche unserem jungen Freund über den Rücken, »es tut mir so leid für euch.« Bei dem Gedanken, dass sein Vater gleichzeitig der Mörder seines Onkels ist, schnürt es mir das Herz zusammen. Das ist so bitter. Gerade als sich beide wieder annähern wollten.

Fabio hockt zusammengesunken auf dem Barhocker und schweigt. Vielleicht wäre es besser, wenn er all das nicht mitbekäme, aber er will unbedingt hier sein. Daheim starre seine Mutter nur auf alte Fotos, und seine Uroma hänge am Rosenkranz, hat er gesagt, als er vorhin zu uns kam.

»Fabio, ich denke, du solltest jetzt nach Hause gehen. Morgen wird sich hoffentlich alles klären«, schlage ich trotzdem vor, weil ich befürchte, dass unsere Spekulationen für ihn zu belastend sein könnten. Und ich bin überrascht, als er widerspruchslos aufsteht. »Komm morgen früh zu uns«, schlage ich vor, damit er sich nicht abgeschoben fühlt. »Aber jetzt braucht dich Antonella bestimmt. *Ciao*, Fabio.«

»Ciao a tutti«, sagt er und geht.

Danilo verkrümelt sich samt Weinglas zu einer Gruppe, die direkt am Wasser auf einer Decke hockt und vermutlich entspannt über Gott und die Welt spricht. Anscheinend hat er genug davon, den Fall wieder und wieder von Neuem durchzukauen.

Luca hat für diese Schwingungen gerade kein Gespür, er ist trotz des fehlenden Geständnisses zufrieden. »Das war gute Arbeit. Malcesine kann aufatmen.«

Er nippt am Glas und grübelt. Mehrmals murmelt er Fragen vor sich hin, die auch wir uns stellen. Woher wusste der Verfasser des Briefes, wo die Waffe versteckt war? Hatte er die ganze Zeit eine Ahnung und dann plötzlich einen Beweis? Aber welchen?

»Das spielt jetzt keine Rolle mehr«, gibt er sich schließlich selbst eine Antwort. »Wir werden es bei den Befragungen herausbekommen. Es ist ja nicht nur die Waffe, es ist auch das Auto, das den Unfall provoziert hat. Und dass Carlo damals scharf auf Antonella war, ist bekannt. Marco stand ihm dabei im Weg, weil sie übermäßig auf ihren Zwillingsbruder fixiert war. Worum ging es? Um Maria? Um Marco? Oder um die beiden als Paar? Carlo wird viele Fragen beantworten müssen.«

»Sag ich ja, wir brauchen das Motiv«, konstatiere ich ohne falsche Bescheidenheit. »Ganz ehrlich, nur weil er in Antonella verknallt war und dachte, dass er sie ohne Marco leichter herumkriegen würde, soll er losgezogen sein und den lästigen Zwillingsbruder samt dessen Freundin erschossen haben? Übrigens eine Konstellation, die ihm ja entgegengekommen sein muss, wie wir schon mal festgestellt haben. Außerdem gibt es noch den dritten Schuss in Marias Bauch …«

»Was würde die Polizei nur ohne dich machen?« Luca schaut ein bisschen säuerlich. Er will ein Motiv, keine logischen Erklärungen, die ihm seine Beweiskette versauen.

»Spar dir deinen Zynismus, *mio caro amico*. Und denk mal über die anderen Botschaften und die früheren Briefe nach. Hat der Verfasser die Zusammenhänge immer schon geahnt und nur nicht beweisen können? Bleiben wir mal bei Carlo. Hat dieser biblische Literat Carlo beobachtet und verfolgt? Und wenn ja, warum? Dazu müsste er einen Grund gehabt haben.«

Luca nagt nachdenklich an seiner Unterlippe.

»Wie war das mit Antonella und Carlo?«, setze ich die Fragerunde fort. »Hatte Antonella eine Ahnung, was mit Maria und Marco passiert ist? War sie damals in Carlo verliebt und hat ihn gedeckt? Oder ist sie erst jetzt darauf gestoßen? Aber wie hat er sich verraten? Wer ist ihm auf die Spur gekommen? Antonella? Oder wer sonst?«

»Gegenfrage«, erwidert Luca. »Warum wurde auf Emilia ein Anschlag verübt? Und auf ihren Mann Maurizio? Ich gehe davon aus, dass du lediglich als Kollateralschaden in Kauf genommen wurdest.«

»Danke, als Kollateralschaden bin ich bisher noch nicht bezeichnet worden, ist mal was Neues.«

»*Scusa*, es sollte nicht abwertend klingen«, entschuldigt sich Luca.

»So ganz unrecht hast du gar nicht, Luca«, meint Vinc mit der allergrößten Ruhe, »Doro gerät durch ihre Neugier sogar relativ häufig zwischen die Fronten und in Gefahr.«

Ich werfe einen kurzen Blick rüber zu meinem Lieblingsmenschen und erkenne sofort, wie sehr er diese

Bemerkung genießt. Okay, nachdem er mir des Öfteren in unangenehmen Situationen geholfen hat, darf er das. Schließlich hat er es nicht immer leicht mit mir.

»Was schaust du so hinterlistig?«, fragt Vinc. »Denkst du womöglich an mich als deinen Lebensretter?«

Das war so klar, dass er wieder mal meine Gedanken errät!

Luca runzelt die Stirn, Vinc und ich blinzeln uns zu und lassen die Situation ohne weitere Erklärung im Raum stehen beziehungsweise unter dem freien Nachthimmel hängen.

»Zurück zum Thema«, fordere ich. »Ich will mit Emilia und Maurizio sprechen. Vielleicht wissen sie gar nicht, dass sie etwas wissen. Okay, die Gefahr ist gebannt, Carlo ist in Polizeigewahrsam. Trotzdem … Etwas hat Carlo in die Ecke gedrängt. Wovor hatte er plötzlich Angst?«

»Immerhin sind die Skelette gefunden worden«, bringt Vinc es auf den Punkt.

»So ist es, Doro, lass es gut sein«, versucht Luca, mich zu beschwichtigen. »Wir werden Carlo befragen. Früher oder später wird er gestehen, da bin ich mir sicher. Mein Chef will das Verhör persönlich durchführen. Ich bin natürlich dabei«, fügt er schnell hinzu.

Mein Stimmungsbarometer sinkt. Verdammt, er spricht zu mir wie zu einem Kind, das man beruhigen muss. Ich spüre meinen Puls zornig in der Halsschlagader pochen. »Kann sein, aber ich will trotzdem mit den beiden reden«, erwidere ich kühl. »Für die Polizei mag es ausreichen, dass der Mörder überführt ist, aber für Antonella und Fabio wird es wichtig sein, die ganze Wahrheit zu erfahren. Außerdem: Bist du ganz sicher, dass Carlo der Täter ist?

Vielleicht hat er die ganze Zeit Antonella gedeckt, weil er sie haben wollte. Aus Liebe. Antonella wollte ihren Bruder zurück … Ich sage nicht, dass ich das glaube, aber es könnte so gewesen sein.«

Luca wischt meine Überlegungen mit einer ungeduldigen Handbewegung vom Tisch. »Weißt du, Doro, wir könnten mindestens drei oder vier mögliche Szenarien konstruieren, aber wir müssen uns an die Fakten halten, und die sprechen für Carlo als Täter. Die Tatwaffe, das Auto, die Tatsache, dass er kein Alibi hat, weder für die Unfallzeit noch für den Überfall auf Maurizio und dich oben auf der Burg. Er war beim Militär, er kann schießen. Er ist Rechtshänder, und er passt ins Größenschema. Jetzt, wo wir wissen, wonach wir suchen müssen, werden wir Spuren finden. Er kannte die Opfer, er hatte ein Motiv.«

»Das Motiv steht aber auf schwachen Beinen, das hast du selbst gesagt.«

»Warten wir es ab«, sagt Luca knapp.

Ehrlicherweise muss ich zugeben, dass wir uns im Kreis drehen. Ich seufze. »Die einzigen Beweise deuten auf Carlo, da beißt die Maus keinen Faden ab.«

Bei der Erwähnung des Nagers fasst sich Vinc unwillkürlich an den Arm. »Was hast du denn, Schatz? Sei froh, dass sich alles aufgelöst hat«, schlägt er in Lucas Kerbe.

»Bin ich ja. Ich will die Ermittlungsergebnisse nicht infrage stellen, sondern nur offene Punkte klären. Also, Vinc, begleitest du mich zur Azienda der Passamontes?«

»Habe ich eine Wahl? Du gibst vorher ohnehin keine Ruhe«, stellt er völlig richtig fest.

Ich bin zufrieden. Zugegeben, ich handle nicht ganz uneigennützig. Es interessiert mich, wie sich alles zugetragen hat, auch wenn der Fall so lange zurückliegt. Ich nehme mir vor, diplomatisch zu sein, ich will niemanden verletzen, es ist genug Unheil geschehen. Letztendlich werden aber alle besser damit umgehen können, wenn keine nebulösen Schatten mehr über den Menschen hier hängen. Davon bin ich überzeugt.

»Ich bin dankbar für jeden Hinweis oder jede Idee, die uns weiterbringt, aber ansonsten seid ihr raus, es bleibt dabei«, betont Luca mit ernstem Blick.

Will er mir etwa verbieten, mit Emilia und Maurizio zu reden?, denke ich. Das kann er knicken, aber das diskutiere ich nicht mit ihm.

Vinc tippt auf seinem Smartphone herum und hält sich raus. Schon klar, im Gegensatz zu Luca weiß er, warum ich schweige. Vorerst.

Claudia trudelt ein, sie will Luca abholen.

Aha, es gibt ein Begrüßungsküsschen. Lucas Mundwinkel huschen kurz nach oben, als er meinen Blick bemerkt.

Aber er ist schnell wieder bei der Sache. Er berichtet, dass alle, die damals in den Fall verwickelt waren oder mit dem verschwundenen Paar zu tun hatten, nochmals vernommen wurden. Ohne neue Erkenntnisse.

»Mich würde interessieren, ob Emilia damals schon in Maurizo verliebt war. Hat diesbezüglich jemand eine Bemerkung gemacht?«, frage ich, um mal von Carlo wegzukommen.

Luca schüttelt den Kopf. »Nein, kein Hinweis, dass Emilia scharf auf Maurizio gewesen wäre.«

»Wie war das mit der Händigkeit und der Körpergröße der Personen auf der Liste? Wenn wir die unwahrscheinliche Möglichkeit der Sitzriesen und -zwerge mal ausklammern.«

»Emilia: 1,74 Meter, Linkshänderin. Carlo: 1,78 Meter, Rechtshänder. Antonella: 1,68 Meter, Rechtshänderin. Fabios *nonna* Valentina: Rechtshänderin, aber mit ihren 1,60 Metern zu klein. Maurizio Passamonte: 1,72 Meter, Rechtshänder. Salvatore Passamonte: 1,74 Meter, Rechtshänder.«

Luca leiert die Liste runter, und Claudia nickt bestätigend. Es zeigt mir, dass sie ihre Arbeit tun. Klar, was habe ich denn gedacht?

»Aber«, sagt Luca sehr eindringlich, »alle, die wir befragt haben, haben ein glaubwürdiges Alibi, außer Carlo. *Allora* …« Er klopft auf den Tisch und zieht mit Claudia ab.

KAPITEL 18

BRUTTI SOGNI – BÖSE TRÄUME

Martedì (Dienstag) – Tag 16

Am nächsten Tag bummeln wir durch Malcesine.

»Doro, Schatz, du sprühst ja vor Energie. Wie machst du das nur?«, fragt Vinc etwas überfordert.

»Wieso? Ist doch alles vorbei, der Mörder ist überführt. Du hast selbst gesagt, ich soll Ruhe geben. Luca wird sich melden, wenn es etwas Neues gibt. *Allora*, machen wir endlich Urlaub.« Ich ziehe ihn über eine Wiese zu einer alten roten Telefonzelle, in der sich Bücher tummeln, zum Mitnehmen, Austauschen oder Lesen hier vor Ort im Park. Wir setzen uns auf die bunt gestrichene Bank davor, und ich schieße ein paar Selfies. »Das perfekte Cover für einen Liebesroman.« Grinsend lasse ich Vinc einen Blick auf die Bilder werfen.

»Wird ein Bestseller«, orakelt er.

Eng umschlungen tingeln wir weiter, über Straßen und Gassen.

»Moment«, sagt Vinc, »hier rein.« Er schiebt mich in einen Laden. Schmuck. In allen Variationen gefasste bunte Edelsteine. Ketten, Ringe, Schlüsselanhänger.

»Hübsch«, sage ich, weiß aber ehrlich gesagt nicht, warum Vinc so geheimnisvoll tut. Er lotst mich durch den Laden bis ganz hinter zu einem fensterlosen dämmrigen Raum. Aha, da wollte er hin.

»Hier sieht es ja aus wie in der Höhle des Alibaba aus Tausendundeine Nacht«, staune ich von der Türschwelle aus. Der Boden schimmert in allen Farben, in der Mitte ist ein Brett ausgelegt.

»Geh ruhig rein«, sagt Vinc.

Was ich auch tue. Wir sind allein in dem Raum.

»Du kannst dir hier deine persönlichen Steine aussuchen. Sternzeichen und so. Ich kenne mich damit nicht aus, aber wir könnten nachfragen«, meint Vinc.

Ich bin bereits in die Hocke gegangen und wühle im steinernen Meer. »Ich nehme den«, entscheide ich mich nach einer kleinen Weile für einen schwarzen Onyx, auch wenn es nicht mein Sternzeichenstein ist – er hat sich in meine Hand geschmeichelt, und da will er bleiben.

Vinc zahlt, und wir verlassen das originelle Souveniergeschäft.

»Netter Gag«, sage ich draußen und fühle über den glatten Stein. »Vielleicht bohre ich ein Loch durch und hänge ihn an ein Lederband«, überlege ich.

»Danilo hat mir von dem Laden erzählt. Die Idee fand ich witzig.« Vinc beschlagnahmt meine freie Hand.

Wir kommen am Palazzo dei Capitani vorbei, dem Prunkbau, in dem früher die Verwalter der Stadt und des zugehörigen Gebietes residiert und regiert haben. Er war luxuriöser und zentraler gelegen als die Villa oben in der Burg.

»Kein Wunder, war ja immer schon so. Die reichen und mächtigen Leute wissen, wo es schön ist.«

»Wir auch«, sagt Vinc. »Gehen wir rein.«

Das Tor steht offen, Besucher sind willkommen. Wir durchqueren die eindrucksvolle Halle und treten in den Palastgarten. Er ist wunderschön angelegt, und seine Grenzen schmiegen sich direkt ans Ufer des Sees. Zwischen den Mauern führen steinerne Stufen zum Wasser, wir setzen uns auf eine, die im Trockenen liegt und nicht von den sanft anrollenden Wellen überspült wird. Mein Blick wird magisch vom gegenüberliegenden Ufer angezogen. Limone. Sofort regt sich mein schlechtes Gewissen wieder. »Wir müssen unbedingt den Limone-Besuch noch hinbekommen. Greta löchert mich seit ewigen Zeiten deswegen«, erinnere ich Vinc. »Würde ich wirklich total gerne machen. Einfach nur Greta und ihre Familie besuchen, relaxte Tage in Limone verbringen, die Hotelküche ein bisschen durcheinanderbringen. Einzige Bedingung: kein Kriminalfall!«

»Eins nach dem anderen, ich bin prinzipiell ganz bei dir, nur …«

»Nur?«

»Kein Kriminalfall? Ich melde Zweifel an.«

»Haha.«

Die Wellen werden rauer. Wir schauen nach oben, dunkle Wolken ziehen hinter dem Monte Baldo auf. Das war's dann mit der Sonne.

»Ein Regentropfen«, ich zeige auf meinen Arm. »Ich befürchte, es ist ein Gewitter im Anmarsch.«

»Ich lade dich zum Essen ein«, sagt Vinc spontan und hilft mir hoch.

Die Tropfen werden bereits größer.

Eilig laufen wir ein Stück weiter, ins »Capri«. Dort essen wir gerne, ist schon so etwas wie eine Stammkneipe für uns geworden. Wir schaffen es gerade noch hinein, bevor es richtig losgeht. Einer der Kellner bringt uns an einem Tisch in der Mitte der Terrasse unter, die anderen beeilen sich, die wasserfesten Seitenwände herunterzurollen. Hat was, hier im Trockenen zu sitzen, während draußen die Welt untergeht. Die Leute drängen ins Lokal, und innerhalb weniger Minuten ist der letzte Stuhl besetzt. Um die Wartezeit zu verkürzen, bekommen alle Gäste ein Glas Prosecco, es herrscht angenehme Aufregung, wie im Kino, wenn auf der Leinwand die Action abgeht und die Zuschauer gemütlich in ihren Sitzen fläzen und Popcorn mampfen.

Mittlerweile fließen kleine Bäche zwischen unseren Füßen hindurch. Jeder schiebt seinen Stuhl so weit wie möglich in eine Position, in der die Schuhe trocken bleiben. Die Stimmung ist gut, es wird viel gelacht, die Kellner bemühen sich, wenigstens die Getränke zu servieren, es ist warm, es ist Sommer, wir sind in Italien. »Passt gut, ich habe richtig Hunger«, sage ich zufrieden und nippe am Prosecco.

»Ich auch, das Frühstück ist ja schon eine Weile her«, brummt Vinc und positioniert seine Füße um, da sich ein neues Bächlein den Weg unter unserem Tisch sucht.

Der Kellner bringt uns eine Speisekarte.

Just in dem Moment eilt eine Frau unter einem Regenschirm an der Pizzeria vorbei. Bunte Schmetterlinge flattern dem Wetter und der Stimmung zum Trotz auf dem transparenten Kunststoff ihres gewölbten Schirms. Der Regen lässt langsam nach, und ich kann die Silhouette erkennen. Antonella.

»Arme Antonella«, sage ich. »Und armer Fabio.«

Vinc nickt. Er hat sie auch gesehen. »Für die beiden muss die Tatsache, dass Carlo als Mörder überführt ist, ein Schock sein. Der Ex-Mann beziehungsweise der Papa ein Mörder.«

Wir blicken Antonella hinterher, dann wenden wir uns wieder der Karte zu.

»Du hast Fabio unsere Hilfe angeboten, mehr können wir im Augenblick nicht tun«, sage ich.

»Genau, und jetzt Schluss mit den traurigen Gedanken«, Vinc nimmt liebevoll meine Hand. »Es fällt mir auch nicht leicht, aber lass uns jetzt einfach ein wenig entspannen. Wie wär's, schließen wir eine Wette ab: Wer mit dem Thema anfängt, zahlt. Je zehn Euro. Soll ja ein bisschen wehtun.« Er lächelt – ein kleines bisschen fies, wie ich finde.

Aber mir gefällt die Idee. »Wir haben schon lange nicht mehr gewettet«, sage ich und bin direkt besser gelaunt.

»Eben, da wird es mal wieder Zeit. Und wir setzen noch eins drauf: Wer am meisten einzahlen muss, gibt noch zusätzlich ein Essen aus. Der Gewinner darf das *ristorante* aussuchen. *D'accordo?*«

»D'accordo«, stimme ich zu. »Ich schlage vor, wir gehen ins ›Campiano‹«, feixe ich.

»Ich habe gesagt, der Gewinner darf entscheiden. Und das bin mit Sicherheit ich«, widerspricht Vinc. »›Campiano‹ finde ich im Übrigen prima, vor allem, weil du zahlst.« Er lehnt sich mit verschränkten Armen im Stuhl zurück.

»Möge der Bessere gewinnen. *Cin cin.*« Ich proste ihm zu.

Statt zurückzuprosten, steht er auf und kommt um den Tisch herum. Er beugt sich zu mir und küsst mich. Nach einer Weile und unter den neugierigen Augenpaaren einiger Gäste, die zu uns rüberschauen, setzt er sich wieder mir gegenüber. »Schatz, ich liebe dich«, sagt er ohne Verlegenheit.

Und das ist einer der vielen Punkte, warum ich *ihn* liebe. Wir schauen uns in die Augen, schweigend, und wissen auch ohne Worte alles.

Plötzlich steht Antonella vor unserem Tisch und legt uns kommentarlos einen Zettel vor die Nase. *Du sollst kein falsches Zeugnis ablegen gegen dich oder gegen andere*, steht da in den uns mittlerweile bekannten ausgeschnittenen Lettern. Mein Puls gerät kurz aus dem Takt. Hatten wir das nicht schon mal? Was will sie uns damit sagen? Wo hat sie den her? Irritiert schaue ich zu Vinc, aber der blickt ebenfalls unwissend aus der Wäsche. Wir warten auf eine Erklärung von Antonella.

Die mustert uns einen Augenblick. »Den wollte ich gerade aushängen, da habe ich euch hier sitzen sehen«, sagt sie ruhig. »Ja, ich gestehe, ich habe die Briefe geschrieben. Aber nicht den letzten. Damit habe ich nichts zu tun.«

Unsere Neugier ist jetzt voll geweckt. »Setz dich doch, Antonella«, bietet Vinc an und schiebt ihr einen Stuhl zurecht.

Sie zögert nicht lange und nimmt Platz. »Tut mir leid, dass ich euch störe, ich habe euch im Vorbeigehen gesehen und gedacht … Ich meine … *Allora*, ich habe meine Pläne geändert und möchte euch um eure Hilfe bitten.«

»Was können wir für dich tun?«, fragt Vinc höflich.

Antonellas Hände streichen unablässig über die faltenfreie Tischdecke, dann schaut sie mir in die Augen.

»Fabio schwärmt von deiner Kochkunst und davon, dass du Rosa Konkurrenz machst. Und … äh, er hat gesagt, dass du dich sehr viel mit dem Mordfall beschäftigst und mit Luca sprichst.« Sie stockt. »Rosa hat meiner *nonna* Ähnliches erzählt.«

»Aha«, sage ich nur.

Antonella fasst sich ein Herz und kommt zu dem Thema, das sie eigentlich umtreibt. »Carlo ist verhaftet worden. Indirekt habe sogar ich die Verhaftung ausgelöst, aber das ist es nicht, worum es mir geht. Er wird verdächtigt, Emilia mit dem Auto bedrängt zu haben, und das Schlimmste ist, es wurde eine Waffe bei ihm im Garten gefunden. Eine Beretta, wie die Tatwaffe vor 20 Jahren. So ungern ich es sage, aber es wäre schon ein großer Zufall, wenn plötzlich noch eine zweite Beretta auftauchen würde. Jetzt kommt es natürlich darauf an, ob es die Waffe ist, mit der auch auf der Burg geschossen wurde.«

»Die Polizei wird die Munitionen miteinander vergleichen. Man wird bald wissen, ob die Schüsse aus derselben Waffe abgefeuert wurden«, sagt Vinc.

Ich nicke. »Die Tatwaffe von damals wurde ja noch nicht gefunden, aber die Untersuchung der Munition deutet auf eine Beretta hin. Auf so eine, wie sie jetzt im Brunnen entdeckt wurde. Ich befürchte, der Kreis schließt sich.«

Antonellas Handy läutet. »Das ist mein Sohn, Fabio, *scusate*, da muss ich rangehen.«

»Jetzt kannst du mal hautnah miterleben, wie ich immer in solche Situationen reingerate, ohne etwas dafürzukönnen«, flüstere ich Vinc ins Ohr.

»Du hast doch bloß Angst, dass du das Essen im ›Campiano‹ zahlen musst«, flüstert Vinc zurück.

Antonella erspart mir die Antwort, sie hat ihr Gespräch beendet und ist wieder ganz bei uns.

»Mit dem Hinweis auf Carlos Firmenlogo wollte ich beziehungsweise Fabio gerade das Gegenteil von dem bewirken, was dann passiert ist – wir hatten beide unabhängig voneinander den gleichen Gedanken. Wir wollten darauf hinweisen, dass es viele solcher Autos gibt. Wenn ich das geahnt hätte!« Sie stellt sich schützend vor ihren Sohn, der Luca ja zuerst davon erzählt hat.

»Da du den Brief, der unter dem Scheibenwischer von Emilias Auto klemmte, nicht geschrieben hast, konntest du auch nichts von dem Hinweis mit dem Löwen wissen. Und Fabio auch nicht. Es wäre so oder so ans Tageslicht gekommen, denn der Verfasser der Nachricht wusste, von wem er redet. Hätte man Carlo nicht ausfindig gemacht, dann hätte es weitere Hinweise gegeben.«

»Glaubst du?« Antonella saugt meine Worte förmlich auf.

»Absolut. Es ist offensichtlich, dass dieser Unbekannte Carlo im Visier hatte. Ob er Kenntnisse hat, die Carlo wirklich belasten, kann ich nicht sagen. Immerhin wusste derjenige, dass die mutmaßliche Tatwaffe auf Carlos Grundstück zu finden war. Aber auf welche Tat sollte hingewiesen werden? Auf den Mord von vor 20 Jahren? Oder auf die Schüsse auf der Burg? Oder auf beide? Das alles ist reine Spekulation und muss noch untersucht werden«, schränke ich ein, habe aber bewusst die Möglichkeit ins Spiel gebracht, die meiner Meinung nach naheliegt: Der Mord von vor 20 Jahren hat die Gegenwart erreicht, und die Waffe würde ins Gefüge passen.

»Und wenn die Waffe in Carlos Garten geschmuggelt wurde, um ihn verdächtig zu machen?«

Antonella spricht einen Punkt an, der uns ebenfalls schon umgetrieben hat. »Möglich, aber dann ist da immer noch das Auto«, gebe ich zu bedenken. »Mal sehen, was die Polizei herausfindet.«

»Luca hat Carlos Alibi für unglaubwürdig erachtet. Die Geschichte, dass er mit einem anonymen Anruf weggelockt wurde … Ich glaube, von dieser Seite können wir keine Unterstützung erwarten.« Antonellas Augenbrauen schieben sich bedrohlich Richtung Nasenwurzel.

»Das darfst du nicht persönlich nehmen«, schaltet Vinc sich ein. »Luca ermittelt sehr gewissenhaft, und er wird Carlos Alibi sorgfältig überprüfen, mach dir keine Sorgen.

Ich nicke zustimmend.

Antonella seufzt. »Das kann schon sein. Ich hoffe es, aber …«

»Nix aber, Antonella, sei ein bisschen optimistisch, auch wenn es schwerfällt. Die Wahrheit wird entdeckt werden, sie hat sich 20 Jahre lang versteckt, das ist jetzt vorbei. Lass uns darauf anstoßen.« Ich wische ihre Abwehr vom Tisch und ordere ein Glas Prosecco für sie.

»Salute«, sage ich resolut, als könnte ich so die Wahrheit beschwören. Warum nicht? Manchmal hilft es.

Ich nehme das Blatt mit der Botschaft in die Hand. »Die hatten wir doch schon mal, nicht wahr?« Ich schaue hoch. »Du hast also die Briefe geschrieben?«

»Sì«, bestätigt sie schlicht. »Die neuen und die vor 20 Jahren.«

»Aha.« Das muss ich erst mal verdauen.

In Vinc' Gehirn fahren die grauen Zellen genauso Karussell wie in meinem Kopf.

»Die alte Lucia hat damals Briefe an Gott und die Welt

geschrieben«, fährt Antonella unterdessen fort. »Mit Tinte und Feder auf altes Büttenpapier.«

»Gott und die Welt ist gut«, werfe ich trocken dazwischen.

»Meine *nonna* hat von ihr erzählt, als der Journalist die Geschichte aufgetan hat. Und dann ist Marco verschwunden und für mich ist eine Welt zusammengebrochen. Dass er eine Freundin hatte, war schon nicht leicht für mich, damit musste ich mich erst arrangieren, aber dass er abgehauen ist, ohne mir etwas zu sagen … Da habe ich angefangen, diese Briefe zu schreiben. Wie die alte Lucia, die mit ihren Botschaften den Finger in die Wunden gewisser Leute gelegt hat …« Antonella schluckt schwer.

In mir entstehen unschöne Bilder. Und wenn Antonella doch die Mörderin ist? Und das alles hier Taktik? Aber wie ist dann Carlo an die Waffe gekommen? Sie hätte sie ihm ja nicht zuerst untergejubelt, um ihn dann hinterher zu entlasten, oder?

Ich werfe einen schnellen Blick zu Vinc. »Nummer eins können wir streichen. Bauchgefühl«, sage ich.

Vinc nickt. »Nummer zwei auch, ebenfalls Bauchgefühl.«

Antonella runzelt die Stirn. »Was meint ihr?«

»Ach nichts, ist intern«, murmle ich ausweichend und blinzle Vinc meine Zustimmung zu. Nummer eins ist Antonella und Nummer zwei ihre *nonna* Valentina.

Antonella ist mit ihren Gedanken zum Glück schon längst wieder woanders. »Ich war so wütend. Und verletzt. Und ich habe die Schuld bei allen gesucht und gesehen, die irgendwie mit Maria und Marco zu tun hatten. Bei allen, die ihnen geholfen haben könnten, und bei denen, die ihnen im Weg gestanden oder böse über sie gesprochen haben. Alle waren schuld und haben die beiden vertrieben, und ich bin allein zurückgeblieben. Alles Heuchler!« Antonella strafft sich. Sie hat anscheinend selbst gemerkt, dass sie wieder in ihr altes Verhaltensmuster verfällt. »Ich dachte damals, mit den Briefen die Heuchler bestrafen zu können. Heute weiß ich es besser. Es ist noch viel schlimmer. Es gibt die Heuchler, aber es gibt auch einen Mörder. Deshalb habe ich die Briefe öffentlich ausgehängt. Ich wollte oder, besser gesagt, will ihn aus der Reserve locken, ihn provozieren und zu einem Fehler verleiten. Und alle anderen zwingen, sich zu erinnern und Verantwortung zu übernehmen.« Antonella seufzt.

Was kann man dazu noch sagen? Vinc und ich schweigen.

»Was soll ich jetzt tun? Zur Polizei gehen und gestehen, dass ich die Briefe verfasst habe? Aber eben nicht diesen einen, der den Hinweis auf Carlo und die Waffe geliefert hat?« Antonella schürzt die Lippen und sieht uns beschwörend an. »Ich will damit lieber noch warten. Fabio hat mir eben am Telefon von einer Idee erzählt.«

»Was für eine Idee?« Meine Neugier ist geweckt.

»Es geht um Carlos Alibis. Fabio will einen Internetaufruf starten. Auf Facebook oder was weiß ich. Vielleicht gibt es Zeugen für die fraglichen Zeitpunkte. Und ich werde zur Zeitung gehen und eine große Annonce mit einem entsprechenden Aufruf drucken lassen.« Sie verschränkt die Arme vor der Brust und schaut uns abwartend an.

»Super Idee!«, rufen Vinc und ich gleichzeitig. Er muss seine Begeisterung, glaube ich, ebenso wenig vorspielen wie ich.

Antonella lächelt. »Wisst ihr, was mich besonders daran freut?«

Pflichtschuldig schütteln wir die Köpfe.

»Es ist schön, dass Fabio seinem Vater helfen will. Das ist ein Schritt in die richtige Richtung. Es ist so vieles schiefgelaufen.«

Wir schweigen eine Weile. Dann erhebt sich Antonella. »Ich halte euch auf dem Laufenden«, sagt sie und nimmt ihren Schirm mit den Schmetterlingen. »Danke fürs Zuhören. *Ciao.*«

Ich schaue ihr versonnen nach.

Mein Magen knurrt, und wir bestellen Jakobsmuscheln als Vorspeise, eine Portion zusammen, anschließend Steak auf einer heißen Steinplatte.

»Buon appetito!«, Pietro stellt die Jakobsmuscheln auf den Tisch, und ich widme mich dieser wunderbaren Vorspeise. Das Auge isst mit, und das kann es hier auch. Variationen der Muschel in den Schalen garniert, dazu geröstetes, mit Olivenöl beträufeltes Weißbrot. Das Fleisch brutzelt noch, als es an den Tisch kommt. Als Beilage gibt es Salat und Grillgemüse.

»Ein Traum«, schwärme ich. Vinc nickt und genießt.

»Vielleicht hat sich Antonella in einen religiösen Wahn hineingesteigert. Oder es war ihr übersteigertes Zwillingsdenken, ihr übermäßiger Besitzanspruch an ihren Zwillingsbruder, der sie die Briefe schreiben ließ.« Dieses Mal fängt Vinc mit dem Thema an.

»Das glaube ich nicht, sie hat ja zugegeben, dass sie eifersüchtig war. Mit den Briefen wollte sie ihren eigenen Schmerz und ihre vermeintliche Schuld verarbeiten. Sie hat sich verantwortlich gefühlt, hat Marcos Verschwinden als ihr eigenes Versagen interpretiert. Auf jeden Fall ist Antonella nicht die Mörderin. Und auch ihre *nonna* ist es nicht.«

»Bin ganz deiner Meinung. Ist nur frustrierend, dass wir uns im Kreis drehen. Die beiden haben mit den Morden nichts zu tun – unser Bauchgefühl. Carlo soll es aber auch nicht gewesen sein – Wunschdenken oder Bauchgefühl von Antonella und Fabio, trotz der Beweise. Wer war es dann?«

»Auf jeden Fall kein Fremder. Vielleicht jemand, den wir noch nicht kennen, der aber zu Marco oder Maria oder zu beiden einen persönlichen Bezug hatte. Ich muss noch mal mit Luca darüber reden. Und auch mit Antonella. Wer könnte da infrage kommen?«

»Das ist das Problem, wir kennen alles nur aus Erzählungen. Luca ist eigentlich auch viel zu jung. Er soll mit seinem Chef sprechen. Der war damals dabei.«

Ich nicke stumm. Etwas geistert durch meine Gedanken, ich kann es nicht greifen, es ist nur eine Ahnung. Flüchtig wie ein Traum beim Aufwachen. So etwas macht mich wahnsinnig.

KAPITEL 19

UNA BUONA IDEA – EINE GUTE IDEE

Mercoledì (Mittwoch) – Tag 17

Ich muss mit Maurizio sprechen ... Mit diesem Gedanken wache ich auf. Der Nebel lichtet sich, ich habe das Gefühl, als würde mich hinter dieser Wand ein wichtiger Hinweis erwarten. Ich strecke mich. Das Bett neben mir ist leer. Vinc ist vermutlich bereits unten am See beim Surfen. Unglaublich, wie früh der Wind und die Wellen meinen Langschläfer aus den Federn treiben. Er ist sogar eher auf den Beinen als ich. Wenn mein Finger sich endgültig von den Folgen des Sprungs erholt hat, bin ich wieder mit von der Partie, darauf freue ich mich wie ein Schnitzel. Ich stehe auf und schaue aus dem Fenster. Der Himmel ist bedeckt, fransige Wolken ziehen schnell Richtung Südosten.

Wenig später sitze ich unten in der Küche – Rosa hat sich mit dem Hinweis verkrümelt, ich solle die Einkaufsliste und Planung für die Geburtstagsfeier mit Danilo besprechen –, als ich unerwartet Besuch von Antonella bekomme.

»Stell dir vor, Doro, Fabios Internetaufruf hat tatsächlich erste Reaktionen hervorgerufen! Eine davon ist richtig interessant«, ruft sie mir bereits in der Tür euphorisch zu. »Und meine Zeitungsannonce ist auch in der heutigen Ausgabe.« Sie wedelt mit einer zusammengefalteten Zeitungsrolle. »Ich habe aber auch ziemlichen Druck gemacht«, setzt sie nach.

»Komm erst mal rein. Ich mache dir einen *caffè*. Ich komplimentiere sie auf einen Stuhl und lasse den Espresso in eine Tasse laufen. »Das ist ja schnell gegangen«, freue ich mich währenddessen mit ihr. »Erzähl, was ist das für eine Nachricht, die Fabio bekommen hat?«

Antonella nippt kurz an ihrem *caffè*, dann stellt sie die Tasse auf den Tisch und berichtet. »Es haben mehrere User geschrieben, Wichtigtuer, ein paar Bösartigkeiten waren auch dabei, aber auch eine ernst zu nehmende Meldung.«

»Manche Menschen müssen überall ihren Senf dazugeben, die haben anscheinend kein eigenes Leben.« Mit einer abfälligen Handbewegung schicke ich diese Schwätzer in die Wüste. »Aber mach es nicht so spannend, Antonella«, fordere ich neugierig, »was war die interessante Nachricht?«

Antonellas Handy läutet. »Fabio«, sagt sie nach einem Blick aufs Display und nimmt den Anruf an. Sie lauscht.

»Warte kurz, Fabio, ich lasse Doro mithören, dann kannst du ihr gleich selbst alles schildern«, sagt sie und tippt auf die Lautsprechertaste.

»Hallo, Doro«, ruft Fabio aufgeregt ins Telefon. »Vielleicht hat meine Mutter dir schon von meiner Idee mit dem Internetaufruf erzählt.«

»Ja, hat sie, aber noch nichts Konkretes. Das wollte sie gerade, als du angerufen hast. Also, lass hören!«

»Es hat sich einer auf Facebook gemeldet, der am Sonntag mit einer Drohne unterwegs war. Der Mann hat Aufnahmen gemacht, nicht ganz legal, da er auch über Wohngebiet geflogen ist, aber er hat tatsächlich Bilder vom Olivenhain, wo Papa sonntags immer ist, weil er dort seine Ruhe hat.«

»Ja, sein Rückzugsort. Und die Aufnahmen beweisen, dass er zum fraglichen Zeitpunkt dort war, stimmt's?«, vergewissert sich Antonella.

»*Sì, certo*, die Aufnahmen zeigen das Datum und die genaue Aufnahmezeit. Außerdem hat der Mann sie sogar live in seiner Gruppe gepostet. Papa ist dort deutlich zu erkennen. Da kann man schwerlich nachträgliche Manipulation unterstellen.«

»Wow, das war eine geniale Idee von dir«, lobe ich anerkennend. »Damit hat Carlo auf jeden Fall ein Alibi für den Zeitpunkt von Emilias Unfall. Hut ab, dass der Mann sich gemeldet hat, immerhin könnte er Ärger bekommen.«

»Das habe ich mir auch gedacht. Deswegen rufe ich dich an, *mamma*. Ich habe noch mal mit ihm gesprochen. Er ist damit einverstanden, bei der Polizei auszusagen. Ich kümmere mich darum, nicht dass er noch einen Rückzieher macht, obwohl ich das nicht glaube, sonst hätte er sich gar nicht erst gemeldet. Bist du damit einverstanden?«

»Natürlich! Du kannst dich zu hundert Prozent auf mich berufen. Das hast du richtig gut gemacht, mein Spatz«, sagt Antonella stolz.

»*Ciao, mamma, ciao*, Doro«, ruft Fabio, dann legt er auf.

»Na, was sagst du? Ist das nicht wunderbar?«, fragt Antonella und steckt ihr Handy in die Handtasche.

»Bleibt noch die Sache mit der Waffe«, erinnere ich sie nur ungern.

Antonella seufzt. »Ich weiß.«

»Sieh's positiv, immerhin hat die Beweiskette einen kräftigen Riss bekommen«, tröste ich sie.

Antonella fährt sich durch die Haare. »Ist halt dumm, dass er genau für die Zeit, als oben auf der Burg die Schüsse auf euch abgefeuert wurden, von diesem anonymen Anrufer weggelockt wurde. Er hat sich prompt täuschen lassen.«

»Genau so läuft das. Ein Anrufer erzählt dir eine Horrorstory von deinem Kind oder deinem Neffen, deiner Nichte oder sonst jemandem, den du liebst, und sofort schaltet sich das Herz ein und der Verstand aus.«

Antonella nickt. »Sag das mal der Polizei«, bemerkt sie düster.

»Apropos Polizei, hat Fabio überhaupt schon mit Luca gesprochen? Weiß er von der Drohne?«, erkundige ich mich.

»Fabio hat mehrmals versucht, ihn zu erreichen, und ihm sogar eine Nachricht auf der Mailbox hinterlassen, aber wir haben noch nichts von ihm gehört. Er war noch nicht im Büro.«

»Er kann es auch Lucas Kollegen mitteilen. Die werden es weitergeben, und auf jeden Fall kann dann schon mal in die neue Richtung gedacht werden. Dann ist Carlo nämlich vielleicht doch unschuldig.«

»Das hat er bereits getan. Fabio will aber unbedingt von Luca persönlich bestätigt bekommen, dass es berechtigte Zweifel an der Schuld seines Vaters gibt. Er braucht die Gewissheit, dass die Polizei alles tun wird, um die Wahrheit über den gefakten Anruf herauszufinden«, verteidigt Antonella ihren Sohn.

»*Scusa*, Antonella, das verstehe ich natürlich«, rudere ich zurück.

»Schon gut, Doro. Du versuchst nur zu helfen, und dafür bin ich dir sehr dankbar. Wenn dieser Zeuge jetzt noch bei der Polizei aussagt, dann müssten doch alle Zweifel ausgeräumt sein, oder nicht?« Antonella seufzt. »Aber es wird schwierig werden, eine Erklärung für das Vorhandensein der Waffe in der Zisterne zu finden.«

»Das ist wahr.« Wir schweigen niedergeschlagen vor uns hin.

Das mit der Waffe wäre sofort geklärt, wenn der wahre Täter ermittelt wäre, denke ich. Wenn Carlo als schuldig betrachtet wird, wiegt sich der Täter allerdings gerade in relativer Sicherheit.

»Und genau das müssen wir ausnutzen!« Ich haue mit der Faust auf den Tisch, sodass Antonella erschrocken hochfährt.

»Was müssen wir ausnutzen?«

»Der Täter denkt wahrscheinlich, die Polizei habe sich auf Carlo festgelegt und er selbst sei aus der Schusslinie.«

»Schusslinie trifft es gut«, versucht Antonella einen Scherz, ihre Miene ist dabei aber dermaßen verzweifelt, dass mir der Anflug eines Lachens im Hals stecken bleibt.

»Ich könnte noch einen *caffè* vertragen. Magst du auch noch einen?«, frage ich.

»*No, grazie*, Doro«, lehnt Antonella ab. »Denkst du, dass Carlo entlastet werden wird?«

Ich mache eine vage Handbewegung und behalte für mich, was ich denke. Nämlich, dass der Fund der Waffe auf Carlos Grundstück verdammt viel wiegt.

Mittlerweile spitzt die Sonne durch Lücken in der Wolkendecke und schickt aufmunternde Strahlen durchs Küchenfenster. Ich stehe an der Kaffeemaschine und genieße das wunderbare Aroma des Espresso. Mist, ein Mikrospritzer landet auf meinem weißen T-Shirt. Ich tupfe ihn vorsichtig mit dem nassen Zipfel eines Küchentuchs weg, als ich die Haustür zufallen höre. Einen Moment später stürmt Vinc in die Küche und drückt mir einen kühlen Kuss in den Nacken. Ich drehe mich zu ihm um und wuschle ihm durch seine noch feuchten Haare. Eine Brise frischer Seeluft strömt mir entgegen.

»Mann, ich habe einen Bärenhunger. Frühstücken wir zusammen? Ah, *buon giorno*, Antonella«, begrüßt er unseren Gast. »Was führt dich so früh hierher? Setzen wir uns in den Garten, es ist warm draußen.«

»Langsam, Schatz«, bremse ich seinen Elan. »Unsere Gehirnzellen sind auf Problemlösung gepolt. Aber ja, wir gehen mit raus – was meinst du, Antonella?«

Sie nickt. Vinc deckt den Tisch auf der Terrasse, ich übernehme die Zubereitung von Rührei mit Speck und Kräutern, nebenbei bestücke ich das Tablett mit allem, was wir sonst noch brauchen: Gläser, Saft und frisches Obst. Außerdem schneide ich den Rest vom Nusskuchen auf, das sollte genügen.

»Vinc, nimmst du ein Gedeck für Rosa mit?«, bitte ich ihn.

»Habe ich schon«, gibt er zurück. »Danilo kommt später auch noch dazu.«

»Okay, wird ein bisschen knapp mit den Eiern. Aber dann mache ich später eben noch mal welche.«

»Danilo bringt was vom Bäcker mit, hat er gesagt.« Vinc schnuppert. »Wow, das riecht so lecker, mein Magen krampft allmählich.«

»Bis Danilo mit den frischen Backwaren auftaucht, toasten wir ein paar Scheiben Brot«, beschließe ich.

»Sì, capo«, salutiert Vinc und befüllt die Schlitze des Toasters.

Endlich sitzen wir einträchtig am Tisch. Vinc schaufelt den Löwenanteil des Rühreis in sich hinein, Antonella begnügt sich mit einem Stück Kuchen.

Unicorno und unser Langohr Leonardo traben an, um sich ihre Morgenration abzuholen. Ich schneide einen Apfel auf. Der warme Duft nach Heu wirke besser als jede Beruhigungstablette, behauptet Antonella und legt ihre Wange an den Hals unseres Esels. Unicorno stupst sie eifersüchtig in die Hüfte. »Aua, du Rüpel«, protestiert sie, lächelt aber.

Na also, denke ich zufrieden, Therapie erfolgreich angeschlagen.

Antonella bringt Vinc auf den neuesten Stand unserer Erkenntnisse, und mir kommt ein Gedanke.

»Wir könnten nachher den Einkaufszettel fürs Fest besprechen und die Besorgungen übernehmen«, schlage ich vor. »Damit hätten wir einen Grund, bei der Azienda vorbeizufahren.«

»Das sollten wir besser verschieben«, hält Vinc dagegen. »Luca könnte das in den falschen Hals bekommen, immerhin sind es seine Ermittlungen, und wir wissen nicht, wie weit er mit Carlos Aussagen und mit Fabios Zeugen ist.«

»Okay, du hast recht. Vorschnell loszupreschen wäre nicht sehr klug. Schließlich ist Luca hier der Profi.« Ich lache. »Ich gestehe, im umgekehrten Fall wäre es auch eine gruselige Vorstellung für mich, wenn Luca sich bei einem Galadinner mit mir an den Herd stellen und einen auf Sternekoch machen würde.«

»Meine liebe Doro«, unterbricht Vinc mich kopfschüttelnd, »der Vergleich hinkt gewaltig. Hier geht es nicht um die Zubereitung eines Luxusessens, sondern um die Wahrheitsfindung.«

Stimmt. Die Indizienkette um Carlo ist brüchig, aber noch nicht endgültig gesprengt. »Solange der wahre Täter nicht gefunden ist, wird Luca Carlo nicht aus den Krallen lassen. Und so lange wird er auch besonders empfindlich sein, wenn es um eine Einmischung von unserer Seite geht«, gebe ich zu. »Zumindest hat dieses Szenario den Vorteil, dass sich der wahre Täter in der Zeit in Sicherheit wähnt.«

»Zumindest bis die Anwesenheit der Schusswaffe in Carlos Garten geklärt ist«, schränkt Vinc ein und wirft Antonella einen schuldbewussten Blick zu.

Eine leichte Röte schießt ihr in die Wangen, doch sie schweigt.

Die Situation dürfte für sie und ihren Sohn kaum auszuhalten sein, denke ich.

Antonella schluckt. »Ich bin sicher, dass sich bald alles klärt«, sagt sie fest und steht auf. »Es geschieht gerade so viel und so schnell. Der Täter versucht, Carlo die Schuld in die Schuhe zu schieben, aber das wird ihm nicht gelingen. Fürs Erste haben wir schon mal dieses Alibi. Das ist hieb- und stichfest. Alles andere wird sich auch noch finden.« Sie verabschiedet sich.

Ich kraule geistesabwesend Leonardos Kinn. Der nutzt meine Unkonzentriertheit aus und klaut sich einen Apfel vom Tisch.

»Hey, du brauchst nicht zu denken, dass ich das nicht gesehen habe«, tadle ich und schiebe ihn zur Seite. Unicorno stupst ihn an, und die beiden trollen sich.

Die vage Idee von gestern Abend und heute Morgen taucht wieder auf. Vorerst nur als Flattern im Bauch und so flüchtig und zögerlich wie die Töne einer Saite, die vom Musiker nur zaghaft berührt wird. Ich lehne mich zurück, versuche, mich zu entspannen, um aus den leisen Tönen eine Melodie entstehen zu lassen. Auf mein Bauchgefühl ist Verlass.

»Eigentlich stehen auf unserer Liste nur noch die Passamontes. Jeder für sich käme als Täter infrage. Zumindest für die Morde in der Vergangenheit. Aber wo ist das Motiv, das so stark ist, dass jemand zwei Menschen und ein ungeborenes Baby kaltblütig erschießt?« Der Gedanke an mein Treffen mit Maurizio beim Juwelier taucht wieder auf und … Ja genau, ich glaube, das ist es, was mich die ganze Zeit irritiert: Maurizios seltsames Interesse an der Kette.

Wie von einem Windstoß weggefegt, verschwindet meine Nebelwand. Der Juwelier, die Kette und Maurizios Reaktion darauf. Ich sehe es glasklar vor mir. Keine Ahnung, was das bedeutet.

Ich erzähle Vinc davon. Dem geht es wie mir, er findet es seltsam, hat aber keine Schlussfolgerung parat.

Als Danilo erscheint, stellt er einen Teller mit frischem Gebäck auf den Tisch und wir legen mein Bauchgefühl fürs Erste auf Eis, denn er will den Geburtstag seiner *nonna* planen. Perfekt, ich brauche schließlich einen Grund, um zur Azienda zu fahren. Ich zwinkere Vinc zu. Der verzieht keine Miene.

»*Cara* Doro, aus der Nummer mit dem sternewürdigen Geburtstagsmenü kommst du nicht mehr raus«, feixt Danilo. »*Nonna* hat schon ihre Freundinnen eingeladen, außerdem den Pfarrer und die wichtigsten Leute aus dem Ort, zum Beispiel das Bäckerehepaar und die Eltern von Cesare, dem Fischhändler.«

Ich lache auf. »Deshalb hat sie heute früh so rumgeeiert, als ich über die Einkäufe reden wollte. Hat was gefaselt von liefern lassen und ich solle alles mit dir besprechen. *Allora*, raus mit der Sprache. Wie viele?«, frage ich nicht im Mindesten beunruhigt und angle mir ein Minigebäckstück vom Teller.

»Achtundzwanzig.« Danilo hebt entschuldigend die Hände, quasi stellvertretend für Rosa.

»Zum Glück ist der Garten groß genug, und die Wetterlage bleibt in den nächsten Tagen stabil. Danilo, du sorgst für genügend Sitzgelegenheiten und für einen passenden Sonnenschutz, außerdem können wir gleich noch besprechen, wer was von der Einkaufsliste besorgen soll. Vinc unterstützt mich in der Küche, Rosa muss höchstens das eine oder andere Küchengerät aus der richtigen Schublade ziehen, ansonsten soll sie sich entspannen und um ihre Gäste kümmern. Keine Panik, Danilo, ich bin Profiköchin, und 28 Gäste sind keine echte Herausforderung für mich. Ich kreiere ein wunderbares ›*menù d'anniversario per Rosa*‹«, verspreche ich.

Danilo schaut skeptisch, klar, für ihn sind das Dimensionen, die ihn ins Schwitzen bringen würden.

»Okay, na dann«, sagt er schließlich. »Was brauchst du?«

Ich diktiere ihm die Einkaufsliste, dann verkrümeln Vinc und ich uns an den See.

*

Luca hat sich noch nicht gemeldet. Mich hält hier nichts mehr, ich will hoch zur Passamont'schen Azienda. Natürlich kommt Vinc mit, wenn auch mit gemischten Gefühlen. So viel zum Thema Respekt vor dem Kompetenzbereich des anderen, sprich unseres Polizisten Luca.

»Ist es nicht schon ein bisschen spät für einen Besuch?«, wendet Vinc ein.

»Quatsch, es ist gerade mal sieben, das ist für einen Italiener doch noch keine Bettgehzeit.«

»Für einen Deutschen auch nicht«, sagt Vinc lachend, »aber es gibt so etwas wie Feierabend.«

»Ach was, da hat er wenigstens Zeit«, winke ich ab. *»Allora, andiamo.«*

»Auto oder Roller?«, fragt Vinc.

»Auto«, entscheide ich, da kann man sich unterhalten.

Sanftes Abendlicht umspielt den Monte Baldo, und ich genieße dieses Schauspiel.

»Was willst du Maurizio fragen?«, erkundigt sich Vinc, der den Wagen hoch zur Azienda lenkt.

»Das weiß ich noch nicht genau.«

»Für die Schüsse auf der Burg hat er das beste Alibi. Du warst dabei, als auf ihn geschossen wurde. Auf euch beide, genauer gesagt.« Vinc konzentriert sich auf die Straße. Auch er hat wunde Punkte. Einer davon ist, wenn ich in Gefahr gerate.

»Ich weiß. Emilia ist genauso raus. Sie ist verletzt. Bleibt noch Maurizios Vater.«

»Das wäre immerhin möglich«, stimmt Vinc zu. »Ich finde sein Motiv gar nicht so abwegig«, spekuliert er weiter. »Als Vater hast du eine starke Triebfeder, deine Kinder zu verteidigen. Maria hat das Nest damals verlassen und den Sohn von Salvatore verraten.«

»Und heute? Schießt er plötzlich auf seinen Sohn, um dessen willen er vor 20 Jahren gemordet hat? Und versucht, seine Schwiegertochter mit dem Auto von der Straße zu drängen?« Ich bin mit keiner der Möglichkeiten zufrieden. Das passt alles nicht zueinander. »Fassen wir zusammen: Rein theoretisch kommen Emilia und Maurizio als Täter für die aktuellen Fälle nicht infrage, könnten aber damals in dem Felsenkeller geschossen haben. Maurizios Eltern wären damals auch möglich gewesen, für die aktuellen Angriffe bleibt aber nur Salvatore übrig, denn seine Frau ist tot. Salvatore ist also der einzige der Passamontes, der für alle Taten infrage käme. Zwei Täter? Hmm … glaube ich nicht. Trotzdem, im Ausschlussverfahren kommt man oft weiter«, sage ich etwas planlos und aus Mangel an besseren Alternativen. »Vielleicht müssen wir Carlo doch in der engeren Auswahl lassen.« Vinc schweigt und ich schiebe in Gedanken meine Figuren auf dem Schachbrett hin und her, bis er das Auto vor der Azienda parkt. Ich bin ganz froh, dass wir Maurizio allein antreffen. Er räumt das Gemüse in den Kühlraum, das heute nicht verkauft wurde. Fragend schaut er mich an, als ich zögerlich auf ihn zukomme.

»Mein Vater ist mit den Kindern ein paar Tage ans Meer gefahren, ich hoffe, Rosa hat keinen Likör für ihn gemacht, den müssten *wir* sonst trinken«, versucht er einen Scherz zu machen, aber so wie er aussieht, ahnt er, dass wir nicht deswegen da sind.

»Maurizio, *scusa*, darf ich dich etwas fragen? Auch wenn es sehr privat ist und mich eigentlich nichts angeht?«

Maurizios Mundwinkel können sich nicht zu einem eindeutig positiven Ausdruck durchringen. Das wirkt grotesk oder unsicher.

Shit, es nimmt kein Ende damit, Menschen verdächtigen zu müssen, die ich mag. Allein der Sprung vom Burgbalkon hat eine besondere Bindung zwischen uns geschaffen. Aber es nützt alles nichts, es muss Bewegung in die Situation kommen, sonst büßt Carlo – und das möglicherweise zu Unrecht.

»*Sì, certo*, ich habe nichts zu verbergen«, gibt Maurizio grünes Licht.

»Es ist im Grunde banal. Erinnerst du dich, als wir uns kürzlich beim Juwelier getroffen haben?«

Maurizio nickt. »*Sì*«, sagt er wieder.

»Und erinnerst du dich auch an die Kette, die ich für Antonella dort abgeholt habe?«

»Ich, äh, nein, ich meine ja, aber ich habe sie nicht genau gesehen«, stammelt er eine Nuance bleicher im Gesicht als noch vor ein paar Sekunden.

Warum lügt er? Ich habe doch mitgekriegt, dass er sich die Kette genauer angeschaut hat.

Ich hole Luft, aber Vinc legt seine Hand auf meinen Arm. »Egal, war nur so ein Gedanke«, sage ich deshalb lahm.

Maurizio kratzt sich am Kopf. »Kein Problem. *Mi dispiace*, Doro. Ich habe vergessen, dass ich noch mal losmuss. Wir reden ein anderes Mal, in Ordnung?« Er schließt die Tür zum Kühlraum. Mit einer eindeutigen Handbewegung komplimentiert er uns zum Auto, er selbst steigt in seinen Lieferwagen und dreht den Schüssel im Schloss. Da wir hinter ihm stehen, müssen wir zuerst die Ausfahrt räumen. Vinc wirft mir den Schlüssel zu und setzt sich auf den Beifahrersitz.

»Er hat uns rausgeschmissen!« Fassungslos schaue ich zu Vinc.

»Messerscharf erkannt«, sagt der spöttisch. »Tun wir ihm den Gefallen, fahren wir.«

Ich setze zurück und schlage den Weg Richtung Malcesine ein.

»Ich hätte gern noch mit Salvatore gesprochen, aber der hat sich vornehm mit seinen Enkeln ans Meer abgesetzt«, maule ich. »Oder mit Emilia.«

»Ich schätze, das hat Maurizio geahnt und ist dir zuvorgekommen. Ärgere dich nicht, Schatz, und fahr da vorne rechts rein. Soweit ich mich erinnere, kannst du dort wenden.«

»Was wird das?«, frage ich verwirrt.

»Ich will Maurizio den Vortritt lassen – oder die Vorfahrt, wenn du so willst. Dann schauen wir, wohin er unterwegs ist.«

»Aha«, sage ich nur. Ich habe keine Ahnung, worauf Vinc hinauswill, und tue einfach, was er sagt. Ich biege rechts ab.

»Schau, da kannst du wenden«, zeigt Vinc ein Stück voraus, wo sich die Fahrbahn etwas verbreitert.

Ich drehe um und stelle das Auto am Straßenrand ab. Vinc steigt aus, geht vor zur Ecke und schaut nach oben, wo Maurizios Wagen jeden Moment erscheinen müsste. Nach einer Minute kommt er zurück. »Doro, park das Auto. Wir gehen zu Fuß zurück zur Azienda. Ist ja nicht weit, dann hört uns keiner.«

»*Va bene*«, sage ich und befolge Vinc' Anweisung, ohne

lange zu fragen. Das entwickelt sich ganz nach meinem Geschmack.

»Na, zufrieden?«, zwinkert er mir zu.

»Ich weiß zwar nicht, was du vorhast, aber es lässt sich vielversprechend an«, erwidere ich dezent aufgeregt.

Wir brauchen maximal drei Minuten bis zur Azienda, die Zeit reicht aus, um Vinc' Absicht hinter der Aktion zu erfahren.

»Maurizios Reaktion war seltsam. Ich glaube, er wollte uns nur loswerden und musste gar nicht weg. Theoretisch könnte es auch sein, dass er in die andere Richtung gefahren ist, aber das werden wir gleich wissen. Wenn er wider Erwarten doch nicht da ist, können wir uns immer noch auf die Suche nach Emilia machen.«

»Vinc, du toppst mich heute um Längen«, lobe ich ihn überschwänglich.

Wir bleiben an der Einfahrt zur Azienda stehen und linsen um die Ecke.

»Das glaub ich jetzt nicht! Sein Auto steht tatsächlich noch da. Schatz, du bist ein Hellseher.«

»Ich hatte so ein Gefühl.«

»Und jetzt?« Ganz gegen meine Gewohnheit, wenn es um kriminalistische Aktionen geht, überlasse ich Vinc die Regie.

»Pass auf, wir versuchen, zum Wohnhaus zu gelangen, und zwar unauffällig, denn für diese Aktion finden wir keinesfalls eine plausible Erklärung.«

»Das stimmt.« Ich flüstere vorsorglich.

Wir schleichen zum Wohnhaus, der Hof liegt verlassen da. Kein Arbeiter, kein Maurizio und keine Emilia zu sehen. Im ersten Stockwerk bläht sich ein Vorhang am offenen Fenster im Wind. Wir gehen ums Haus herum. Die Terrassentür ist nur angelehnt. Fragend schaue ich zu Vinc, warte aber nicht auf eine Antwort. »Du passt hier auf und gibst mir per WhatsApp Bescheid, wenn jemand kommt. Ich gehe rein.«

Was ich sofort tue, bevor Vinc mich daran hindern kann. Mein Herz klopft wild, aber um keinen Preis will ich Vinc den Vortritt lassen. Außerdem kenne ich ihn, er hätte den Part ritterlich übernommen, doch so was ist im Grunde mehr mein Ding.

Drinnen umfängt mich dämmrige Kühle. Das Wohnzimmer kenne ich bereits, hier auf dem Sofa lag vor ein paar Tagen Emilia und hat von dem Unfall erzählt. Ich lausche in die Stille. Dann höre ich Schritte über mir. Im oberen Stockwerk scheint jemand zu sein. Ich schlucke, aber Rückzug ist keine Option. Im Flur höre ich es dann ganz deutlich. Schritte und Stimmen. Maurizio. Und Emilia. Ich kann sogar ein paar einzelne Worte verstehen, je nachdem, wie sie stehen. Aber mir fehlt der Zusammenhang. Bei dem Gedanken, dass es sich um ein privates, vielleicht sogar intimes Gespräch handeln könnte, wird mir heiß. Wenn Maurizio mich hier erwischt, kann ich froh sein, wenn mich nur sein Zorn trifft und nicht noch mehr. Was soll ich tun? Hektisch wäge ich ab, doch eigentlich ist die Entscheidung längst gefallen. Vorsichtig schleiche ich die Treppe hoch und schicke ein dankbares Stoßgebet nach oben zu Monsignore Altonis Chef, dass in diesem Haus eine stabile Steintreppe in den ersten Stock führt und die Stufen auch noch mit schallschluckenden Antirutschbelägen ausgelegt sind.

Die Stimmen kommen aus dem Raum schräg rechts neben der Treppe, die Tür steht einen Spalt offen. Noch ein Stück weiter rechts schützt ein bodenlanger dunkelblauer Vorhang vor zu viel Sonne, für mich muss er als Versteck herhalten.

»Was wird das?« Emilias Stimme klingt fest und ruhig.

»Wo ist die Kette?«, fragt Maurizio.

»Welche Kette?«, entgegnet Emilia.

»Die Kette mit dem Kreuz und dem blauen Stein.«

Emilia schweigt.

Da komme ich ja gerade im richtigen Moment, als hätte ich das Stichwort gegeben!

Maurizio wird laut. »Ich habe die Kette vor längerer Zeit hier bei dir entdeckt, aber mir nichts dabei gedacht. Bis ich dann vor ein paar Tagen die gleiche Kette bei Stefano gesehen habe. Mit einem roten Stein. Die Taufkette von Antonella Cavaletto-Bianchi. Stefanos Vater hat damals das Pendant dazu für den Zwillingsbruder mit einem blauen Stein angefertigt. Und diese Kette lag hier in deiner Schublade!«

Ich sehe nicht, was Emilia macht, aber es hört sich an, als würde sie in Richtung Tür gehen. »Komm mit, ich zeige dir etwas«, sagt sie.

»Was willst du mir zeigen?« Maurizios Stimme bebt – ob erregt oder unsicher, kann ich nicht beurteilen, auf jeden Fall klingt er aufgewühlt.

»Komm einfach mit. Dann wirst du mich verstehen.« Ich kann keine bestimmte Emotion aus Emilias Stimme heraushören.

Die beiden verlassen den Raum, sie gehen anscheinend die Treppe nach unten. Gerade als ich hinter meinem Lauschposten hervortreten will, ruft Emilia »Ich bin gleich zurück« und hastet die Treppe wieder hoch.

Verdammt, das war knapp. Ich rühre mich nicht und hoffe, dass sich weder der Vorhang bewegt noch meine Füße unten herausragen.

Ich höre, wie Emilia eine Schublade aufzieht und den Raum schnell wieder verlässt. Hoffentlich kriegt Vinc mit, dass die beiden kommen. Ich schicke per Handy eine Nachricht, dann lausche ich nach unten. Die Haustür fällt zu. Das ist gut, ich springe die Treppe runter, rüber zur Terrassentür und spähe hinaus, aber niemand ist zu sehen. Wo ist Vinc?

In dem Moment legt sich eine Hand auf meine Schulter. Ich fahre vor Schreck zusammen.

»Schatz, die beiden laufen da vorne über die Wiese Richtung Wäldchen«, raunt Vinc in mein Ohr.

»Mann! Ich habe fast einen Herzinfarkt bekommen!«, beschwere ich mich und bin gleichzeitig erleichtert.

»Los«, drängelt Vinc.

Wir hasten den beiden über die Wiese hinterher. Die Dämmerung legt sich über die Landschaft, aber es ist noch hell genug, um ihnen folgen zu können und Wurzeln und Unebenheiten unter unseren Füßen halbwegs zu erkennen. Noch sind wir nicht im Schutz der Dunkelheit, versuchen, so weit wie möglich Sichtkontakt zu halten, ohne entdeckt zu werden. Ich ahne, wohin der Weg uns führt, und habe einen dicken Kloß im Hals.

Wortlos folge ich Vinc auf dem schmalen Pfad. Da vorne ist der schicksalhafte Felsenkeller. Ich werde langsamer. Ich will nicht mehr dorthin.

»Was ist?«, flüstert Vinc und schaut sich nach mir um.

»Alles okay, ich komme«, sage ich nur.

»Ist hoffentlich das letzte Mal, dass wir an diesen furchtbaren Ort müssen«, versucht er, mich zu motivieren.

Allein schon dass er mich versteht, tut gut. »Also los«, treibe ich uns jetzt an und schiebe mich an Vinc vorbei. »Bringen wir es hinter uns.«

Die beiden vor uns verschwinden in der Höhle. Um ihr Gespräch belauschen zu können, müssen wir uns bis neben den Eingang vorwagen. Das ist ein Risiko.

»Emilia, was willst du mir sagen? Hast du gewusst, dass die beiden tot sind? Hast du das all die Jahre gewusst?« Maurizios Stimme klingt dermaßen ungläubig, dass zumindest eines klar ist – *er* hatte keine Ahnung. »Wolltest du die beiden schützen? Warum? Hast du sie tot aufgefunden und wolltest deiner Freundin die Schande ersparen, wolltest verhindern, dass sie als Selbstmörderin abgestempelt wird?«

Emilia lässt sich Zeit mit der Antwort. »Du meinst, ich habe die Waffe vom Tatort entfernt? Und alles so arrangiert, dass es wie Mord aussah? Weißt du, Maurizio«, sie macht eine kurze Pause, »ich bin fast versucht, deiner Theorie einfach zuzustimmen, aber das würde nichts bringen. Die Polizei wird keine Ruhe geben, bis sie einen Schuldigen hat. Die Geschichte wäre zu unglaubwürdig, die Gefahr der Entdeckung zu groß.«

»Welche Entdeckung?«

»Lass mich von vorne anfangen. Ja, das Thema Selbstmord stand auf dem Plan. Allerdings anders, als du denkst. *Ich* war es, die sich umbringen wollte. Hier, vor den Augen von Maria und Marco, wollte ich mich erschießen. Ich wollte, dass sie mit dieser Schuld und diesen Bildern im Kopf leben müssen. Das war der Plan.« Emilias Stimme klingt, als würde sie über etwas ganz Alltägliches sprechen. Sachlich. Emotionslos.

»Ich verstehe gar nichts mehr«, kommt es verzweifelt von Maurizio, der diesen Gedankengängen offensichtlich nicht folgen kann.

Mir geht es nicht besser, und wie mir ein Blick über die Schulter zeigt, hat Vinc ebenso keinen blassen Schimmer.

»Ganz einfach«, fährt Emilia fort, »als ich hier vor ihnen stand, hier, am Eingang zu ihrem Liebesnest, und sie mit meinem Entschluss konfrontiert habe …«

»Aber warum? Du wolltest dich erschießen und die beiden damit bestrafen?«, unterbricht sie Maurizio heftig, voller Zorn und Unverständnis, und ich vermute, vor allem völlig geschockt.

»Weil sie mich verraten haben! Maria meine Freundschaft und Marco unsere Liebe!«

»Eure Liebe? Du warst mit Marco zusammen?«, fragt Maurizio. Es klingt, als würde er immer fassungsloser. »Davon hast du nie ein Wort gesagt!«

»Warum auch? Marco und ich waren kein Paar, noch nicht, aber ich habe ihn geliebt, und er hat mir zu verstehen gegeben, dass er mich auch liebt.«

»Er hat es dir zu verstehen gegeben? Was heißt das?«

»Das ist im Detail nicht wichtig, aber es war so. Und dann hat Maria ihn mir weggenommen. Sie hat so getan, als hätte sie nichts von unserer Zuneigung geahnt, und Marco war zu feige, um es zuzugeben, als ich sie hier damit konfrontiert habe. Maria hat gelacht, hat es nicht ernst genommen, was weiß ich.« Emilias Stimme wird schriller. »›Ich bekomme ein Baby, wir bekommen ein Baby. Sei vernünftig!‹, hat sie gesagt, und allmählich habe ich gesehen, dass sie Angst bekam. Marco war wütend. Er habe mir nie irgendwelche Hoffnungen gemacht – ich meine, das war der blanke Hohn. Dieser Feigling! Und diese Verräterin! Sie haben mein Leben zerstört. Und dafür sollte *ich* sterben? *Ich?* Die beiden hätten kein schlechtes Gewissen gehabt, das wurde mir in diesen Sekunden glasklar.«

»Du warst in Marco verliebt? Und was war dann mit uns?«

»Das weißt du nicht?«, sagt Emilia traurig. »Ich habe mich in dich verliebt. Wirklich und wahrhaftig. Später.«

Ich drücke Vinc' Hand. Welche Farce, diese Worte aus ihrem Mund. Später … nachdem sie zwei Menschen getötet hatte. Und ein ungeborenes Kind.

Emilia spricht weiter. »Anders als in Marco. Auf dich konnte ich mich verlassen. Warum musstest du auch anfangen, in der Vergangenheit herumzuschnüffeln? Seit die beiden Toten aufgetaucht sind, vergiften sie unser Leben. Ich habe deine Miene gesehen, als du erfahren hast, dass Maria schwanger war. Obwohl sie tot war und das Kind auch, hast du so einen waidwunden Blick gehabt. Du hättest ihr damals verziehen, obwohl sie dich abserviert hat.« Emilia schnaubt abfällig.

Maurizios Stimme ist leise. »Und die Kette? Wie bist du zu der Kette gekommen?«

»Ich habe sie an mich genommen.«

»Wie …?«

Darauf gibt Emilia keine Antwort.

Nach einer Weile spricht Maurizio weiter. »Woher hattest du überhaupt eine Waffe?«

»Mein Großvater hatte eine alte Waffe. Er war im Krieg. Damals verschwanden viele Armeewaffen.«

Na super, denke ich. Da müssen wir uns nicht wundern.

»Aber du bist Linkshänderin, und solche Waffen sind in der Regel für Rechtshänder konzipiert, die kann man als Linkshänder nicht ohne Übung bedienen.« Maurizio ist offensichtlich verwirrt und rettet sich mit technischen Ausführungen in Bereiche, mit denen er sich auskennt. Statt vor Entsetzen zusammenzubrechen, versucht er, Emilias Schuld zu verdrängen.

Ich glaube, wenn eine Wahrheit dermaßen unvorstellbar ist, dann verschließt sich der Verstand aus Selbstschutz vor der Realität. Weil man sonst wahnsinnig werden würde.

»Ich habe die Sommerferien immer auf dem Landgut meiner Großeltern verbracht. In Kalabrien, im Hinterland. Es gab dort keinen Strand, kein Meer, dafür einen Schießstand. Weit und breit war da keiner, der mich hätte beobachten können, und wenn, dann hätte es keinen interessiert. *Nonno* war streng, er verbot mir, mit der linken Hand zu schießen. Bei ihm musste ich alles mit rechts machen, nur bei der Suppe hat er nachgegeben, da hat er richtig Streit mit der *nonna* bekommen, weil die mit dem Waschen nicht mehr hinterhergekommen ist. Es ist mir immer schwergefallen, aber ich habe gelernt, mit der rechten Hand umzugehen. Zumindest wenn ich bei den Großeltern war. Bei *nonno* gab es Strafen, wenn ich mich nicht bemüht habe.« Emilia atmet tief durch. »›Die Soldaten schießen auch mit rechts‹, hat er gesagt, das ging gar nicht anders, weil der Sicherungshebel nur mit dem rechten Daumen ausgelöst werden kann.«

Das ist alles so unglaublich. Das Herz klopft mir bis zum Hals, während ich Emilia weiter zuhöre.

»Als mein Opa die Diagnose Alzheimer bekommen hat, hat er mir die Waffe gegeben. Ich war damals fünfzehn.«

Ein Zweig sticht mir in den Nacken, ich habe Angst, dass es knacken könnte, wenn ich ihn wegdrücke. Neben uns raschelt es. Eine Maus oder etwas Größeres? Vielleicht ein Fuchs? Hoffentlich verrät uns das Tier nicht. Mir wird heiß bei dem Gedanken.

»Warst du seitdem jemals wieder hier?«, fragt Maurizio gerade.

Ich bin gespannt auf Emilias Antwort, der Zweig in meinem Nacken ist vergessen.

Vinc zieht sein Handy heraus. Selbstverständlich haben wir beide den Lautlosmodus eingestellt. Was macht er? Stumm hält er mir das Display entgegen. *Wir sind beim Felsenkeller. Wir brauchen Hilfe. Dringend! Emilia ist die Mörderin und bedroht ihren Mann. Vielleicht hat sie sogar eine Waffe.*

Ich nicke. Eine gute Idee, diese Nachricht an Luca zu schicken. Wer weiß, wie sich die Situation hier entwickelt. Aber … ich runzle die Stirn und tippe auf das Wort »Waffe«.

Vinc zuckt mit den Schultern. Aber klar, er hat recht, die Gefahr besteht auf jeden Fall, so wie Emilia getaktet ist. Egal, wir konzentrieren uns wieder auf die beiden.

Emilia hat Maurizios Frage noch nicht beantwortet, und als sie jetzt zum Sprechen ansetzt, klingt ihre Stimme, als wäre sie zwar physisch anwesend, aber seelisch von ihrer inneren Erregung zurück in jene verhängnisvolle Nacht katapultiert worden. »Nein, ich bin nie mehr hierhergekommen«, sagt sie leise. »Ich wollte nicht erinnert werden. Mit der Zeit ist Gras über die Sache gewachsen, auch über meine eigene Erinnerung. Dass wir beide uns gefunden haben, war für mich ein Zeichen, dass Gott mir verziehen hat.«

Jetzt kommt sie auch noch mit Gott um die Ecke! Aber gut, wie sollte sie sonst mit so einer Schuld leben?

»Es hat sich alles richtig angefühlt. Maria hat mich so sehr verletzt. Sie musste ja unbedingt Marco haben, dabei hatte sie doch dich. Ich war nicht die Einzige, die so gedacht hat, allerdings war ich die Einzige, die darunter gelitten hat. Und du natürlich auch. Deshalb habe ich mich in dich verliebt. Weil du genauso Opfer warst wie ich.«

»Warum hast du auf mich geschossen?«

»Das war der Plan. *Auf* dich zu schießen, nicht, dich zu *er*schießen. Als man die Skelette gefunden hat, wurde so vieles wieder aufgewühlt. Man hat angefangen, herumzuschnüffeln und die alten Geschichten aufzuwärmen. Es sind diese seltsamen Botschaften aufgetaucht. Die haben mich auf eine Idee gebracht, wie ich mich selbst aus der Schusslinie bringen kann.«

»Aber du warst doch verletzt?«

»Das war eine leichte Übung. Auf der Burg nicht von euch entdeckt oder erkannt zu werden, war weit schwieriger. Dass diese Deutsche dabei war, war einerseits ein Vorteil, damit warst du abgelenkt, andererseits war sie im Weg. Zumal ich nicht damit gerechnet habe, dass ihr in den See springt, das hätte schlimm ausgehen können. Ich habe mir schon Rückzugsstrategien überlegt, aber die habe ich dann nicht mehr gebraucht. Bis ihr an Land wart und Hilfe geholt habt, lag ich längst wieder zu Hause im Bett. Ich bin mit dem Roller gefahren – mit dem Helm und deinen alten Arbeitsklamotten bin ich keinem aufgefallen. Carlo hat sich als potenzieller Schuldiger angeboten. Ihn wegzulocken, um zu verhindern, dass er ein

Alibi vorweisen kann, war nicht schwer. Damit war ich außer Gefahr. Fatal war dann der Typ mit seiner Drohne. Ich hasse diese Dinger!«

»Aber Carlo hat dich mit seinem Auto verfolgt, dafür gibt es Zeugen.«

»Unsinn! Die Zeugen haben die Hupe gehört, aber nichts gesehen. Gehupt habe ich selbst, und wer hat das Verfolgerauto beschrieben?« Sie lässt die Frage für einen Moment in der Luft hängen. »Ich. Genau«, sagt sie dann.

»Die ist komplett verrückt«, flüstere ich Vinc zu, so leise, dass er mich wahrscheinlich gar nicht gehört hat. Doch er drückt meine kaltschweißige Hand.

»Und die Waffe hast du Carlo untergeschoben?«

»Das war kein großes Kunststück. Ich weiß, wo er wohnt, und sein Garten ist ideal dafür. Die Waffe ließ sich problemlos durch das Gitter am Brunnen schieben und die Hinweise konnte ich genial mit einem selbst verfassten Zettel in die Reihe der Botschaften einfügen und unter den Scheibenwischer meines Autos klemmen. Das Rätsel mit den Löwen hat mir gefallen. Hat mich fast ein bisschen gewundert, dass die Polizei so schnell draufgekommen ist. Aber gut, das hat mir einen weiteren Hinweis erspart. Ist ja schließlich kein Kindergeburtstag. Und das mit seinen falschen Alibis war auch nicht schwer. Die Stimme ein wenig verstellt und seinen Sohn als Lockmittel, da ist er gesprungen. Tut mir leid für ihn, aber so wie sich die Lage entwickelt hat, habe ich einen Sündenbock gebraucht.«

»Es tut dir leid?« Maurizio schreit den Satz laut heraus.

»Stopp! Bleib stehen!«, ruft Emilia scharf.

Das hat anscheinend gewirkt, denn sie redet in normaler Lautstärke weiter.

Emotionslos. Warum auch nicht, sie spricht ja »nur« von zwei Morden, denke ich, und der Sarkasmus ist bitter wie die Galle, die mir die Speiseröhre hochkriecht. Wie kann sie auf der einen Seite jahrelang eine liebevolle Mutter gewesen sein und auf der anderen Seite …?

»Als ich damals hier vor den beiden stand, die Waffe an der Schläfe, hat Maria gesagt: ›Wir bekommen ein Baby.‹ Als wäre damit alles gesagt, als wären die Fronten geklärt, als wäre ich damit aus dem Spiel gekickt. Und dann hat sie gelacht. Und Marco auch. Blitzschnell habe ich erst auf Maria, dann auf Marco gezielt. Und dann noch mal auf Maria. Danach habe ich nur noch funktioniert. Ich habe die Spuren und Hinweise beseitigt, so gut es ging. Nur einen Fehler habe ich gemacht – ich habe das Kreuz an mich genommen. Und du hast es gefunden beziehungsweise bist misstrauisch geworden.«

»Ich habe dich mal dabei beobachtet, wie du die Kette in den Händen hieltst. Ich habe dir über die Schulter geschaut, und du hast mich ohne weitere Erklärung abgewimmelt und die Kette zurück in die Schublade gelegt. Ich konnte sie nicht zuordnen, aber als ich Antonellas Kette bei Stefano gesehen habe, bin ich misstrauisch geworden. Ich wollte mich vergewissern und mir deine Kette noch mal anschauen, aber sie war verschwunden.«

»Ich wusste, dass du sie gesehen hast, und hatte Angst, du könntest Verdacht geschöpft haben. Doch du hast nie mehr etwas gesagt. Alles war gut, bis die Toten entdeckt wurden. Alles kochte wieder hoch, auch in mir.« Emilias Stimme nimmt einen weinerlichen Ton an. »Was hätte ich tun sollen? Ich musste aus der Schusslinie. Unbedingt! Noch einmal soll niemand mein Leben zerstören. Also fiel ich von der Leiter, inszenierte den Anschlag auf mich, beides mit kalkuliertem Risiko natürlich. Dazu der Anschlag auf dich, meinen Ehemann ... Ich mit Armbinde, gehandicapt, so wollte ich mich aus der Reihe der Verdächtigen nehmen. Keiner traut mir den Mord zu, außerdem bin ich Linkshänderin. Du warst nach dem Schuss auf der Burg auch raus. Ich wollte meine Familie nicht verlieren. Alles, was ich mir aufgebaut habe.«

»Seit ich die Kette bei Stefano gesehen habe, hatte ich so ein komisches Gefühl, aber ich hätte nie ...«

»Fass mich nicht an!«, schreit Emilia so unvermittelt, dass Vinc und ich erschrocken zusammenzucken.

Was ist los? Schlägt die Stimmung um?

»Was hast du getan, Emilia? Das warst doch nicht du? Damals ...« Maurizios Stimme bricht. Endlich scheint sie zu ihm durchgedrungen zu sein. Die Erkenntnis, dass seine Frau eine Mörderin ist. »Emilia!«

Der Schrei geht uns durch Mark und Bein.

Ein seltsames Geräusch dringt zu uns nach draußen. Hat Maurizio Emilia ...? Ein Körper fällt schwer zu Boden. Was ist da drinnen los? Mein Herz klopft wie verrückt, ich schaue fragend zu Vinc. Der zögert eine Sekunde, dann schiebt er sich an mir vorbei zum Eingang und versucht, einen Blick auf die Vorgänge in der Höhle zu erhaschen. Erschrocken weicht er wieder zurück, ich kann gerade noch ausweichen, er erwischt nur meine Zehen. »Die bringt ihn um«, flüstert er heiser.

»Was?«

Vinc hält mich am Oberarm fest, als ich in die Höhle stürmen will. »Warte, Doro, ich glaube, Emilia hat eine Waffe. Einen Elektroschocker oder so etwas. Wir müssen sie überrumpeln. Ich springe rein, auf sie zu und werfe sie zu Boden, du musst dir die Waffe schnappen.«

»Kriegen wir hin«, sage ich entschlossen.

»Auf drei«, gibt Vinc das Kommando, dann stürmen wir los.

Im Bruchteil einer Sekunde nehme ich wahr, was in der Höhle los ist. Emilia hat Maurizio mit einem Elektroschocker niedergestreckt. Er liegt auf dem Boden, sie drückt den Schocker immer noch an seinen Hals. Hat sie nicht mal seine Herzschwäche erwähnt? Sie will ihn tatsächlich umbringen! Während mir dieser Gedanke durch den Kopf schießt, wirft sich Vinc auf sie und schafft es, ihr Handgelenk zu fassen. Er ringt sie nieder, setzt sein ganzes Körpergewicht ein, um die sich windende Frau am Boden zu halten. Ich springe dazu, trete ihr grob auf den Arm und zwinge sie so, die Hand zu öffnen und den Elektroschocker loszulassen.

Wir drehen den Spieß um.

»Setzen Sie sich da drüben an die Wand«, verlangt Vinc und droht mit dem Elektroschocker.

Ich kümmere mich derweil um Maurizio. Sein Puls flattert, aber er ist da. Sein Brustkorb hebt und senkt sich.

»Er lebt«, flüstere ich mit rauer Stimme.

»Luca ist unterwegs«, sagt Vinc nach einem Blick auf sein Handy. »Samt Notarzt.«

Ich schlucke vor Erleichterung, sagen kann ich nichts, sonst heule ich los.

Ich hocke neben Maurizio, direkt neben der Öffnung der Höhle. Emilia presst sich an die Rückwand, starrt von Maurizio, der wie tot auf dem Boden liegt, zu mir und wieder zurück. Während wir warten, taste ich immer wieder nach seinem Puls. Wenn er wirklich ein schwaches Herz hat …

Vinc lässt sich nicht ablenken, er ist auf Emilia fokussiert, und das ist gut so. Die Frau geht über Leichen, das hat sie mehrfach bewiesen. Jeder Fehler kann für uns verhängnisvoll sein.

Ich suche ihren Blick. »Das Armband gehört Ihnen, stimmt's?«

Unwillkürlich greift sich Emilia an den Arm. »Und wenn? Was beweist das? Das ist allenfalls ein Indiz.«

»Das Labor wird DNA-Spuren finden. Emilia, geben Sie auf! Wir haben gehört, was Sie Maurizio erzählt haben. Und wir haben Ihren Angriff mit dem Elektroschocker eben gesehen.«

»Er hat mich bedroht, will mir die Kinder nehmen. Er hat sie mit seinem Vater weggeschickt.« Emilia wirft jetzt alles in die Waagschale, was ihr zu ihrer eigenen Rechtfertigung einfällt. Wahrscheinlich glaubt sie auch daran.

»Und Sie hatten zufällig einen Elektroschocker dabei?«, bricht es aus mir heraus.

»Den hatte Maurizio dabei. Er wollte mich umbringen. Er hat befürchtet, dass ich damals etwas beobachtet habe, was in Zusammenhang mit den Morden steht, er hat Angst, dass ich eins und eins zusammenzähle.«

Für eine Sekunde habe ich fast Mitleid mit ihr. Sie ist verrückt. Dann streift mich ein Gedanke. War die Ratte …? Ich schaue kurz zu Vinc und werde von rasender Wut gepackt.

Ich kneife die Augen zusammen. »Sie haben die Ratte im Rucksack versteckt! Sie wussten von der Herzschwäche Ihres Mannes, und Sie wussten, wie aggressiv Ratten werden können, wenn sie sich in die Enge getrieben fühlen!«

So wie du jetzt, denke ich, als ich in Emilias gehetztes Gesicht blicke. Die Augen schweifen unruhig hin und her, als würden sie einen Ausweg suchen. Die Lippen sind zu einem Strich zusammengepresst.

Ich taste nach Maurizios Puls.

»Ich spüre nichts mehr«, sage ich erschrocken.

Vinc ist einen Moment abgelenkt, und Emilia nutzt die Gunst des Augenblicks, rempelt ihn zur Seite und hastet an mir vorbei durch den Eingang nach draußen.

»Lass sie, die kommt nicht weit«, presst Vinc hervor, während er bereits mit der Herzdruckmassage beginnt.

Aus der Ferne klingen die Sirenen von Polizei und Krankenwagen. Vinc steht der Schweiß auf der Stirn, während er sich in schnellem Takt bemüht, Maurizios Herz wieder zum Schlagen zu bringen. Wie schwach ist es? Was kann es noch alles aushalten? Und damit meine ich nicht nur die physische Belastung, sondern vor allem die seelische.

»Sag, wenn du nicht mehr kannst, dann löse ich dich ab«, bitte ich Vinc.

Dann wird es plötzlich voll in der Höhle, und der eingetroffene Notarzt übernimmt.

Nach wenigen Minuten haben er und die Sanitäter Maurizio zurückgeholt und machen ihn fertig zum Transport ins Krankenhaus.

»Luca, ich bin echt froh, dich zu sehen«, keucht Vinc noch außer Atem.

Der ist relativ ruhig. »Ihr werdet mir haarklein berichten, was hier vorgefallen ist«, fordert er streng. »Ehrlich,

Leute, ich weiß nicht, was ich davon halten soll, dass ihr hier seid. Was habt ihr …? Aber lassen wir das. Zwei meiner Männer sind hinter Signora Passamonte her, und ich erwarte jeden Moment eine Erfolgsmeldung. Es ist zwar schon spät, aber ich muss euch trotzdem bitten, noch aufs Revier zu kommen und alles zu Protokoll zu geben. Wir müssen wissen, was genau passiert ist.«

»Selbstverständlich, Luca«, sage ich kleinlaut.

Vinc legt mir die Hand auf die Schulter. »Luca, natürlich kommen wir mit, aber mal ehrlich, wir haben gerade den Mordfall gelöst und Maurizio Passamonte das Leben gerettet. Ich würde behaupten, das ist keine schlechte Bilanz für den Abend«, lässt er sich nicht die Butter vom Brot nehmen.

Er hat absolut recht! Ich schiebe meine Hand in seine.

Lucas Mundwinkel zucken. »Danke, dass ihr mir den Erfolg weggenommen habt«, sagt er lakonisch.

»Wir standen ja quasi unter deiner Leitung. Du warst der Chef«, tröste ich ihn.

Luca grinst. »Ja genau!« Er ist offensichtlich doch nicht so sauer, wie es anfangs den Anschein hatte. »Weißt du, Doro, dass du … äh … speziell bist, das war mir schnell klar, aber dass Vinc im Grunde auch nicht besser ist, habe ich nicht geahnt. Doch im Ernst, ich bin sehr erleichtert, dass sich alles aufgelöst hat und euch nichts passiert ist. Sonst wäre ich in Teufels Küche gekommen. *Scusatemi …*«, er geht an sein Handy. *»Sì, pronto?«* Er lauscht, dann legt er auf.

»Sie haben Signora Passamonte. *Allora, a dopo*«, sagt er und wendet sich zum Gehen.

»Okay, bis später«, rufe ich ihm hinterher.

Nach Lucas Abgang ist es still in mir. Seine Kollegen sind noch dabei, alle Spuren zu sichern und den Bereich um den Felsenkeller erneut mit rot-weißen Bändern abzusperren. Klar, die brauchen alles für die Akten und den Abschlussbericht.

»Komm, Schatz, wir gehen auch«, sagt Vinc.

»Ja, das war's dann wohl.« Nach einem letzten Blick zu dem Loch in der Ecke des Raumes lasse ich mich von Vinc hinausziehen. Wir nehmen den kürzesten Weg zur Straße, wo unser Auto auf uns wartet. Es ist jetzt richtig dunkel, der Mond tut sein Bestes, und unser Handylicht beleuchtet zusätzlich den Weg.

»Zum Glück macht jeder Mörder irgendwann einen Fehler«, sagt Vinc. »Man muss nur zur richtigen Zeit am richtigen Ort sein.«

»Meine Worte«, stimme ich zu. »Und wir haben das Motiv. Emilia war verletzt. Bis in ihr Innerstes. Eine in ihren Augen verratene Freundschaft – in dem jungen Alter, in dem sie damals war, kann das die Welt bedeuten. Außerdem eine verratene Liebe – in der Zeit des Erwachsenwerdens ebenfalls eine Riesenbürde. Liebeskummer hat schon so manchen Selbstmord ausgelöst, der in den Augen Außenstehender nicht nachvollziehbar war, aber in der Jugend sind solche Gefühle ungleich intensiver.«

»Nur dass sie sich nicht selbst umgebracht hat«, relativiert Vinc.

»Das stimmt. Ich will die Tat nicht entschuldigen, wirklich nicht, ich versuche nur, Emilias Motiv zu verstehen.«

»Weiß ich doch, Schatz. Grundsätzlich hast du recht mit deiner Einschätzung, damals sind die Gefühle mit ihr durchgegangen, aber in der Gegenwart hat sie eiskalt wieder damit angefangen. Sie hat keinerlei Schuldbewusstsein entwickelt oder auch nur erkennen lassen, dass sie bereit ist, die Konsequenzen für ihr Handeln zu tragen. Im Gegenteil. Diese Frau würde wieder morden, wenn sie es für nötig hielte. Sie hat deinen und auch Maurizios Tod billigend in Kauf genommen, und glaub mir, auch dafür hätte sie sich nicht schuldig gefühlt.« Vinc ist nicht bereit, Emilias Taten in irgendeiner Form als Notwehr anzuerkennen. »Sie hat sich nicht gewehrt, sie war eine eiskalte Täterin. Selbst ihr geplanter Selbstmord wäre nicht aus Verzweiflung geschehen, sondern weil sie Maria und Marco damit bestrafen wollte«, setzt er noch nach.

»Ich glaube, das kann man nicht verstehen, wenn man normal tickt«, seufze ich. »Was ich so unvorstellbar grausam finde, ist, dass Emilia es geschafft hat, ihre Tat auszublenden und mit Maurizio auf heile Welt zu machen, so als wäre nie etwas geschehen. Und ja, ich glaube, du hast recht, sie würde es wieder tun.«

KAPITEL 20

UN ANNIVERSARIO E ALTRE SORPRESE – EIN JUBILÄUM UND ANDERE ÜBERRASCHUNGEN

Domenica (Sonntag) – Tag 21

In aller Früh stürme ich in die Küche. Es gibt viel vorzubereiten. Heute ist Rosas großer Tag. Die Jubilarin sitzt bereits am Küchentisch und liest in aller Ruhe die Zeitung, als wäre es ein Tag wie jeder andere. Als Allererstes drücke ich ihr einen dicken Kuss auf die Wange und stimme ein Geburtstagsständchen an. Danilo kommt rein und fällt mit ein. »*Tanti auguri a te …!*« Gerührt wischt Rosa sich über die Augen. Vor allem ihr Enkel wird gedrückt und geherzt, und ich freue mich für die beiden, die so ein prima Team sind. Alle nehmen heute gerne einen Caffè Latte, ich streue mir ein paar Schoko-Espressobohnen auf die Milchschaumhaube, mir ist nach süß mit viel Koffein. Für den Bruchteil einer Sekunde bin ich irritiert von dem Bild der kleinen schwarzen Krümel, die sich wie Schrotkugeln in den weißen Schaum bohren. Energisch stoppe ich die Bilderkette, die sich sofort in mir ausbreiten will, und widme mich der Zeitung. Einträchtig sitzen wir zusammen am Küchentisch. Danilo wirft einen Blick auf die Sportseiten, ich tausche mit Rosa Politik gegen Feuilleton und lese die Schlagzeilen quer. Aktueller Fall. Mördersuche. Stimmen aus der Bevölkerung. Werbung der »Siora Veronica«. Ein bunter Mix. Ich nehme einen letzten Schluck des milchbraunen Kaffees aus dem Glas.

»Andiamo«, rufe ich dann und klatsche in die Hände. »Machen wir uns an die Arbeit!«

Rosa lässt sich nicht aus der Ruhe bringen, Danilo zieht ab und kümmert sich um die Logistik im Garten. Ich klappere mit Töpfen und Messern und hole mir die ersten Zutaten aus Kühlschrank und Speisekammer. Bald laufen die Vorbereitungen fürs Geburtstagsmenü auf Hochtouren. Einiges haben wir fertig, die letzten drei Tage war Zeit genug für Entspannung, Einkäufe und Kleinigkeiten, die man im Vorfeld gut erledigen kann. Zum Beispiel Rote Bete für den Salat kochen. Die schnipple ich gerade, als Vinc in die Küche kommt. »Na, so früh schon auf den Beinen? Wie geht es dir?«, begrüße ich ihn. Er hat heute den Impfbonus. Am Freitag hat er seine zweite Dosis erhalten und hatte gestern ein wenig Fieber.

»Hm«, antwortet er noch etwas wortkarg. »Morgen, Schatz. Passt schon wieder.« Er drückt mir einen Kuss auf den Nacken. Klar, er hat meine Rote-Bete-gefärbten Hände gesehen und ist nicht scharf auf näheren Kontakt. »Gib mir noch ein paar Minuten, dann helfe ich dir.«

»Momentan kannst du eher Danilo helfen, das meiste hier in der Küche mache ich frisch.«

»Auch gut, dann unterstütze ich dich später.«

»Wir fangen so um zwölf an, würde ich sagen. Zwischendrin kommen die Gäste, zum Anstoßen setzen wir uns dazu, dann verziehen wir uns in die Küche.«

»Ich finde es gar nicht schlecht, dass Rosa schon um vier mit dem Essen beginnen will, damit es am Abend nicht zu spät wird«, sagt Vinc und schlürft am *caffè*.

»Dann sind wir auch früher fertig«, bestätige ich.

Die Rote Bete ist geschnitten, ich gebe etwas frische Petersilie sowie fein gewürfelte Schalotten und ein paar Kümmelfrüchte aus dem Sud dazu, außerdem die Marinade aus Weißweinessig, Olivenöl, Salz und Pfeffer, dann kann der Salat schön durchziehen. Jetzt nehme ich mir die Orangen vor. Das Filettieren macht Arbeit, ist aber natürlich ein Muss, wie ich letztens Danilo erklärt habe, als er meinte, das sei doch wohl ein bisschen übertrieben. Mit einer Vergleichsportion habe ich ihn schnell überzeugt. *Allora*, was jetzt? Ich liebe die Abläufe, die Routine, die Aromen … Ich würde immer wieder Köchin werden.

»Was lächelst du so glücklich? Denkst du an mich?«, fragt Vinc.

»Sowieso«, erwidere ich und schnipple weiter.

Plötzlich steht Maurizio in der Küche. Er ist wieder auf den Beinen und wollte Rosa gratulieren. Jetzt drückt er mich.

Ich bin sehr erleichtert. Wir haben uns seit dem verhängnisvollen Abend nicht mehr gesehen. »Ich bin so froh, dass es dir wieder gut geht. Und dass du nicht böse auf Vinc und mich bist, weil wir uns eingemischt haben«, sage ich ergriffen, als er mich wieder loslässt.

»Ich war nie böse, eher verzweifelt. Emilia ist meine Frau. Die Mutter meiner Kinder. Wie soll ich Laura und Elia das alles erklären? Aber eines ist klar: Ihr seid nicht schuld.«

»Ich dachte, weil ich dich doch erst dazu gebracht habe, Emilia mit der Kette zu konfrontieren.«

»Das hat es nur beschleunigt. Das Bild dieser Kette hat die ganze Zeit in mir geschwärt, und es war nur eine Frage der Zeit … So wart ihr wenigstens zur Stelle, sonst hätten meine Kinder wahrscheinlich keinen Vater mehr.«

»Ein schrecklicher Gedanke«, sagt Vinc. »Ich wünsche dir alle Kraft der Welt, dass du dieses Trauma bewältigen kannst. Ist wirklich unvorstellbar, was du aushalten musst.«

»Willst du dich nicht doch zur Festgesellschaft setzen? Das lenkt dich ab«, schlage ich vor.

Maurizio schüttelt den Kopf. »Dazu ist alles noch zu frisch. Da weiß doch keiner, wie er sich mir gegenüber verhalten soll. Das wäre für alle ungemütlich. Außerdem muss ich mich jetzt um meine Kinder kümmern. Mein Vater war ja mit ihnen ein paar Tage am Meer, heute Abend kommen sie zurück.«

Um 14 Uhr trudeln die ersten Gäste ein, eine halbe Stunde später ist die Runde vollzählig. Alle halten ihre *aperitivi* in den Händen, auf Rosas Wunsch hin gibt es für jeden einen Benacini light. Das ist ihr neues Lieblingsgetränk und eine Eigenkreation von mir, meinem Lieblingssee, dem *Lacus Benacus*, dem Gardasee, gewidmet. Campari, Rotwein, Prosecco, ein kleines Stück Zitrone, ein Zweig Rosmarin und Eiswürfel, gut aufgefüllt mit Acqua Frizzante.

Allmählich sitzen alle, und es folgt Aperitif-Runde Nummer zwei, ein Glas Prosecco für alle zum Anstoßen.

Danilo lässt mit der Gabel sein Glas klingen und alle Augen richten sich auf ihn. »Liebste *nonna*, in 80 Tagen *um* die Welt, das hast du nicht geschafft, aber 80 Jahre *auf* dieser Welt – das schon. Und ohne dich wäre die Welt mit Sicherheit viel ärmer – meine auf jeden Fall. Du hast viel Gutes bewerkstelligt, zum Beispiel mich«, er zwinkert, und Rosa lächelt gerührt, »daran bist du zumindest indirekt beteiligt.«

Die Gäste lachen, die Stimmung ist gut, und noch einmal singen wir *»Tanti auguri a te, cara Rosa, tanti auguri a te!«*

Rosa packt ihre Geschenke aus. *Manche Dinge werden im Alter immer besser,* steht auf einer Karte, Rosa liest es vor und lacht. »Sagt das bitte meinen alten Knochen.«

Auch Monsignore Altoni kommt – nicht zuletzt des guten Essens wegen. Aus seiner Geburtstagsansprache und dem Segen für die Jubilarin und ihre Gäste wird eine kleine Predigt. Es geht um das Thema Diversität und darum, dass die Kirche für alle da ist, nicht nur für Mehrheiten, und darum, dass sie keine Modeerscheinung ist, die jedem Richtungswechsel hinterherlaufen muss. Sie vermittle Werte.

»Aber Stillstand und die Augen zu schließen ist auch keine Lösung, und schon gar keine Unterstützung für die, die noch an diese Werte glauben wollen. Denen wird es oft verdammt schwer gemacht«, murmelt Vinc mir ins Ohr.

»Das ist aber keine Simultanübersetzung, mein Schatz«, raune ich zurück.

»Nein, eher eine persönliche, sehr freie Interpretation.«

»Dieses Thema überlasse ich heute dem Monsignore«, sage ich. »Kommst du mit in die Küche? Wir sollten langsam anfangen.«

Vinc steht auf und folgt mir.

Auf einem Tisch vor der Küche stapeln sich Tabletts, Teller, Gläser und eine Menge Besteck. Rosa hat sich einiges von ihren Freundinnen ausgeliehen.

Als ersten Gang gibt es *carpaccio classico*. Das zarte rohe Rindfleisch liegt im Kühlschrank, fein geschnitten vom Metzger, mit Papier abgeteilt, das erleichtert die Arbeit enorm. Dennoch ist jetzt Geschwindigkeit gefragt. Ich bestreue die Teller mit ein wenig Salz und Pfeffer und schichte dann dachziegelartig die hauchdünnen Filetscheiben darauf, träufle das Dressing aus Zitronensaft, fein gehackter Petersilie, Essig und Öl darüber und verteile obendrauf frische Rucolablättchen. Für Vinc und mich habe ich einen kleinen Teller bestückt, den wir uns später gönnen, sobald die Gäste versorgt sind. Weißbrot steht bereits auf dem Tisch, genauso wie Wasserkaraffen, um den Wein kümmert sich Danilo. Bis Vinc kommt, fülle ich die Teller für den nächsten Gang mit Fenchel-Orangen-Salat an Honigdressing, der kann gut ein Weilchen ziehen. Außerdem dünste ich den Reis fürs Risotto im Olivenöl glasig, ein großer Topf mit Brühe und ein Berg frisch geriebener Parmesan stehen bereit.

Vinc hilft mir, die Rumpsteaks auszubraten. Salz und Pfeffer kommt darüber, Knoblauchzehen werden im Fett mitgebraten.

»Das Fleisch soll innen zartrosa sein, vier Minuten müssten passen. Dann lassen wir die Steaks in der Kasserolle im Rohr ruhen und können inzwischen die Rotwein-Balsamico-Soße aus dem Bratenfond anrühren.«

»Was brauchen wir dazu?«, fragt Vinc und schiebt sich eine Gabel mit Carpaccio in den Mund. »Mmh, echt lecker«, lobt er. »Ich mag es gern so klassisch.«

»Nur Tomatenmark, Brühe und Paprikapulver, Rotwein und Balsamicoessig.«

Monsignore Altoni streckt den Kopf in die Küche. »Das riecht ja verführerisch«, sagt er und schnüffelt genüsslich.

»Lassen Sie sich verwöhnen, Monsignore, es freut mich, wenn es Ihnen schmeckt. Der Alltag holt uns schnell genug wieder ein.«

»*Eh*, Signorina Ritter, was wäre so ein Mahl, wenn wir es jeden Tag hätten? Alltag!« Er zwinkert und schließt die Tür.

»Da hat er recht, der Gute«, sage ich zu Vinc. »Weißt du, ich glaube, die Pfarrer haben es auch nicht immer leicht. Wie der Monsignore zum Beispiel.«

»Ja, aber heute fühlt er sich sichtlich wohl, so mitten unter seinen Schäfchen und an einer reichhaltigen Tafel.« Wir lachen.

»Aber jetzt *avanti*, das Risotto ist fast fertig. Bringst du die Teller, *per favore*?«

»*Sì, volentieri, chef*«, sagt Vinc und eilt in den Flur, um das passende Geschirr zu holen.

Die Gespräche dümpeln zwischen Vergangenheit und Gegenwart hin und her, und dabei wird gegessen und gegessen. Allmählich neigt sich die Speisenfolge dem Ende entgegen. Mit einem fruchtigen Erdbeer-Melonen-Carpaccio, Vanilleeis an Balsamicoessig, *caffè* und einem Gläschen Mandellikör alla Rosa runden wir das Menü endgültig ab. Wie bei einer italienischen Hochzeit, denke ich und freue mich für Rosa, die das Fest sichtlich genießt.

»Vanilleeis mit Balsamicodressing, wirklich fein«, lobt Rosa und kratzt mit dem Löffel die letzten Reste vom Desserttelller. »Zu diesem Dressing hat Doro mir viel Interessantes erzählt. Und sie und Vincenzo haben mir ein feines Fläschchen zum Geburtstag geschenkt. Ich danke dir, meine Liebe, und dir auch, Vincenzo. Und vielen Dank für dieses wunderbare Geburtstagsmenü!« Rosa steht auf und umarmt erst mich, dann Vinc. Die Gäste applaudieren, und das freut mich sehr.

»Auf die Jubilarin und noch viele Jahre mit ihr – vielleicht wird das Haus ja irgendwann fertig, wenn *nonna* nicht immer wieder etwas Neues einfällt«, bringt Danilo einen Toast aus und drückt Rosa ein liebevolles Küsschen auf die Wange.

Die Gastgeberin ist ganz in ihrem Element. Sie erzählt von alten Zeiten, und die Erinnerungen sowie die Tatsache, dass sie immer wieder darauf anstoßen muss, lassen ihr Gesicht rosig schimmern. »Ja, manches war früher schöner. Der Zusammenhalt untereinander war ein ganz anderer. Stellt euch vor, im Herbst wurde gefischt, der Fang mit Salz haltbar gemacht und in Fässern gelagert. Er wurde dann unter allen Bewohnern aufgeteilt.«

Die Stimmung ist bestens, es wird viel gelacht und es wird sich an vieles erinnert.

»Komm mit, Schatz.« Vinc steht auf und nimmt mich an der Hand.

»Wohin?«

»Lass dich überraschen:«

»Aber das Fest?«

»Läuft auch ohne uns.«

Okay, in der Küche bin ich fertig, die Getränke schafft Danilo allein, und die Aufräumarbeiten haben Zeit bis morgen.

Vinc führt mich zum Hafen. Dort wartet der *capitano* samt Crew auf einige Gäste für die Sunset-Tour, eine romantische Fahrt für eine kleine Gruppe von Pärchen auf der »Siora Veronica«. Mit allem, was dazugehört. Häppchen, Prosecco, Aperitif, Holzplanken und Takelage. Ich lasse mich sofort von der nautischen Atmosphäre einfangen. Die Paare haben sich locker an Bord verteilt, wir sind für uns, lehnen an der Reling und nippen an unseren Gläsern. Das warme Abendlicht verleiht dem See einen weichen Schimmer, die »Siora Veronica« durchpflügt in der leichten Abendbrise die ruhige Wasseroberfläche, Gischt spritzt vom Bug, Möwen umkreisen das Boot. Selbst sie sind leiser als sonst, als wollten sie die romantische Stimmung nicht stören.

»Schatz, Rosa hat heute Geburtstag, nicht ich.«

»*Wir*, Doro, heute ist ein Wir-Tag.«

»Bei uns ist doch immer ein Wir-Tag.« Ich rücke ein Stück näher und lege meinen Arm um seine Hüfte.

Links ragt die stolze Burg über Malcesine, weit oben erkenne ich den Balkon. Nein, diese Erinnerung lasse ich im Moment nicht zu. Ich vergrabe meine Nase an Vinc' Hals. Sein Geruch ist Medizin für mich. Vinc krault mir durch die Haare. Ich mag das, allein deshalb würde ich nie eine top gestylte Frisur wollen.

»Kostet diese Romantik gerade ein kleines Vermögen?«

Vinc lacht leise. Er schiebt mich ein Stück weg, lehnt sich mit dem Rücken zur Reling und zieht mich in seine Arme.

»Egal, den Preis, den ich dafür bekomme, kannst du gar nicht in Zahlen ausdrücken.« Er macht eine kurze Pause. »Schatz, willst du mich heiraten?«, fragt er dann.

Ein sanftes Kribbeln zieht sich von meinem Bauch bis unter die Kopfhaut. Ich bin ein kleines bisschen überrumpelt. »Wieso bist du dir so sicher, dass du den Preis bekommst?«

Die feinen Linien um seine Augen vertiefen sich. »Ich stelle nur Fragen mit sicherem Ausgang.«

»Du kennst mich gut.«

»Ich hoffe schon.«

»Du kennst mich *sehr* gut. Ja!«

»Ja?«

»Ja, ohne Wenn und Aber!«

Unser Kuss schmeckt auf einmal intensiver als jemals zuvor.

»Auch wenn ich keinen Verlobungsring habe?«

»Vinc, du bist der liebste Mann auf der Welt. Auch ohne Ring. Dass du gefragt hast, obwohl wir doch sehr emanzipiert sind …«

»Vielleicht bist du ein Stück emanzipierter als ich, aber im Ernst, ich hätte deinen Antrag auch angenommen.«

»Das will ich dir geraten haben!« Ich knuffe ihn sanft in den Bauch.

»Die Ringe wollte ich gern mit dir zusammen aussuchen. Du bist da ja manchmal ein bisschen speziell …«

»Nicht frech werden«, warne ich lachend, »schau mal, dafür habe *ich* etwas.« Ich krame ein Päckchen aus meiner Handtasche. »Wink des Schicksals, habe ich gestern vom Juwelier geholt.« Ich glaube, ich werde ein bisschen rot.

Vinc öffnet die kleine Schmuckschachtel, nimmt das in Stefano Riccis elegantes Papier eingewickelte Stück heraus und lächelt. *D und V.* Dann legt er mir liebevoll mein Armband um und ich ihm seines.

»Also doch noch kein laues Lüftchen?« Er lächelt und küsst mich.

»Nein, immer noch mitten im Auge des Hurrikans!« Jetzt küsse ich ihn.

»Achtung, Selfie«, fordere ich nach einer Weile und stelle mich in Position. »Smile! Zwei glückliche Honigkuchenpferde auf großer Fahrt.«

Der *capitano* hat mitbekommen, dass da etwas ganz Spezielles zwischen uns läuft, und schießt noch ein paar Bilder. Klar, er hat Antennen für romantische Situationen.

»Hier könnte man prima Hochzeit feiern. Den ganzen Tag auf dem Schiff, den Gardasee rauf und runter«, schwärme ich, als wir wieder allein sind.

»Träum weiter, Krösus! Ein schwimmendes Hotel. Der Standesbeamte, der Pfarrer, Catering, alles an Bord?«

»Ach so, Pfarrer auch?« Ich runzle leicht die Stirn.

»Klar, was hast du denn gedacht? Ich sichere mich nach allen Seiten ab.«

»Ehrlich gesagt, will ich das auch. Mit allem Drum und Dran. Man heiratet ja nur einmal im Leben.«

»Das ist mein Ziel.«

»Meins auch.«

»Also, Krösus, wenn du ein schwimmendes Hotel buchen willst, solltest du dich mit Sascha unterhalten. Wie werde ich Fernsehköchin und verdiene einen Haufen Geld?«

»Hilfe, nein, das ist Paps' Metier und soll es bitte auch bleiben!«

Vinc unterbricht die grausige Vorstellung von Rampenlicht und Promidasein. »Schau, dort drüben am Ufer, das ist Cassone, und der Fluss, der in den See fließt, ist Europas kürzester Fluss, der Aril.«

»Echt? Wie kurz ist der denn?«

»Offiziell 175 Meter, habe ich gelesen. Inklusive Wasserfall.«

»Nicht viel für einen Fluss. Fahren wir da mal hin?«

»Wenn du nicht wieder irgendeinen Mordfall an Land ziehst.«

»Hey, du hast doch gesehen, dass ich nichts dafürkann.«

»Klar, sonst säße ich ja jetzt in München.«

»Wie meinst du das?«

»Dass ich das nächste Mal in München bleibe, wenn sich etwas Kriminelles anbahnt«, sagt er todernst.

»Fast wäre ich darauf hereingefallen«, flüstere ich in sein Ohr, »aber nur fast.«

Eng umschlungen lehnen wir an der Reling und lauschen dem Klang des Wassers, das vom Bug geteilt und als weiße Gischt seitlich in den See zurückgeworfen wird.

Irgendwann lösen wir uns von dem Anblick und voneinander. »Prosecco, *signorina*?«, fragt Vinc.

»Unbedingt«, stimme ich genüsslich zu und schaue ihm hinterher. »Ja«, sage ich leise und habe nicht den geringsten Zweifel.

Eine Frau huscht an mir vorbei. Ich zucke zusammen. Ihr apricotfarbenes Kleid streicht leise raschelnd um ihre Beine. Es erinnert mich an Emilia, wie sie in der Höhle mit weit aufgerissenen Augen an mir vorbeigestürmt ist. Warum denke ich gerade jetzt daran? Das war doch eine völlig andere Situation. Im Moment bin ich entspannt und glücklich. Ich schaue der Frau hinterher. Sie verschwindet in der Kajüte. Sie ist wahrscheinlich ebenfalls entspannt und glücklich, hier mit ihrem Liebsten an Bord der »Siora Veronica«. Verdammt, wann kriege ich die Bilder aus meinem Kopf? Aber ich weiß schon, was mich quält. Der Gedanke an die Morde, die auf Emilias Konto gehen. Für sie ist die Zeit der Feste und der glücklichen Momente vorbei. Was bringt einen Menschen dazu, solche Taten zu begehen? Das übersteigt meinen Horizont und macht mir Angst.

Vinc kommt mit zwei Gläsern zurück und stellt sie auf der schmalen Balustrade ab.

»Schatz, was ist los?«, fragt er besorgt.

»Ach nichts, nur …«

Er küsst meine Sorgenfalten von der Stirn. »Doro, sieh's so, wir haben dabei geholfen, dass Antonella und Fabio wieder ein normales Leben führen können. Der Fall ist vollständig gelöst, das ist wichtig für alle Beteiligten.« Er reicht mir ein Glas. »*Cin cin*, mein Liebling.«

»*Cin cin*, Schatz.« Ich seufze noch ein bisschen, aber mir geht es schon viel besser.

Am gegenüberliegenden Ufer leuchten die Lichter von Limone, am nächtlichen Himmel die Sterne. Definitiv funkelt in Vinc' Augen die gesamte Milchstraße.

»Ich liebe dich«, flüstert er.

Ich muss keine Sekunde überlegen. »Ich liebe dich auch, bis zur Milchstraße.«

Wir schauen in die nächtliche Schwärze, rauf zu den winzigen funkelnden Punkten – und verstehen uns.

ENDE

MENÙ D'ANNIVERSARIO – GEBURTSTAGSMENÜ

Aperitivo
Benacini
Prosecco
*
Antipasti
Carpaccio classico
*
Fenchel-Orangen-Salat an Honigdressing
*
Primo
Risotto – Rote Bete
Rote-Bete-Salat
*
Secondo
Rumpsteak an Rotwein-Balsamico-Soße
Polenta
*
Dolce
Vanilleeis mit Balsamico an
Erdbeer-Melonen-Carpaccio
Mandellikör alla Rosa
Caffè

REZEPTE ZUM MENÜ

Fenchel-Orangen-Salat an Honigdressing

Zutaten:

2 Fenchelknollen
3 Orangen
1 EL Honig
1 Prise Salz
1 Prise Pfeffer
1 EL neutrales Pflanzenöl

Zubereitung:

Fenchel schälen, in kleine Stücke schneiden.
Orangen filetieren, den Saft auffangen.
Dressing aus Orangensaft, Honig, Salz, Pfeffer und Öl anrühren und zum Fenchel-Orangen-Salat geben. Je nach Geschmack mit frischer Petersilie, Fenchelgrün, Frühlingszwiebel oder einer kleinen Schalotte garnieren.

*

Carpaccio classico alla Doro

Zutaten:

Rinderfilet, hauchdünn geschnitten
Petersilie, Zitrone
Salz, Pfeffer

Balsamico und Olivenöl
Sehr lecker mit Rucola und feinen Scheibchen Parmesan

Zubereitung:
Das Rinderfilet wird stark durchgekühlt und in hauchdünne Scheiben geschnitten (Tipp: vom Metzger schneiden lassen – er hat die geeigneten Messer), dann werden gekühlte Teller mit Salz und Pfeffer bestreut und die Fleischscheiben dachziegelförmig aufgelegt. Das Dressing aus Zitronensaft, fein gehackter Petersilie, Balsamicoessig und Olivenöl anrühren und darüber verteilen. Man kann das Carpaccio klassisch genießen oder es mit unterschiedlichsten Zutaten garnieren.
Sehr fein sind zum Beispiel Rucola und gehobelte Parmesanscheibchen, aber auch Früchte wie Melonenschnitze oder Erdbeeren.
Noch eine leckere Alternative: marinierte oder leicht angeschmorte Pilze oder einfach nur ein paar Blätter vom frischen grünen Salat, leicht mariniert.

*

Rote-Bete-Risotto
Zutaten:
2 bis 4 frische Rote-Bete-Knollen
2 Schalotten
1 Knoblauchzehe
4 EL Olivenöl
1 EL Butter
200 g Risottoreis

150 ml Weißwein oder Rotwein
600 bis 800 ml Gemüsebrühe
100 g geriebener Parmesan
1 TL Salz
etwas Pfeffer
1 Bund glatte Petersilie

Zubereitung:
Rote Bete schälen und in 1 bis 2 cm große Würfel schneiden.
Schalotten und den Knoblauch schälen und fein hacken.
Das Olivenöl und die Butter in einem Topf erhitzen und die Schalotten darin andünsten.
Knoblauch dazugeben, gleich darauf den Reis mitdünsten lassen. Nur glasig dünsten, nicht anbraten!
Jetzt die Rote Bete hinzufügen und mit Weißwein in zwei Vorgängen ablöschen und einkochen lassen. Mit Gemüsebrühe aufgießen, sodass gerade die Oberfläche bedeckt ist. Immer gut umrühren, damit sich die Reisstärke mit der Flüssigkeit verbinden kann, das ergibt dann die sämige Konsistenz des Risottos. Immer wieder mit Brühe aufgießen und unter Rühren leicht köcheln lassen, bis der Reis gar ist. Das Risotto soll noch schön cremig sein, der Reis nicht zu weich. Zum Schluss den frisch geriebenen Parmesan und die fein geschnittene Petersilie unterheben, dabei eine Handvoll Parmesan zurückhalten – diese wird zum Dekorieren verwendet.
Mit Salz und Pfeffer abschmecken, auf Tellern anrichten, mit Parmesan bestreuen und servieren.

Tipp:
Aufgrund der Farbe kann bei diesem Gericht statt Weißwein gerne Rotwein verwendet werden, er gibt zudem ein schönes Aroma. Ansonsten wird für Risotto meist Weißwein verwendet.

*

Rote-Bete-Salat

Zutaten:
4 bis 6 Knollen Rote Bete – frisch gekocht oder fertig vakuumverpackt, aber bitte nicht eingelegt aus dem Glas
1 kleine Schalotte
1 Knoblauchzehe
1 TL Kümmel (ganze Früchte, kein Pulver!)
½ Bund Petersilie
4 bis 6 EL Weißweinessig
3 bis 5 EL Olivenöl
Salz, Pfeffer

Zubereitung:
Rote Bete in einem Topf mit Salzwasser, 1 TL Kümmel und 2 bis 3 EL Essig weich kochen (mind. 30 Minuten, Gabeltest), schälen und in gabelfreundliche Stücke/Scheiben schneiden.
Knoblauchzehe sehr fein schneiden oder Knoblauchpresse verwenden. Schalotte fein würfeln – je nach Geschmack eventuell nur ½ Schalotte verwenden. Petersilie schneiden. Eventuell einige Kümmelfrüchte aus dem Sud dazugeben. Den Salat mit der Mari-

nade aus Weißweinessig, Olivenöl, Salz und Pfeffer vermengen.

Tipp:
Rote Bete färbt sehr stark, am besten mit Handschuhen und Schürze arbeiten.

*

Rumpsteak an Rotwein-Balsamico-Soße

Zutaten:
Pfeffer aus der Mühle
2 Knoblauchzehen
3 EL Öl
Salz
200 ml Rotwein
100 ml Brühe
6 EL Aceto Balsamico
1 EL Tomatenmark
1 Msp. Paprikapulver, scharf

Zubereitung:
Knoblauch schälen und halbieren. Öl erhitzen und die Steaks darin bei starker Hitze von jeder Seite ca. 3 Minuten braten, je nach Dicke der Scheiben und so, wie man es haben will – aber rosa sollte das Fleisch innen auf jeden Fall noch sein!
Das Fleisch nach Geschmack salzen und pfeffern und in Alufolie warm halten.

Soße:
Bratenfond mit Rotwein ablöschen und mit Brühe und Balsamico auffüllen.
Knoblauch halbieren und mitkochen. Kann später aus der fertigen Soße herausgenommen werden.
Tomatenmark und Paprikapulver einrühren und 2 Minuten köcheln lassen, abschmecken und mit dem Fleisch servieren.

Dazu passt Polenta (s. Signora Benedettis Polenta alla Carbonera) oder ein Tagliatelle-Nest.

*

Spaghetti alla Puttanesca – Pasta mit Sardellen, Kapern und schwarzen Oliven

Zutaten:
400 g Spaghetti, nicht zu dünn
6 bis 8 Sardellenfilets in Öl oder in Salz eingelegt
100 g schwarze Oliven ohne Kern
50 g kleine Kapern
500 g Cocktailtomaten
1 bis 3 Knoblauchzehen
1 kleine rote Peperoni
4 EL Olivenöl
1 EL Tomatenmark
1 EL Butter
4 EL gehackte Petersilie
Salz, Pfeffer

Zubereitung:
Spaghetti im Salzwasser al dente kochen.
Cocktailtomaten waschen und halbieren.
Oliven, Kapern, Knoblauch und Peperoni fein hacken.
Petersilie fein schneiden.
Knoblauch und Peperoni in heißem Olivenöl leicht anrösten.
Oliven, Kapern und Sardellenfilets dazugeben, bis die Sardellenfilets zerfallen sind.
Tomatenmark hinzufügen, zum Schluss die Tomaten noch 5 Minuten mitdünsten.
Die fertigen Spaghetti mit Butter vermischen und die Soße gut unterrühren.
Auf den Tellern verteilen. Die frisch gehackte Petersilie darüberstreuen.
Parmesan oder nicht – das ist Geschmackssache (s. Tipps).

Tipps:
Im Originalrezept werden diese Spaghetti ohne Käse serviert, so wie alle Pastagerichte mit Fisch oder Meeresfrüchten in Italien ohne Parmesan gereicht werden. Aber keine Regel ohne Ausnahme – nur vielleicht nicht unter den Augen eines Italieners.

Auch das gibt es: Eine Alternative zum teuren Parmesan sind geröstete Brösel vom altbackenen, getrockneten Weißbrot, die in einer Büchse aufbewahrt werden.

*

Aus dem Rezeptefundus der Signora Benedetti, Seniorchefin im Hotel Augusta – im persönlichen Gespräch mit der Autorin:

Signora Benedettis Coniglio ripieno con Polenta alla Carbonera

Coniglio ripieno – gefülltes Kaninchen

Zutaten:

1 Kaninchen + Innereien – Leber und Herz
1 Zweig Salbeiblätter
1 Ei
Brotbrösel von 40 g altbackenem Weißbrot
1 bis 2 EL geriebener Parmesan
40 g Butter
1 kleiner Bund Petersilie
1 mittelgroße Zwiebel
2 Karotten
Salz und Pfeffer

Zubereitung:

Für die Füllung: Innereien hacken und mit den Salbeiblättern in Butter anbraten.
Brotbrösel, Parmesan, Ei, Petersilie, Salz und Pfeffer mischen und die angebratene Masse einarbeiten.
Kaninchen vorbereiten: Vorder- und Hinterbeine entfernen. Der Körper wird sauber ausgenommen und mit Butterstückchen ausgerieben.
Kleine Butterstückchen zur Füllung geben und den Körper damit füllen.
Zunähen.

von allen Seiten in Olivenöl anbraten. Grob zerkleinerte Zwiebel und Karotten rundherum verteilen.
Bei 180°C ca. 50 bis 60 Min. im Rohr braten.
Servieren: In Scheiben schneiden (zwischen den Rippenbögen schneiden, vgl. Spareribs). Rückgrat mit scharfem Messer durchtrennen/hacken.
Gut dazu passt Polenta.

*

Signora Benedettis Polenta alla Carbonera

Zutaten:
Für 4 bis 6 Personen:
Für ca. 300 g Maisgrieß braucht man ca. 2 Liter Wasser (bitte auf die Angaben auf den Packungen achten).
grober Polenta-Maisgrieß (Spezialität Polenta di Storo) – für dieses Rezept 200 g
feiner Maisgrieß – für dieses Rezept 100 g
Je ca. 100 g gemischte Käsewürfel (reife und milde Sorte) und 50 g geriebener Parmesan

Zubereitung:
Den Grieß in kochendes Salzwasser (Menge nach Angabe auf Maisgrießpackung oder eigener Erfahrung) einstreuen und dabei schnell rühren, um Klumpenbildung zu vermeiden. Ca. 45 Minuten unter Rühren köcheln lassen, gegen Ende gemischte Käsewürfel und Parmesan untermischen, man soll die Käsewürfel durchaus noch spüren. Mit Pfeffer abschmecken.

*

Dolce

Rosas Mandellikör

Zutaten:

6 Eigelb

250 g Sahne

ca. 250 g Amaretto

2 Päckchen Vanillezucker

120 g Rohrzucker

Zubereitung:

Alle Zutaten für den Likör unter Rühren über dem Wasserbad auf etwa 70 bis 75°C erhitzen.

Ein paar Minuten bei dieser Temperatur cremig rühren.

Sofort in heiß ausgespülte Flaschen abfüllen und verschließen.

Vor dem Öffnen kräftig schütteln.

Schmeckt pur, im Kaffee oder über Vanilleeis. Weiteren Variationen sind keine Grenzen gesetzt.

Tipp:

Der Likör hält sich durch den Alkohol sehr lange. Die geöffnete Flasche im Kühlschrank aufbewahren.

*

Vanilleeis mit Balsamico an Erdbeer-Melonen-Carpaccio

Doro serviert das Vanilleeis mit einem Schuss edlem Aceto Balsamico Tradizionale di Modena. Der schmeckt schon solo sensationell, aber zum besonderen Anlass von Rosas Geburtstag gibt es ein ganz besonderes Carpaccio dazu – **Carpaccio di Frutta criminale**.

*

Carpaccio aus Früchten:
Feine Scheiben von Wassermelone und Honigmelone dachziegelartig auf den Nachspeisenteller drapieren. Erdbeeren vierteln und dekorativ auf dem Teller verteilen. Platz lassen für Vanilleeis. Alles mit dem Aceto Balsamico Tradizionale di Modena beträufeln.

Tipp:
Hier gilt: Klotzen, nicht kleckern! Es muss ein richtig guter Balsamicoessig sein.

*

Cocktails
Doro Ritters Eigenkreationen

Benacini
2 cl Campari
2 cl Rotwein
8 cl Prosecco
kl. Stück Zitrone
kl. Zweig Rosmarin
Eiswürfel

*

Benacini light

Zutaten siehe Benacini, sommerlich leichte Version mit 4 cl Acqua Frizzante (spritzigem Mineralwasser)

*

Info Benacini:

Der Benacini ist eine Eigenkreation von Doro Ritter in Zusammenarbeit mit der Autorin, eine Hommage an den Gardasee – den **Lago Benaco**.

*

Info Balsamico – von einfach bis edel

Gewöhnlicher Aceto Balsamico besteht aus Traubenmost oder Traubenmostkonzentrat und Weinessig, oftmals auch aus dem günstigeren Branntweinessig. Für die tiefbraune Farbe und die Sämigkeit mischen einige Hersteller außerdem etwas Karamell oder Zuckerkulör bei. Übrigens muss Aceto Balsamico nicht unbedingt aus Italien kommen, er darf auch in anderen Ländern produziert werden.

Oft wird der sehr bekannte Aceto Balsamico di Modena angeboten. Die Bezeichnung ist geschützt, er muss aus mindestens 20 Prozent eingekochtem Traubenmost und Weinessig bestehen. Nur Trauben aus den italienischen Provinzen Modena und Reggio Emilia dürfen hierfür verwendet werden. Für die Intensivierung der Farbe darf Zuckerkulör beigemischt werden. Aber: Gerade beim Aceto Balsamico sollte man auf

Qualität achten – das zahlt sich geschmacklich aus. Besonders edel: der Aceto Balsamico Tradizionale di Modena. Er besteht aus reinem Traubenmost der Trebbianotrauben aus der Region. Die jahrelange Lagerung in diversen Holzfässern aus Eiche, Maulbeere, Kirsche oder Kastanie bringt besondere Geschmacksnoten hervor. Zusätze von Farb- und Konservierungsstoffen sind verboten. Grundsätzlich lässt sich sagen: Je länger ein Balsamico im Holzfass gereift ist, umso intensivere und spannendere Geschmacksnoten entwickelt er und umso sämiger wird seine Konsistenz. Selbstverständlich hat die lange Lagerung auch ihren Preis. Echter Aceto Balsamico Tradizionale ist daher deutlich teurer als seine Artverwandten.

ANMERKUNG

Auch in diesem Buch gibt es fiktive Schauplätze, die aber so gewählt sind, dass sie wirklich dort verortet sein könnten, wo sie angesiedelt sind. Die Autorin hat viel vor Ort recherchiert, um Lage, Aussicht und so weiter zu prüfen, zum Beispiel die Felsenhöhle, die Azienda Agricola der Familie Passamonte und die Surfschule von Danilo Benedini betreffend.

Die *Polizia locale* wird etwas erweitert und auch als Außenstelle der *Polizia di Stato* genutzt.

Die meisten Örtlichkeiten entsprechen aber der Realität, so zum Beispiel der Monte Baldo, Malcesine mit seiner Burg und natürlich der Gardasee.

Alle Personen, die im Buch eine Rolle spielen, wie zum Beispiel Monsignore Altoni, sind fiktiv.

DANKSAGUNG

Die Reihe im Bücherregal wird länger und bunter – das sechste Buch meiner Gardasee-Krimireihe steht neben den Vorgängern an seinem Platz! Was für ein schönes Bild, und ich gestehe: Es macht mich stolz und glücklich.

Und dankbar. Dankbar dafür, dass mir so viele Menschen unermüdlich zur Seite stehen. Sie sind für mich da, mental und praktisch, mit viel Herz und Engagement. Ohne diesen Zuspruch und die Hilfe in den verschiedensten Bereichen wäre es sehr schwer, immer die nötige Motivation zum Weiterschreiben zu finden.

Und so danke ich nun zum sechsten Mal meinem Mann für seine tolle und liebevolle Unterstützung. Er hilft beim Plotten, zeichnet die Übersichtskarte fürs Buch, lektoriert meine Texte und archiviert Interessantes aus meinem Autorenleben, ist stets eine hilfreiche Begleitung bei Lesungen und auf Rechercheeisen, immer mit Interesse an meiner Seite, und er rührt kräftig die Werbetrommel für mich.

Was wäre ich ohne meinen Sohn? Oft verloren in den unendlichen Weiten des Internetuniversums. Er ist mein Retter in Technikfragen rund um die digitale Welt und rückt nicht selten mein angekratztes Autorinnennervenkostüm zurecht. Er bringt so manche Formulierungen auf den Punkt.

Meinen Geschwistern und meiner Mama danke ich für immerwährendes Interesse und für unser tolles Verhältnis zueinander. Schön, dass es euch gibt.

Muse, Lektorin und die beste Autorinnenschwester und Freundin ist meine Schwester Brigitte Diefenthaler, die die Freuden und Leiden des Autorinnenlebens aus eigener Erfahrung sehr gut kennt.

Was ich in Buch fünf als Widmung gewählt habe, gilt natürlich immer: Neffen und Nichten, die mich am Puls der Zeit halten – danke für eure immerwährende Inspiration!

Meiner Freundin Uli, die mich mit nicht nachlassendem Engagement unterstützt, danke ich für Training plus.

Danke an meine Freundinnen Geli und Ursula, die jede auf ihre Weise eine Unterstützung für mich sind, an alle Freunde, die mich in meiner Schriftstellerwelt so nehmen, wie ich bin, manchmal gestresst und unter Zeitdruck, nicht immer so präsent, wie ich sein sollte und wollte – doch trotzdem immer mit dem Herzen bei euch.

Recherche ist für einen Kriminalroman natürlich unerlässlich, in diesem Fall möchte ich ganz besonders Herrn Ludwig Waldinger, Erster Kriminalhauptkommissar im Bayerischen Landeskriminalamt, danken, der mir einige Fragen zum Cold Case beantworten und meine Schilderungen bestätigen konnte.

Besondere Freude machen mir Begegnungen, die nicht geplant sind, zum Beispiel auf meinen Recherchereisen, auf denen ich immer neue Menschen kennenlerne, die mich mit ihren Ideen, Geschichten, ihrer Offenheit und mit interessanten Informationen inspirieren und so zum Gelingen des aktuellen Falles beitragen. Im vorliegenden Buch ermittelt meine Protagonistin Doro Ritter in Malcesine, wo ich mehrmals einige Tage unterwegs war, um Eindrücke zu sammeln, Örtlichkeiten zu recherchieren und mich mit Einheimischen zu unterhalten. Hier habe ich Marina Benamati und Signora Benedetti kennengelernt – zwei Frauen, die mit großer Offenheit und Begeisterung meine Fragen beantwortet haben und mir Infos, Rezepte und neue Geschichten für diesen Fall geliefert haben. Familie Benedetti führt seit vielen Jahren das Hotel Augusta in Malcesine, unser Domizil für unseren Aufenthalt dort. Vielen Dank für die sehr interessanten Einblicke!

Und was wäre ich ohne »meine Verlagsfamilie«, das Team des Gmeiner-Verlags? Ganz sicher nicht so gut aufgehoben in der Welt der Literatur, wie ich es hier mit meinen Doro-Ritter-Büchern bin.

Ein herzliches Dankeschön an Frau und Herrn Gmeiner, die für den Verlag, ihre Mitarbeiter, Autorinnen und Autoren im Einsatz sind und den Laden in Schwung halten.

Ich freue mich, dass Susanne Tachlinski auch für das sechste Buch Text, Form und alles, was sonst noch dazugehört, wieder ganz wunderbar in den Griff bekommen hat. Danke für die gute Zusammenarbeit und das Gespür für meine Manuskripte!

Lieben Dank an Claudia Senghaas fürs »grüne Licht«, an Julia Lorenzer, die bei ihrer Korrektur aufs Italienische achtet und auch sonst die richtigen Fragen stellt, ein Danke geht auch an Julia Franze, die die Übersichtskarte meines Mannes überarbeitet und dem Rezeptanhang optisch Geltung verschafft, an Maike Worczewsky-

Schwarz und an das ganze Marketingteam, Petra Asprion, Laura Oberndorff, Alisa Gerstner, an Alexander Schulz für sein Cover-Engagement und die netten Gespräche sowie an Sarah Mück und an alle, die sich um mich und meine Buchprojekte kümmern.

Und wie immer von Herzen: Ein riesiges Dankeschön an euch, liebe Leserinnen und Leser, ohne die das Schreiben sein Ziel verfehlen würde – einen Krimi zu erschaffen, der gelesen wird und unterhält. Danke für euer Interesse und eure Begeisterung, eure wunderbaren Rezensionen und eure Meinung, die mir hilft und mich motiviert.

Eine besondere Freude in meinem Autorenleben war in diesem Jahr das Erscheinen der ersten vier Bücher der Reihe als Hörbuch, exklusiv bei Apple Books, wunderbar gelesen von Felicity Grist.

QUELLENANGABEN

Goethe, Johann Wolfgang von: »Italienische Reise 1786–1788«, Nikol Verlag 2017, S. 34/35, 38/39.

La Sacra Bibbia, CEI.UELCI, Ausgabe 2008/2020, Edizione a cura della UNIONE EDITORI E LIBRAI CATTIOLICI ITALIANI (UELCI).

Köchin Doro Ritter ermittelt:

1. Fall: Proseccolügen
ISBN 978-3-8392-2378-9

2. Fall: Limoncellolügen
ISBN 978-3-8392-2840-1

3. Fall: Pasta Criminale
ISBN 978-3-8392-0185-5

4. Fall: Bardolino Criminale
ISBN 978-3-8392-0328-6

5. Fall: Bellinilügen
ISBN 978-3-8392-0558-7

6. Fall: Caffè Latte mit Schuss
ISBN 978-3-8392-0756-7